ULLSTEIN

Das Buch

Die junge, bildhübsche Mary leidet unter ihrem brutalen Ehemann Gerald. Resigniert scheint sie sich mit ihrem trostlosen Schicksal abgefunden zu haben. Da passiert das Unfaßbare: In Gestalt eines geheimnisvollen Fremden offenbart sich ihr das Versprechen einer großen Liebe ... Basierend auf der tatsächlichen Notlandung eines amerikanischen Bombers in West Cork 1943, erzählt Cristina Pisco die bewegende Geschichte einer schicksalhaften Begegnung und einer unerwarteten Liebe.

Die Autorin

Cristina Pisco, Tochter einer spanisch-philippinischen Mutter und eines amerikanischen Vaters, wurde in Spanien geboren. Sie wuchs in sieben verschiedenen Ländern und mit drei Sprachen auf. 1992 zog sie mit ihren vier Töchtern nach Irland.

Cristina Pisco

Eine Liebe in Irland

Roman

Aus dem Englischen von Elfriede Peschel

Ullstein

Ullstein Taschenbuchverlag
Der Ullstein Taschenbuchverlag ist ein Unternehmen der Econ Ullstein List Verlag GmbH & Co. KG, München
2. Auflage 2002

Titel der englischen Originalausgabe: Only a Paper Moon (Poolbeg Press, Ltd., Dublin)
Übersetzung: Elfriede Peschel
Umschlagkonzept: Lohmüller Werbeagentur GmbH & Co. KG, Berlin
Umschlaggestaltung: Grafikhaus, München
Titelabbildung: Superstock, München
Satz: Franzis print & media GmbH, München
Druck und Bindearbeiten: Clausen & Bosse, Leck
Printed in Germany
ISBN 3-548-25250-8

In Liebe meinen Töchtern
Chloe, Amelia, Sasha und Francesca

1 Vorsichtig ging Mary die Treppe hinunter. Ihre linke Seite schmerzte sehr, deshalb war es sehr mühsam, leise über das knarrende Holz nach unten zu schleichen. Jedesmal, wenn sie ihr Gewicht von ihrem rechten Bein aufs linke verlagerte, ging von ihrer Hüfte ein stechender und brennender Schmerz aus.

Sie mußte sich irgendwo heftig gestoßen haben. Vielleicht an der Wand? Nein. Sie erinnerte sich ganz genau, daß ihre Schulter gegen die Wand schlug und das Delfter Porzellan im Wandschrank klirrte, als sie auf dem Boden ausrutschte. Behutsam berührte sie ihre Schulter. Sie war steif und ein einziger Bluterguß, aber es war nichts gebrochen. Gerald sorgte zwar jedesmal dafür, daß sie grün und blau war, aber Knochen hatte er ihr noch keine gebrochen. Vielleicht hatte sie sich die Hüfte geprellt, als sie am Boden aufschlug.

Auf dem Treppenabsatz blieb sie stehen, um zu lauschen. Sie hörte jemand in der Küche herumräumen. Gerald war in die Nacht hinausgestürmt und hatte sie auf dem kalten Steinboden liegen lassen, und sie war dankbar gewesen, daß die Anziehungskraft der Kneipe diesmal stärker gewesen war als seine Wut und sein Verlangen. Höchstwahrscheinlich war er nicht zurückgekommen, aber sicher sein konnte man nie.

Gott allein wußte, wohin er ging. Immer wieder blieb er tagelang verschwunden, kam und ging ohne Vorwarnung, rastete aber aus, wenn das Essen bei seiner Ankunft nicht fertig war. Er war stets »geschäftlich unterwegs«, was auch immer das heißen mochte.

Seit das Land sich mit dem Ausnahmezustand abfinden mußte, war er noch häufiger und länger weg, und ihr war das nur recht. Sie hegte den Verdacht, daß er in zwielichtigere Geschäfte verwickelt war als nur in kleine Wettbetrügereien. Sie sagte zwar nichts, aber sie war nicht dumm. Sie glaubte, daß er bei irgendwelchen Schmuggelgeschäften mitmachte. Warum sonst kam er denn mit ausgebeulten Taschen voller Geldscheine nach Hause und einem Koffer mit Dingen, die man weder für Liebe noch für Geld mehr bekam, wie Tee und Tabak?

Er tippte sich dann immer an die Nase und behauptete, Glück gehabt zu haben. Das verabscheute sie mehr als die Nächte, in denen er zerzaust und schmutzig nach Hause kam, als hätte er tagelang in seinen Kleidern draußen geschlafen. Wenn er Glück gehabt hatte, wollte er sie haben. War ihm das Glück nicht hold gewesen, schlug er sie nur. Manchmal aber hatte er ohne ersichtlichen Grund Lust auf beides.

Angestrengt lauschte Mary dem Gebell der Windhunde draußen. Sie war heute spät dran, und die Tiere forderten heulend ihr Frühstück ein. Ach herrje, jetzt mußte sie gleich wieder die braunen Kuchen backen. Keine Zeit für eine wärmende Tasse Tee. In der Diele war es zugig, und Mary fröstelte, als sie alle Kraft zusammennahm, um die letzten Stufen hinunterzugehen. Bitte lieber Gott, laß es Imelda sein und nicht Gerald.

Leise öffnete sie die Tür der Küche und guckte hinein. Wärme drang durch den Spalt und trug den Duft von Fleischbrühe und Gebackenem zu ihr hinaus. Mary lächelte, als sie Imeldas zierliche Gestalt vor dem Herd stehen sah. Das Mädchen rührte vorsichtig in einem riesigen Topf, der über dem Feuer hing, und summte dabei fast lautlos vor sich hin.

»Du hast den Tag ja zeitig anfangen lassen, Imelda Tanner«, sagte Mary, als sie in die Küche kam. Das fröhliche Prasseln des Feuers und Imeldas strahlendes Lächeln hoben ihre Stimmung. Sie richtete sich auf, und der Schmerz in ihrer Hüfte war gleich erträglicher. Sie hatte heute Hilfe und Gesellschaft zugleich.

»'s war so kalt, daß ich nicht schlafen konnte, deshalb bin ich gekommen und hab zeitig das Feuer angemacht«, sagte Imelda.

»Wie es aussieht, hast du nicht nur das Feuer angemacht.« Mary ließ sich auf einem Stuhl am großen Küchentisch nieder. »Hast du ihn heute morgen gesehen?«

»Nein. Gott sei Dank nicht«, antwortete Imelda und unterdrückte ein Kichern. »Nur Tommy ist da. Er macht die Hundezwinger sauber. Ich habe die Knochen ausgekocht und die braunen Kuchen für die Hunde gebacken, damit wir sie füttern können.«

Mary wollte aufstehen, hielt aber inne, als der Schmerz in ihre linke Seite schoß. Sie versuchte ihn hinter einem Lächeln zu verstecken, aber sie sah Imeldas hellblaue Augen aufblitzen und dann sanft werden.

»Bewegen Sie sich nicht. Bleiben Sie einfach sitzen. Wir kümmern uns um alles«, sagte sie und legte ihre kleine Hand auf Marys Schulter. »Sie haben keinen Tee mehr. Hier, trinken Sie eine Tasse Fleischbrühe. Bleiben Sie einfach eine Weile sitzen und trinken Sie die Brühe und essen eine gute Scheibe Brot dazu.«

Imelda machte sich am Feuer zu schaffen. Mary war froh, daß sie ihr den Rücken zukehrte und nicht sehen konnte, daß ihr die Tränen in die Augen stiegen. Sie hatte das Mädchen langsam richtig gern, und das Mädchen mochte sie auch, das war klar. Anders als Geralds Schläge ertrug sie diese kleine Hand auf ihrer Schulter und die sanften Worte nur unter Tränen.

In den ersten Jahren ihrer Ehe hatte sie blind zwischen Hoffnung und Verzweiflung hin und her geschwankt und war schließlich bei Haß als einzige Möglichkeit angelangt, dem neuen Tag ins Antlitz zu schauen. Aber auch die Freude hatte in ihrem Leben ein kurzes Gastspiel gehabt. Doch als ihr geliebter Junge gestorben war, begrub sie Haß und Freude mit ihm. Sie war zu einer trockenen Wüste geworden, alle Gefühle lagen tief in ihr unter Verschluß. Aber dieses dürre Mädchen mit dem strahlenden Lächeln rührte sie auf eine Weise an wie schon seit langer, langer Zeit nichts mehr.

»So«, sagte Imelda sanft, als sie einen Becher dampfender Brühe auf den Tisch stellte. »Trinken Sie die, bevor sie kalt wird.«

Mary nickte ihr dankbar zu und hob den Becher an ihre Lippen. Die Brühe roch kräftig und appetitlich. Sie nahm einen kleinen Schluck und blickte lächelnd über den Becherrand, als Imelda einen kleinen Teller mit zwei Scheiben frischem braunen Brot vor sie hinstellte.

»Das war auch das letzte Mehl«, sagte Imelda. »Gehen Sie heute morgen in die Stadt?«

»Ja. Und dich nehme ich mit«, sagte Mary.

»Mich?« erkundigte sich Imelda sichtlich überrascht.

»Ja, dich. Du kannst mir bei meinen Erledigungen helfen«, erwiderte Mary lachend. »Sobald wir mit den Hunden fertig sind, werde ich Tommy bitten, das Pony und den Wagen fertig zu machen, und dann können wir zusammen in die Stadt fahren. Ach übrigens – schau mal in die Truhe draußen in der Diele, wenn du fertig bist. Ganz unten liegt ein blaues Tuch. Das soll dir gehören.«

Sie wartete Imeldas Protest gar nicht erst ab, sondern stand auf, nahm den Becher und eine Scheibe Brot und ging entschlossen hinaus auf den Hof. Imelda blieb zurück und wischte sich nervös die Hände am Geschirrtuch ab.

Als sie über den Hof ging, sah sie die drahtige Gestalt Tommy Tanners im Windhundzwinger. Er war fast zwei Jahre älter als seine Schwester, aber noch kleiner, was ihn in ständige Verlegenheit brachte. Sein dunkelblondes Haar war schmutzig und zerzaust, und er trug eine seltsame Zusammenstellung zerrissener und zerlumpter Kleider, die ihm alle entweder zu groß oder zu klein waren. Es war Mary ein Rätsel, wie Imelda es schaffte, selbst immer so sauber und ordentlich auszusehen.

Es war ein strahlender, sonniger Tag Ende März. Einer jener Tage, an denen West Cork beschließt, sich nicht um die Jahreszeit zu kümmern, und für ein paar herrliche Stunden Sommer vorgaukelt. Mary lief durch den kleinen Blumengarten, den ihre Mutter angelegt hatte und den sie in Ehren hielt. Sie kam an der Laube mit den knotigen Blauregenstämmen vorbei und ging den Hang hoch, ohne auf den Schmerz in ihrer

Hüfte zu achten. Ja, überlegte Mary, das Mädchen wuchs ihr wirklich immer mehr ans Herz. Sie wußte nicht, was sie dazu veranlaßt hatte, Imelda mit in die Stadt nehmen zu wollen, aber sie hatte ein gutes Gefühl dabei.

Außer der Tatsache, daß Imelda zu den Fahrenden gehörte und den Großteil des Winters in Clonakilty verbrachte, ehe sie im Frühling wieder weiterzog, wußte Mary nur sehr wenig über sie. Die Fahrenden waren schon immer an diesen Ort gekommen. Als Mary noch ein Kind war, hatten die fröhlich angemalten Ponykarren und Wohnwagen sie jedesmal entzückt. Die Männer flickten alles, was aus Blech oder Eisen war, und die Frauen kamen zum Betteln an die Tür oder verkauften Steck- und Nähnadeln. Sie war an ihren Zelten und Zigeunerwagen vorbeigekommen, die am Straßenrand standen, ohne auch nur zu überlegen, wer darin leben könnte. Sie gehörten genauso zur Landschaft wie das Flußdelta, von dem sie umgeben war.

Tommy war den Winter über für die Hunde verantwortlich gewesen und hatte seine Arbeitskraft gegen die Weideerlaubnis für sein Pony und die paar Pfennige eingetauscht, die Gerald ihm zuwarf. Obwohl er keine Gelegenheit ausließ, herumzualbern, nahm er seine Arbeit mit den Hunden sehr genau. Er lief mit ihnen bei Regen und Sonnenschein, rieb sie ab und bemaß für jeden einzelnen das Fressen genau nach Trainingsprogramm. Schneller als Gerald entdeckte er, wenn es einem Hund schlechtging oder er verletzt war. Sosehr Gerald auch daran gelegen sein mochte, bekam er doch nie Gelegenheit, Tommy zu kritisieren. Nach und nach kam manchmal auch Imelda mit ihrem Bruder zum Haus. Anfangs war sie scheu, aber immer eifrig darauf bedacht, Mary ihre Hilfe anzubieten, im Tausch gegen alles, was diese ihr gab. Schuldbewußt erinnerte Mary sich daran, Imelda anfangs wie ein Falke beobachtet zu haben, weil sie sicher war, diese könnte etwas stehlen, sobald sie ihr den Rücken kehrte. Doch das Pärchen hatte das Lachen in ihr Heim zurückgebracht. Der Ausflug in die Stadt war ein Zeichen des Danks. Was Gerald davon halten würde, daran durfte sie gar nicht denken.

Mary erreichte die Hügelkuppe und setzte sich an den Fuß

eines alten keltischen Kreuzes. Das Kreuz lag im Gras, wie vielleicht schon seit Hunderten von Jahren. Als Kind hatte sie oft hier oben gesessen und sich gefragt, wer wohl das Kreuz hier aufgestellt haben könnte. Wer auch immer es gewesen sein mochte, hatte ein Gefühl für die richtige Umgebung gehabt. Von ihrem Sitzplatz aus blickte Mary über die ganze Insel Inchydoney, das Meer, das Mündungsdelta und die grünen, welligen Hügel, die sich in der Ferne ausdehnten, bis sie kilometerweit entfernt im Inland auf die Berge trafen.

Ihr gegenüber lag das weit ins Meer ragende Virgin Marys Kliff. Dahinter erstreckte sich die Weite des Atlantiks. Heute morgen war die See ruhig und silbern wie ein Spiegel, und Mary mußte sich die Hand vor die Augen halten, als sie auf den Horizont hinausschaute, wo eine lange Reihe aufgeplusterter Wolken wie eine Bergkette am Himmel hing.

Hinter ihr fiel der grüne Hügel, den sie gerade erklommen hatte, sanft ab und verbarg hinter seiner Wölbung das Bauernhaus mit den Außengebäuden, während sich zu ihrer Linken die Sanddünen erhoben, die den Kanal bewachten, der zur Flußmündung führte. Wenn sie dem Meer den Rücken zukehrte, konnte sie die beiden Dämme sehen, die während der großen Hungersnot gebaut worden waren und die die Insel mit dem Festland verbanden. »Sterbende Hände haben diese Mauern errichtet«, pflegte ihre Großmutter zu sagen, wenn sie in die Stadt fuhren. Und dabei bekreuzigte sie sich und sagte ein Gebet für ihre armen Seelen. Im Lauf der gut hundert Jahre, die die Dämme nun schon standen, war das dazwischen eingeschlossene Wasser ausgetrocknet und es hatte sich ein Sumpf gebildet, ein Stück Land, das die Insel dem Meer abverlangt hatte. Schon in ihrer Kindheit war Mary jedesmal begeistert gewesen, wenn das Meer die Insel zurückforderte, indem es die Dämme überflutete und sie, wenn auch nur für ein paar Stunden, wieder vom Festland abschnitt.

Drei Kilometer dahinter konnte man gerade noch die grauen Kais von Clonakilty erkennen. Es war Ebbe, und Mary brachte ein paar Minuten damit zu, ihr Frühstück zu essen und die Vogelschwärme zu beobachten, die auf den Sandbänken nach Futter suchten. Wie leicht ließe sich hier sitzen und vergessen, was in den letzten zwölf Jahren passiert war, und sei es auch nur für einen Augenblick.

Doch sie stand auf und ging ein paar Meter nach rechts, wo eine Fuchsie stand. Sie war noch immer klein, aber stämmig. Dieses Jahr würde sie zum ersten Mal in voller Blüte stehen. Im Sommer würden ihre Blätter den kleinen Grabstein fast verdecken, doch heute war er deutlich zu sehen, die kurze Inschrift gut zu lesen: »Gerald Séan Burke – 1938–1941.« Mary kniete neben dem Grab nieder und sprach ein kurzes Gebet. Obwohl sie wußte, daß seine kleine Seele auch ohne ihre Unterstützung direkt in den Himmel aufgestiegen war, gaben diese Worte ihr Trost. Nachdem sie ihr Gebet beendet hatte, stand sie auf und berührte sacht den kalten Stein.

Als Mary in die Küche zurückkam, überraschte sie Tommy und Imelda über einer vor ihnen auf dem Küchentisch ausgebreiteten Zeitung.

»Wer hat die Zeitung gekauft?« fragte Mary erstaunt über diesen Luxus.

»Ist 'ne Woche alt, Missus«, sagte Tommy. »Hab sie gefunden und Meldy mit nach Hause gebracht. Ich kann selbst nicht lesen, aber Sie wissen ja, daß sie alles liest, was sie in die Finger bekommt.«

Imelda nahm das Geplapper ihres Bruders gar nicht wahr, als sie begierig die Seite überflog.

»Schauen Sie, Missus. Wär das denn nicht ein hübsches Kostüm für Sie?« fragte Tommy und deutete dabei auf eine Anzeige. »Und kostet diese Woche bei Roches nur neun Pfund sechs Pence. Gibt's nur in grün, aber das sähe zu Ihren Augen doch sicher gut aus?«

»Frecher Bengel«, sagte Imelda und schnappte ihm die Zeitung weg. »Was soll denn das?«

»Da sähen Sie wie eine Herzogin aus, Missus«, fuhr Tommy unbeirrt fort.

»Und wo sollte ich hingehen, wenn ich wie eine Herzogin aussähe, Tommy Tanner? Ich hätte gute Lust, dir den Kopf ein wenig zurechtzurücken, aber statt dessen spannst du uns das Pony vor den Wagen.« Mary deutete über seinem Kopf einen Hieb an.

Tommy zuckte in einer übertriebenen Angstgeste zurück. »Nein, Missus, nicht schlagen. Ich bin der Mühe nicht wert.«

»Jetzt aber ab mit dir, du Schlingel, und tu, was man dir gesagt hat«, sagte Imelda.

»Yes, Sir!« gab Tommy keck zurück und salutierte. »Auf der Stelle!«

»Hauptsache Tumult«, sagte Imelda, als sie sah, wie Mary sich das Lachen verbiß, während sie Tommy hinterherschaute, der aus dem Haus ging.

»Ah, bei seinem Charme wird es nicht beim Tumult bleiben«, meinte Mary lächelnd.

»Er ist kein schlechter Kerl«, sagte Imelda. »Frech, aber nicht schlecht. Und er hat recht«, fügte sie hinzu und vertiefte sich wieder in die Zeitung. »Sie sähen gut aus in diesem Kostüm. Ich war einmal im Roches-Laden in Cork. Die hatten da viele schöne Sachen. Ich konnte es gar nicht glauben. So viele schöne Sachen und dann all die feinen Leute beim Einkaufen. Ich würde gerne einmal die großen Geschäfte in Dublin sehen. Und die Straßenbahn und das Kino. Ich bin noch nie im Kino gewesen.«

»Ich auch nicht, Imelda Tanner. Aber für heute müssen wir beide uns mit der Rossa Street in Clonakilty zufriedengeben.«

Es dauerte noch eine Stunde, bis die morgendlichen Arbeiten erledigt waren, aber dann saßen sie auf dem Pferdewagen und traten den Weg in die Stadt an. Tommy hielt im Stehen die Zügel weit nach oben, und das Pony trottete geschickt die kurvenreiche Straße entlang, die der Küstenlinie folgte. Mary und Imelda saßen sich hinten gegenüber, Mary in ihrem guten schwarzen Mantel und Imelda in das hellblaue Tuch gehüllt, das sie über der Brust mit einer Nadel zusammenhielt.

Als sie auf den Damm einbogen, stieg ein Schwarm Kiebitze wie eine Wolke aus dem Marschland auf. Imelda deutete aufgeregt darauf, und Tommy schwenkte seinen Hut. Wie gebannt sahen sie zu, wie sich der Vogelschwarm in einem anmutigen Bogen durch die Luft schwang und dann wie ein silberner Blitz zurückschoß, als alle gleichzeitig kehrtmachten.

»Wie machen die das nur?« überlegte Imelda laut.

»Die waren alle in der Pilotenschule, weißt du das denn

nicht?« erwiderte Tommy. »Die werden bald Formation fliegen«, fügte er wichtigtuerisch hinzu.

»Dann müssen es britische Vögel sein«, meinte Imelda grinsend. »Wüßte nicht, daß ein irischer Vogel jemals auf die Pilotenschule ging.«

»Dann muß ich dich wohl darüber aufklären, daß wir ein ausgezeichnetes Luftkorps haben, auf das du stolz sein solltest, Imelda Tanner«, erklärte Tommy. »Das wirst du schon noch sehen, weil ich, dein einziger und einzigartiger Bruder, nämlich sein bester Luftschütze sein werde.«

»Und warum sollten sie ausgerechnet dich nehmen?« gab Imelda zurück. »Selbst wenn wir mal davon ausgehen, daß sie überhaupt ein wackeliges altes Flugzeug haben?«

»Und warum sollten sie mich nicht nehmen? Hat man je ein herrlicheres Mannsbild diesem Land sein Leben anbieten sehen?« prahlte Tommy und schob seine Brust vor. »Als Bordschütze darf man nicht sehr groß sein. Sonst würde man nicht in den Gefechtsturm passen.«

»Ja, reinpassen würdest du da. Aber sie würden bestimmt lieber Schwester Ailish in ihrem Habit nehmen als einen Kesselflicker, der seine Hosen mit einem Stück altem Strick zusammenhält.«

Mary lehnte sich zurück und genoß die flotte Fahrt des Pferdewagens und die fröhliche Stimmung, in der Imelda und Tommy sich in der Beschreibung der Fliegenden Nonne zu übertreffen suchten. Es ging ihr so gut dabei, daß sie fast schon das Ende des Damms erreicht hatten, ehe sie daran dachte, ein stilles Gebet für die Seelen der armen Schlucker zu sprechen, deren sterbende Hände es ihnen ermöglichten, ihn so fröhlich zu überqueren.

Als sie die Stadt erreichten, zügelte Tommy das Pony zum Schritt. Es war Markttag, und in den Straßen drängten sich Pferdewagen und Karren aller Art und jeder Größe. Da man seit Beginn des Kriegs alle Autos bis auf die von Ärzten und Priestern von der Straße genommen hatte, war die Stadt in ein früheres Zeitalter zurückgekehrt, in dem Pferd und Fahrrad sie noch beherrschten. Tommy zog die Bremse an und ließ Mary und Imelda absteigen, er wollte hinter der Kirche auf sie warten. Als Mary vom Wagen sprang, kam sie nicht umhin, die mißbilligenden Blicke der Leute einzufangen.

Zwei schwarz gewandete Muttchen glotzten sie an, als sie an ihnen vorbeikam, und Mary hörte die eine zur anderen sagen: »Also, wenn ich's nicht mit meinen eigenen Augen gesehen hätte, hätte ich's nicht geglaubt. Mary Burke, die stolz wie ein Pfau auf einem Kesselflickerwagen in die Stadt gefahren kommt.«

»Komm mit, Imelda«, sagte Mary erhobenen Hauptes. »Wir haben Wichtigeres zu tun, als schwatzend herumzustehen.«

Imelda wirkte verängstigt, folgte ihr aber nach. »Ich hätte zu Hause bleiben sollen«, flüsterte sie. »Diese alten Krähen werden Ihnen Ärger machen.«

»Unsinn«, sagte Mary und steuerte entschlossen das erste Geschäft an, doch insgeheim kam auch ihr der Gedanke, daß das Mädchen recht haben könnte.

Mary ging von Geschäft zu Geschäft und bestellte ihre monatliche Ration Torf, die Tommy abholen würde, feilschte um eine zusätzliche Ration Mehl, tauschte beim Metzger ein paar frische Eier gegen Knochen und kaufte die paar Sachen, die sie für den Haushalt brauchte: Sodapulver, Zucker, Salz und die winzige Teeration, die jedem Haushalt zustand. Sie zählte in jedem Laden sorgfältig die Kupons und das Geld ab und steckte dann Karte und Wechselgeld zurück in ihre Manteltasche.

Viele nickten ihr zu, als sie mit Imelda im Gefolge vorbeikam, die den Korb mit den kleinen Päckchen trug, aber keiner blieb stehen, um zu plaudern. Mary konnte nicht darüber hinwegsehen, daß Imelda sich immer mehr in sich zurückzog, je weiter sie gingen. Sie erkannte das Mädchen fast nicht mehr wieder. Ihr ansonsten strahlendes Lächeln hatte dem verdrießlichen Starren jener Platz gemacht, die an Zurückweisung gewohnt sind. Mary tat es in der Seele weh, eine Eingebung riet ihr, daß es für sie beide Zeit für eine Erfrischung war.

Gehorsam lief Imelda hinter Mary her, als sie die Straße hochgingen. Doch sie zögerte einen Augenblick, als Mary das O'Donovan's Hotel betrat. Sie war nie in dem Gebäude gewesen, konnte aber der Aussicht, es sich anzusehen, nicht widerstehen. Als sie ins Foyer kam, sah sie Mary durch eine Tür verschwinden, die mit *Teesalon* bezeichnet war. Imelda holte sie ein, gerade als diese sich an einem kleinen Ecktisch niederließ.

»Jetzt steh nicht so unbeholfen herum, Mädchen. Setz dich.« Mary nahm Imelda den Korb ab und stellte ihn hinter ihrem Stuhl auf den Boden.

»O Mary, es ist so nett hier.« In Anbetracht des hübschen Tischtuchs und des glänzenden Bestecks bekam Imelda große Augen.

»Wir nehmen Tee. Und Gebäck, wenn Sie welches haben«, sagte Mary zu der Bedienung, die Imelda unverhohlen anstarrte.

»Hallo«, sagte Imelda und lächelte die Bedienung an. »Erinnerst du dich an mich?«

»Wußte ich's doch!« Die Bedienung grinste. »Imelda Tanner! Na so was. Wie geht's dir denn?«

»Gut, und selbst?« erwiderte Imelda. Beide Mädchen kicherten und wandten sich dann der verdutzten Mary zu.

»Ich möchte Ihnen Ruth Bennett vorstellen, Mary Burke«, sagte Imelda würdevoll. »Und das ist Mary Burke, Ruth Bennett.«

»Wir haben miteinander gespielt, als wir noch klein waren«, fügte Ruth hinzu. »Imeldas Familie hat im Sommer auf unserem Land kampiert. Wo seid ihr jetzt?«

»Ich wohne mit meinem Bruder und meinen Schwestern unten im Marschland. Papa und Mama sind vor ein paar Jahren gestorben, und seitdem leben wir in der Nähe unserer Tanten und Onkel.«

»Das ist ja schrecklich. Tut mir leid für euch. Ich habe mich schon gewundert, warum ihr nicht mehr gekommen seid. Aber ich finde es schön, dich wiederzusehen, Imelda Tanner. Also wirklich! Dann also Tee und Gebäck!« Ruth kicherte noch, als sie schon wieder auf dem Weg zur Küche war.

Mary betrachtete in aller Ruhe die vor Freude strahlende Imelda. In den letzten paar Augenblicken hatte sie mehr über Imeldas Leben erfahren als in den vergangenen Monaten. Es war ihr einfach nie in den Sinn gekommen, Fragen zu stellen.

»Deine Eltern sind gestorben?« erkundigte sie sich mit sanfter Stimme.

»Ja«, lautete Imeldas schlichte Antwort. »Vor zweieinhalb Jahren. »Es war ein Unfall. Was hätten wir tun sollen? Aber jetzt sind wir ja groß. Wir haben unseren eigenen Tonnenwagen, und die Mädchen machen sich recht gut.«

»Einen Tonnenwagen? Ist das ein Wohnwagen?« wollte Mary wissen.

»Richtig. Das sind die mit dem abgerundeten Dach, die die Form eines Hufeisens haben. Wie eine Tonne. Unserer ist hübsch mit schöner Bemalung und so«, fügte sie stolz hinzu.

»Ich habe meine Mutter nie gekannt«, sagte Mary zu ihrer eigenen Überraschung. »Sie starb bei meiner Geburt.«

»Und Ihr Vater?« wollte Imelda wissen.

»Der war ein schwacher Mensch. Nicht schlecht. Nur schwach. Meine Großmutter hat mich großgezogen. Eine gute, starke Frau. Sie sind beide schon tot.«

Ruth Bennett brachte eine Kanne Tee und einen Teller mit klebrigen braunen Kuchenstücken. Mary lehnte sich zurück und trank gedankenverloren ihren Tee, während die Mädchen unbeschwert miteinander schwatzten.

Sie erinnerte sich daran, wie ihre Großmutter den Knechten riesige Platten voll Kartoffeln und Schinken auftischte, wenn sie zur Essenszeit hereinkamen. Der Bauernhof gehörte ihr, und Mary erfuhr von ihr schon früh, daß sie lernen müsse, ihn zu führen, da sie ihn eines Tages erben würde. Viele Abende war Mary lange aufgeblieben und hatte mucksmäuschenstill beim Feuer gestanden und der Großmutter zugesehen, wie diese in ihr schwarz gebundenes Notizbuch die Einnahmen und Ausgaben des Tages eintrug und die Aufgaben für den nächsten Tag festhielt. Obwohl Mary erst zwanzig war, als ihre Großmutter sanft entschlief, fühlte sie sich in der Lage, in ihre Fußstapfen zu treten.

Ihr Vater jedoch hatte andere Pläne. Er meinte, es wäre Zeit für eine Erholungspause. Ein bißchen Spaß für sie, ehe sie heiratete und sich häuslich einrichtete.

»Wie sollst du denn jemals einen reichen, gutaussehenden

Ehemann finden, wenn du ständig unter einer Kuh oder einem Heuballen steckst?« zog er sie auf. Und Mary ging hocherfreut auf dieses Spiel ein.

Er nahm sie auf eine turbulente Tour mit, sie besuchten Geschäfte und Rennen und übernachteten einmal sogar in Dublin in einem vornehmen Hotel. Oft fragte sie ihn, was das alles kostete, aber er lachte nur und behauptete, die Oma habe durch Knapsen und Sparen so viel auf die Seite gebracht, daß sie mehr als genug hätten. Stand ihnen nicht auch einmal ein bißchen Glück und Luxus zu? Wenn er das sagte, schien das Leben sehr leicht zu sein. Verdiente Ferien, ehe sie sich wieder der Arbeit auf dem Bauernhof zuwandten.

Das bittere Ende ließ nicht lange auf sich warten. Eines Abends traf sie in der Küche ihren Vater an, der vor sich hin weinte. Das Feuer war ausgegangen, und auf dem Tisch lag eine leere Flasche Whiskey. Er gab zu, hoch verschuldet zu sein. Und da erwähnte er zum ersten Mal Gerald Burke.

Mary war Gerald Burke einmal begegnet, als ihr Vater sie zu einem Windhundrennen nach Cork mitgenommen hatte. Gerald hatte gesagt, er komme aus Galway und sei so etwas wie ein Geschäftsmann. Mary war beeindruckt von seiner schicken Kleidung und seinem großstädtischen Auftreten. Er behandelte Mary und ihren Vater wie Könige, bestand darauf, ihre Getränke und das Essen zu zahlen, und fuhr sie in seinem edlen Auto zurück in ihr Hotel.

In jener trostlosen Nacht in der kalten Küche war ihr Vater zusammengebrochen und hatte ihr gestanden, mehr Schulden zu haben, als er jemals würde zurückzahlen können. Er hatte Schulden bei Buchmachern in Dublin und Cork, schuldete Banken und Geschäften Geld. Die meisten Schulden aber hatte er bei Gerald Burke. Als einziges war ihm noch der Hof geblieben.

Gerald hatte sich auf einen Handel eingelassen. Ein Glücksfall, wie ihr Vater strahlend verkündete. Gerald Burke würde alle Schulden übernehmen und statt dessen die Übertragungsurkunde für den Hof bekommen. Mary war entsetzt. Zu sehr entsetzt, um ihren Vater darauf hinweisen zu können, daß er nicht über den Hof zu bestimmen hatte.

»Aber wohin sollen wir denn gehen?« war alles, was sie dazu sagen konnte.

Und an dieser Stelle erklärte ihr Vater ihr dann, was noch zu dem Handel gehörte. Er formulierte es nicht so. Er sagte, sie müsse nicht einwilligen. Er stellte es so dar, als wäre Gerald Burke einfach ein weiterer potentieller Freier, der um ihre Hand anhielt.

Vor Marys Augen drehte sich alles. Sie war ihm doch erst einmal begegnet! Sie versuchte sich zu erinnern, wie er aussah.

Als ihr Vater ein großes Paket vor sie auf den Tisch legte, das in mehrere Lagen Seidenpapier gewickelt war, nahm sie davon gar keine Notiz.

»Das ist für dich«, sagte er. »Ein Kleid. Ein schönes Kleid. Von Gerald.«

Schweigend trug Mary das Paket auf ihr Zimmer. Es war tatsächlich ein schönes Kleid, wenn es ihr auch um die Taille zu weit war. Sie konnte nicht schlafen und brachte die halbe Nacht damit zu, es passend zu machen. Beim Nähen dachte sie über das nach, was ihr Vater gesagt hatte. Stich für Stich sah sie die Zukunft sich vor ihr ausbreiten und mit jedem Stich wurde ihr deutlicher, daß es wirklich ein Glücksfall war. Gerald war der Retter, der kommen, ihr den Hof machen und die Schulden bezahlen würde, und gemeinsam könnten sie den Hof zum Blühen bringen. Er würde sanft und liebevoll sein, und sie würde lernen, ihn dafür zu lieben. Sie träumte von einer netten Familie, drei Jungs und drei Mädchen. Sie sah sie schon vor sich, wie sie am Sonntag alle in der Stadt die Messe besuchten, blitzsauber würden sie eine ganze Bank zwischen ihren stolzen Eltern einnehmen.

Am nächsten Morgen fuhr Gerald in seinem vornehmen Auto vor. Mary sah von ihrem Schlafzimmerfenster aus zu, wie ihr Vater ihn freundlich begrüßte. Er war ein großer Mann. Graue Haarbüschel an seinen Schläfen umrahmten ein großes Gesicht von kräftiger Farbe.

Gerald Burke war älter und größer, als sie ihn in Erinnerung hatte, und sie schauderte bei dem Gedanken, mit ihm sprechen zu müssen. Sie saß in ihrem hübschen neuen Kleid da und wartete darauf, daß sie gerufen wurde. Nach zwei Stunden endlich nahm sie allen Mut zusammen und ging nach unten, wo sie zaghaft an die Tür zum Vorderzimmer klopfte.

Gerald war es, der ihr die Tür öffnete. Sein Gesicht war rot von dem hell lodernden Feuer im Herd und dem Inhalt der Branntweinflasche, die Mary halb leer auf dem kleinen Tisch zwischen den beiden Stühlen am Feuer erspähte.

»Da ist sie ja«, sagte er, packte sie um die Taille und zog sie ins Zimmer. »Das ist das hübsche Mädel, das ich mir eingehandelt habe!«

Mary schämte sich. Als sie sich aus Geralds Umarmung befreite, versuchte sie, den Blick ihres Vaters zu erhaschen. Aber er sah einfach weg.

»Ist alles in Ordnung, Mary? Sie haben ja Ihren Kuchen noch gar nicht angerührt. Essen Sie! Er ist köstlich!«

Mary blickte hoch und in das lächelnde Gesicht von Imelda. Sie schob den Teller beiseite. Etwas stimmte nicht. Ihr war zwar nicht klar, warum, aber sie mußte gehen. Sie hatte das Gefühl, *jetzt* gehen zu müssen.

»Frag doch deine Freundin Ruth, ob sie ihn dir einpackt? Du kannst ihn mit nach Hause nehmen. Ich bin eigentlich nie eine große Kuchenesserin gewesen«, sagte sie entschuldigend. »Ich lasse dir Geld da, damit du bezahlen kannst. Ich muß noch ein paar Einkäufe erledigen. Wir treffen uns dann an der Kirche bei Tommy.«

Imelda nickte mit vollem Mund. Mary verließ den Teesalon und blieb wie angewurzelt stehen. Die Tür zum Schankraum wurde aufgerissen und dort in der Tür stand Gerald. Seinem anzüglichen Grinsen nach hatte er schon einige Halbe Porter intus.

»Na, sieh mal einer an. Da ist sie ja«, sagte er. »Mary, mein Engel. Mein Leben. Mein Zittern und mein Beben«, fügte er lachend hinzu. »Komm rein und trink was mit dem Alten. Ist schon lange her, daß ich mein hübsches Weib an meiner Seite hatte.« Er packte sie an den Handgelenken und zog sie in den dunklen Schankraum.

»Da seht ihr's, Kumpel. Ich stell euch die Hausherrin vor.

Bildschönes Frauenzimmer, nicht wahr?« verkündete er großspurig und gab dem Mann an der Theke zu verstehen, daß er eine Halbe und ein kleines Bier wollte.

Es dauerte ein paar Sekunden, bis Marys Augen sich an den dunklen, verräucherten Schankraum gewöhnt hatten. Die Männer am Tresen waren angesichts dieses Eindringens in ihre Männerdomäne verlegen und traten von einem Bein aufs andere. Einige nahmen ihretwegen die Kappen ab, und sie nickte ihnen daraufhin zu.

»Was höre ich da? Du tollst jetzt mit Kesselflickern herum?« zischte er ihr ins Ohr. »Weißt du denn nicht, daß sie dich ausrauben? Dich in deinem Bett abmurksen, sobald du die Augen zugemacht hast?«

Der Barmann brachte ihnen die Getränke. »Sag mir, was ein Mann tun muß, wenn die Frau sich nicht benimmt?« fragte Gerald mit lauter Stimme.

Er nahm einen kräftigen Schluck und beobachtete sie, wie sie steif am Tresen stand. Er stellte seinen Krug ab und grinste breit. Dieser Stimmungswechsel von einer Sekunde zur anderen war typisch für Gerald.

»Du siehst gut aus, Frau«, sagte er höflich, als wären sie ein glückliches Paar. Als hätte er sie nicht gerade erst vor allen bloßgestellt. Als hätte er sie in der vergangenen Nacht nicht gegen eine Wand geworfen und sie dann auf dem Boden liegen lassen. Als wäre ihm an ihr gelegen.

»Ich bin jetzt ein paar Tage geschäftlich unterwegs«, sagte er, griff in seine Tasche und holte Geld heraus. »Das sollte reichen, bis ich wiederkomme. Aber sei auf der Hut.«

Gerald setzte seinen Krug wieder an und drehte ihr den Rücken zu. Sie war entlassen. Ihr Glas stand unangetastet auf der Theke.

Ohne ein Wort ging Mary raschen Schrittes zur Seitentür und hinaus in den strahlenden Sonnenschein.

2 Imelda saß am Fuß des Denkmals am Astna Square. Ruths Schicht war zu Ende, und sie hatte vorgeschlagen, sich dort mit Imelda zu treffen. Imelda blickte hoch zu der Statue des Pikenträgers, der stolz im Sonnenlicht stand. Er sieht gut aus, überlegte sie. Sie wurde rot und wandte sich rasch ab, für den Fall, daß jemand sie gesehen und erraten haben sollte, was sie dachte.

Es freute sie, daß Ruthie sie gebeten hatte, auf sie zu warten. Ruth hatte keine Bedenken, mit ihr gesehen zu werden. Die meisten der seßhaften Kinder, die Imelda in ihrer Kindheit gekannt hatte, gaben vor, sie nicht mehr zu kennen, sobald sie älter wurden. Sie machte ihnen das nicht zum Vorwurf. Warum sollten sie auch riskieren, beim Nachhausekommen dafür gescholten zu werden, daß sie sich mit Zigeunern herumtrieben? Sie taten eben, was ihre Eltern ihnen vorschrieben, bis sie alt genug waren, um selbst Kinder zu haben, an die sie die Geschichten von den schmutzigen Zigeunern und die Warnungen vor ihnen weitergeben konnten. Und deshalb fingen sie irgendwann an, durch sie hindurchzusehen, wenn sie vorbeikamen. Manchmal kam es vor, daß der eine oder andere ihr wie zur Entschuldigung traurig zunickte. Imelda lernte es, nicht auf sie zu achten und ihres Wegs zu gehen. Zurück zu den Ihren.

Imelda hatte nie in einem Haus gewohnt. Keiner ihrer Leute. Sie waren Fahrende, die ein paar Tage hier, ein paar Tage dort lebten, für ein paar Wochen an einem Platz ihr Lager aufschlugen, manchmal auch für ein oder zwei Monate, wenn es Arbeit gab und die Leute vor Ort freundlich waren, aber sie zogen immer wieder weiter. Wahrscheinlich hatte sie in der Zeit, als sie mit ihrer Mutter von Tür zu Tür gegangen war, mehr Häuser kennengelernt als jeder seßhafte Mensch, aber sie konnte sich nicht vorstellen, in einem davon zu leben. Als ihre Eltern noch am Leben waren, hatte sie in einem Zelt gewohnt. Jetzt wohnte sie mit ihrem Bruder und ihren Schwestern in dem Tonnenwagen, den ihr Onkel ihnen gebaut hatte.

Ihr Wohnwagen war hübsch und gemütlich und leckte so gut wie gar nicht. Und doch vermißte sie manchmal das große Schutzzelt. Ihr Vater hatte nie gepfuscht wie manch anderer. Er hatte es immer mit Umsicht aufgebaut, erst die große Stange mit der Querstrebe aufgestellt und dann das Flechtwerk aus Haselzweigen darum herumgelegt. Ihre Mutter hatte aus Mehlsäcken große Inletts genäht und sie mit frischem Stroh gefüllt, die dann in der Nacht als Betten dienten. Das Stroh war immer trocken gewesen und hatte süß gerochen, wenn sie sich im Dunkeln unter ihre Decke gekuschelt hatte. Sie vermißte diese Wärme. Doch am meisten vermißte sie ihre Eltern.

Sie waren eines Nachmittags mit dem Pferdekarren weggefahren, um Stroh zu holen. Was genau passiert war, wußte keiner. Anscheinend war das Pony durchgegangen. Der Karren hatte sich im Graben überschlagen. Sie sagten, ihre Mama sei sofort tot gewesen. Papa war dann auf dem Weg in die Stadt gestorben. Danach war das Leben nie mehr wie früher gewesen.

Aus dem ganzen Land waren die Fahrenden zur Beerdigung gekommen. Nachdem sie in die Erde gelegt worden waren, hatte Imelda die ganze Nacht neben ihrem Onkel gestanden, als dieser sämtliche Habseligkeiten ihrer Eltern verbrannte. Alles, was ihr blieb, war der Ring ihrer Mutter, den der Vater ihr aus einer Zwei-Shilling-Münze gemacht hatte.

Imelda spürte einen Schatten über sich und merkte, daß sich Wolken über der Stadt zusammenbrauten. Sie blickte auf und sah Ruth die Pearse Street entlang auf sie zuschlendern. Ruth entdeckte sie und winkte. Ja, das mit Ruth ist schön, ging es

Imelda durch den Kopf, als sie zurückwinkte. Ruth war anders. Und das war jetzt auch Mary Burke.

Ein verrückter Vogel war die. Sie konnte kalt und distanziert sein, dann wieder großzügig und freundlich. Mary war die schönste Frau, die Imelda je gesehen hatte. Ihr Haar hatte die Farbe von Kupferpfennigen. Und ihre Augen wechselten je nach Wetter von grau nach grün, wie das Meer. Von roten Haaren sagte man, daß sie Unglück brachten. Sie kannte Leute, die wieder umkehrten, wenn sie bei Anbruch einer Reise einer Rothaarigen begegneten. Aber das Unglück, das Mary anzog, schien nur auf diese selbst zu fallen. Für Imelda war sie ein Geschenk des Himmels.

»Hoffentlich hat es nicht zu lang gedauert«, meinte Ruth, als sie sich neben sie setzte.

»Überhaupt nicht«, erwiderte Imelda. »Also dann. Wie geht es deiner Familie?«

»Sehr gut. Meine Schwester hat letztes Jahr geheiratet und bekommt jetzt ihr erstes Kind. Ich werde Tante! Stell dir das vor! Tante Ruth. Und dir?«

»Wir sind alle wohlauf. Gott sei Dank.« Imelda bekreuzigte sich.

»Ich kann nicht lang bleiben«, sagte Ruth. »Der Zivilschutz trifft sich heute abend, und ich helfe beim Teeausschank, wenn sie zurückkommen. Mein Bruder und mein Vater sind dabei. Und Dennis auch.«

»Wer ist denn Dennis?« fragte Imelda mit hochgezogener Braue.

»Er ist ein ganz wunderbarer Freund«, sagte Ruth grinsend. »Triffst du dich denn mit jemand?«

»Ruth! Sei nicht blöd«, erwiderte Imelda errötend.

»Wie alt bist du jetzt? Sechzehn, wie ich. Laß mal überlegen – du wirst sicher bald verheiratet werden – das ist bei euch doch so?«

»Ich werde fünfzehn in diesem Sommer, aber man wird mich noch nicht verloben. Nicht, wenn ich meine Einwilligung geben muß«, sagte Imelda mit Nachdruck. »Ich habe meiner Tante gesagt, daß keine Verkuppelung stattfindet, bis auch meine kleinste Schwester groß ist.«

»Aber bis dahin wirst du uralt sein! Dann will dich keiner mehr!«

»Das macht mir nichts«, sagte Imelda.

»Aber was willst du machen, wenn sie eine Heirat vorbereiten?« erkundigte sich Ruth.

»Ich werde nicht hingehen«, erklärte Imelda und war überrascht über ihre eigene Entschlossenheit. »Wenn sie mir sagen, ich solle meinen Schal holen und zur Kirche gehen, werde ich nicht gehen. Sie können mich nicht zwingen. Außerdem, wer wird mich schon haben wollen und dazu vier zusätzliche Münder, die gefüttert werden müssen?«

»Paß auf. Da kommt jetzt der Zivilschutz«, sagte Ruth und deutete auf drei Männer in grünen Uniformen, die in der Straßenmitte liefen. »Ich gehe jetzt wohl besser gleich.«

»Sehen die nicht gut aus? Das ist wohl die Uniform?«

»Genau. Die vom Zivilschutz ist grün. Mein Papa hat eine. Er hat im Ersten Weltkrieg gekämpft. Mein Bruder und Dennis haben ihre noch nicht. Aber sie tragen Abzeichen. Und Dennis hat ein Gewehr«, erklärte Ruth stolz.

»Glaubst du denn wirklich, sie könnten die Deutschen bekämpfen?« fragte Imelda, als zwei weitere Männer in Uniform auf Fahrrädern um die Ecke der Rossa Street bogen und auf das Hotel zuradelten.

»Was sollten die Deutschen denn von jemand wie uns haben wollen?« lachte Ruthie.

»Na ja, vor zwei Jahren habe ich Geschichten von Bomben in Dublin gehört. Es hieß, die Deutschen hätten einen Fehler gemacht. Die Bomben seien für Belfast gedacht gewesen, aber ich habe doch einen Schreck bekommen. Gott bewahre«, sagte Imelda feierlich.

»Da stimmt natürlich. Und letzten Monat, als ich in der Hotelbar bediente«, flüsterte Ruth ihr ins Ohr, »hörte ich einen Polizisten jemandem erzählen, daß man in Baltimore deutsche Spione gefaßt hatte.«

»Deutsche Spione in Baltimore?« wiederholte Imelda mit großen Augen.

»Drei Männer. Kamen mit ihren Koffern in der Hand vom Strand direkt die Hauptstraße hochgelaufen.«

»Hör auf!« sagte Imelda grinsend.

»Ich schwör's beim Leben meiner Mutter«, lachte Ruthie. »Es waren zwei Deutsche und ein Schwarzer.«

»Waren es nicht!« widersprach Imelda.

»Der Schwarze trug einen Turban«, fügte Ruth prustend hinzu, »und das Beste daran, das Beste ist, daß sie sich gar nicht erklären konnten, wie man sie so schnell ausfindig gemacht hat. Sie kamen nämlich nicht einmal bis zum Ende der Straße!«

»O Ruthie, hör auf!« keuchte Imelda und hielt sich den Bauch vor Lachen.

»Gott ist mein Zeuge. Weißt du, da sitzt dieser Polizist, der gerade keinen Dienst hatte, bei einem Bier, als jemand aus dem Fenster schaut und sagt: ›Da kommen zwei Fremde und ein Schwarzer vom Strand hochgelaufen.‹ Und der Polizist sagt: ›Oh, das werden deutsche Spione sein.‹ Und er beobachtet sie, während er sein Glas leert, und geht dann hinaus und nimmt sie fest!«

»Jetzt hab ich Seitenstechen. Du hast mich immer zum Lachen gebracht, Mädchen!«

»Das stimmt! Und außerdem, wen kümmern schon Bomben und Spione?« fragte Ruth und stand auf. »Was interessiert es schon, ob Krieg ist oder Ausnahmezustand oder wie sie es sonst nennen wollen. Ich möchte eigentlich nur wissen, wann wir wieder einmal so etwas wie Strümpfe und Badeseife zu sehen kriegen?«

Imelda winkte Ruth zum Abschied zu und trat den Rückweg zum Kirchhof an. Sie blickte hinunter auf die Kuppen ihrer Gummistiefel und dachte an das Stroh, das sie heute morgen sorgfältig hineingestopft hatte. Ausnahmezustand oder nicht, so etwas wie Strümpfe oder Badeseife hatte sie nie besessen.

Vor dem Hoteleingang herrschte ein Kommen und Gehen von Männern, unter die sich eine Horde kleiner Jungs mischte, deren aufrichtige Bewunderung den grünen Uniformen galt, die manche trugen. Auch auf die Damen der Stadt verfehlte der Charme dieser Uniformen seine Wirkung nicht. Sie lächelten den Männern im Vorbeigehen zu und bekamen dafür zackiges Salutieren zu sehen. Hauptthema der Unterhaltung war das Wetter. Der schöne Tag schien ein rasches Ende zu nehmen, gefolgt von bedrohlich tief hängenden schiefergrauen Wolken. Bei den ersten Regentropfen beschloß man, daß es wohl am klügsten wäre, auf den Rest der Truppe zu warten und einstweilen im Hotel Zuflucht zu nehmen.

Gerald Burke hob seinen Blick, als die ausgelassene Gruppe in die Bar platzte.

»Na, seht euch die an«, sagte einer der Männer in Uniform. »Ihr solltet euch schämen. Habt ihr denn nichts Besseres zu tun, als in der Kneipe zu sitzen, während die tapferen Männer vom Zivilschutz die Nation verteidigen?«

»Paß auf, was du da sagst, Junge«, erwiderte ein dünner Mann, der einen kleinen Whiskey in der Hand hielt. Er deutete auf das blaue Armband, das er trug. »Örtlicher Sicherheitsdienst. Zu gut für solche wie euch. Ihr rennt ja nur rum und spielt Soldaten. Die eigentliche Arbeit machen wir hier.«

»Sicherheitsdienst? Was macht ihr denn da?«

»Beobachtungsposten. Küstenbewachung am Galley Head«, gab der Mann wichtigtuerisch zur Antwort. »Das nenne ich die Nation verteidigen.«

»Und wer hält jetzt den Posten? Madame höchstpersönlich?«

»Ganz genau«, gab er lachend zurück. »Und ich kann Ihnen sagen, daß diesen Augen nichts, aber auch gar nichts entgeht!«

»Ja schon, aber was ist, wenn die Hausherrin meldet, daß eine Reihe von U-Booten und ein Schwarm Flugzeuge direkt auf die Bucht von Clonakilty zusteuern?« kam die Retourkutsche des ersten Mannes. »Dann ruft man wohl nach dem Zivilschutz. Wer soll dann wem verteidigen?«

»Wen. Wer wird *wen* verteidigen? Nennt ihr Jungs das die Nation verteidigen? Indem ihr euch ein Bier bestellt?« meldete sich Con O'Leary zur allgemeinen Belustigung der Gäste zu Wort. Cornelius O'Leary gehörte zu den Stammgästen an der Hotelbar. Nachdem er zehn Jahre lang in England gearbeitet hatte, war er nach Clonakilty zurückgekehrt, wo er als überzeugter Junggeselle und stadtbekannte Erscheinung ein glückliches Leben führte.

»Werden wir sie damit aufhalten können, wenn sie versuchen sollten, bei uns einzumarschieren?« fuhr er fort. »Indem wir sie zu einem Porter überreden? Sie unter den Tisch trinken? Pfeif auf mein schlimmes Kreuz – vielleicht werde ich doch noch Soldat!«

Gerald war während des allgemeinen Gelächters still geblieben. Er trank sein Glas aus und verließ mit einem Kopfnicken die Bar.

»Da geht einer, den man bestimmt nicht in Uniform zu sehen kriegt. Falsche Farbe«, murmelte Tony vor sich hin. »Ich habe einen Kusin, der ihn noch aus seiner Zeit in Galway kennt. Sieht so aus, als hätte er damals dem schwarzen Hemd den Vorzug gegeben. Ihr hättet ihn hören sollen, wie er vorhin mit seiner Frau umgesprungen ist. Die reinste Schande.«

»Ich glaube nicht, daß einem wie ihm Farben etwas bedeuten«, erwiderte Con O'Leary. »Seine Lieblingsfarbe ist immer die, die am meisten abwirft.«

»Das stimmt«, gab ihm Tony recht und schüttelte den Kopf. »Der würde noch seine eigene Mutter an den Meistbietenden verhökern.«

Es wurde dunkler, als sich draußen das Wetter verschlechterte. Der Barmann verließ seinen Platz, um die Verdunkelung herunterzulassen, ehe er die Lichter anmachte.

»Wie gefallen euch denn die neuen Verdunklungsrollos?« fragte er. »War 'ne elende Arbeit, diese Papierfetzen abzunehmen. Die Rollos waren teuer. In den Regierungsbüros haben sie die auch. Aber sieht doch gut aus, was meint ihr?« Die Männer an der Bar nickten alle zur Bestätigung.

»Ist trotzdem eine ernste Angelegenheit«, meinte Con O'Leary feierlich. »Ist doch so, Dr. Moloney?«

»Absolut«, pflichtete ihm der Doktor bei, dessen große Gestalt auf dem benachbarten Barhocker einen bemerkenswert ausgeglichenen Eindruck machte. »Die Regierung nimmt das alles sehr ernst. Erst letzte Woche habe ich ein Rundschreiben erhalten, daß ich das Auto keinesfalls für persönliche Erledigungen benutzen darf. Das haben alle Ärzte und Tierärzte im Land bekommen, und ich glaube, auch die Gemeindepriester.«

»Verdammt. Dann reicht unser Arm also bis hinauf zur Kirche Irlands«, scherzte der Gefährte des Doktors.

»Ist schon 'ne komische Sache, dieser Ausnahmezustand«, fügte der Barmann Tony hinzu. »Die Deutschen machen mir ja viel weniger zu schaffen als den Briten und die Amis schon gar nicht, aber bricht es euch nicht auch das Herz, wenn ihr von den Bomben auf England hört?«

»Ich habe in London Verwandte, Gott schütze sie«, sagte der Mann von der Küstenwache.

»Haben wir das nicht alle? Letzte Woche sind doch erst die beiden Jungs von Dan Murphy weggegangen. In Liverpool ist zur Zeit gutes Geld zu machen.«

»Und jetzt, wo auch die Amis mitmischen, sieht es aus, als wären die einzigen Iren, die nicht mitkämpfen, diejenigen, die hier in Irland geblieben sind«, sagte Con O'Leary und hob sein Glas.

»Ist es denn wirklich wichtig, wer gewinnt?« fragte der Doktor zum Abschluß. »Solange sie ihre Sache erledigen und uns damit nicht behelligen.«

Jetzt goß es in Strömen, auf der Pearse Street hatte sich schon ein Wasserlauf gebildet. Anscheinend kamen einige aus der Truppe nicht mehr. Man war sich allgemein einig, daß das Wetter sie abgehalten haben mußte. Deshalb beschloß man, für diesen Abend die Übung des Zivilschutzes abzublasen, und der Barmann zapfte eine weitere Runde.

3 Mary saß in der Küche und lauschte dem Wind, der draußen brüllte. Gerade als sie das Haus erreicht hatten, setzte der Regenguß ein, und Tom und Imelda hatten sie rasch aussteigen lassen und waren dann nach Hause weitergefahren. Sie mußte an die beiden da draußen denken und fragte sich zum ersten Mal, ob es ihnen wohl auch gutging.

Der Sturm wütete aus südwestlicher Richtung. Jede Böe fegte durchs Haus und schickte dabei ein schrill kreischendes Pfeifen durch die Dachsparren und ein Heulen durch den Kamin. Es schüttete wie aus Kübeln, und die gegen die Fensterscheibe klatschenden Zweige ließen unentwegt ihr gespenstisches Klopfen hören. Man konnte meinen, das Haus würde auseinandergerissen.

Aber Mary fürchtete sich nicht. Am Feuer in ihre Decke gehüllt, war sie so sicher und der Zufriedenheit so nahe wie nie zuvor. Gerald würde nicht nach Hause kommen. Ein paar Tage lang mußte sie sich seinetwegen keine Sorgen machen. Der Hund zu ihren Füßen schlief tief und fest. Auch er schien glücklich zu sein, daß Gerald weg war. Wenn sein Herr im Haus war, verkroch der Hund sich in den dunklen Ecken.

Mary hatte das Torffeuer im Herd schon aufgeschichtet, so daß sie es am Morgen nur noch würde anzünden müssen. Imelda würde nicht kommen, aber Mary freute sich schon darauf, die Hausarbeit selbst zu erledigen. Das Feuer im Kamin brannte hell. Mary schob die Erinnerung an den Nachmittag im Schankraum und an den Abend zuvor mit aller Entschlossenheit von sich. Sie saß da und döste vor sich hin und dachte an den vor ihr liegenden Tag, an dem sie sich keine Sorgen über Geralds Laune würde machen müssen …

Sie lief am Strand entlang. Zwischen ihren Zehen spürte sie den feuchten Sand. Zu ihrer Linken toste das Meer. Sie kehrte dem schäumenden Wasser den Rücken und wandte sich den Klippen und grünen Hügeln dahinter zu. Die Sonne brannte herab, und in den Falten ihres Kleides fing sich raschelnd eine warme Brise. Mary lächelte auf den kleinen Jungen herab, der neben ihr herlief. Sein rotblondes Haar war golden gesträhnt, und als er ihr Lächeln erwiderte, zog er seine sommersprossige Nase kraus und ließ dabei die Lücke in seinen Schneidezähnen aufblitzen. Sie streckte ihren Arm aus, um seinen Kopf zu tätscheln, aber er rannte davon, daß der Sand nur so stiebte. Mary blieb stehen und sah ihm nach. Sie war durcheinander. Es war nicht Séan. Dieser Junge war älter als Séan. Mindestens fünf oder sechs Jahre älter. Aber es war ihr Junge. Dessen war sie sich sicher. Mary wurde sich einer starken, weichen Hand bewußt, die die ihre hielt. Sie blickte hinunter und sah, daß ihre Linke mit einer großen Männerhand verschlungen war. Sie war stark gebräunt und wirkte durch die schwarze Behaarung sehr kräftig. Es war eine schöne Hand, sauber und ohne Schwielen. Sie blickte hoch, um zu sehen, wem diese Hand gehörte, aber die Sonne blendete zu sehr. Sie versuchte ihre Augen abzuschirmen. Doch sie konnte ihn nicht erkennen. Aber sie wußte, daß sie ihn liebte. Sie liebte ihn und dieses Kind mehr als alles, was sie je geliebt hatte. Sie beobachtete, wie der Junge der Brandung hinterherlief. Nie hatte Mary ein solches Glück empfunden. Selbst als der Sturm vom Westen her anschwoll und den Strand wegschwemmte, spürte sie noch immer die Berührung jener sanften Hand …

Erquickt wachte sie auf. Sie war am Strand gewesen. Sie erinnerte sich an den Sonnenschein und an das Gefühl, als würde ihr das Herz vor Freude zerspringen. Noch immer wütete draußen der Sturm, aber sie hatte tief und fest geschlafen.

Mary sah auf die Uhr und stellte überrascht fest, daß Mitternacht vorbei war. Sie zündete eine kleine Kerze an und löschte die Lampe, ehe sie nach oben ging.

Auf dem Bettrand sitzend, verfolgte sie im Spiegel der großen eichenen Frisierkommode, wie sie sich auszog. Das Spiegelbild flackerte im Kerzenlicht. Ihre Haut war so weiß, daß sie zu leuchten schien, und als sie ihr Haar löste und es über die Schultern fallen ließ, fing sich darin das Licht. Schamhaft wandte sie sich ab, als sie ihre Unterwäsche auszog, und schlüpfte in ihr Nachthemd. Der Traum hielt sie noch immer gefangen, und sie sah sich lächeln, als sie eine Bürste nahm und anfing, ihr Haar zu bürsten. Sie summte vor sich hin und fragte sich, was das alles zu bedeuten hatte. Ihre Großmutter hatte Träumen sehr viel Bedeutung beigemessen. Sie hatte immer sehr genau zugehört und nach Einzelheiten gefragt und dann laut darüber nachgedacht, was jedes Fetzchen Traum bedeutete, bis sie zu einer Lösung kam und entschied, ob irgendein Handeln angezeigt war. Mary hatte den Interpretationen ihrer Großmutter nur halbherzig geglaubt, sich aber an ihrem Erzählen gefreut.

Ein heftiger Knall im hinteren Teil des Hauses riß sie aus ihren Gedanken. Hatte sie womöglich vergessen, die Tür zu verriegeln? Sie legte die Bürste weg und lauschte angestrengt. Es fiel ihr schwer, den Lärm des Sturms zu ignorieren, aber sie glaubte, das Geräusch wieder zu hören. Sie ging zur Tür ihres Schlafzimmers und schaute die Treppe hinunter. Sie glaubte, den Hund unten in der Diele zu sehen. Sie ging wohl am besten runter und sperrte ihn in die Küche.

Natürlich war es der Hund, der um den Treppenabsatz schlich. Mary fand es seltsam, daß sie ihn locken mußte, damit er zu ihr kam. Ihr lief ein Schauder über den Rücken, als sie in die dunkle Küche ging, damit er ihr folgte. Unter ihren nackten Füßen war der Steinboden kalt. Das Feuer war zu einer tiefroten Glut heruntergebrannt. Sie stellte ihre Kerze auf dem Tisch ab und ging, um noch Torf zu holen. Ein Arm schoß aus dem Dunkeln auf sie zu. Er packte sie um die Taille.

»Gerald«, schrie sie auf. »Du hast mich zu Tode erschreckt.«

»Warum? Hast du jemand anders erwartet?«

Seine Kleider waren durchweicht und von seiner Kappe tropfte es herunter. Er zog sie näher an sich heran, und Mary spürte, wie ihr Nachthemd naß wurde. Er roch sehr stark nach Alkohol. Verzweifelt versuchte Mary, ihm in die Augen zu sehen, aber sie waren im Schatten seiner Kappe verborgen.

»Nein. Nein, natürlich nicht«, sagte sie und versuchte, ihn sanft wegzuschieben. Sie mußte seine Augen sehen. Sie würden ihr eher als alles andere sagen, was sie zu erwarten hatte.

»Du bist ja durchnäßt bis auf die Knochen. Komm, trockne dich ab.«

Es war, als versuchte man eine Wand wegzuschieben. Gerald hielt mit einem Arm ihre Taille umschlungen. Obwohl er ein wenig torkelte, hatte er sie fest im Griff. Er zog sie dicht an sich heran, bis nur noch ihre Zehenspitzen den Boden berührten und ihre Arme an der rauhen nassen Wolle seines Anzugs klebten. Seine linke Hand glitt über dem Nachthemd ihren Rücken entlang, hoch zu ihrem Halsansatz. Als er ihr mit seinen Fingern durchs Haar strich, schauderte Mary vor Ekel.

»Wo ist mein Abendessen, Frau?« flüsterte er ihr ins Ohr, während er ihr Haar streichelte. Sein Atem war faulig und heiß.

»Es ist noch nicht fertig, aber ich mache es sofort«, flehte Mary, die noch immer auf ihren Zehenspitzen schwankte. Gerald wickelte seine Finger um eine dicke Strähne und riß ihren Kopf zurück.

»Wo ist mein Abendessen?« sagte er und wurde mit jeder Silbe lauter. Mary wurde schwindelig. Der Schmerz in ihrem Kopf machte sie blind, und sein Gestank raubte ihr die Sinne.

»Du wolltest doch gar nicht nach Hause kommen«, wisperte sie.

»Ich habe es mir anders überlegt«, sagte er und ließ ihr Haar los, faßte sie dann sanft unterm Kinn und zog ihr Gesicht an seins. »Ein Mann darf doch wohl mal seine Meinung ändern, oder? Oder?« Der Druck seiner Finger auf ihren Kiefer wurde fester, und er hob sie ganz vom Boden hoch. Mary sah ihm in die Augen. Und was sie dort sah, entsetzte sie.

»Laß mich in Ruhe«, zischte sie.

»Warum sollte ich?« erwiderte er und ließ sie fallen, so daß sie heftig gegen den Tisch schlug. Er holte eine Flasche aus seiner Tasche und nahm einen kräftigen Schluck. »Du gehörst mir und tust, was mir gefallt.«

»Ich werde dir nie gehören«, flüsterte Mary und wünschte sofort, das nicht gesagt zu haben.

Seine Hand bewegte sich zu schnell, als daß sie hätte ausweichen können. Es war wie ein Peitschenhieb, als er sie fest auf die Wange schlug, so daß sie taumelnd zu Boden fiel.

»Doch, das tust du. Obwohl du eine Hure bist. Denn gekauft habe ich dich ja wohl? Und das macht dich sowohl zur Hure als auch zu meinem Eigentum.«

Sie lag auf den kalten Steinen und holte tief Luft. Er stand da und schaute auf sie hinunter, während er sich einen weiteren großzügigen Schluck aus seiner Flasche genehmigte. Das flackernde Kerzenlicht ließ ihn größer erscheinen, als er in Wirklichkeit war. Sie haßte diesen Schatten, der drohend über ihr aufragte. Seine Kappe war heruntergefallen, und dunkle, angegraute Strähnen hingen ihm in die Stirn. Schwerfällig entledigte er sich seiner Jacke und versuchte sie über einen Stuhl zu hängen, jedoch ohne Mary dabei aus den Augen zu lassen. Er verfehlte den Stuhl um mindestens dreißig Zentimeter und ließ die Jacke liegen, wo sie hingefallen war. Entsetzt verfolgte sie das Lächeln, das über sein Gesicht huschte.

Sie ertrug es nicht, ihn anzusehen. Sie schloß ihre Augen und hoffte, der schwarze Schiefer würde sich auftun und sie verschlingen.

»Bitte nicht, lieber Gott, bitte nicht«, betete sie still. Sie hörte, wie Gerald seine Hosenträger schnalzen ließ und an seinem Gürtel herumfummelte. Seit Monaten hatte er sie nicht mehr gewollt. Sie hatte gehofft, er sei ihrer überdrüssig geworden. Der Gedanke, von ihm berührt zu werden, war ihr unerträglich.

»Steh auf, Frau«, belferte er und stieß sie mit seinen Stiefeln an. »Steh auf, hab ich gesagt!«

Mary rührte sich nicht. Die Stöße wurden immer heftiger, und sie rollte sich auf dem Boden zu einer Kugel zusammen. Er griff nach unten, packte ihre Schulter und riß sie wieder hoch auf ihre Füße. Ihr Nachthemd zerriß, und sie versuchte, die Stoffetzen zusammenzuhalten.

»Hoho, was haben wir denn da?« sagte er und machte sich über ihr Schamgefühl lustig. »Eine echte Hure, der man eine Lektion erteilen muß. Genauso wie der anderen kleinen Hure, mit der du herumgetollt hast.«

Mary riß ihre Augen auf. Seine rauhe Hand, mit der er ihre Brüste drückte, spürte sie kaum. Wen meinte er?

»Diese Frauen sind sicher nicht alle Huren. Die sind anders.« Gerald zerrte an ihrem Nachthemd, zerkratzte ihre Schenkel, aber Mary spürte es nicht.

»Wer? Wer ist anders?« wimmerte sie.

»Die Zigeuner. Du kennst doch die eine. Diese Imelda. Ich habe sie selbst hier herumscharwenzeln sehen. Sie ist erwachsen. Bestimmt ist sie das, die werden doch schneller reif als normale Menschen, oder? O ja, ich habe sie gesehen. Sie verlangt geradezu danach.«

»Du rührst sie nicht an!« Mary stürzte sich auf ihn und schlug blindwütig mit der Faust auf ihn ein.

Er schob sie weg, aber sie näherte sich ihm wieder, kratzte und zerrte an seinen Haaren. Überrascht taumelte er rückwärts. Dann schlug er kräftig zu. Der Schlag schleuderte sie gegen die Wand.

»Ich werde dir eine Lektion erteilen«, sagte Gerald mit häßlicher Stimme und zog dabei seinen Gürtel aus. »Ich werde dir eine Lektion erteilen, du Hure.«

Die Schläge waren unbeholfen, aber heftig, und sie brannten, wenn sie ihr Ziel trafen. Mary schaute zur Wand und fing an zu beten. Ihr Rücken und ihre Beine brannten wie Feuer, ihr Kopf dröhnte. Sie schloß die Augen und sank zu Boden. Die Schläge hörten auf.

»Als Frau taugst du wirklich nichts«, sagte er und ließ den Gürtel zu Boden fallen. Sie blieb ruhig liegen und lauschte dem Heulen des Sturms, dem schwachen Knistern des Feuers, dem ans Fenster schlagenden Ast, dem in der Diele winselnden Hund. Sie versuchte sich auf nichts anderes als die Geräusche zu konzentrieren. Um den Schmerz auszuschalten. Um die Angst auszuschalten. Um Geralds Gewicht auszuschalten, als er sich auf sie fallen ließ und ihr Nachthemd nach oben riß. Ihr drehte sich der Magen um, als er seine Hüften über sie schob und sein Gesicht in ihrem Hals vergrub. Seine Last zermalmte sie. Sie konnte kaum atmen. Mary preßte ihre Augen fest zu und betete, es möge schnell vorübergehen.

4

Beauregard St. Soucis schaute aus dem Fenster und sah die Küste unter den Wolken verschwinden. Unter Klappern und Dröhnen ließen die vier Motoren des großen B-17 Bombers sie vom afrikanischen Festland in die Lüfte abheben. Kein Wunder, daß sie ihn eine fliegende Festung nannten, dachte er. Mit seinen Gefechtstürmen, seinen mit schweren Waffen bestückten Gefechtsstellungen und dem riesigen Bombenschacht war er im wahrsten Sinne des Wortes eine fliegende Kriegsmaschine. Und genau wie die früheren Festungen war auch diese hier ziemlich spartanisch eingerichtet. Der Komfort beschränkte sich auf zwei lange Bänke in der großen Mittelkabine des Rumpfes. Die anderen Kabinen waren vollgestopft, und die Toilette bestand aus einem weißen Emailleeimer, der gut sichtbar mitten im Flugzeug stand.

Die Crew hatte die Maschine *T'Ain't a Bird* getauft. Er vermutete, daß dieser Name etwas mit *Superman* im Radio zu tun hatte. Wie kamen sie nur immer auf diese Namen? Er hatte Flugzeuge gesehen, die *Shoo Shoo Baby, Roger the Lodger* oder *Impatient Virgin* hießen. Doch andererseits mußte er zugeben, daß sie auch nicht dümmer waren als einige der Namen, welche die Rennpferde seines Vaters trugen.

Da saß er nun also in einer Maschine, deren Name schon sagte, daß sie kein Vogel war, und ihre Crew war auf dem Weg nach England. Das paßte Beau sehr gut, denn genau da wollte er hin.

Beaus letzter Besuch auf der Insel hatte vor dem Krieg stattgefunden, als er seinen Vater durch England, Schottland und Irland begleitet hatte. Es war eine angenehme Reise gewesen, bei der sich die Geschäftsinteressen seines Vaters glücklich mit seiner Leidenschaft für Rennpferde verbanden. Beau erinnerte sich an eine Reihe prächtiger Gestüte, an Dinners in Männerklubs und an hübsche Mädchen, die ihm von ihren Mamas vorgestellt worden waren. An das und an den Regen. Es hatte die ganze Zeit, die sie dort verbrachten, geregnet. Er erinnerte sich an die trostlose feuchte Kälte, die seine Sehnsucht nach dem heißen, schwülen Klima daheim in Louisiana geweckt hatte.

Von seinem Platz aus konnte Beau die ganze Mittelkabine überblicken und bis zur Funkkabine sehen. Die Sicht aufs Cockpit war durch die langen Beine des Bordschützen verstellt, der auf einem Sims direkt vor dem Funkraum stand. Kopf und Schultern des Bordschützen verschwanden in der Plexiglaskugel der Gefechtskanzel, dem Astrodome. Dieser Junge hatte im wahrsten Sinne des Wortes seinen Kopf in den Wolken, dachte Beau, als er es sich so bequem wie möglich machte. Es würde ein langer Flug werden. Durch das allgemeine Getöse hörte er das Knistern atmosphärischer Störungen, als sich die Stimme des Piloten über den Bordlautsprecher meldete:

»Alles klar, Männer. Wir haben jetzt die Flughöhe erreicht. Wir werden unter zehntausend Fuß bleiben. Hoch genug, falls wir über irgendwelche deutsche U-Boote fliegen, aber ihr braucht keine Sauerstoffmasken. Wir werden das alle zwanzig Minuten überprüfen. Wie ich sehe, ist McKnight hier munter und wohlauf.«

»Kann man von dir auch sagen«, sagte eine Stimme, die wohl die des Kopiloten sein mußte, wie Beau vermutete.

»Bombenschütze Reisenbeck?«

»Ja.«

»Navigator?«

»Alles klar.«

»Maschinist Tate?«

»Okay.«

»Funk. Russell?«

»Okay.« Der Junge, der den Funk bediente, bestätigte mit einem Grunzen seine Anwesenheit, als der Pilot mit seiner Überprüfung fortfuhr.

»Bodenmaschinengewehr?«

Beau sah den winzigen Bordschützen des Bodenmaschinengewehrs zusammengerollt vor einer Tür im Funkraum liegen. Er war sofort nach dem Abheben eingeschlafen. Dem Aussehen der Crew nach zu urteilen, hatten sie es sich alle bei ihrem Ausgang am Abend vorher gutgehen lassen.

»Der Häuptling schläft, Kapitän«, lautete die knappe Antwort des Funkers Russell.

»Es geht ihm gut, Kapitän. Wir sollten ihn schlafen lassen. Ich mußte ihn gestern nacht heimtragen«, sprach ein dunkler, stämmiger Mann in den Bordfunk. Er zwinkerte Beau zu. »Der Häuptling ist ein Cherokee-Indianer. Daheim in Oklahoma war er Lehrer. Die Trinkerei und der Häuptling passen nicht recht zusammen, falls Sie wissen, was ich meine.«

Beau nickte.

»Russo? Bist du das?« erkundigte sich der Pilot.

»Ganz recht«, erwiderte der Flieger in seinem näselnden New Yorker Akzent. Er streckte Beau die Hand entgegen. »Matt Russo.«

Beau ergriff die Hand. »Beauregard St. Soucis.« Sein weicher, schleppender südlicher Dialekt hätte kein größerer Kontrast zu Russos Aussprache sein können.

»Okay, laßt ihn schlafen«, sagte der Pilot. »Gefechtskanzel?«

»Pilot an Gefechtskanzel?« wiederholte der Pilot. »Wagner? Schläfst du auch?«

»Nein, Sir. Ich bin da, Sir«, murmelte eine Stimme.

»Na also, das ist ja tröstlich. Dachte schon, wir hätten dich dagelassen. Rumpfseitenmaschinengewehr?«

»Okay, habe gerade mit unserem Maschinisten, diesem verdammten Glückspilz Tate, ein hübsches kleines Kartenspiel in Angriff genommen. Mal sehen, ob ich einen Teil des Geldes zurückgewinnen kann, das er mir zwischen Dakar und Marrakesch abgenommen hat«, sagte einer der beiden Männer, die gemeinsam auf der Bank saßen. Sie bauten gerade einen improvisierten Spieltisch auf.

»Wenn die Hoffnung nicht wäre«, kicherte der andere, als er das Spiel mischte. »Du hoffst, es zurückgewinnen zu können, und ich hoffe, daß du noch immer mehr hast.«

»In Ordnung«, sagte der Pilot über die Bordfunkanlage, »in zwanzig Minuten melde ich mich wieder.«

Die langen Beine des Bordschützen stiegen vom Sims herunter, und der junge Mann beugte seine hochgeschossene Gestalt in den Funkraum. Etwas unsicher ging er hinüber in die Mittelkabine, wo er sich neben Matt Russo niederließ. Er hatte sehr helles blondes Haar und hellblaue Augen und Sommersprossen auf der Nasenspitze. Verlegen schüttelte er beim Hinsetzen den Kopf.

»Hallo, Kleiner«, überschrie Russo den Flugzeuglärm. »Fühlst dich wohl noch ein bißchen mies?«

»Ich schwöre, daß ich nie wieder Rotwein anrühren werde«, sagte der Bordschütze mit elender Miene. Er war sehr jung und litt unter allen klassischen Symptomen eines wirklich schlimmen Katers. Beau konnte sich in dem Moment keinen schrecklicheren Ort für den Jungen vorstellen als diese dröhnende Blechkiste mit ihrem klappernden Rumpf und den kreischenden Motoren.

»Wer wird denn da niedergeschlagen sein? In weniger als zwölf Stunden wirst du im fünfundneunzigsten Bombengeschwader des achten Luftwaffenregiments sein und dich darauf vorbereiten, Hitlers Deutschland zur Hölle zu bomben. Du reißt dich jetzt lieber mal zusammen«, ermunterte ihn Matt.

Der Junge konnte nur mit dem Kopf nicken.

»Zum Teufel, wir fühlen uns heute morgen alle ein bißchen schwummerig. Ich sag dir was, Les – mach's Fenster auf und laß dir ein bißchen frische Luft um die Nase wehen. Das macht den Kopf klar.«

Les tat wie ihm geheißen und holte tief Luft, als ihn der eiskalte Sog traf. Noch immer keuchend ließ er sich Beau gegenüber nieder. Sein Gesicht hatte eine gesündere Farbe angenommen.

»Das ist Beau«, stellte Matt ihn vor. »Er schwang seinen Arm um den Jungen. »Und dieser Kleine hier ist Les Wagner. Er hat heute Geburtstag.«

»Dann wünsche ich dir, daß du immer wieder heil zurückkommst«, sagte Beau lächelnd. »Wie alt bist du denn?«

Les strahlte ihn dämlich an. »Achtzehn.«

Matt fing an, in seinem Tornister herumzukramen, der zu seinen Füßen lag. Er setzte sich aufrecht hin und hielt ihm einen Flachmann hin. »Da, genau das Richtige für dich«, sagte er triumphierend.

»Du machst wohl Witze«, sagte Les.

»Ist dir nicht kalt? Hast du nicht heute Geburtstag? Soll ich noch mehr sagen?« überredete ihn Matt und schob ihm die Flasche vors Gesicht.

»Ist ja gut. Ist ja gut.« Les nahm die Flasche und trank einen großen Schluck. Als der Alkohol seinen Magen erreichte, klappte er zusammen und hustete wie verrückt.

Matt klopfte ihm unter Lachen und Kopfschütteln kräftig auf den Rücken.

»Heute achtzehn geworden, sag bloß? Sieht aus, als wär's an der Zeit, daß wir dir hier ein paar Dinge beibringen. Trinken kannst du nicht und wahrscheinlich hast du auch von Frauen keine Ahnung.«

Matt nahm einen guten Schluck und genoß den wohligen Schauer, der ihm über den Rücken lief. Les kämpfte noch immer mit seinem Hustenanfall.

»Salute, Les Wagner«, sagte Matt und und reichte ihm die Flasche ein zweites Mal. »Auf deinen achtzehnten Geburtstag!«

Les schüttelte den Kopf und rang nach Luft, aber Matt wollte das nicht als Antwort hinnehmen.

»Nimm's wie ein Mann. Einen Kater kuriert man am besten, indem man mit dem anfängt, womit man aufgehört hat. Du fühlst dich gleich besser – glaub mir. Das sollte man zwar nicht allzu oft machen, aber es funktioniert. Sieht so aus, als müßte ich mich jetzt um deine Erziehung kümmern.«

Les riß sich zusammen und trank einen kleinen Schluck. Beau merkte, daß es diesmal schon leichter rutschte. Er hustete nicht einmal. Les wischte sich den Mund mit dem Handrücken ab und gab Matt die Flasche zurück.

»Gut«, sagte Matt. Er hielt Beau die Flasche hin. »Trinken Sie doch auf den Geburtstag des Jungen.« Beau willigte ein und nahm ein Schlückchen, nachdem er Les zugeprostet hatte. Es war Bourbon. Beau versuchte seinen Abscheu zu verbergen. Wenn es ein Getränk gab, vor dem ihm ekelte, dann war das Bourbon. Er dankte Matt und gab ihm die Flasche zurück.

»War aber auch 'n Abend, gestern«, sagte Matt und lehnte sich an den gewölbten Rumpf. »All diese Kerle mit den Turbanen. Und all das Essen.« Matt wandte sich an Beau.

»Wir haben versucht, das Geburtstagskind hier zu überreden, ein paar gegrillte Schafsköpfe zu essen.«

»Mir haben am besten die Schlangenbeschwörer gefallen«, sagte Les. Und er machte die Augen zu und lächelte.

»Worüber lächelst du, mein Junge? Denkst wohl an die Bauchtänzerinnen?« neckte ihn Matt.

Les wurde rot und schüttelte den Kopf. »Nein. Ich habe nur gerade daran denken müssen, wie du mit dem Affen auf deinem Rücken herumspaziert bist.«

»Welcher Affe?« erkundigte sich Beau, der das lockere Geplauder der Männer genoß.

»Matt kauft immer Sachen und schleppt sie dann ins Flugzeug«, erklärte Les. »Kistenweise Rum in Puerto Rico. Einen Papagei in British Guinea. In Brasilien hat er uns mit handgemachten Stiefeln versorgt. Seine letzte Errungenschaft ist ein schwarzweißes Klammeräffchen.«

»Jetzt sag schon, Junge«, bedrängte ihn Matt. »Jeder gesunde Amerikaner muß beim Aufwachen erst einmal Frauen im Kopf haben. Mit einem solchen Lächeln kannst du nur an dein Mädchen gedacht haben.«

»Hab keines«, sagte Les und freute sich offensichtlich, so gefoppt zu werden. »Und du?«

»Gott bewahre. Nein. Kein Mädchen. Na ja, jedenfalls besser als nur eins zu haben. Da fangen die Probleme nämlich an, mein Junge – wenn du nur eins hast. Mehrere sind besser.«

»Nie wurde ein wahreres Wort gesprochen«, sagte ein rothaariger Mann, der gerade in die Kabine kam. Beau nickte ihm zu, als er sich aus einem Sack in der Ecke eine Orange holte. Der Rotschopf machte es sich auf seinem Tornister bequem, indem er ihn als Kissen nahm, fing an zu essen und las in *Life*.

»Das ist Mahoney, unser Navigator«, sagte Matt. Mahoney winkte mit einem Orangenschnitz in Beaus Richtung.

»Na los, wie viele Frauen hast du denn?« wollte Les von Matt wissen.

»Alle Frauen der Welt – theoretisch jedenfalls«, gab er lachend zur Antwort.

»Das ist eine wunderbare Vorstellung. Mein Großvater, Gott sei seiner Seele gnädig, pflegte immer zu sagen, ein Mann sei wie eine Biene, die von einer Blume zur anderen fliegt.«

»Soll das denn heißen, daß eine Frau wie eine Blume ist – und von vielen verschiedenen Bienen besucht wird?«

»Wenn du Glück hast, ist sie das, du Klugscheißer«, sagte Matt. »Es sei denn, sie ist deine Mutter oder deine Schwester.«

»Und was ist mit Kusinen?«

»Kusinen zählen nicht. Kusinen sind was anderes. In großen italienischen Familien sind sie ein unendliches Übungsgebiet. Solange *ihre* Brüder nicht dahinterkommen.«

»Ist in großen irischen Familien auch nicht anders. Muß was Katholisches sein«, scherzte Mahoney hinter seiner Illustrierten. »Übrigens, Russo, der Oberleutnant meinte, du solltest deinen Affen lieber im Auge behalten, oder er endet wie der Papagei.«

Wie aufs Stichwort kam ein kleiner schwarzweißer Affe mit großen Augen und einem langen Schwanz angelaufen und bewegte sich auf ein Büschel Bananen zu. Mit Bedacht suchte er sich eine aus, hüpfte auf den Emailleeimer und blieb dort sitzen, während er sie sorgfältig schälte und aß.

Beau lachte laut, als er den Affen beim Essen beobachtete.

»Na so was, seht euch das an! Sieht aus wie der König auf seinem Thron«, lachte er gedehnt.

»Der ist kein König«, erklärte Matt. »Er ist ein Politiker. Hab ihn Tojo genannt, nach dem japanischen Premierminister. Sehen Sie diese großen Ringe um seine Augen? Die sehen aus wie die dicken Brillengläser, die dieser Japs trägt.«

»Tojo? Na, häßlich genug ist er wirklich. Was ist denn mit dem Papagei passiert?«

Die fünf Männer kicherten, als Mahoney die Geschichte zum besten gab.

»Also, Russo hier hat diesen Papagei gekauft. Schöner Vogel, aber er ging einem total auf den Wecker. Ständig flog er durch den Bordraum und schiß alles voll.«

»Ich kann verstehen, daß einem das lästig wird«, grinste Beau. »Ein äußerst widerspenstiges Tier. Und scheinbar nicht stubenrein.«

»Dieser Vogel war eine regelrechte Guanofabrik«, fügte Matt hinzu und stimmte in das Gelächter ein, mit dem Stimmung in die Kabine kam.

»Eines Tages also, zwischen Südamerika und Afrika, fängt der Papagei an, im Cockpit herumzuflattern. Und er kackt auf sämtliche Instrumente«, erzählte Mahoney weiter. »Und der Kopilot, McKnight, versucht das verdammte Ding einzufangen. Der Papagei fliegt krächzend in mein Abteil, scheißt sämtliche Landkarten voll und flattert dann zurück ins Cockpit. Da bricht die Hölle los. Der Papagei landet und pflanzt sich direkt vor dem Piloten auf.«

»Und seelenruhig packt ihn Charles Hansen III. am Hals, macht das Seitenfenster auf und wirft ihn hinaus. Zehntausend Fuß über Südamerika!« fügte Matt hinzu und ahmte den durch das Fenster verschwindenden Papagei nach. »*Finito bambino*. Einfach weg.«

Den Affen scheuchte das Gelächter auf. Er wedelte ihnen mit seiner Banane zu und schwatzte drauflos.

»Paß also auf, mein Freund Tojo, jetzt weißt du, wie du sonst endest«, sagte der Navigator und legte seine Zeitschrift zur Seite. »Ich gehe jetzt mal an die Arbeit. Wir wollen ja schließlich nicht in Berlin landen!«

Tojo schwatzte weiter, als die Männer über ihn lachten. Sobald er mit seiner Banane fertig war, sprang er vom Eimer herunter, warf Matt die Schale zu und hüpfte dann zurück in den Funkraum.

»Ich könnte schwören, daß dieser Affe Englisch spricht«, grübelte Matt.

»Mir würde es auch nichts ausmachen, wenn er Chinesisch spräche.« Les stand auf und folgte Tojo. »Ich geh ihm mal nach und versuche, ein bißchen zu schlafen.«

Beau lehnte sich zurück und sah dem jungen Flieger nach, der durch die Tür in den Funkraum ging. Schien ein netter Haufen zu sein. Er wußte, daß sie alle neugierig waren, was mit ihm los war. Aber wenn sie nicht fragten, würde er auch nichts sagen. Je weniger sie wußten, um so besser war es. Bisher hatte es ihm immer genützt, wenn er sich zurückhielt. Jenen unglücklichen Auftrag in Libyen einmal ausgenommen. Doch nachdem sie ihn zwei Wochen festgehalten hatten, hatten sie ihn doch laufenlassen müssen. Eigentlich war es egal, ob sie ihm nun seine Geschichte über einen Angelausflug geglaubt hatten, oder ob die französische Botschaft Druck auf die Behörden gemacht hatte – sie hatten ihn gehen lassen.

Sein Umherziehen von einem Luftwaffenstützpunkt zum nächsten hatte er in den letzten Monaten sehr genossen. Hier war er angeblich Journalist, dort Flieger und wieder woanders Fotograf gewesen, bis er in Belem seine Kamera verloren hatte. Von Puerto Rico hatte er sich so bis nach Casablanca vorgearbeitet. Sein Empfehlungsschreiben gewährte ihm überall, wohin er kam, Zutritt zu den höchsten Offizieren. Die Unterschrift des Präsidenten öffnete ihm alle Behördentüren. Und die lange Liste der Freunde seines Vaters gewährleistete ihm immer ein anständiges Abendessen. Sondergesandter des Präsidenten: Das hörte sich weitaus großartiger an, als es war. Er brauchte sich eigentlich nur umzusehen, die Truppenmoral und die Lebensbedingungen zu überprüfen und nach Washington zu berichten. Der Präsident wollte sichergehen, daß er von den Stützpunkten die richtigen Informationen bekam. Er brauchte jemanden, dem er vertrauen konnte.

Es war ein Glücksfall gewesen, daß er Oberleutnant Hansen gestern abend auf Monsieur und Madame Etiennes Party getroffen hatte. Hansen schien ein netter Kerl zu sein, nur ein paar Jahre älter als er selbst, Harvardabschluß '39 und klug genug, nicht zu viele Fragen zu stellen. Er durfte nicht vergessen, seiner Mutter die Grüße von Madame zu bestellen, sie hatte ihn beim Verabschieden zweimal darum gebeten.

Beau hatte seinen kleinen Aufenthalt in Nordafrika genossen. Das Mannounia Hotel in Marrakesch war die reinste Wonne gewesen. Springbrunnen plätscherten in den schattigen Innenhöfen voll hoher Palmen. Riesige Körbe voller Früchte standen neben bequemen Diwans bereit, auf denen weiche Decken lagen. Kein Wunder, daß dies Winston Churchills Lieblingshotel war. In seinem nächsten Brief mußte er seinem Vater davon erzählen. Vielleicht könnten sie ja nach dem Krieg einmal eine Reise nach Marokko machen. Nun würde er erstmal Englands grüne und angenehme Landschaft wiedersehen, und dann war er fast am Ende seiner Reise. Morgen abend würde er in London sein und sich im Savoy Grill etwas zu Gemüte führen. Was immer er dort bekommen mochte – er zweifelte nicht daran, daß es selbst jetzt im Krieg köstlich schmecken und der Service nichts zu wünschen übriglassen würde.

Wenn das keine Ironie war, überlegte er. Da stand er am Ende seiner Mission und reiste mit zehn Männern, für die alles erst anfing. Arme Schweine. Das hatte er allein Gottes Gnaden zu verdanken ... oder besser Papas Intervention. Sein Vater und der Präsident kannten sich schon lange. Sie hatten zusammen die Schule besucht. Beau wollte bei den Kriegsanstrengungen nicht außen vor bleiben. Viele seiner Freunde daheim hatten sich freiwillig gemeldet. Aber seine Mutter wollte davon nichts wissen, und sein Vater fand, daß der einzige Sohn seinem Land am besten diente, wenn er zu Hause blieb und bei der Pflege der vielfältigen Geschäftsinteressen seiner Familie half. Beau schob diese Gedanken weit von sich und konzentrierte sich statt dessen auf das Buch, das er las.

Matt Russo lehnte sich zurück und ließ die Lider sinken. Er konnte gut entspannen, ohne wirklich zu schlafen. Das erlaubte ihm auch, die Leute zu beobachten, ohne daß sie es mitbekamen. Diesen Trick hatte er bereits bis zur Perfektion entwickelt, als er noch zu Hause auf der Veranda saß und auf seine Schwestern aufpaßte.

Dieser Passagier war ein seltener Vogel. Er war groß, dunkel und gutaussehend. Schön wie ein Filmstar. Matt hätte wetten können, daß seine tiefe Bräune eher vom Segeln im Sommer kam als von den paar Tagen, die er in Afrika verbracht hatte. Er kannte diesen Typus recht gut. Seit er zwölf Jahre alt war, hatte er Waren vom Laden seines Großvaters zu den phantastischen Häusern an der New Yorker Upper Eastside geliefert. Immer von der Hintertür direkt in die Küche, aber man bekam trotzdem ein Gefühl für derartige Örtlichkeiten und die Menschen, die darin wohnten. Und wenn nur die Bediensteten zu Hause waren, konnte man sich schon mal umsehen.

Aber der hier, dieser Beauregard sowieso, war wirklich ganz anders. Und das nicht nur, weil er aus dem Süden kam. Reiche Kinder sahen überall gleich aus. Bei dem war mehr dran als nur die maßgeschneiderte Uniform und die glatten Manieren. Matt wollte seinen letzten Dollar darauf setzen, daß der kein Flieger war. Obwohl das natürlich egal war. Schließlich ging es ihn nichts an. Wenn das für Charlie Hansen in Ordnung ging, dann ging es auch für ihn in Ordnung. Der Pilot war auch so ein Sommersegler aus einer Eliteuniversität und lebte an der Upper Eastside, aber Matt würde mit ihm durch dick und dünn gehen.

Tate und Merdeza spielten noch immer Karten. Sie waren beide älter als der Rest der Crew und hatten daheim Ehefrauen, was vielleicht auch der Grund dafür war, daß sie immer zusammensteckten. Das und der Umstand, daß sie beide stundenlang und pausenlos Poker spielen konnten.

»Rumpfseite an Funkraum«, sagte Matt über den Bordfunk gebeugt. »Wie wär's, wenn du uns mal Musik bieten würdest, Russell?«

»Funk an Pilot. Sind Sie damit einverstanden, Oberleutnant?« erkundigte sich der Funker beim Piloten.

»Klar doch, Russell. Ich brauche euch Jungs an eurem Platz, wenn wir an Spanien vorbei über dem Atlantik sind. Aber inzwischen könnt ihr euch ausruhen.«

Melodiefetzen von Benny Goodman drangen schwach durch das Klappern und Dröhnen des riesigen Flugzeugs, das auf England zuhielt. Matt konnte Russell nicht besonders ausstehen. Manchmal war der ein richtiges Arschloch. Aber er war ein hervorragender Funker, und darauf kam es schließlich an. Matt war Feldwebel bei der Armee gewesen, ehe er bei Kriegsausbruch zur Luftwaffe überwechselte. Er wußte, wie wichtig es war, daß jeder Mann seine Arbeit machte. Daß man sich auf die Jungs verlassen konnte, weil letztendlich auch sein Leben davon abhing. Er war dankbar für die Crew, in die er gekommen war.

Der Häuptling ging durch das Flugzeug, nickte Matt zu und ging dann weiter, um sich auf dem weißen Emailleeimer im hinteren Teil zu erleichtern. Das war nun ein Mann nach Matts Geschmack. Er hieß John Wilson, aber sie nannten ihn Häuptling, da er ein Vollblutcherokee war. Er war der erste Indianer, den Matt je kennengelernt hatte. Trotz seiner kleinen Statur wirkte er auf schöne Frauen wie ein Magnet. Die Jungs in der Crew hatten schnell begriffen, daß der Häuptling ein toller Kumpel zum Ausgehen war, wenn man es darauf anlegte, an Mädchen ranzukommen. Sie bekamen jedesmal die ab, denen er den Laufpaß gab.

Matt hatte sich in den letzten Monaten mit ihm angefreundet – und das, obwohl er ihn unter den Tisch trinken konnte und ihn jedesmal zum Stützpunkt zurücktragen mußte. Auch der Kleine, Les, war ein guter Kumpel. Bester Bordschütze seiner Klasse. Erzählte, daß er daheim in den Wäldern von Wisconsin Schießen gelernt hatte. Beim Gedanken an die Crew wurde Matt das Herz ein bißchen schwer. Es machte ganz den Eindruck, als wären sie in ihrer eigenen fliegenden Festung unterwegs zu einem Picknick. Aber die Luftwaffe hatte sie nicht ausgebildet und ausgerüstet und ihnen eine B-17 gebaut, damit sie auf Staatskosten eine kleine Vergnügungsreise um die Welt machten. Die B-17 war der größte und schwerste Bomber, den die Vereinigten Staaten je gebaut hatten. Und morgen mußten sie sich der Tatsache stellen, daß dies kein Picknick war.

Eingepfercht in eine Ecke des Funkraums, versuchte Les zu schlafen, doch er konnte immer nur für ein paar Momente wegdösen. Der Lärm im Flugzeug war ohrenbetäubend, und es gab keinen Platz, wo man sitzen, stehen oder sich aufstützen konnte, ohne die Vibration zu spüren. Wenn es einem gelang, trotz alledem ein wenig einzunicken, konnte man sicher sein, daß einen etwas aufweckte. Sie benützten keine

Sauerstoffmasken, aber der Pilot wollte doch, daß sie sich alle zwanzig Minuten meldeten. Les vermutete, daß er sie an den Drill gewöhnen wollte, bis dann die wirklichen Kämpfe stattfanden.

Und wenn es nicht der Pilot war, war es der Affe. Nein, nicht der Affe – es war der verdammte Russell, der den Affen reizte. Der arme alte Tojo hatte es sich über dem Kopf des Funkers zum Schlafen bequem gemacht, indem er den Vorhang vor dem Fenster als Hängematte benutzte. Russell wartete, bis Tojo fest schlief, und stupste ihn dann mit einem Bleistift an. Das weckte den Affen auf, der dann kreischend und schwatzend durchs ganze Flugzeug sprang. Erst vor ein paar Minuten war Tojo von Les' Kopf heruntergesprungen und in den Rumpfteil gehüpft. Les machte die Augen auf und beschloß, den Gedanken an Schlaf aufzugeben. Zu seiner Überraschung fühlte er sich jedoch sehr viel besser. Als er sich aufsetzte, sah er, daß ihr Passagier auf der gegenüberliegenden Seite des Raums eingeschlafen war.

Mahoney unterbrach die Musik, die über die Bordsprechanlage ausgestrahlt wurde, und teilte dem Piloten mit, daß die Schlechtwetterfront, vor der man sie gewarnt hatte, auf sie zukam.

Les starrte die Vernietung des Rumpfes über ihm an und dachte an die Zimmerdecke seines Schlafzimmers zu Hause. Wie viele Nächte hatte er auf seinem Bett gelegen und die kleinen Modellflugzeuge betrachtet, die dort hingen, und von Flugzeugen und Starpiloten geträumt? Les kramte nach einer Zigarette und war mit seinen Gedanken bei einem kalten Dezembermorgen vor einem guten Jahr.

Er war am frühen Sonntagmorgen draußen gewesen und hatte Eichhörnchen geschossen. Der Schnee auf dem Boden war verharscht, und er setzte seine Schritte vorsichtig, damit es nicht knirschte und die Tiere erschreckten. Er schoß ein paar Eichhörnchen und war schon auf dem Heimweg, als er eine Rotwildfährte kreuzte. Allem Anschein nach ein großer Bock. Obwohl sein Gewehr ein viel zu kleines Kaliber für Rotwild hatte, pirschte er sich an, indem er genau die Spur verfolgte, die sich zwischen hohen Schwarzbirken und riesigen Weißtannen hinzog. Die Potawatomi-Indianer sagten, die Wälder seien voller Geister, und daran zweifelte er keinen Augenblick.

Das Gelände stieg sanft vor ihm an. Die Rotwildfährte führte direkt nach oben und verlor sich dann. Les wußte, daß gleich hinter dem Hügelkamm eine Schlucht lag. Er ließ sich auf alle viere fallen und kroch lautlos hoch zur Baumgrenze, wobei er die letzten paar Meter bäuchlings vorwärts robbte, um über den Rand zu spähen. Und dort, nur zwanzig Meter weit entfernt, stand der größte Hirsch, den er je gesehen hatte. Das Tier ließ sich nicht aus der Ruhe bringen, und Les hätte schwören können, daß es ihn direkt anschaute.

Der Hunger gewann schließlich die Oberhand, und Les machte sich in Vorfreude auf das Frühstück auf den Heimweg. Beim Gehen pirschte er sich im Geiste noch einmal an den Hirsch heran und malte sich aus, wie er das am Frühstückstisch dem Vater und dem Bruder erzählen würde, die sicherlich überwältigt wären. Seine Mutter würde schweigen. Sie mochte das Töten nicht besonders, wie sie sagte. Er sah sie vor sich, wie sie still mit Tellern voller Pfannkuchen und Kannen starken schwarzen Kaffees zwischen Herd und Tisch hin und her eilte. Er legte sich seine Geschichte sorgfältig zurecht, damit man ihn nicht unterbrechen konnte. Er hörte seinen Bruder bereits nach allen Einzelheiten des Hirsches fragen und damit prahlen, diesen schon einmal gesehen zu haben. Sein Vater hingegen wollte sicherlich genau wissen, wo er den Hirsch entdeckt hatte, wo die Fährte gewesen war, wie er ihm gefolgt war. Les fügte sicherheitshalber ein paar Ausschmückungen hinzu, als er die kurze Auffahrt zum Haus hochging. Der Rauch aus dem Kamin stand wie eine gerade Säule in der kalten Winterluft über dem Haus und trug den köstlichen Duft von Wärme und Frühstück in sich.

»Tag alle miteinander«, sagte Les, als er die Küche betrat. »Stellt euch vor, was ich heute morgen gesehen habe!«

Aber keiner hörte ihm zu. Vater, Bruder und Mutter saßen alle dicht gedrängt um das Radio.

»Ich habe mich an den größten Hirsch herangepirscht, den ihr je gesehen habt«, versuchte Les es noch einmal. »Größer als der, den Mickey Schor am letzten Thanksgiving heimgebracht hat …« Seine Stimme verlor sich, als die drei sich ihm zuwandten und zu verstehen gaben, er solle still sein.

Das Radio war laut aufgedreht, aber für Les ergab das, was er hörte, keinen Sinn. Es schien um den Krieg zu gehen. War es wieder zu einer großen Schlacht in England gekommen? Was immer es auch sein mochte, ihren verhärmten Gesichtern war anzusehen, daß es schlimme Nachrichten waren. Seine Mutter tupfte sich sogar mit ihrem kleinen weißen Taschentuch die Augen ab.

»Die Japse haben Pearl Harbour bombardiert«, sagte sein Bruder mit vor Aufregung zitternder Stimme.

Les sah ihn verwirrt an.

»Pearl Harbour. Die Japse haben uns in Pearl Harbour angegriffen, Les. Auf Hawaii«, fügte Mike hinzu und wurde dabei lauter.

Les spürte, wie sein Herz zu jagen begann. »Was willst du damit sagen?« hakte er im Flüsterton nach.

»Sie haben unsere U-Boote und Schiffe bombardiert.«

Er wollte gerade die volle Wucht dieser Nachricht verdauen, als sein Vater sich ihm zuwandte und seinen Arm um ihn legte. »Es bedeutet, daß wir in den Krieg ziehen werden, mein Sohn.«

Der Hirsch war vergessen. In dieser Sekunde hatte sich sein Leben verändert, und er hatte es nicht einmal begriffen. Diese Geschichte würde er immer für sich behalten, überlegte Les, als er die Packung Lucky Strike aus seiner Fliegerjacke holte. Auf der anderen Seite des Funkraums regte sich Beau und schlug die Augen auf. Les lehnte sich zurück und rauchte. Tojo hatte sich nach dem letzten Bleistiftangriff wieder beruhigt und lag wieder in seiner Hängematte über dem Funker. Ab und zu spähte er über den Rand.

Sein Vater hatte natürlich recht gehabt. Schon am nächsten Tag saßen sie alle wieder um das Radio und hörten, wie Präsident Roosevelt dem Kongreß mitteilte, daß der siebte Dezember 1941 ein »Tag der Schande« gewesen sei. Und der Kongreß stimmte für Krieg gegen die Achsenmächte – Deutschland, Italien und Japan.

Beau streckte sich und versuchte, seinen steifen Nacken zu massieren. Trotz des dröhnenden Fluglärms und der Ausbrüche des Affen war es ihm irgendwie gelungen, einzuschlafen. Dieses kleine Wesen konnte aber auch kreischen. Beau blickte hoch und entdeckte Tojo, der hinter dem Vorhang hervorguckte. Er machte ganz den Eindruck, als führe er Schlimmes im Schilde. Der Junge saß auf der anderen Seite des Raums und rauchte eine Zigarette.

»Haben Sie gut geschlafen?« erkundigte sich Les.

»So gut es eben geht«, antwortete Beau. »Dann ist das also heute dein Geburtstag? Ich könnte mir bessere Örtlichkeiten vorstellen, den achtzehnten Geburtstag zu verbringen, als einen B-17 Bomber mit zehn anderen Jungs und einem Affen.«

»Das ist schon in Ordnung so. Ich war immer schon ein Flugzeugnarr. Seit ich sechs war, habe ich Modelle gebaut. Ich hatte sogar ein großes Bild von Baron von Richthofen an meiner Wand. Kennen Sie dieses deutsche Fliegeras aus dem Ersten Weltkrieg?«

Beau nickte.

»Als wir in den Krieg eintraten, mußte ich ihn abnehmen. Es hätte keinen guten Eindruck gemacht, ihn dort hängenzulassen. Aber ich will damit sagen, daß ich mir für meinen Geburtstag keinen besseren Ort denken könnte.«

»Und wie kommt es, daß du jetzt erst achtzehn bist?« wollte Beau wissen. »Ich dachte, man müsse achtzehn sein, um sich als Freiwilliger zu melden? Und du bist schon Bordschütze?«

Les lächelte. »Das ist eine lange Geschichte.«

»Nun, ich habe nicht vor, woanders hinzugehen«, sagte Beau.

»Also, wie gesagt, Flugzeuge waren schon immer meine Welt, und als der Krieg erklärt war, lasen mein Bruder und ich jeden Zeitungsartikel. Wir lauschten jeder Nachrichtensendung im Radio. Wir wollten auch dazugehören. Lieber Himmel, hatten wir eine Angst, alles könnte vorbei sein, bevor wir uns als Freiwillige melden konnten. Ich war wirklich neidisch auf Mike. Ich ging noch immer zur High-School, aber Mike arbeitete schon in Petes Werkstatt und machte eine Ausbildung zum Automechaniker. Er wartete nur noch auf seinen achtzehnten Geburtstag, dann wollte er Soldat werden.«

Beau zündete sich eine Zigarette an und entspannte sich. Die Begeisterung des Jungen gefiel ihm. Über ihm sah er wieder Tojo hervorspähen und gleich darauf verschwinden.

»Mike wurde zwei Tage nach meinem Schulabschluß achtzehn. Papa fuhr ihn zur Musterungsbehörde nach Oskosh. Ich begleitete ihn einfach so«, fuhr Les fort. »Mike ging mit Papa durch die Sperre, während ich zurückblieb und mir die Plakate ansah. Dann rief Papa mich zu dem Aushebungsfeldwebel. Das war ein großer Schwede. Und Papa sagte zu ihm: »Ich habe hier noch einen Sohn, falls sie den haben wollen.« Der Feldwebel erkundigte sich, ob ich schon achtzehn sei. Papa bejahte das irgendwie, und das war's dann auch – ich wurde Soldat. Ich wette, daß das die einzige Flunkerei war, die mein Vater sich je hat zuschulden kommen lassen.«

»Schöne Geschichte«, sagte Beau anerkennend. »Du mußt der jüngste Bordschütze in deinem Bomberverband sein.«

»Verdammt noch mal, ich bin wahrscheinlich der Jüngste in der ganzen amerikanischen Luftwaffe«, korrigierte Les ihn lachend.

Hart klatschten die Regentropfen gegen den Rumpf, und im Funkraum wurde es dunkler. Russell schaltete die kleine Lampe über seinem Schreibtisch ein. Er war auf seine Arbeit konzentriert und merkte nicht, daß Tojo, der wieder heimlich hinter dem Vorhang hervorlugte, ihn eifrigst beobachtete. Beau sah zu, wie der Affe guckte, sich dann versteckte, dann wieder guckte. Er schien hinter seinem Vorhang sehr beschäftigt zu sein, denn er steckte seinen Kopf alle paar Sekunden heraus, wie um die Lage zu sondieren. Schließlich warf er einen langen Blick auf Russells Kopf, der über seine Instrumente gebeugt war, und zog sich in sein Versteck zurück.

Beau traute seinen Augen nicht, als er sah, was als nächstes geschah. Ein perfekt gepeilter Urinstrahl kam hinter dem Vorhang herausgeschossen, der einen Volltreffer auf Russell landete und seinen Nacken duschte.

»Was zum Kuckuck soll das heißen?« Russell sprang auf und schlug sich seinen Kopf an, als er Tojo zu erwischen versuchte, der zuerst auf seine Schulter, dann aber geradewegs aus dem Raum sprang.

»Dieser verdammte Affe hat mich vollgepißt!« polterte Russell.

»Geschieht dir ganz recht für deine Quälerei«, lachte Les. Beau spürte die Schwingungen des Rumpfes, als Tojo vom einen Ende der Maschine zum anderen raste und dabei lauthals drauflos schwatzte.

»Rumpfseite an Gefechtskanzel«, hörte man Matts Stimme über die Bordsprechanlage. »Was zum Teufel ist passiert? Tojo ist hier drinnen und schlägt Purzelbäume.«

»Er wird wohl seinen Triumph feiern«, gab Les zurück. »Er hat gerade Russell angepißt. Echter Volltreffer. Wir sollten ihn hoch zu Reisenbeck schicken. Er gäbe einen großartigen Bombenschützen ab.«

Das durch die Bordsprechanlage schallende Gelächter wurde vom Piloten unterbrochen.

»Schluß damit, Männer. Wir sind mitten in einem scheußlichen Unwetter. Gefechtskanzel, nimm deinen Posten ein und sag mir, was du siehst.«

Les sprang auf und kletterte auf seinen Platz direkt hinter dem Piloten und dem Kopiloten. Wenn er sich auf den schmalen Sims stellte, verschwand sein Kopf in der Plexiglaskuppel der Gefechtskanzel. Beau stand hinter ihm und blickte hinaus in die tintige Dunkelheit. Der Regen prasselte so heftig herunter, daß man durch die wirbelnden Wassermassen kaum etwas erkennen konnte. Durch die Sturzbäche konnte Beau es gerade so erahnen. Es war riesig und kompakt.

»Gefechtskanzel an Pilot. Große schwarze Wolke über uns«, schrie Les.

»Ich sehe sie, Gefechtskanzel«, erwiderte der Pilot. »Haltet euch bereit, wir tauchen ein.«

Das Flugzeug bockte, als es in die Wolke hineinflog. Der Regen wurde noch mal so dicht, trommelte gegen die Plexiglaskuppel und verschluckte das Motorengeräusch. Beau stützte sich auf den Seiten der Kanzel ab, als die riesige Maschine vom Sturm erschüttert wurde. Funken flogen von der Flugzeugnase und schlängelten sich um die Tragflächen.

»Funker an Pilot. Das Funksignal wird unterbrochen. Die atmosphärischen Störungen sind sehr heftig.«

»Navigator an Pilot. Alle Instrumente spielen verrückt. Muß ein ziemlich starkes elektrisches Feld da draußen sein.«

»Pilot an Crew. Wir ziehen sie hoch. Vielleicht schaffen wir es, über den Sturm zu kommen.«

Hansen und McKnight hatten Mühe, das Flugzeug unter Kontrolle zu halten. Das Gelächter hatte sofort aufgehört, als jedem Mann in der Crew mit einem Schlag bewußt wurde, daß nur ein dünner Metallmantel und die Geschicklichkeit des Piloten zwischen ihnen und einem Zehntausend-Fuß-Sturz ins Vergessen standen. Selbst Tojo schien die Ernsthaftigkeit der Situation zu spüren, denn er verzog sich leise in den Funkraum und kuschelte sich in seine Ecke.

Sie ließen sich eine gute halbe Stunde vom Sturm tragen und stiegen beim Versuch, die Wetterfront nach oben zu durchbrechen, unentwegt höher. Bei zwölftausend Fuß setzten sie die Sauerstoffmasken auf. Beau nahm eins der tragbaren Geräte, die im Funkraum hingen, und streifte es über. Eine Minute später durchbrachen sie die Unwetterwolken. Beau stieß einen Seufzer der Erleichterung aus, als er spürte, daß der Bomber wieder ins Gleichgewicht kam und ruhiger wurde. Im Flugzeug brach Applaus los. Beau zwängte sich an Les' Beinen vorbei und steckte seinen Kopf ins Cockpit.

»Gute Arbeit, Hansen«, sagte er mit gedehnter Stimme. »Hatte doch ganz schön Angst da hinten.« Oberleutnant Hansen winkte zur Bestätigung, ohne dabei seine Augen von den Instrumenten zu nehmen.

»Danken Sie mir lieber nicht. Noch sind wir nicht daheim und im Trockenen«, sagte er. »Pilot an Navigator: Wo zum Teufel sind wir überhaupt?«

»Na gut, Charlie, ich sag's nur ungern, aber ich habe keine Ahnung. Als ich das letzte Mal nachsah, hätten wir den Golf von Biskaya überfliegen sollen. Aber das war, ehe wir auf das Unwetter stießen. Jetzt können wir überall sein.«

5

Imelda saß neben dem Lagerfeuer und drückte das Marmeladenglas mit heißem Tee an sich. Gerade ging die Sonne auf, und sie hörte die Geräusche der anderen, die jetzt aufwachten. In ein paar Minuten würde sie die Mädchen aus ihren Betten scheuchen und dafür sorgen, daß sie sich wuschen und anzogen. Sie waren alle erst spät in der Nacht zurückgekommen, nachdem sie eine Woche lang nach Westen gezogen waren, und brauchten den zusätzlichen Schlaf.

Das Lager im Marschland befand sich am Ende eines selten benutzten Reitpfads. Am Ende des Wegs lag eine kleine Erhebung mit einer gemauerten Schutzhütte. Ihr Onkel Paddy hatte mit dem Landbesitzer eine Vereinbarung getroffen, daß er und seine Familie die Hütte mehrere Wochen lang nutzen konnten, wenn sie in der Gegend waren. Onkel Paddy und Tante Helen hatten vierzehn Kinder, von denen acht noch zu Hause lebten, und sie waren deshalb froh, ein bißchen Platz für sich zu haben. Wenn sie im Marschland kampierten, schliefen die Jungs nicht wie sonst unter dem Wohnwagen, sondern drinnen, und die Mädchen schliefen mit ihren Eltern und dem Baby in der Schutzhütte. Der Bauer war ein freundlicher Mann und hatte nichts dagegen, daß Imelda und ihre Schwestern daneben ihr Lager aufschlugen oder daß immer mal wieder eine andere Familie für ein oder zwei Tage vorbeikam. Das Gelände lag hoch und war trocken, und nur einen knappen Kilometer davon entfernt gab es Trinkwasser. Imelda hörte den weichen, von Südwesten kommenden Wind in den Bäumen über sich rascheln, der den scharfen Duft des Meeres mitbrachte. Vogelgezwitscher erfüllte die Luft, und sie war glücklich, wieder zurück zu sein, nachdem sie tagelang umhergezogen waren. Die ganze Woche über war schlechtes und feuchtes Wetter gewesen, und die Sachen konnten unmöglich trocknen. Heute sah es so aus, als würde es schön werden, und sie konnten vielleicht ihre Wäsche waschen und auf den Hecken trocknen lassen.

Tommy war seit fünf Uhr morgens auf den Beinen, um sich um Gerald Burkes Hunde zu kümmern. Sie erwartete ihn bald zurück. Imelda fragte sich, was Mary wohl machte. Sie hatte bei ihr vorbeigeschaut, ehe sie nach Skibbereen und Bantry aufgebrochen waren, aber Mary war beschäftigt und ziemlich schroff gewesen. Noch ehe Imelda einen Fuß ins Haus hatte setzen können, war sie an der Tür mit einem Laib Brot und einem Dutzend Eier abgefertigt worden.

Imelda kletterte mit einem Glas frischen Tee in den Wohnwagen. Die Luft roch süß und warm und duftete nach Stroh und dem zarten Atem der Mädchen. Imelda grub dort herum, wo sie gelegen hatte, und kramte die Schachtel hervor, in der sie die Nahrungsmittel aufbewahrte. Sie war handlich wie ein Kissen, und kein Kind kam in Versuchung, während der Nacht den Versuch zu unternehmen, Essen zu stibitzen. In der Schachtel waren zwei der vier Laibe Brot, die sie am Vorabend gebacken hatte, ein Stück Speck und eine kleine Zwiebel. Sie wollte den Speck und die Zwiebel für Tommy braten, die Mädchen sollten ein Stück gebratenes Brot und Tee bekommen. Tom freute sich sicher über eine Mahlzeit, nachdem er die Hunde ausgeführt hatte.

»Aufstehen, ihr Schlafmützen«, sagte sie, als sie die Mädchen wachkitzelte, die sich unter ihren Decken zusammengerollt hatten. »Hier ist euer Tee. Ich möchte, daß ihr gewaschen und gekämmt seid, bis ich euer Frühstück fertig habe.«

»Mach du die Kleinen fertig, Bridget«, rief sie ihrer zehnjährigen Schwester zu, als sie die Proviantschachtel nach draußen brachte.

Imelda ging nach hinten und krempelte die Ärmel hoch, um

sich die Haare zu kämmen und sich anständig zu waschen, ehe sie das Essen anfaßte. Das Wasser im Eimer war eiskalt und brannte ihr auf Gesicht und Armen. Sowohl ihre Mutter als auch ihr Vater hatten ihr schon beizeiten beigebracht, wie wichtig es war, sich zu waschen und alle Töpfe, Pfannen, Eimer und Schüsseln voneinander getrennt und sauber zu halten. Nur ein einziges Mal hatte sie ihren Vater aus der Haut fahren sehen, und zwar, als das Haar ihrer Mutter sich gelöst hatte, während sie am Feuer stand und Essen kochte. Er hatte geschimpft und getobt, ehe er sie auf die Straße schickte, damit sie sich dort die Haare wieder flocht und sich sorgfältig schüttelte, um sicherzugehen, daß keine Haare auf ihre Kleider gefallen waren. Dann gab er ihr schreiend den Befehl, die Kinder der Reihe nach zu kämmen und auszuschütteln. Und er hatte sich geweigert, das Essen anzurühren, obwohl Imelda wußte, daß er hungrig war. Waren sie das nicht immer?

Tommy kam zurück, als die Mädchen gerade mit dem Frühstück fertig waren. Imelda schickte sie los, damit sie eine Weile mit ihren Kusinen spielten, während sie sich zu Tommy setzte und ihm beim Essen zusah.

»Nellie hustet ein bißchen«, sagte sie. »Ich hätte die Zwiebel für sie aufheben sollen. Fährst du heute in die Stadt? Ich könnte vielleicht in ein Geschäft gehen und eine kaufen. Ich würde sie dann in ein bißchen Milch für sie kochen.«

»Aber sicher, ich muß selbst rein. Wir haben von unserem letzten Handel immer noch Geld übrig. Wir könnten Lebensmittel einkaufen, wenn wir in der Stadt sind. Ein bißchen Fleisch wäre nicht schlecht.«

»Du hast recht. Außerdem könnte ich Margaret in die Schule schicken. Sie muß noch ein bißchen was lernen, wenn sie dieses Jahr zur heiligen Erstkommunion gehen will. Und Lesen und Schreiben würden ihr auch sonst nicht schaden.«

»Laß sie für heute hier. Sie soll Bridget und Nora beim Aufräumen helfen und auf Nellie aufpassen. Mary Burke muß heute auch in die Stadt. Wir könnten bei ihr vorbeifahren.«

Imelda überlegte nicht lange. »Das wäre ja großartig«, sagte sie lächelnd. »Ich sage nur noch den Mädchen Bescheid, dann können wir los.«

Die ganze Woche hatte Mary in der Angst verbracht, Imelda könnte zurückkommen, solange sich Gerald noch zu Hause rumtrieb. Der Gedanke, er könnte das Mädchen auch nur anschauen, war ihr schier unerträglich. An diesem Morgen aber war er früh aufgestanden, hatte eine Tasche gepackt und war mit den Worten gegangen, daß er mindestens eine Woche lang geschäftlich unterwegs sein werde. Im Haus war die tröstliche Stille wieder eingekehrt, die Mary so liebte, und sie überlegte, wie seltsam es doch war, daß Stille so viel Verschiedenes bedeuten konnte. Als Gerald zu Hause war, hatten sie kaum miteinander gesprochen. Gerald verbrachte seine Abende in der Stadt, kam spät nach Hause und brach dann im vorderen Zimmer zusammen, wo er den größten Teil des Tages schlafend zubrachte. Er wachte spät auf, wusch sich, zog sich an und ging wieder fort. Er würdigte sie nicht eines Blickes, doch Mary war ihm dankbar dafür. Aber die Stille lastete auf ihr und bedrohte sie wie eine schwarze Wolke, die sich auf sie legte und sie erstickte. Wenn Gerald zu Hause war, verrichtete Mary ihren Haushalt in aller Stille, achtete darauf, daß keine Gabel zu Boden fiel und kein Teller gegen den Spülstein schlug, oder sie irgend etwas tat, was durch das stille Haus hallte und auf sie aufmerksam machte. Doch wie immer waren die alltäglichen Verrichtungen tröstlich für sie. Sie wußte, daß darin die einzige Möglichkeit lag, das bißchen, was noch von ihr übriggeblieben war, am Leben zu erhalten. Die Tag für Tag verrichteten, vertrauten Griffe wirkten wohltuend auf Körper und Seele, so daß sie am Abend, wenn sie sich in ihrem Zimmer einschloß, müde und taub in den Schlaf sank, der alle Last von ihr nahm.

Sobald Gerald außer Sichtweite war, wurde die Stille eine andere. Es war, als hätte jemand ein Fenster aufgestoßen und die salzige Luft hereingelassen, damit sie die Düsternis vertrieb. Wenn er weg war, hatte sie wirklich Freude an ihrer Arbeit und ertappte sich oft dabei, daß sie summend den Tag in Angriff nahm.

Mary strich ihr Kleid glatt und richtete sich auf, als sie den Karren auf den Hof fahren hörte. Sie wußte, daß der feuerrote Striemen auf ihrer Wange fast verschwunden war, und sie hoffte, er möge Imeldas flinken Augen entgehen. Was sollte sie machen? Sie wollte all die bösen Gedanken beiseite schieben, die Gerald ihr in den Kopf gesetzt hatte. Der Anblick von Imeldas schmaler Gestalt, gehüllt in das blaue Tuch, festigte ihren Entschluß, daß Imelda und Gerald sich nie mehr begegnen sollten. Am leichtesten wäre dies zu bewerkstelligen, wenn sie Imelda nicht mehr hereinließe. Ihr einfach sagte, sie solle sich wegscheren und nie mehr wiederkommen. Aber das brachte sie nicht über sich. Der Gedanke, Imelda zu verletzen, war unerträglich. Sie vermißte sie und mußte einfach lächeln, als Imelda ihr zuwinkte.

»Wie geht's?« fragte Imelda, als sie in die Küche kam.

»Komm nur rein, komm«, sagte Mary freundlich. Noch wollte sie Imeldas Gesellschaft eine Weile genießen. Wenigstens heute. Morgen würde sie schon einen Weg finden, das Mädchen für immer vom Hof fernzuhalten. Sie klopfte auf den Stuhl neben sich. »Setz dich. Trink doch eine Tasse Tee. Das Wasser kocht schon.«

»Wir sind auf dem Weg in die Stadt und dachten, Sie hätten vielleicht etwas zu erledigen«, sagte Imelda und setzte sich an den langen Küchentisch.

»Ich komme mit euch«, sagte Mary. Es tat ihr in der Seele weh, als sie sah, wie Imeldas Augen bei diesen Worten aufleuchteten und sich ein strahlendes Lächeln auf ihrem Gesicht ausbreitete.

Imelda kramte unter ihrer Schürze herum und zog ein kleines Päckchen weißen Stoff hervor. »Ich habe Ihnen etwas mitgebracht. Es ist nur eine Kleinigkeit, aber ich dachte, es gefällt Ihnen vielleicht. Es ist hübsch.«

Mary entfaltete die Spitzenbordüre und starrte sie an. »Sie ist sehr hübsch«, sagte sie und drehte das Stück Stoff bedächtig in der Hand. »Sehr hübsch. Danke, Imelda.« Es war über ein halber Meter, schneeweiß, durchzogen von einem Muster aus Rosen und Efeu.

»Es ist wirklich nichts Besonderes«, sagte Imelda schüchtern. »Und es ist nur gerecht. Sie haben mir letzte Woche ein Dutzend Eier gegeben.«

»So etwas Hübsches hat mir noch keiner geschenkt«, erwiderte Mary mit weicher Stimme. Sie unterließ es, hinzuzufügen, daß es das einzige Geschenk war, das sie seit dem Kleid bekommen hatte, das seit Jahren ungetragen in ihrem Schlafzimmerschrank hing.

»Sie könnten es sich an einen Unterrock nähen. Oder an die Vorhangkante. Die meisten machen das. Unten in Skibbereen habe ich meterweise davon verkauft«, quasselte Imelda, um ihre Verlegenheit zu verbergen. »Es ist uns allen sehr gut gegangen. Tommy und Onkel Paddy haben jede Menge selbstgemachte Töpfe und Eimer verkauft und bekamen auch ein paar Reparaturarbeiten. Die Bauern waren entgegenkommend. Eine Frau hat mir sogar ein Paar Schuhe geschenkt, die Nora passen. Sie ist sehr stolz darauf.«

»Nora? Das ist doch deine jüngste Schwester, habe ich recht?« erkundigte sich Mary, als sie den Tee einschenkte.

»Nein. Nora ist sechs, und das Baby, Nellie, ist zweieinhalb. Die älteste ist Bridget, sie ist zehn. Danach kommt Margaret. Sie wird bald acht.«

»Ganz schön große Familie, die du da hast.«

»Oh, die können einen ganz schön auf Trab halten. Vor allem Nora. Die ist ein kleiner Teufel. Als wir zu dem Haus der Frau gingen – die, die uns die Schuhe gab –, habe ich ihr gesagt, sie solle auf der Straße warten und nichts anfassen. Ich sah schon, wie ihr Blick auf die Blumen fiel. Ich sagte also zu ihr: ›Ich sehe dich, wenn ich die Straße hier hochlaufe, und wenn du die Blumen dieser Lady anfaßt, dann bring ich dich um, wenn ich zurückkomme.‹ Und was meinen Sie? Als wir gingen, entdeckte ich, daß sie in ihrem Rock einen Strauß Blumen versteckt hatte!«

»Was hast du dann gemacht?« wollte Mary wissen, weil sie Spaß an Imeldas Erzählung hatte.

»Ich habe sie in Skibbereen mit zum Pfarrer geschleppt und ihm gesagt, er solle sie ausschelten«, antwortete Imelda kopfschüttelnd. »Und wissen Sie, was er gesagt hat? Er sagte: ›So begeistert wie sie von Blumen ist, muß was Gutes in ihr stecken!‹«

Luftig und leicht füllte das Gelächter die Küche. Mary hatte das Gefühl, gerade einen großen Schluck frischen Quellwassers getrunken zu haben.

»Wissen Sie, manchmal bin ich bei ihnen wirklich am Ende meiner Weisheit«, sagte Imelda ernst. »Ich weiß nicht, ob ich alles richtig mache. Ich weiß, daß ich alt genug bin, um eine eigene Familie zu haben, aber manchmal mache ich mir Sorgen, ob ich sie auch richtig erziehe.«

»Aber du bist doch selbst noch ein Kind.«

»Ich bin kein Kind mehr. Ich werde diesen Sommer fünfzehn. Meine Mutter wurde mit vierzehn verheiratet und meine Tante auch. Ich bin alt genug, um eine eigene Familie zu haben, doch eine Familie zu versorgen ist wirklich genug.«

»Ich hätte gerne eine große Familie gehabt«, sagte Mary zu ihrer eigenen Überraschung. Wie leicht es ihr fiel, mit dem Mädchen zu reden. »Doch ich habe die Babys nie behalten. Ich habe sie jedesmal in den ersten fünf Monaten verloren. Außer Séan, und der hat von Anfang an gekränkelt.«

»Tut mir leid, was Sie alles mitgemacht haben, Mary«, sagte Imelda und ihre Augen waren sanft vor Mitleid. »Sie sind doch noch jung. Und gesund. Wenn Sie Gott bitten, bekommen Sie vielleicht noch eins.«

In diesem Augenblick wurden sie von Tommy unterbrochen, der zur Tür hereinpolterte.

»Was ist denn hier los? Ich denke, wir fahren in die Stadt, und die beiden da machen eine Teeparty!«

»Nur ein kleines Schwätzchen«, sagte Mary. »Komm rein und trink einen Tee mit.«

»Danke, Mary, lieber nicht. Wir sollten besser los.«

Mary warf einen Blick auf die alte Uhr, die auf dem Kaminsims stand und der ganze Stolz ihrer Großmutter gewesen war.

»Meine Güte, schon halb zwölf! Du hast recht. Nun trink doch schnell eine Tasse, solange ich meine Sachen hole.«

Mary ging ins Vorderzimmer und öffnete die unterste Schublade der großen Eichenanrichte. Dort verwahrte sie in einer Zigarrenschachtel das Geld, das Gerald ihr gab. Wie immer befand sich darin mehr, als sie verbrauchen konnte. Geld war zwischen ihr und Gerald nie ein Problem gewesen. Sie wußte, daß er seine eigene Schachtel hatte, die er in einer anderen Schublade unter Verschluß hielt. Gott allein wußte, wieviel da drin sein mochte. Und wofür? Sie wüßte genau, was sie damit anfinge, wenn sie nur könnte: Sparen, bis sie sich davon einen neuen Viehbestand kaufen und kräftige Männer bezahlen konnte, die den Hof wieder auf Vordermann brächten. Solange es ihn wenig kostete und nicht belästigte, erlaubte Gerald ihr, ein paar Hühner zu halten und ein bißchen Gemüse anzubauen, damit sie beschäftigt war. Gerald war kein Bauer. Für ihn war der Hof eine Investition gewesen, bei der es Mary als Sonderangebot dazugab. Er erlaubte ihm, seiner einzigen Leidenschaft zu frönen: dem Windhundrennen. Dies wiederum gestattete ihm, seinen beiden Lieblingsbeschäftigungen nachzugehen: Trinken und Geld machen.

Mary steckte ein wenig Geld in ihre Tasche und schaute aus dem Fenster, um zu sehen, was das Wetter vorhatte. Im Augenblick war es klar, sah aber veränderlich aus. Ein Grollen, das sich nach fernem Donner anhörte, ließ sie zu Mantel und Schal greifen, für den Fall, daß es regnete.

Imelda und Tommy waren schon abfahrbereit, als sie nach draußen kam.

»Haben Sie den Donner gehört?« erkundigte sich Imelda.

»Hab ich«, sagte Mary. »Kommt von Osten. Könnte kälter werden. Ich habe mal vorsichtshalber einen Schal mitgenommen.«

»Für mich hörte sich das nicht nach Donner an«, widersprach Tommy. »Kam zwar vom Meer her, das stimmt, aber es war hoch über uns und ging sehr schnell über uns hinweg.«

»Das war schon Donner. Was sollte es denn sonst sein?« sagte Imelda achselzuckend. »Kommen Sie, Mary, reichen Sie mir den Eierkorb hoch.«

»Pst, Meldy«, sagte Tommy plötzlich und bedeutete ihnen, zu lauschen: »Hört ihr?«

Mary und Imelda lauschten. Weit, weit weg hörten sie ein Grummeln.

»Das ist der Donner«, sagte Mary.

»Ich hab's dir doch gesagt! Draußen auf dem Meer scheint ein Unwetter zu toben«, sagte Imelda.

»Nein, hört doch! Das kommt jetzt von Westen. Das ist da drüben«, sagte Tommy und blieb ganz ruhig stehen, als er auf den Hügelkamm im Westen deutete.

»Worauf willst du hinaus? Meinst wohl, über Ardfield ist'n Unwetter, du Dummkopf!«

»Das ist kein Unwetter. Hört doch!« Das Grollen war jetzt ganz deutlich zu hören, es hing über den Hügeln der Flußmündung.

»Was ist los mit dir, Tommy Tanner, hast du den Verstand verloren?« neckte Imelda ihn.

»Da kommt es. Es kommt in unsere Richtung. Es ist ein Flugzeug. Das muß ein Flugzeug sein. Ein riesiges Flugzeug«, sprudelte es aufgeregt aus Tommy heraus.

»Willst du wohl still sein, Tommy? Du hast Flugzeuge im Kopf«, herrschte Imelda ihn an. Manchmal war es wirklich ein Kreuz mit ihrem Bruder. Bei weitem schlimmer zu ertragen als die Mädchen.

»Es ist ein Flugzeug!« behauptete Tommy unbeirrt. »Wißt ihr nicht, daß die massenhaft hier vorbeifliegen? Mick hat gesagt, er habe draußen am Galley Head deutsche Maschinen vorbeifliegen sehen.«

Jetzt reichte es Imelda. Sie sollten längst in der Stadt sein und nicht Marys Zeit vergeuden, indem sie in den Himmel starrten. Sie wollte gerade ihren Bruder ausschimpfen, doch sie kam nicht dazu. Die Worte blieben ihr im Hals stecken. Das Grollen über Ardfield kam näher und wurde schrecklich laut. Es war das lauteste Geräusch, das Imelda je gehört hatte. Sie starrte in die Richtung, aus der der Lärm kam, aber dieser Teil des Himmels hing voll dicker, schwerer Wolken. Immer noch schwoll der Lärm an, und Imelda biß sich ängstlich in die Fingerknöchel.

Marys Herz raste, und ihre Hände zitterten. Das Grollen ergriff Besitz von ihrem ganzen Körper, erschütterte sie von Kopf bis Fuß. Hinter den Wolken konnte sie einen dunkleren Schatten erkennen, der sich durch die graue Masse bewegte. Das war unmöglich. Nichts konnte so riesig sein. Doch der Schatten bewegte sich rasch auf sie zu. Er zog über das Haus, nahm das Licht weg und erfüllte die Luft mit seinem Donner. Instinktiv duckten sich Imelda und Mary. Das Pony wieherte zaghaft und warf nervös seinen Kopf zurück.

»Es ist ein Flugzeug. Es ist ein Flugzeug! Es ist ein Flugzeug!«

schrie Tommy. Er stand auf dem Karren und winkte mit seiner Kappe, sprang herum und schrie, als das große grüne Ungetüm direkt über ihre Köpfe hinwegflog und auf Clonakilty zu steuerte. Erst als nichts mehr davon zu sehen war und nur noch das Grollen in der Luft nachschwang, blickte Tommy runter auf das Paar, das sich neben den Karren geduckt hatte.

»Ich hab euch doch gesagt, daß es ein Flugzeug war«, verkündete er strahlend.

6 Ein tiefes Grollen näherte sich von Osten her. Mick O'Sullivan machte sich gerade fertig, um zum Essen nach Hause zu gehen, als er es zum ersten Mal hörte. Er holte sein Fernglas wieder aus dem Futteral und lauschte. Das Dröhnen wurde lauter. Er hob das Fernglas und folgte dem Geräusch. Hinter den blendenden Wolken war nichts zu sehen. Das Grollen war sehr weit weg, aber dennoch war er sich sicher, daß es ein Flugzeug war. Und dem Geräusch nach zu urteilen auch noch ein sehr großes.

Mick senkte das Fernglas und lauschte, als es nach Westen davonzog. Selbst nachdem er es nicht mehr hören konnte, wartete er und suchte mit seinen Augen den Himmel ab. Er wußte, daß es wahrscheinlich zurückkommen würde. Die meisten Flugzeuge kamen zurück, es sei denn, sie zerschellten am Mount Brandon, was Gott verhüten möge. Schließlich gab es im Westen nur noch das Meer. Alles spielte sich im Osten ab, die nächste Gemeinde im Westen war New York.

Während er abwartete, holte er sein Notizbuch hervor. Ein angespitzter Bleistiftstummel war mit einem Bindfaden daran festgebunden. Bis eben war er an seinem Aussichtsposten vor dem Leuchtturm gewesen und hatte in aller Gründlichkeit den Himmel abgesucht, ehe er auf die Uhr gesehen und sorgfältig seinen Eintrag notiert hatte: *7. April, 12:30 Uhr. Schwere Wolken. Küste klar.*

Jetzt lehnte er sich an den Deich, feuchtete den Bleistift an und fing wieder bedächtig an zu schreiben. Er hatte gerade geschafft, die Uhrzeit zu notieren, als er das Flugzeug zurückkommen hörte. Sein Fernglas brauchte er nicht, er konnte es mit bloßen Augen sehen. Herr Gott noch mal, war das groß.

Während er das Flugzeug beobachtete, verharrte er vollkommen reglos. Es war größer als ein Haus. Wie konnte es überhaupt fliegen? Das Dröhnen der gewaltigen Motoren erfüllte die Luft, als die Maschine näher kam. Zitternd hob er sein Fernglas, um es genauer in Augenschein zu nehmen. Er zählte vier Motoren, aber er konnte kein Hoheitszeichen erkennen. Es mußte eine Tragflächenspannweite von mindestens dreißig Metern haben.

Das Flugzeug stand jetzt direkt über Galley Head. Er konnte es ganz deutlich sehen. Heilige Jungfrau Maria! Er konnte den Mann im Rumpfbug sehen. Als die Maschine vorbeikam und er sich in aller Eile die Kennzeichnung am Schwanz notierte, hatte er Herzflattern.

Er hatte Mühe, das Flugzeug im Auge zu behalten und gleichzeitig sein Handbuch der Flugzeugtypen durchzublättern.

Er sah noch mal auf seine Uhr. Er leckte am Bleistift und notierte: *12:37 Uhr. Großes Flugzeug auf dem Weg von Seven Heads nach Galley Head gesichtet, mit Richtung auf Mizen Head. Kam über Galley Head zurück und flog Richtung Osten, woher es auch gekommen war. Das Flugzeug scheint an Höhe zu verlieren und versucht vielleicht zu landen.*

Dann stieg er auf sein Fahrrad und radelte wie ein Verrückter über die gefurchte Straße. Beim Gedanken an sein Essen, das zu Hause auf ihn wartete, grummelte sein Magen. Vielleicht wär's doch am besten, wenn er seiner Frau erzählte, was geschehen war. Er wollte rasch ins Haus gehen, mit ihr sprechen und sich ein Stück Brot nehmen, das er dann auf seinem Weg in die Stadt essen konnte.

John Joe O'Mahoney schlenderte den schlammigen Reitweg entlang und genoß den Tag, wie ihn nur einer genießen kann, der dank eines triftigen Grundes der Schule fernbleiben darf. Er hatte den Tag frei bekommen, um seinem Vater zu helfen, im oberen Feld die Kartoffeln zu legen. Die Flaschen mit Tee in seinem Korb klirrten und schwappten über, obwohl seine Mama sie mit alten Socken umwickelt hatte, die »nicht mehr zu flicken lohnten«. John Joe freute sich schon auf das Essen mit seinem Papa und den Knechten. Stellenweise brach die Sonne durch die Wolken und strahlte hier einen Flecken Grün, da drüben einen Baum oder einen Hügel jenseits der Bucht auf der Insel an.

John Joe hielt einen Augenblick inne und lehnte sich an eine niedrige Trockenmauer, um Luft zu schöpfen. Für seine zehn Jahre war er ganz schön feist und machte oft die Erfahrung, daß er Schwierigkeiten hatte, mit den anderen Jungs in der Schule mitzuhalten. Die Flaschen waren schwer, und er war froh um die Verschnaufpause. Dr. Moloney hatte gemeint, er habe vielleicht eine leichte Asthmaneigung, und seine Mama sagte, er solle sich nicht überanstrengen. Über ihm konnte er die kleinen Gestalten seines Vaters und der beiden Knechte erkennen, die in gebückter Haltung mit der Drillmaschine die Furchen zogen. Noch während er sie beobachtete, blieben sie plötzlich alle aufrecht stehen und gestikulierten.

Und da hörte er es auch schon. Ferner Donner, nur lauter, gewaltiger. John Joe drehte sich in die Richtung, wohin die Männer deuteten.

Und dann sah er es.

Es sah genauso aus wie in den Comics und Illustrierten, die sein Onkel ihm immer aus Amerika schickte. Ein Flugzeug der amerikanischen Luftwaffe! Eine B-17, die »Flying Fortress«. Voll tapferer amerikanischer Flieger! Ein echtes Flugzeug, und das hier in Ardfield! Im Dorf gab es kein einziges Auto, und hier direkt über ihnen flog ein amerikanisches Flugzeug.

John Joe verfolgte die Maschine, bis sie in den Wolken über Inchydoney Island verschwand. Die Männer auf dem Feld über ihm brüllten alle und schwenkten ihre Kappen. John Joe ließ seinen Korb fallen und rannte wie der Wind.

Ruth Bennett kam mit einem Tablett voll sauberer Gläser aus der Küche in die Bar.

»Komm, Kleine. Laß dir helfen«, sagte Tony, der Barkeeper.

»Danke, Tony. Das kann ich schon«, wehrte Ruth ab.

»Ich wollte dich eigentlich fragen, ob du wohl für eine Minute die Bar übernehmen könntest, während ich mal auf einen Sprung nach draußen gehe?«

»Nur zu«, sagte Ruth, als sie sich ihren Weg hinter die Theke bahnte. Sie nickte ihrem Vater zu, der in ein Gespräch mit Con O'Leary und Dr. Moloney vertieft war. Auf Ruths Gesicht breitete sich ein höchst anziehendes Lächeln aus, als Dennis zur Tür hereinkam.

Er nickte den Männern auf den Barhockern zu und schien dann erst Ruth zu bemerken. »Sieh mal einer an, Ruth Bennett. Wie geht's?« fragte er strahlend.

»Mir geht's gut, Dennis«, sagte sie und versuchte dabei so natürlich wie möglich zu klingen. Seit über einem Monat trafen sie sich, wann und wo es nur ging. Dennis pflegte bei einem der anderen Mädchen des Hotels eine Nachricht zu hinterlassen, und Ruth versuchte dann eine Ausrede zu finden, um nach dem Abendessen noch einmal aus dem Haus gehen zu können. Sie hatte eine Leidenschaft für lange Spaziergänge mit dem Hund entwickelt, die ihre Mutter zwar beunruhigten, aber doch nicht ausreichend genug, um Nachforschungen anzustellen.

»Könnte ich eine Halbe Murphy's bekommen, wenn du fertig bist?« bat Dennis.

»Natürlich kannst du das«, sagte Ruth. Die Gläser klirrten, als sie sich nach einem Platz umsah, wo sie das Tablett abstellen konnte. Auf einem Beistelltisch sollten die Gläser wieder zur Ruhe kommen, aber sie klirrten nur noch heftiger. Sie sah sie an, und ihr blieb die Luft weg, als sie zusehen mußte, wie eine ganze Reihe umkippte und zu Boden fiel. Sie lief, um Handfeger und Kehrblech zu holen, aber da fingen auch schon sämtliche Gläser der Bar im Chor zu klingeln an. Die hinten in der Bar aufgereihten Flaschen stimmten klirrend mit ein.

»Was zum Teufel ist hier los?« fragte Con O'Leary laut in den Raum.

»Der Raum bebt«, rief Dr. Moloney. Er glitt vom Barhocker und schloß sich seinen Gefährten an, die sich mitten im Barraum versammelt hatten und vorsichtig ihre Bierkrüge balancierten.

Die Eingangstür wurde aufgerissen und Miss Aileen O'Donovan kam schreiend hereingerannt. Sie war eine dickliche Frau im fortgeschrittenen Alter, und Ruth mußte sich ein Kichern verkneifen. Ihre Haare waren in Unordnung geraten. Graue Lockenbüschel rahmten ihr Gesicht, das um den offenen Kreis ihres Mundes dunkelrot angelaufen war.

»Das ist ein Erdbeben. Wir werden alle sterben!« keuchte Miss Aileen, als sie an ihrem mächtigen Busen nach ihrem Glücksbringer fummelte. Den Rosenkranz hielt sie bereits in der Hand, und sie küßte das Kreuz ein ums andere Mal.

»Jetzt beruhigen Sie sich doch, Frau! Es kann kein Erdbeben sein«, sagte Con O'Leary.

»Es ist aber ein Erdbeben, wenn ich's doch sage«, behauptete Miss Aileen mit Nachdruck, und ihre Brüste hoben sich beim Versuch, wieder Luft zu bekommen.

»Bei uns in West Cork kann es keine Erdbeben geben«, widersprach ihr Dr. Moloney. Alle Gäste nickten zustimmend.

Als Ruth zu ihrem Vater hinüberschaute, um das bestätigt zu bekommen, sah sie Dennis zum Fenster gehen. Ein Brüllen erfüllte den Raum und erschreckte sie zu Tode. Vielleicht war es doch ein Erdbeben.

Miss Aileen gab einen weiteren Schrei von sich und ließ ihre massige Gestalt auf einer der Bänke zusammensinken. »Gelobt seist du, Jungfrau Maria voller Gnaden, der Herr sei mit dir! Wir werden alle sterben«, schrie sie.

»Wartet mal. Das kommt von draußen«, sagte Dennis und zog die schweren Vorhänge zurück. »Jesus! Es ist ein Flugzeug!«

Ruth schloß sich den anderen an, die jetzt alle losrannten, um hinauszuschauen. Sie konnte nur die Straße sehen. Leute rannten vor dem Hotel auf und ab. Ruth stellte sich auf die Zehenspitzen, damit sie über die Schultern der Männer sehen konnte, die ihre Krüge hochhielten. Außer den Dächern der anderen Straßenseite konnte sie nichts erkennen. Noch während sie um bessere Sicht kämpfte, wurde die schmale blaugraue Himmelslinie von dem riesigen grünen Körper eines Flugzeugs verdeckt, das sie rasch wieder aus den Augen verlor. Sie drückte sich an Dennis Rücken und schob dabei ihre Hand in seine.

»Sieht aus wie ein Bomber.« Dennis drückte ihre Hand.

»Ein Bomber! Heilige Mutter schütze uns, wir werden bombardiert. Wir werden alle sterben«, kreischte Miss Aileen, die sich jetzt erhob, um besser sehen zu können.

»Würden Sie sich jetzt bitte zusammenreißen. Für einen Bombenangriff ist es schon zu spät«, erklärte Con O'Leary. »Sieht aus, als würde das Ding landen.«

»Landen? Herr im Himmel! Sie fallen in unser Land ein. Wir werden alle sterben«, wisperte Miss Aileen keuchend, als sie sich zurück auf die Bank fallen ließ. Dort blieb sie sitzen, stierte mit glasigen Augen vor sich hin und hielt sich am Rosenkranz fest.

»Keiner wird sterben.« Dr. Moloney ging zu ihr und fühlte ihr den Puls. »Jetzt beruhigen Sie sich doch, Miss Aileen.«

Miss Aileen starrte weiterhin geradeaus, nur ihr Mund bewegte sich zu den Worten des Vaterunser.

»Ruth! Bring für Miss Aileen einen Whiskey. Sie kippt uns sonst um.«

Miss Aileen hob ihren Kopf und wedelte mit dem Rosenkranz. »Nein. Keinen Whiskey.«

»Der beruhigt aber die Nerven. Na los.«

»Nein. Keinen Whiskey«, sagte Miss Aileen und winkte mit dem Rosenkranz ab. »Brandy. Brandy wäre mir lieber. Mit einem Schuß Portwein.«

»Dann also einen Brandy mit Portwein«, wiederholte Dr. Moloney lächelnd und tätschelte dabei ihre freie Hand. »Ruth! Bitte einen Brandy für Miss Aileen.«

Aber Ruth hörte die Bestellung nicht. Sie war schon durch die große Eingangstür und lief mit Dennis dicht auf den Fersen die Pearse Street hinunter.

Martin Kelleher befand sich in einer moralischen Zwickmühle. Jeden Mittag durfte er fünf Minuten eher die Klasse verlassen, damit er seiner Mutter im Süßwarenladen helfen konnte, den mittäglichen Ansturm zu bewältigen. Dies war nur zustande gekommen, weil Martin auf Treu und Glauben seine Aufrichtigkeit zugesichert und seiner Mutter darüber hinaus versprochen hatte, daß er die Störung des Unterrichts so gering wie möglich halten werde. Außerdem weil göttlicher Eingriff in Gestalt Vater Collins' erfolgt war. Der hatte beim Direktor ein gutes Wort für ihn eingelegt, wie damals, als er sich damit einverstanden erklärt hatte, den vaterlosen und völlig ungeeigneten Martin zum Meßdiener zu machen. Mrs. Kelleher war nicht nur eine furchterregende Frau, sie sorgte auch regelmäßig für Vater Collins beste Nachmittagstees.

Martin hatte bei seiner Ehre und seinem toten Vater geschworen und auf gut Glück noch die heilige Jungfrau und ein paar Heilige hinzugefügt. Er jedenfalls würde es nicht vermasseln. Aber heute wurde er auf die Probe gestellt. Martin drehte sich der Magen um, als er mitten auf dem Pausenhof stand und sich nicht entscheiden konnte, ob er nach Hause gehen oder sich hinters Schulgebäude schleichen sollte, wo, wie er wußte, die Barry-Jungs warteten.

Für seine Entscheidung blieben ihm nur wenige Minuten. Bald läutete die Glocke, die Jungs würden auf den Pausenhof strömen und der Direktor würde wissen wollen, was er hier noch zu suchen hatte. Martins Herz machte einen Satz, als die Schultür aufgestoßen wurde und Pat Barry herausgeschlendert kam und die Toiletten ansteuerte. Ehe er sie erreicht hatte, machte er Martin ein Zeichen und verschwand pfeilschnell hinter dem Gebäude. Martin wußte, daß Joe, Frank und James bereits dort waren. Die Brüder hatten von ihrem Großvater eine Zigarre gestohlen und hatten vor, diese in der Pause zu rauchen. Martin hatte sein Glück kaum fassen können, als Pat ihn ganz beiläufig gefragt hatte, ob er mitkommen wollte.

In einer nur von seiner Mutter und seinen Schwestern bevölkerten Welt kamen Martin die Barry-Jungs wie ein männlicher Zufluchtsort vor. Es war schon fast zu schön, um wahr zu sein, daß sie ihn gefragt hatten, ob er eine Zigarre mit ihnen teilen wollte. Wer weiß, welch wunderbare Abenteuer ihn erwarteten, wenn er heute einmal kein Hasenfuß war? Sicherlich lohnte es das Risiko, den Zorn seiner Mutter auf sich zu ziehen oder Vater Collins traurige Hundeaugen zu ertragen und den unvermeidlichen Vortrag. Die Sache war es sogar wert, mit dem Lineal des Direktors den Hintern versohlt zu bekommen.

Die Sonne brach durch die Wolken und warf den Schatten

des Kirchturms bedeutungsvoll auf den Pausenhof. Er schien direkt auf Martin zu deuten. Der Schatten erinnerte ihn an die abgelegten Versprechen. Wie sollte er am nächsten Sonntag im vollem Bewußtsein, in Taten und im Geiste unrein zu sein, seiner Aufgabe als Meßdiener nachkommen?

Selbst wenn ihm eine Entschuldigung einfiele, der seine Mutter Glauben schenkte (denn diese Frau konnte Gedanken lesen), selbst wenn der Direktor sie nicht erwischte, selbst wenn er nicht beim ersten Zug grün anlief und sich über Joe Barry erbrach, selbst wenn niemals jemand dahinterkam – Gott würde es wissen.

Martin warf einen Blick über seine Schulter in Richtung Kirche und zwang sich, hoch zum Turm zu schauen. Fast rechnete er damit, dort oben die himmlischen Heerscharen sitzen und mit ihren Engelsfingern auf ihn deuten zu sehen. Aber alle in Reih und Glied angetretenen Heiligen des Himmels hätten ihn nicht so sehr aus der Fassung bringen können wie das Donnern, das plötzlich die Luft erfüllte. Instinktiv ließ er sich auf den harten Betonboden fallen. Er spähte durch seine überkreuzten Arme hoch zum Himmel.

Ein riesiges grünes Flugzeug überflog die Häuserdächer. Es flog so tief, daß es aussah, als bliebe es am Kirchturm hängen. Martin sprang auf und legte den Kopf in den Nacken, um besser sehen zu können. Die Zeit blieb stehen, als er das Ungetüm auf die Kirche herabstoßen sah. Fast hätte er das Gleichgewicht verloren, als jemand ihn von hinten anschubste. Zwei Jungs flitzten an ihm vorbei. Martin sah gerade noch Pat Barry, dicht gefolgt von seinem Bruder Joe, in einem anmutigen Satz die Mauer des Pausenhofs überspringen. Wie machte er das? Seine zwei jüngeren Brüder rannten hinterher, außerdem eine Horde kleiner Jungs. Auch Martin rannte, ehe er überhaupt merkte, daß seine Beine sich bewegten.

»Komm mit, Kelleher!« schrie Pat, als Martin mit ihm auf gleicher Höhe war. »Komm. Komm. Komm!«

»Was ist denn los?« brüllte Martin. »War das ein Flugzeug?«

»Natürlich war das eins, du unnützer Blödian! Und es kommt runter. Es landet gleich. Komm endlich!«

Kitty Kelleher war für den Morgenansturm nahezu gerüstet. Mit militärischer Präzision hatte sie alles bis ins kleinste Detail geplant.

Als erstes schloß sie pünktlich um zehn vor eins die Türe zu. Die meisten ihrer Kunden waren jetzt zu Hause beim Essenkochen, aber die kleinen Diebe, die Gott als Kinder verkleidet hatte, kamen gleich aus der Schule. Kitty zog den Stuhl hervor, der hinter ihrer Verkaufstheke stand, und stellte ihn in die Mitte des winzigen Ladens. Von diesem Aussichtspunkt, den Rücken einer kaum in Versuchung führenden Reihe von Reinigungsmitteln zugekehrt, konnte sie die risikoträchtigeren Bereiche überblicken: die übereinandergestapelten Reihen großer Glasbehälter, gefüllt mit Süßigkeiten, deren rosiger Schimmer und betäubender Duft die kleinen Biester verrückt machte. Martin mußte jede Minute kommen. Er hatte Anweisung, nur immer vier auf einmal hereinzulassen. Kitty hatte dies nach sorgfältigen Berechnungen als die perfekte Anzahl ermittelt. Vier waren ausreichend, um eine flüssige Abfertigung zu gewährleisten, aber noch nicht zu viele, um sie aus den Augen zu verlieren.

Kitty setzte sich auf den Stuhl und beobachtete die Tür. Wo blieb Martin?

Die Frage blieb unbeantwortet, denn sämtliche Glasbehälter fingen auf einen Schlag zu wackeln an. Liebe Mutter Gottes, was ging da vor? Ein unglaublicher Tumult setzte draußen ein. Kitty hörte Menschen schreien. Auf der Pearse Street mußte ein Unfall passiert sein. Ein kurzer Blick auf die Uhr sagte ihr, daß es fünf vor eins war. Martin sollte jetzt hier sein. Sie zögerte einen Augenblick, ehe sie die Tür aufschloß – bei diesen kleinen Schurken konnte man nie vorsichtig genug sein.

Sie öffnete die Tür und spähte hinaus. Die Straße war voller Menschen, die zum Himmel hochzeigten. Einige rannten. Was in Gottes Namen ging hier vor? Eine große Schar Jungs kam mitten auf der Straße angelaufen, und sie wurden immer mehr. Es war nicht zu fassen, der Anführer des Haufens war doch tatsächlich dieser Dummkopf von ihrem Sohn!

7 Anfangs hatte Beau noch zu lesen versucht, um seine Nerven zu beruhigen, während er in der Mittelkabine saß. Er mußte sich allein schon darauf konzentrieren, das Buch gerade zu halten. Immer wieder überflogen seine Augen die Seite, aber er ertappte sich dabei, daß er ein und denselben Satz immer wieder las. Unruhig versuchte er, der in ihm aufsteigenden Angst Herr zu werden. Er stellte sich eine Unterhaltung vor, bei der er seine Tischgenossen mit der absurden Situation bezauberte, in dieser riesigen ratternden Blechkiste gefangen zu sein und praktisch im Blindflug über ein Gebiet zu fliegen, das durchaus Feindesland sein konnte. Diese Vorstellung tröstete ihn ein wenig, bis ein besonders heftiger Stoß ihn über den Boden gleiten ließ und daran erinnerte, daß er sich noch nicht wieder in eleganter Gesellschaft befand. Er machte sich vor Angst fast in die Hose. Wer waren diese Kerle überhaupt? Waren es vielleicht die Gefährten seiner letzten Reise? Er kannte sie nicht einmal. Die Hälfte von ihnen war sogar jünger als er.

Beau legte sein Buch zur Seite und zündete sich eine Zigarette an. Die Crew wirkte ganz entspannt, und dennoch war die Atmosphäre wie aufgeladen, was in Marrakesch noch nicht zu spüren gewesen war. Der Pilot hatte sich noch nicht wieder gemeldet, aber Beau konnte sich gut vorstellen, daß der Treibstoff langsam knapp wurde.

Zwei Stunden lang hatte sich die *T'Ain't a Bird* über dem

Unwetter gehalten. Obwohl es sich beruhigt zu haben schien, waren die Wolken unter ihnen noch immer dunkel und brodelnd. Vorne im Flugzeug ging es zu wie in einem Bienenstock, da beide Piloten, der Navigator und der Funker herauszufinden versuchten, wo sie sich befanden.

Mahoney arbeitete wie ein Verrückter über seinen Karten und legte einen Kurs fest, der, wie er hoffte, nach Südwesten führte. Aber Beau wußte, daß eine Ortsbestimmung schwerfiel, nachdem der Radiokompaß durch das Unwetter gestört worden war. Beau hörte den Piloten zu Russell sagen, er solle versuchen, die Funkstille zu durchbrechen, um eine Ortung zu bekommen. Es gelang ihm, ein Signal hereinzubekommen, aber wer immer es aussandte, verweigerte die Identifizierung. Es war mehr als wahrscheinlich, daß die »hilfreiche« Übertragung von einem deutschen U-Boot gekommen war.

»Haben Sie Feuer?« fragte Matt Russo, als er sich neben Beau setzte.

»Aber ja. Möchten Sie eine Zigarette?« Beau hielt ihm die Schachtel hin.

»Danke. Sie sind aus dem Süden, habe ich recht?«

»Das stimmt. Aus Louisiana. New Orleans«, sagte Beau und war dankbar für die Gesellschaft.

»Gute Gegend für Musik. Ich liebe Musik. Hab mal Klarinette gespielt«, sagte Matt mit strahlendem Gesicht. »Hab immer schon mal vorgehabt, da runter zu fahren und mir New Orleans Jazz anzuhören.

»Jazz? Ich spiele selbst Jazz.«

»Ehrlich? Was denn?«

»Klavier. Vorwiegend Jazz, Ragtime. Alles, was swingt. Mei ne Eltern haben mich zum Klavierunterricht gezwungen, als ich klein war. Aber ich bin immer ins französische Viertel gelaufen, um dort Teufelsmusik zu machen.«

»Hört sich gut an«, grinste Matt.

»Oh, ist auch gut.« Beau schüttelte den Kopf. »Ein ganzes Ende besser, als in diesem alten Flugzeug durchs Nichts zu rumpeln.«

»Keine Sorge, Junge. Hansen ist ein großartiger Pilot. Er

bringt uns gesund und munter nach Hause. Stimmt's, Les?« rief Matt dem schlaksigen Bordschützen zu, der neben dem Gefechtsstand stand und mit Tojo spielte.

»Erinnerst du dich noch an Gulfport, Mississippi? Wir waren schon stundenlang mit einem verklemmten Querruder geflogen. Aber Hansen hat uns sicher runtergebracht.«

»Ja«, bestätigte Les. »Da hatten wir auch nur noch sehr wenig Treibstoff.«

»Wieviel haben wir denn noch?« wollte Beau wissen.

»Nur noch ganz wenig«, erwiderte Les gefaßt.

Beau zündete sich noch eine Zigarette an und versuchte, nicht darüber nachzudenken, was das bedeutete. Er war sich plötzlich nur allzu deutlich bewußt, daß dieses Flugzeug, so groß es auch sein mochte, nichts anderes als vernietetes Walzblech war, das zehntausend Fuß hoch in der Luft hing. Ein nervöses Kichern befiel ihn, als ihm die Worte eines Lieds einfielen. Beau fing zu singen an und schnippte mit seinen Fingern einen langsamen Swingrhythmus dazu:

I get no kicks in a plane –
Flying so high, like some bird in the sky,
is my idea of nothing to do –
Cause I get a kick outta you!

Matt und Les hörten anerkennend zu. Applaus und Pfiffe waren in der Kabine zu hören. Beau machte eine übertriebene Verneigung.

»He, New Ohleeans!« sagte Matt und imitierte dabei Beaus Akzent. »Machen Sie sich keine Sorgen. Es wird alles gut. Vertrauen Sie mir.«

»Kennen Sie irgendein Barbershop-Quartett?« erkundigte sich Les. »Ich habe auf der High-School eins gesungen.«

»Na so was!« freute sich Matt. »Vielleicht könnten wir hier was auf die Beine stellen. Singt sonst noch wer?«

»Pilot an Crew. Der Gesangverein muß warten«, ertönte Hansens Stimme über die Bordsprechanlage.

Die Männer schwiegen alle und hörten zu.

»Wir müssen uns langsam über eine Notlandung Gedanken

machen. Ich werde die Maschine jetzt runterziehen und nachsehen, was unter diesen Wolken ist.«

»Na, wer sagt's denn«, meinte Matt und klopfte Beau dabei auf die Schulter. »Alles wird gut. Ihr Jungs aus dem Süden könnt doch schwimmen, oder?«

Als das Dröhnen der Maschinen eine andere Tonlage annahm, suchte sich jeder ein Fenster. Merdeza kletterte zum Rumpfmaschinengewehr und Les kraxelte wieder in seine Plexiglaskuppel. Die Lichter flackerten, als die Maschine in die Turbulenzen eintauchte. Ihr Sinkflug führte durch dicke graue Wolkenmassen in eine dicke weiße Wolkenmasse.

Das einzige, was mit Beaus Angst mithalten konnte, war sein Gefühl, nutzlos zu sein. Er konnte nur dasitzen und warten.

»New Orleans!« sprach Matt ihn an, als er merkte, in welcher Stimmung Beau sich befand. »Gehen Sie lieber in den Funkraum. Könnten Sie sich um Tojo kümmern?«

»Mit Vergnügen«, sagte Beau, froh, eine Aufgabe zu haben. Er machte es sich auf dem Boden des Funkraums bequem, nachdem er den Affen mit einer Banane gelockt hatte. Er war wirklich ein süßer kleiner Kerl.

»Rumpfseiten-Maschinengewehr an Pilot. Ich glaube, ich sehe Wasser.«

Beau versuchte, einen Blick durch das winzige Fenster hinter dem Funker zu werfen. Doch er sah nur Wolken.

»Vor uns sind ein paar Wolkenlücken«, erklärte Hansen. »Ich bringe sie noch ein bißchen tiefer.« Beau setzte sich wieder und lauschte mit Tojo im Schoß dem Gespräch, das über den Bordfunk lief.

»Gefechtskanzel an Pilot. Ich sehe Land. Zwölf Uhr!« rief Les.

»Ich hab's«, antwortete McKnight, der Kopilot. »Siehst du's Charlie? Direkt vor uns.«

Kurzer Applaus brandete durch die Maschine. Beau fühlte seine Lebensgeister wieder erwachen. Eine Landung auf dem Trockenen war doch eine sehr viel angenehmere Vorstellung als das eiskalte Wasser inmitten des Ozeans.

»Okay. Wir wollen noch ein bißchen tiefer gehen. Wir folgen der Küstenlinie und prüfen, ob wir einen Landeplatz finden. Wir haben nur einen kurzen Blick auf die Landschaft werfen können. Wenn wir in den nächsten zehn Minuten nichts Sicheres finden – dann ziehen wir sie raus übers Meer und wassern dort. Wir haben nur noch Treibstoff für zwanzig Minuten.«

Im Flugzeug waren alle einsatzbereit. Beau konnte nichts anderes tun, als der Verständigung über den Bordfunk zu folgen und sich auszumalen, was los war. Er streichelte Tojo, auf den die steigende Spannung ebenfalls abzufärben schien.

»Sieht ziemlich felsig aus.«

»Ich kann nicht viel erkennen. Bloß immer mal wieder einen kurzen Blick.«

»Das da sieht nach Strand aus.«

»Ja. Aber der ist zu kurz.«

»Gefechtskanzel an Pilot. Ein paar Meilen hinter uns war ein Strand, der größer aussah.«

»Okay, mein Junge. Du hast die besten Augen. Wir drehen sie um und überprüfen das.«

»He!« Matt gab Beau von seinem Fenster am Rumpfmaschinengewehr aus Zeichen. »Ich sehe einen kleinen Turm. Könnte ein Leuchtturm sein.«

Beau konnte ihn nicht sehen.

»Da unten ist nicht viel«, sagte Matt. »Sieht sehr grün aus. Große Klippen. In England gibt's doch Klippen, oder?«

»In Norwegen gibt's auch Klippen«, meldete sich der Häuptling zu Wort, der aus demselben Fenster schaute. »Und in Frankreich haben sie auch welche.«

Und beide Länder sind von den Deutschen besetzt, dachte Beau den Gedanken zu Ende.

»Gefechtskanzel an Pilot. Das da ist es.«

Das Flugzeug kippte nach rechts, und Beau suchte Halt an der Tür zum Funkraum. Die Maschine verlor merklich an Höhe und wurde langsamer, während der Pilot nach einem Landeplatz Ausschau hielt.

»Neun Uhr. Da ist ein flaches Feld! Könnte auch als Landebahn durchgehen!« frohlockte Les. Die Crew zeigte aufgeregt aus dem Fenster.

»Okay. Wir bringen sie in die richtige Position und versuchen es«, sagte der Pilot. »Moment mal. Das da direkt unter uns sieht aus wie eine Stadt. Irgendeine Idee, wo wir sind, Mahoney?«

»Ich weiß es wirklich nicht. Aber ich denke, wir könnten über Holland sein«, erwiderte der Navigator.

Beau riskierte es und stand auf, um noch einmal aus dem Fenster zu schauen. Er konnte so gerade eben ein paar geduckte graue Häuser erkennen, als sie über die Dächer flogen, umdrehten und die Stadt noch einmal überquerten. Tojo klammerte sich an seine Schulter und bedachte Russell mit einem giftigen Blick.

»War da unten jemand?« fragte Beau. »Ich habe nur Dächer gesehen. Und vielleicht eine Kirche.«

»Ich konnte ein paar Leute auf der Straße erkennen«, sagte Russell. »Und die haben uns todsicher auch gesehen. Sind ja auch kaum zu übersehen.«

»Pilot an Crew. Auf Notlandung vorbereiten. Nehme an, wir befinden uns in feindlichem Gebiet.«

Papier flog am Fenster vorbei, und Beau machte sich klar, daß der Pilot und der Navigator sämtliche Dokumente zerrissen und aus dem Fenster geworfen hatten. Von vorne war ein Schuß zu hören, was ihn beunruhigte. Tojo sprang ihm in Panik von der Schulter und hüpfte direkt zu Russell.

»Laß mich bloß in Ruhe, du Drecksaffe«, kreischte Russell und vertrieb ihn mit Schlägen aus dem Funkraum.

»Was war das denn?« erkundigte Beau sich beunruhigt.

»Reisenbeck hat das Bombenzielgerät abgeworfen. Das unterliegt strengster Geheimhaltung«, erklärte der zornige Funker. »Das darf nicht in falsche Hände fallen. Würden Sie vielleicht diesen Affen einfangen? Vielleicht können wir den auch abwerfen.«

Tojo sprang unter Gekreische von einer Wand zur anderen und krabbelte schließlich hinter mehrere Kisten und weigerte sich, hervorzukommen. Beau stieß mit Merdeza zusammen, der aus seinem Gefechtsstand herausgeklettert kam.

»He! Was machst du da? Komm mit in den Funkraum.«

Beau versuchte den kleinen Affen aus seinem Versteck herauszulocken, aber er rührte sich nicht vom Fleck, trotz der Banane, mit der Beau vor ihm herumwedelte.

»Komm schon, Tojo. Komm, mein Kleiner.«

Langsam kroch Tojo heraus und streckte sich nach der Banane. Glücklich ließ er sich dann von Beau auf den Arm nehmen, der spürte, wie ihm jemand auf die Schulter klopfte.

»Gut gemacht, Kumpel«, sagte Matt.

»Pilot an Crew. Positionen für Bruchlandung einnehmen. Wir setzen sie auf. Wenn wir gelandet sind, möchte ich, daß Les rausgeht und sich umsieht. Falls irgend etwas verdächtig aussieht, möchte ich, daß du mir ein Zeichen gibst. Wenn ich den Alarm auslöse, habt ihr vier Minuten Zeit, die Maschine zu räumen, ehe sie in die Luft geht. Aber ehe ich Uncle Sams Zweihundertfünfzigtausend-Dollar-Flugzeug wegwerfe, möchte ich sichergehen, ob wir nicht doch in England gelandet sind.«

Beau sah sich um und merkte, daß die Kabine leer war. In seiner Verwirrung warf er Matt einen fragenden Blick zu.

»Sie sind kein Flieger, nicht wahr?« flüsterte Matt grinsend. »Das ist okay. Hab ich mir gleich gedacht. Kommen Sie. Gehen Sie in den Funkraum.«

Beau folgte Matt und hielt dabei Tojo im Arm. Matt betrat den Funkraum, wo bis auf den Piloten und den Kopiloten alle wie die Dominosteine Rücken an Bauch hintereinander saßen. Matt setzte sich zwischen Russells ausgestreckte Beine.

»Das ist also Holland?« fragte Matt. »Was ist denn in Holland? Kräftige Frauen, habe ich recht? Blondinen. Könnte interessant sein.« Er bedeutete Beau, hereinzukommen und sich vor ihn hinzusetzen. »Was meinen Sie, New Orleans? Glauben Sie, die kennen Jazz in Holland?«

Aber Beau war nicht bei der Sache. Er hatte einen Blick auf grüne Felder, niedrige Steinmauern und einen winzigen Bauernhof erhascht, der sich an einen Hügel schmiegte. Das erinnerte ihn an etwas. Als er sich vorbeugte, um einen besseren Blick zu haben, lockerte er den Griff um Tojo.

»Ich weiß nicht, ob die Jazz kennen«, sagte Russell. »Aber wenn die eine Band rausschicken, um uns zu begrüßen, kannst du sicher sein, daß es sich um ein deutsches Begrüßungskomitee handelt.«

Beim Klang von Russells Stimme fing Tojo zu zappeln an.

Das ist nicht Holland, ging es Beau durch den Kopf. Keinesfalls war das Holland. Er wandte sich um, um es der Crew mitzuteilen, aber in dem Moment sprang Tojo davon. Beau kämpfte darum, das Gleichgewicht zu halten. Er stolperte und fiel hin und schlug sich sehr schmerzhaft den Kopf an. Er lag auf dem Boden, im Kopf drehte sich alles, er spürte das Hämmern der Maschinen in seinem Körper und hörte von weit weg Stimmengebrüll. Er spürte, wie er weggetragen wurde, und versuchte nach oben zu blicken. Er wollte ihnen sagen, daß sie sich keine Sorgen zu machen brauchten. Sie würden nicht von den Deutschen begrüßt werden. Dann wurde ihm schwarz vor Augen.

8 Mary hatte noch immer Herzklopfen. Was hatte das Flugzeug hier zu suchen? Und was für ein Flugzeug war das? Der Krieg schien so weit weg zu sein. Von den Bomben auf Dublin und dem Luftalarm über Belfast hatte sie zwar gehört, aber was Mary betraf, hätte das auch London oder Paris sein können. Ihre Welt fing auf Inchydoney Island an und hörte dort auch auf. In West Cork klang Ausnahmezustand fast wie ein seltsames Wort für Rationierung. Aber jetzt bedrohte der Krieg sie schon direkt vor der Haustür. Das gab einem weitaus deutlicher das Gefühl von Ausnahmezustand als jede Lebensmittelkarte oder Benzinverknappung. Das Dröhnen der Motoren war nicht mehr zu hören, aber sie zitterte noch immer am ganzen Körper. Aufregung lag in der Luft. Die Hunde bellten, um sich wichtig zu machen, und die Hühner und Enten gackerten und schnatterten aufgeregt. Noch lange nachdem das Flugzeug verschwunden war, hüpfte Tommy umher und winkte.

»Ach herrje, wie gern würde ich da mit«, sagte er, als er sich wieder so weit beruhigt hatte, daß er sprechen konnte. »Die war wirklich tief. Vielleicht landet sie ja.«

»Bist du dir sicher, daß das ein Flugzeug war, Tommy?« Imelda saß der Schreck noch immer in den Gliedern.

»Natürlich war's ein Flugzeug. Was kennst du denn sonst noch, was so groß ist wie ein Haus, so laut wie Donner und fliegt? Ach, ich wünschte, ich hätte sie besser sehen können!«

»Hoffentlich legen meine Hühner jetzt noch«, sagte Mary, als sie langsam wieder ihre Fassung gewann.

»Was meinen Sie, Missus, wird die landen?« erkundigte sich Tommy und suchte von seinem Beobachtungsposten auf dem Karren noch immer den Himmel ab.

»Wißt ihr was«, Mary fühlte, wie Tommys Begeisterung auch sie erfaßte, »wir werden jetzt wie geplant in die Stadt fahren. Dort werden sie mehr wissen. Wir machen uns auf den Weg und finden heraus, was passiert ist.«

»Recht so!« sagte Tommy. »Bitte alle aufsteigen. Und ab die Post.«

Angetrieben von Tommys Zügelknallen trottete das Pony flott dahin. Imelda zeigte auf das Sonnenlicht, das in langen geraden Strahlen durch die Wolken fiel.

»Wenn der Himmel so aussieht, habe ich immer das Gefühl, daß Gott gleich etwas sagen will. Es erinnert mich daran, wie Gott in der Bibel zu Noah sprach.«

»Wieso kann Gott denn nicht gesprochen haben, als dieses Flugzeug über uns flog?« wollte Tommy kopfschüttelnd wissen. »Dann hätte ich vielleicht mehr gesehen als nur einen großen grünen Schatten.«

Das Pony trat den Weg über den Damm an. Mary warf einen Blick über die Steinmauer auf das Marschland. Ein großer Schwarm Brachvögel suchte in einem kleinen Teich nach Fressen. Sie spiegelten sich im Wasser. Im Sonnenlicht glänzten die Sumpfgräser wie Gold und hoben sich scharf von den dahinterliegenden hellgrünen Hügeln des Festlandes ab. Am anderen Ufer sah Mary einen Mann bei der Arbeit. Mit seiner langen Sense holte er in regelmäßigen Bewegungen weit aus. Als er die Hufe des Ponys auf dem Damm hörte, blickte er auf und wischte sich die Stirn.

»Wer ist das?« fragte Tommy und erwiderte den Gruß, als der Mann mit seinem Taschentuch in ihre Richtung winkte.

»Barry Kingston. Schneidet wohl Schilf«, antwortete Mary. Aber Tommy hörte gar nicht zu. Er zügelte das Pony.

»Wartet mal. Ich glaube, ich höre das Flugzeug wieder«, flüsterte er. Diesmal zankte Imelda sich nicht mit ihrem Bruder, sondern lauschte ebenfalls aufmerksam. Mary versuchte sich zu konzentrieren. Barry Kingston hatte seine Arbeit wieder aufgenommen, und das Zischen seiner Sense war über die Marsch hinweg gut zu hören. Tom schüttelte den Kopf und schnalzte mit den Zügeln, damit das Pony sich wieder in Bewegung setzte.

Als sie die Mitte des Damms erreicht hatten, hielt Tommy wieder an. Diesmal hörten sie es alle. Mary sah, wie Barry Kingston eine Pause machte und lauschte. Aller Blicke richteten sich auf das Marschland.

»O mein Gott!« entfuhr es Mary. Das Ding kam direkt auf sie zu. Es war wirklich ein Flugzeug. Aber es mußte das größte Flugzeug der Welt sein.

Schwach drang das Vogelgekreisch durch das Motorengedröhn. Als Tausende von Vögeln aus dem Marschland aufstiegen und vor dem näherkommenden Flugzeug in die Luft davonflogen, bedeckte Mary instinktiv ihren Kopf mit den Armen.

Als das Pony sich aufbäumte, fiel sie vom Karren. Tom sprang ab und packte den Zügel. Das Pony bäumte sich erneut auf, die Augen weit aufgerissen vor Angst. Zum Brüllen der Motoren kam nun noch ein gewaltiger Sturm. Mary hielt sich verzweifelt am Karren fest. Sie sah, wie Imelda und Tommy darum kämpften, das Pony zu bändigen. Als der große grüne Riese nur wenige Meter über ihnen vorbeikam und in der Marsch landete, verharrte Mary reglos, als wäre die Zeit stehengeblieben.

Minuten vergingen und noch immer sagte keiner von ihnen ein Wort. Es klingelte Mary noch in den Ohren, obwohl die Maschinen abgestellt worden waren. Aus dem Augenwinkel heraus sah sie, wie Barry Kingston seine Sense fallen ließ und auf das Flugzeug zu rannte, das jetzt direkt vor dem Damm stand. Tommy ließ das Pony los und kletterte über die Mauer.

»Wo willst du hin?« schrie Imelda ihm nach und versuchte dabei noch immer, das nervöse Tier in den Griff zu bekommen.

»Sei kein Dummkopf, Tom! Komm zurück!«

»Das wird prima«, rief Tommy und zog die Brombeerzweige auseinander, die ihn zurückhielten. »Seht nur, die Tür geht auf!«

»Die werden dich umbringen«, schrie Imelda.

»Keiner wird mich umbringen! Sei doch nicht blöd.« Tommy ließ sich an der Mauer hinunter und rannte auf das Flugzeug zu.

»Woher willst du das wissen?« rief Imelda. »Komm zurück! Sie werden dich erschießen!«

»Nein, das werden sie nicht«, schrie Tom über die Schulter. »Es sind Amis!«

Les holte tief Luft und streckte seine Hand nach der Tür aus. Dort ließ er sie einen Augenblick lang auf dem kalten Metall ruhen. Seine Gedanken rasten. Da hinten lag eine Stadt. Höchstens ein paar Kilometer weit weg. Sie mußten eine Gruppe zusammenstellen, die nach draußen ging und Nachforschungen anstellte. Sie hatten gerade mal fünf oder zehn Minuten, bis die ersten Leute angelaufen kamen. Falls Mahoney recht hatte und dies Holland war, gab es zwei Möglichkeiten: entweder wurden sie von freundlich gesonnenen Holländern entdeckt und hatten noch eine Chance, oder die deutsche Wehrmacht kam zu ihrer Begrüßung. Und wenn Mahoney nicht recht hatte? Wenn sie direkt in Deutschland gelandet waren? Oder in England? Vielleicht hatten sie es doch nach England geschafft?

»Wir sind direkt hinter dir, mein Junge«, sagte Matt.

Les drehte sich um und sah, daß Matt und der Häuptling ihm die Daumen zeigten. Der Rest der Crew stand um sie herum, bis auf Merdeza und Tate, die sich um den flach auf dem Boden liegenden Beau kümmerten. Der Südstaatler blutete leicht aus einer kleinen klaffenden Stirnwunde.

»Wird er wieder zu sich kommen?« fragte Les.

»Ich weiß es nicht«, sagte Mahoney. »Sein Atem geht ganz ruhig. Er scheint nichts gebrochen zu haben, aber er ist bewußtlos. Wir sollten ihn sobald wie möglich ärztlich versorgen.«

»In Ordnung«, sagte Les und machte die Tür auf.

In etwa hundert Meter Entfernung stand ein Mann. Les

sprang hinaus und sank sofort bis über die Knöchel in kaltes Brackwasser ein. Er konnte McKnight sehen, der ihn aus dem Cockpit beobachtete, bereit, sein Signal an Hansen weiterzugeben. Les spürte acht auf seinen Rücken gerichtete Augenpaare, die ihn vorantrieben. Er zog langsam seinen Revolver und wandte dem Mann sein Gesicht zu. Der trug eine Jacke über seinem dicken, weiten Pullover. Sein Gesicht sah rot aus, obwohl Les das wegen der Kappe, die der Mann aufhatte, nicht so genau erkennen konnte. Er versuchte sich vorzustellen, wie wohl ein Holländer aussehen mochte.

Langsam nahm der Mann die Arme hoch.

»Sprechen Sie Englisch?« schrie Les.

Der Mann sah ihn ungläubig und verwirrt an. Er ließ die Arme oben.

»Sprechen Sie Englisch? Verstehen Sie mich?« wiederholte Les langsam. »Wo sind wir?«

»Sie sind in Paddy Whites Sumpf«, sagte der Mann.

Langsam ließ Les seine Waffe sinken. Er hörte ein Kichern hinter sich, als Matt sich aus der Tür lehnte.

»Paddys was?« schrie Matt.

»Sumpf. Paddy Whites Sumpf«, sagte der Mann und nahm die Arme herunter. »Und wie's aussieht, versinken Sie drin. Und ihr Flugzeug auch.«

Les fing zu lachen an. Er zeigte McKnight den erhobenen Daumen. Einer nach dem anderen ließ sich aus der Tür fallen. Die Männer fluchten, als sie in den kalten Sumpf einsanken.

»Wo sind wir jetzt also?« sagte Mahoney und blickte sich um.

»He, Mahoney?« kicherte Les. »Hat sich das für dich so angehört, als spräche er Holländisch mit dir?«

»Mahoney? Sagten Sie Mahoney?« fragte der Mann und platschte durch das Sumpfwasser, um Mahoney kräftig die Hand zu schütteln. »Sie sprechen es natürlich falsch aus. Das tun die Amerikaner ja ohnehin immer. Es heißt Maany, nicht Mahoney. Sie sind sicher ein O'Mahoney? Das ist ein gebräuchlicher Name hier. Willkommen zu Hause, Mann. Willkommen zu Hause.«

Mahoney schüttelte ihm die Hand und lachte, als der Rest der Crew ihm dabei auf den Rücken klopfte.

»Wollen Sie damit sagen, daß wir in Irland sind?« Ungläubig schüttelte Mahoney den Kopf.

»Natürlich seid ihr in Irland. Ihr seid im neutralen Irland. Wo dachtet ihr denn, daß ihr seid?«

»Unser Mahoney hier dachte, wir seien in Holland.« Les kramte eine Zigarette heraus.

»O nein, ihr seid schon in Irland«, wiederholte der Mann.

Les bot gerade dem Mann eine Zigarette an, als ein Junge etwa seines Alters durch das hohe Gras angerannt kam, daß es nur so spritzte. Er war wie ein Bettler gekleidet, in zerrissenen alten Klamotten, aber er strahlte von einem Ohr zum anderen.

»Seid ihr Amis?« fragte er und rang dabei nach Luft. »Was macht ihr denn in Irland? Braucht ihr Hilfe?«

»Jetzt aber mal langsam«, sagte Barry Kingston und verscheuchte den Jungen mit seiner Zigarette. »Wir haben alle furchtbare Angst gehabt. Aber wir dürfen nicht grob zu unseren Besuchern sein. Ich kenne dich doch, Junge. Wie heißt du?«

»Tommy Tanner.«

»So ist's recht.« Barry Kingston richtete sich auf und sah der lächelnden Gruppe ins Gesicht.

»Tommy Tanner hier und ich, Barry Kingston, Kommandoführer des Zivilschutzes, haben die Ehre, euch alle in Clonakilty zu begrüßen. Und im Namen von – Heilige Mutter Gottes! Was für eine Kreatur ist das denn?«

Les drehte sich um und sah Tojo aus der Tür spähen.

»Das ist Tojo. Er ist ein Affe.«

»Ein Affe? Na so was!« sagte Barry Kingston.

Mary sah von weitem zu. Der große grüne Flügel war im Weg, aber sie konnte erkennen, daß ein Mann herausgekommen war. Als sie Barry Kingston seine Arme heben sah, setzte sich die Angst in ihren Eingeweiden fest. Tom kämpfte sich immer noch durch den Sumpf. Dann ließ Barry Kingston seine Arme sinken und man konnte klar und deutlich Gelächter hören. Mary beobachtete, wie eine Gruppe uniformierter Männer aus dem Flugzeug sprang. Sie lachten und schüttelten Barry Kingston die Hand, als Tom zu ihnen stieß.

»Tom hatte vermutlich recht«, sagte Mary.

»Sie glauben also, es sind Amis?« fragte Imelda. »Scheinen ganz schön viele zu sein.«

»Ich weiß nicht, wer sie sind«, erwiderte Mary. »Was hätten Amis denn hier zu suchen?«

Da unten passierte irgend etwas. Entscheidungen mußten getroffen werden. Tommy winkte und gab ihnen Zeichen, und die Männer in den Uniformen kletterten wieder zurück ins Flugzeug.

»Was will dieser Dummkopf?« wunderte sich Imelda.

»Ich denke, er möchte, daß du den Karren hinbringst«, sagte Mary.

Noch immer gestikulierend näherte sich Tommy dem Rand des Sumpfgebiets.

»Sie haben recht«, sagte Imelda. »Er möchte, daß wir den Karren da hinbringen, näher ans Flugzeug heran.«

Imelda nahm vorne ihren Platz ein und packte die Zügel. Als sie im Trab über den Damm zurückfuhren, konnte Mary sehen, daß die Männer etwas ausluden. Fünf von ihnen waren nötig, um es zu tragen. Einer der Männer führte die Gruppe durch das hohe Gras an. Sie liefen alle hinter Barry Kingston her, der durch den Sumpf das Ufer der Insel ansteuerte, wo Tom auf der Straße auf sie wartete.

»Was tragen die denn da?« fragte Mary.

»Ich weiß es nicht. Sieht aus, als wäre was in eine Decke gewickelt.« Imelda stellte sich aufrecht hin, um besser sehen zu können, die Zügel behielt sie dabei in der Hand. Mary wunderte sich, wie sie auf dem wackligen Gefährt so standhaft das Gleichgewicht halten konnte.

»Ich glaube, sie schleppen einen Mann. Er scheint verletzt zu sein. Festhalten, Mary!« Imelda ließ die Zügel schnalzen.

Das Pony ging über in schnellen Trab. Seine Hufe klapperten laut. Mary hatte Mühe sich festzuhalten, als der Karren über die Straße holperte. Breitbeinig, die Knie leicht gebeugt, die Füße fest auf den Karren gestemmt, trieb Imelda das Pony an. Ihre Augen funkelten, während sie sich darauf konzentrierte, das Pony zu lenken, und ihr langer Zopf hüpfte auf dem Rücken. Überrascht spürte Mary das reinste Freudenlachen in ihrer Kehle aufsteigen. Die Männer im Sumpf hielten inne, als sie das Hufgeklapper hörten, und sahen zu, wie Imelda vor Tommy zum Stehen kam.

»Sie haben einen Verletzten«, sagte Tommy und griff ans Zaumzeug. »Ich habe ihnen gesagt, wir könnten ihn zum Hof bringen. Sind Sie damit einverstanden, Mary?«

Barry Kingston kletterte ans Ufer und nickte Mary zu. »Das ist sehr freundlich von Ihnen, Mary Burke, daß Sie den Leuten hier helfen. Wirklich sehr freundlich. Es sind Amerikaner.«

Die sechs Männer in Uniform hatten das Ufer erreicht und blieben stehen. Mary hatte noch nie jemand gesehen, der so aussah wie sie. Sie trugen knapp sitzende Lederjacken, die vorne mit einem Reißverschluß geschlossen wurden. Manche trugen sogar verrückte Sonnenbrillen. Sie waren alle ziemlich jung. Einer von ihnen, ein großer, sehr blasser blonder Kerl, war fast noch ein Kind. Er blickte hoch zu Mary und Imelda und schenkte ihnen ein offenes Lächeln. Neben ihm standen zwei kleinere, dunklere Männer. Der kürzere der beiden war wirklich sehr dunkel. Seine Haut hatte die Farbe polierten Kupfers.

Der Mann, den sie trugen, schien sich nicht zu regen. Die Amis hievten ihn hoch ans Ufer, wobei Barry Kingston oben auf der Straße stand und ihnen den besten Weg zeigte.

»Passen Sie auf, daß Sie ihn jetzt gerade halten. Er hat sich den Kopf ganz schön angeschlagen – doch ich denke, er wird wieder. Das hier ist Mary Burke, die ihn gerne bei sich aufnehmen wird.«

Die Amis nickten alle in ihre Richtung. Imelda stand noch immer auf dem Karren und starrte die Männer unverhohlen an. Mary wurde sich bewußt, daß auch sie starrte, und spürte, wie ihr die Röte ins Gesicht kroch. Sie ließ sich vom Karren hinab und ging zum Kopf des Ponys, als einer der Amerikaner zu ihr kam, um sie zu begrüßen. Es war der Lange, der den Trupp angeführt hatte. Im Unterschied zu den anderen trug er ein Käppi, auf dessen Rand ein goldglänzendes Wappen mit einem Adler darauf zu sehen war. Der Mann streckte Mary seine Hand hin. Sein Handschlag war fest und freundlich.

»Oberleutnant Charles Hansen, Ma'am. Ich bin der Pilot. Wir sind Ihnen sehr dankbar für Ihre Hilfe. Dieser Mann braucht Wärme und Ruhe.«

Mary nickte. Hinter ihm standen die fünf Männer, die den Verletzten trugen.

»Es ist Feldwebel Beauregard St. Soucis. Er ist gestürzt, als wir gelandet sind, und hat sich den Kopf angeschlagen. Er muß ärztlich versorgt werden.«

Der junge Mann lag mit leicht angezogenen Knien da, als würde er schlafen. Die Nase über seinem vollen Mund war sehr ausgeprägt und erinnerte Mary an das Bild eines römischen Soldaten, das sie als Kind gesehen hatte. Sein Haar war von sattem Braun und fiel ihm in widerspenstigen Locken ins Gesicht. Aus einer kleinen Wunde am Kopf war ihm das Blut über seine stark betonten Jochbeine gelaufen. Seine Augen waren geschlossen, doch Mary konnte seine langen schwarzen Wimpern sehen. Er regte sich und stöhnte ein wenig. Für einen kurzen Moment schlug er die Augen auf, und Mary war überrascht über das dunkle Aufblitzen. Die Männer hatten alle Mühe, die Decke gerade zu halten, als sie versuchten, ihn nach oben zu hieven. Die Decke geriet in Bewegung, und er stöhnte wieder und erbrach sich über seine Uniform. Mary merkte, daß alle sie erwartungsvoll ansahen. Sie deutete auf das Dach des Bauernhofs, das gerade noch über der Hagedornhecke zu sehen war.

»Sie können ihn hoch zu meinem Haus bringen«, sagte sie. »Tom wird in die Stadt fahren und Dr. Moloney holen.«

»Feldwebel Russo und Feldwebel Wilson werden Sie begleiten, wenn Sie damit einverstanden sind, Ma'am«, sagte der Pilot und deutete dabei auf die beiden dunklen Männer, die Mary schon vorhin aufgefallen waren. Beide begrüßten sie, als sie in den Karren kletterten.

»Wir schaffen ihn am besten auf den Karren, Jungs«, sagte Barry Kingston. »Sie setzen sich da oben hin, Mary, und achten darauf, daß er sich den Kopf nicht anschlägt.« Der Mann, der Russo hieß, zog seine Jacke aus und faltete sie zusammen.

»Hier, Ma'am, nehmen Sie die als Kissen«, sagte er und gab sie ihr. Mit Hilfe von Barry Kingston stemmten die Männer auf der Straße den Verletzten hoch in den Karren. Gemeinsam legten sie ihn behutsam auf den Latten ab. Mary hob sanft seinen Kopf hoch und schob die gefaltete Jacke darunter.

»Der Rest von uns wartet hier, bis der Karren zurückkommt«, sagte der Pilot zu Tom. »Ein paar von uns werden dich in die Stadt begleiten. Der Rest bleibt hier und bewacht das Flugzeug.«

»Sind wir fertig?« fragte Tommy, als er die Zügel nahm. Einer der Amerikaner stützte den Mann an den Schultern, während ein anderer seine Beine festhielt.

»Wir lassen es lieber hübsch sachte angehen. Wir sind nicht in Eile und wollen nicht, daß er durchgerüttelt wird«, sagte der mit der kupferfarbenen Haut zu Tommy. Dann wandte er sich mit einem freundlichen Lächeln an Mary. »Würde es Ihnen was ausmachen, seinen Kopf zu halten, Ma'am?«

»Keineswegs«, erwiderte sie. »Aber bitte hören Sie doch auf, mich ›Ma'am‹ zu nennen. Das macht mich ganz nervös. Sagen Sie Mary zu mir.« Als sie den Kopf des Mannes vorsichtig auf ihren Schoß gelegt hatte, gab sie Tommy das Zeichen zum Losfahren. Das Pony legte den Weg im langsamsten Tempo zurück, das Tommy je eingeschlagen hatte.

»Okay, Mary«, sagte der dunkle kleine Ami, »ich bin Mateo. Das ist Italienisch, aber alle nennen mich Matt. Das hier ist John Wilson, aber wir nennen ihn Häuptling. Er ist durch und durch ein Cherokee-Indianer. Und dieser arme Kerl hier ist Beau.«

»Bo?« wiederholte Mary verwirrt.

»Bedeutet ›schön‹ auf Französisch. Eigentlich heißt er Beauregard, das heißt ›gutaussehend‹ auf Französisch«, sprang der Häuptling ihr bei. »Er kommt aus Louisiana. Dort sprechen sie französisch.«

Sie sah sich den Mann an, den sie Beau nannten. Obwohl er unter seiner Bräune bleich war, fand Mary, daß der Name gut zu ihm paßte. Seine dunklen Locken schienen sich wie von selbst um ihre Finger zu wickeln, als sie seinen Kopf auf ihrem Schoß festhielt, und ihr fiel auf, wie weich sein Haar war.

»Sprechen Sie Französisch?« fragte Mary ziemlich erstaunt über so viele Auskünfte.

»Ja, Ma'am. Ich meine Mary«, erwiderte der Häuptling mit einem charmanten Grinsen. »Ehe ich zur Armee ging, war ich nämlich Französischlehrer. Und Lehrer für Geschichte an der High-School.«

»Hören Sie auf! Das ist doch nicht Ihr Ernst?« Mary schüttelte den Kopf und lachte. »Also, wenn mir heute früh beim Aufwachen jemand gesagt hätte, ich würde einen französisch sprechenden Indianer, einen Italiener und einen Ami heimfahren, der sich ›gutaussehend‹ nennt, hätte ich das nie geglaubt.«

Als der Karren sich langsam auf der Straße entfernte, setzte Imelda sich auf eine niedrige Steinmauer. Alle um sie herum schienen sie vergessen zu haben. Es störte sie nicht. Ihr Kopf drehte sich von der ganzen Aufregung, und unter all diesen Fremden fühlte sie sich ziemlich gehemmt. Sie betrachtete das Flugzeug. Kaum zu glauben, wie groß es war. Es war größer als ein Haus. Und es war hier, saß wie ein riesiges Insekt einfach hier im Sumpf. Die Vögel waren zurückgekehrt und suchten wieder nach Futter. Ein paar Möwen waren sogar auf dem Flugzeugdach gelandet und untersuchten es. Drei Amis standen rauchend herum und vier weitere liefen durch den Sumpf, um sich zu ihnen zu gesellen.

Barry Kingston schwatzte noch immer mit dem Piloten.

»Glauben Sie denn, Sie können sie rausfliegen?« hörte Imelda ihn fragen.

»Spricht eigentlich nichts dagegen«, antwortete der Pilot. »Vorausgesetzt, wir bekommen ein wenig Sprit.«

»Sprit? Sie meinen Benzin?«

»Genau. Eigentlich wäre uns nichts lieber, als unseren Mann verarzten zu lassen, aufzutanken und wieder abzufliegen. Wir haben schließlich einen Krieg zu gewinnen.«

»Ja, gewiß. Als ob ich das nicht wüßte. Ich habe einen Bruder in Seattle«, sagte Barry Kingston. »Sein Junge ist auf und davon und zur Marine gegangen.«

»Haben Sie ein Depot hier?«

»Wir haben ein Depot«, sagte Barry Kingston und schüttelte dabei den Kopf, als wollte er nein sagen. »Sie müssen einen Krieg gewinnen, und bei uns herrscht Ausnahmezustand. Wir haben zwar ein Depot, aber das Benzin ist rationiert. Um das zu bekommen, was Sie jetzt brauchen, benötigen Sie die Zustimmung der zuständigen Behörde. Aber wenn wir die Aufmerksamkeit der zuständigen Behörde wecken, laufen Sie Gefahr, den Rest des Kriegs im neutralen Irland zu verbringen.«

»Muß deren Aufmerksamkeit denn geweckt werden?« erkundigte sich der Pilot.

»Na ja. Wir müßten der Armee mitteilen, daß ein Flugzeug gelandet ist. Natürlich müssen wir das. Die Frage lautet nicht, ob wir sie informieren, sondern wann wir sie informieren. Falls Sie gleich wieder abfliegen, finden wir ja vielleicht erst dann Zeit sie zu alarmieren, wenn Sie schon wieder weg sind.«

»Dann informieren Sie sie besser nicht.«

»Tja, aber Sie brauchen Benzin«, seufzte Barry Kingston. »Es wäre doch wirklich die reinste Verschwendung, es so weit geschafft zu haben und es dann doch nicht zu schaffen.«

Imelda war gefesselt von der Unterhaltung, wenn sie auch nur die Hälfte davon verstand. Eine Stimme neben ihr schreckte sie auf. Der große junge Kerl, der ihr schon früher aufgefallen war, setzte sich neben sie auf die Mauer. Er mußte sich ihr genähert haben, ohne daß sie ihn gehört hatte.

»Du kennst dich wirklich aus mit Ponys«, sagte er. »Ich bin Les Wagner. Ich komme aus Wisconsin. Weißt du, wo Wisconsin liegt?«

Imelda war zu scheu, um zu antworten, und schüttelte nur den Kopf.

»Es liegt oben an der kanadischen Grenze. Im Mittleren Westen«, fügte er ein wenig stammelnd hinzu.

Imelda warf ihm einen verstohlenen Blick aus dem Augenwinkel zu. Les Wagner. Was für ein angenehm klingender Name. Er war sehr blond und mindestens einen Kopf größer als sie. Er wirkte so scheu, wie sie sich fühlte.

»Ich heiße Imelda Tanner«, sagte sie mutig. Der Ami namens Les Wagner lächelte, und Imelda hatte das Gefühl, als wäre nach vierzehn Regentagen plötzlich die Sonne durchgebrochen.

»Freut mich, dich kennenzulernen, Imelda.« Er deutete auf das Flugzeug. »Das ist eine B-17. Eine fliegende Festung. Wir nennen sie *T'Ain't a Bird*. Du weißt schon, Superman: *Ist es ein Vogel? Ist es ein Flugzeug? Nein, es ist Superman!* Aus dem Radio. Ich bin der Bordschütze aus der Gefechtskanzel. Siehst du diese Art Turm da auf dem Dach? Das ist die Gefechtskanzel.«

Imelda hatte keine Ahnung, wovon er redete, aber sie war wie gebannt. Sie wünschte sich, ein hübscheres Kleid anzuhaben, und überlegte, mit was sie das Gespräch in Gang halten könnte, wenn sie doch gar nicht verstand, was er ihr erzählte. Ihre Aufmerksamkeit richtete sich auf die vier Amis, die jetzt ans Ufer kletterten.

»Das da ist der Rest der Crew«, sagte er. »Der mit dem Käppi ist der Kopilot McKnight. Und der dahinter ist der Navigator. Das ist derjenige, der uns vermutlich vom richtigen Kurs abgebracht hat«, fügte er mit einem verlegenen Lachen hinzu.

Imelda bemühte sich, Interesse zu zeigen, damit er weitersprach. Ihr fiel nichts ein, was sie hätte sagen können. Sie kam sich wie ein richtiger Dummkopf vor. Gott sei Dank fuhr er in seiner Beschreibung der Männer fort, als sie nach und nach auf die Straße hochgeklettert kamen.

»Die letzten beiden Jungs sind Russell, der Funker, und Reisenbeck, unser Bombenschütze. Er sitzt in dem kleinen verglasten Abteil in der Nase. Es ist aber kein Glas. Es ist Plexiglas. Habt ihr hier auch Plexiglas?«

Imelda konnte nur nicken und das Beste hoffen. Was in Gottes Namen war Plexiglas? Um ihre Verlegenheit zu verbergen, beobachtete sie sehr genau die Crew auf der Straße. Zwei der Männer trugen Flaschen. Der letzte schien sich mit etwas Kleinem, Zappeligem herumzuschlagen. Was es auch sein mochte, es war aus seinen Armen gesprungen und kam entlang des Mäuerchens auf Imelda und Les zugelaufen. Imelda stieß einen Schrei aus, als ein kleines pelziges Tier auf Les' Schulter sprang.

»Keine Angst«, sagte Les. »Das ist Tojo. Ein Klammeraffe. Sag Imelda mal ›Hallo‹, Tojo.«

Imelda hielt ihm ihre Hand hin, und der kleine Affe sprang zu ihr hinüber und machte es sich auf ihrem Schoß gemütlich.

»Er mag dich«, sagte Les.

»Oh, ist der putzig!« begeisterte sich Imelda für das kleine Tier. Sie wünschte, ihre Schwestern könnten ihn sehen. Tojo blieb ruhig sitzen, als Imelda seinen Kopf streichelte und dabei überlegte, was sie als nächstes sagen sollte. Sie warf Les wieder einen verstohlenen Blick zu. Dieser lauschte interessiert dem Gespräch, das noch immer zwischen Barry Kingston und dem Piloten in Gang war.

»Also gut. Die Crew besteht also aus zehn Leuten und eurem Verletzten«, sagte Barry Kingston.

»Das ist richtig«, bestätigte der Pilot, »und wir würden gerne versuchen, so bald wie möglich an Treibstoff zu kommen.«

»Nur mit der Ruhe«, sagte Barry Kingston. »Wir werden das alles später klären. Erst mal, denke ich, könnte euch allen eine kleine Erfrischung nicht schaden. Ich verpasse gerade mein Essen, und ihr braucht eine Bleibe. Wir sollten wohl am besten warten, bis der Karren zurückkommt, dann können wir zusammen in die Stadt fahren.«

»Sieht so aus, als käme die Stadt zu uns heraus«, sagte Les und wandte sich wieder Imelda zu.

Imelda schaute auf und sah eine große Menschengruppe über den Damm eilen. Angeführt wurde sie von einer Schar kleiner Jungs. Sie konnte hören, wie sie lauthals schrien und jauchzten, als sie auf das Flugzeug im Sumpf zeigten. Hinter ihnen erkannte sie Ruth Bennett, die neben einem jungen Kerl lief. Imelda winkte. Alle winkten zurück und fingen zu rennen an. Auch auf dem Festland bewegte sich eine Menschenschlange über die Straße. Etwa einen Kilometer weiter hinten war ein Auto zu sehen, das rasch aufholte. Imelda kannte es gut.

»Na also«, sagte Barry Kingston und deutete über den Sumpf. »Den Doktor brauchen wir gar nicht mehr zu holen. Da kommt schon sein Auto. Und es sieht aus, als wäre es vollbesetzt. Wird eine Begrüßungsdelegation sein. Sie werden die Stadt ganz schön in Aufruhr versetzt haben. Die kommen jetzt alle raus, um nachzusehen, was los ist.«

»Vielleicht hilft das, das Eis zu brechen«, sagte der Pilot und hielt eine Flasche hoch, die einer der Männer ihm gereicht hatte.

Barry Kingston las das Etikett und lächelte. »Rum. Den haben wir hier schon lange nicht mehr gesehen. Denke, er wird sich als nützlich erweisen.«

Die ersten Jungs kamen an und gleich dahinter Ruth Bennett und ihr Begleiter. Sie waren außer Atem. Ruth nickte Imelda zu.

»Ein Affe!« schrie sie. »Ich habe noch nie einen echten Affen gesehen.« Sie ging direkt auf Les zu und hielt ihm die Hand hin. »Hallo. Ich bin Ruth Bennett. Ist das dein Affe?«

Les lächelte breit, als er ihr die Hand gab. »Les Wagner. Freut mich, dich kennenzulernen.« Er deutete auf den Affen, der von Imeldas Schoß zurück auf Les' Schulter sprang. »Das ist Tojo. Er ist das Maskottchen unserer Besatzung.«

Imelda beobachtete Tojo, wie er glücklich vor sich hin schwatzte, als alle kleinen Jungs sich zusammenscharten und die Amis und ihren Affen bewunderten. Die Leute stürmten gruppenweise heran und drängten sie weg. Sie quasselten und lachten und klopften den Amis und sich selbst auf die Schulter. Les war aufgestanden und unterhielt sich mit verschiedenen Leuten, sein Kopf war kaum noch zu sehen. Warum wollte ihr nur nichts einfallen? Sie hatte ihm noch nicht einmal die Hand gegeben. Sie war unbeholfen sitzen geblieben, während Ruth einfach auf ihn zugegangen war und sich vorgestellt hatte. Sehr anständig von ihr, fand Imelda. Ruth jedenfalls saß nicht einfach nur sprachlos da. Andererseits war sie ganz schön dreist.

Die Menge wich beiseite, als Dr. Moloneys Wagen vorfuhr. Barry Kingston öffnete die Tür, fuchtelte mit der Flasche Rum und begann mit dem Vorstellen. Der erste, der aus dem Auto stieg, war der Polizist, gefolgt von Ruths Papa und ein paar Männern, die Imelda aus der Stadt kannte, darunter auch Tony, der Barkeeper aus dem Hotel.

»Sehen die nicht alle wie Filmstars aus?« fragte Ruth, die jetzt wieder neben ihr stand.

»Wer? Dein Papa und Dr. Moloney?« fragte Imelda gereizt.

»Jetzt sei nicht blöd«, lachte Ruth. »Die Amerikaner natürlich. Die sehen alle aus wie Filmstars.«

»Was wirst du schon von Filmstars wissen, Ruth Bennett?«

»Du weißt doch sicher, was ich meine«, erwiderte Ruth gelassen. »Und wie findest du deinen? Ich finde ihn hübsch. Wie alt wird er wohl sein, was meinst du?«

»Woher soll ich das denn wissen?« entgegnete Imelda. »Wer war das denn, mit dem du hergekommen bist?«

»Das ist bloß Dennis.« Ruth verrenkte sich den Hals, um sehen zu können, was sich da abspielte.

»Bloß Dennis?« ahmte Imelda sie nach und zog dabei eine Braue hoch. »Letzte Woche war das noch der Wunderbare Dennis. Jetzt nur noch Bloß Dennis.«

Ruth ging nicht darauf ein.

Die offene Flasche wurde hochgehoben, und die Menge applaudierte. Sofort folgte eine zweite, und Imelda konnte sehen, daß die Rumflaschen herumgereicht wurden und alle den Amis zuprosteten. Sie sah, daß der Polizist sich mit dem Piloten und Barry Kingston abseits hielt. Nach einem kurzen Gespräch wurden auch Ruths Papa und Dennis mit hinzugezogen. Die fünf Männer steckten die Köpfe zusammen und redeten.

»Was haben denn dein Papa und Bloß Dennis mit all dem zu tun?« wollte Imelda wissen.

»Weiß nicht«, erwiderte Ruth und versuchte mit allen Mitteln Les' Aufmerksamkeit auf sich zu ziehen. Er stand inmitten einer großen Gruppe, die alle ihren Spaß daran hatten, Tojo von einer Schulter zur nächsten springen zu sehen. Jedesmal, wenn er zum Sprung ansetzte, brandeten Begeisterungsschreie hoch. »Ich nehme an, das hat mit dem Zivilschutz zu tun, weil alle dazugehören. Doch zu was das gut sein soll, weiß ich nicht.«

Die fünf Männer schüttelten sich die Hände und kehrten wieder zu den anderen zurück. Der Pilot rief seine Leute zu sich. Nachdem er ein paar Worte an sie gerichtet hatte, händigten alle ihre Waffen dem Polizisten Coughlan aus, der sie behutsam in den Kofferraum des Wagens legte. Ruths Papa und Barry Kingston versuchten, die Leute zurück auf die Straße und in die Stadt zu scheuchen. Keiner reagierte auch nur im geringsten darauf.

Dennis schlenderte auf Ruth und Imelda zu. Er war stolz wie ein Pfau und rot vor Aufregung.

»Garda Coughlan nimmt die Amis mit zu den Kasernen«, verkündete er. »Und ich werde mit deinem Papa hierbleiben und das Flugzeug bewachen!«

»Zu den Kasernen?« rief Ruth. »Wofür? Er sperrt die Amis doch nicht etwa ein?«

»Also, technisch gesehen stehen sie wohl unter Arrest«, erklärte Dennis und kratzte sich dabei den Schädel. »In Anbetracht der Tatsache, daß ihnen gar nichts anderes übrigbleibt.«

»Das ist ja schrecklich.« Ruth entfernte sich in Richtung der Amis, die sich gerade auf den Weg machten.

»Aber hast du nicht gehört? Ich soll das Flugzeug bewachen. Es ist ein B-17 Bomber«, versuchte Dennis es noch einmal.

»Großartig. Du bewachst dieses Flugzeug«, rief ihm Ruth über die Schulter hinweg zu. »Komm schon, Imelda! Das lassen wir uns nicht entgehen.«

Die Amis kamen an ihnen vorbei, noch immer umringt von den kleinen Jungs. Als Les Wagner mit Imelda auf gleicher Höhe war, lächelte er und winkte. Imelda lächelte zurück und paßte sich dann dem Tempo des Haufens an, der ihnen folgte.

Dennis stand abseits und sah ihnen verwirrt nach. Imelda stieß Ruth mit dem Ellbogen an. Ruth blickte auf, lachte und winkte ihm fröhlich zu.

»Dann also tschüß, Bloß Dennis«, kicherte sie leise in sich hinein.

9

Sie trugen Beau durch die Küche und legten ihn auf das Sofa im Vorderzimmer. Mary holte noch eine zusätzliche Decke und breitete sie über ihn. Sobald sie ihn hingelegt hatten, machte sich Tommy auf den Weg, um den Arzt zu holen, und ließ Mary mit den Amerikanern allein.

Im Vorderzimmer war es kalt. Sie hatte hier seit Monaten kein Feuer mehr gemacht. Sie war sich des leicht feuchten, muffigen Geruchs bewußt und wünschte, sie hätte das Zimmer morgens gelüftet. Aber woher hätte sie wissen sollen, daß ihr Haus voll Fremder sein würde? Die zwischen den Sesseln und dem Nippes stehenden Amerikaner ließen die vertraute Umgebung unwirklich erscheinen. Das nahm ihr allen Mut. Draußen im Marschland war alles ganz lustig gewesen, aber hier war sie allein mit drei fremden Männern in ihrem Haus. Aufgeregt stand Mary mitten im Raum.

»Vielleicht sollte ich Feuer machen«, sagte sie leise.

»Ein Feuer?« sprach Matt ihr nach.

»Finden Sie es nicht kalt?« erkundigte sich Mary und fügte dann hinzu: »Leider benutzen wir diesen Raum nicht sehr oft.«

Der Häuptling deutete auf den Kamin und stupste Matt an, der plötzlich zu verstehen schien.

»Entschuldigung, Mary. Das ist eine gute Idee. Wo ich herkomme, macht man nicht oft Feuer.« Er grinste. »Aber setzen Sie sich doch und sagen Sie uns, was zu tun ist. Der Häuptling hier kennt sich mit Feuermachen bestimmt bestens aus.«

»Du hast zu viele Western gesehen«, zog der Häuptling ihn auf.

»Aber nein. Das macht doch keine Umstände. Ich habe in der Küche ein Feuer brennen. Es dauert nur eine Minute«, sagte Mary, froh über diesen Vorwand, das Zimmer verlassen zu können.

Sie legte ein wenig Glut in einen Eimer und holte Kienspäne und Torf. Sie ließ sich dazu soviel Zeit, wie sie glaubte verantworten zu können. Viel lieber würde sie in der Küche bleiben, aber der Gedanke an den Verletzten führte sie zurück ins Zimmer. Als sie hineinging, nahmen ihr die beiden Flieger den Eimer und das Bündel ab, das sie trug. Sie blieben in der Mitte des Zimmers stehen und warteten auf Anweisungen. Sie waren sehr hilfsbereit, aber zugleich so unsicher, was sie als nächstes tun sollten, daß Mary lächeln mußte. Sie winkte die beiden zu sich zum Kamin und entfachte dort in Windeseile ein Feuer, wobei sie den Torf so auslegte, daß er rasch Feuer fing. Sie kniete sich vor den Rost und blies sachte, bis die winzigen Flammen größer wurden. Zufrieden stellte sie fest, daß das Feuer jetzt von allein brannte.

»Sie haben einen Cherokee beschämt«, lautete der Kommentar des Häuptlings.

»Was ist das braune Zeug?« fragte Matt.

»Torf«, erwiderte Mary. »Man holt es aus dem Boden.«

»Wie Kohle?«

»Nicht ganz, man baut ihn nicht ab. Man sticht ihn aus dem Sumpf. Wir bekommen jetzt keine Kohle mehr. Sie ist rationiert.«

»Aus dem Sumpf?« fragte Matt ungläubig.

Mary überlegte, wie sie ihm das erklären sollte, aber der Häuptling kam ihr zu Hilfe.

»Es ist Torf. Aus einem Torfmoor. Es ist ein organisches Zersetzungsprodukt wie Kohle, nur näher an der Oberfläche und natürlich nicht so alt. Wie junge Kohle in etwa.«

»Ich sag's doch, dieser Junge ist ein wandelndes Lexikon«, lachte Matt.

»Sind Sie wirklich Indianer?« fragte Mary, die sich schon etwas wohler fühlte. Der lockeren Art der Amis konnte man nur schwer widerstehen, und das vertraute Prasseln des Feuers wirkte beruhigend auf sie.

»Ja, Ma'am. Ein Vollblutindianer aus dem Stamm der Cherokee.«

»So ist es«, fügte Matt hinzu, »seinen Federschmuck hat er im Flugzeug gelassen, aber wenn Sie wollen, führt er einen Regentanz auf.«

»Einen Regentanz!« entfuhr es Mary. »Gott bewahre! Wenn wir eins hier nicht brauchen können, dann noch mehr Regen. Davon haben wir wahrlich genug, besten Dank.«

»Außerdem sind es die Hopi-Indianer, die den Regentanz aufführen«, korrigierte der Häuptling. »Sie brauchen sich also keine Sorgen zu machen.«

Mary warf einen Blick zu Beau hinüber, der auf dem Sofa lag. Sie hatten versucht, es ihm bequem zu machen, indem sie ihm die Jacke geöffnet und die Schuhe ausgezogen hatten.

»Es wäre schön, wenn wir ihm ein frisches Hemd anziehen könnten.« Matt war ihr Blick nicht entgangen. »Und wenn wir ihn vielleicht auch ein wenig waschen könnten.«

»Natürlich«, sagte Mary, »ich kann Ihnen eins der Hemden meines Mannes geben.«

Als sie mit dem sauberen Hemd, einer Schüssel warmen Wassers und Handtüchern zurückkam, hatten sie ihm schon Jacke und Hemd ausgezogen. Beides lag zerfetzt am Boden. Sie müssen es ihm vom Körper geschnitten haben, überlegte Mary. Durch das winzige Fenster fiel das Nachmittagslicht als einzelner Strahl auf das Sofa. Es beleuchtete sein kräftiges Kinn und warf einen Schatten auf seine nackte Schulter. Mary fühlte, wie sie rot wurde, als sie die geschwungene Linie seines Halses betrachtete. Sie verbarg ihre Verlegenheit, indem sie ein Beistelltischchen holte, um die Sachen darauf zu legen. Sie zog sich einen Stuhl heran und nahm sanft sein Kinn in ihre Linke, während sie mit der Rechten das Tuch anfeuchtete. Seine Haut fühlte sich kühl an. Unter ihren Fingerspitzen spürte sie kleine Stoppeln. Mary versuchte, sich auf die Wunde auf seiner Stirn zu konzentrieren, wo sie das getrocknete Blut abtupfte. Die Wunde war klein und gerade, aber er hatte einen häßlichen Bluterguß so groß wie ein Ei.

»Dieser Schnitt ist nicht tief, doch vielleicht muß er genäht werden«, bemerkte sie.

»Sollten wir das nicht lieber machen?« bot Matt an.

»Unsinn. Das ist Frauensache.«

»Ist Feueranzünden nicht Männersache?« meinte Matt verschmitzt.

»Nein, hier ist das nicht so«, erwiderte Mary lächelnd. »Aber machen nicht ohnehin die Frauen die ganze Arbeit? Die Männer tun nur so, als würden sie die Hälfte davon übernehmen.«

Beau regte sich und verzog das Gesicht. Mary streckte ihre Hand aus und strich ihm übers Haar. Die Locken kräuselten sich unter ihrer gewölbten Handinnenfläche. Beau sank zurück und entspannte sich. Mary setzte ihre Waschung fort und tupfte ihn dabei gleichzeitig trocken, damit ihm nicht kalt wurde.

Matt und der Häuptling riefen seinen Namen. Beau schien aufwachen zu wollen. Er fing an, die Augen zu öffnen, schloß sie dann aber wieder, als hätte er tagelang nicht geschlafen. Sie hoffte, daß seine Verletzung nicht schlimm war. Der Schnitt war nicht der Rede wert, aber er war noch nicht wieder bei vollem Bewußtsein. Sie wünschte, der Arzt käme endlich. Er wirkte so hilflos, wie er dalag. Und schön. Wie ein schlafender Engel. Das war's. Er war kein römischer Soldat. Er erinnerte sie an das Bild eines Erzengels, das sie in ihrem Religionsbuch gesehen hatte. Der Engel, der auf einem Hügel gelegen und geschlafen hatte, hatte feine, geschmeidige Glieder und weiße, flaumige Flügel. Das Geräusch eines ankommenden Autos riß sie aus ihren Gedanken. Sie trocknete Beau ab und deckte ihn rasch mit der Decke zu.

»Das wird Dr. Moloney sein«, sagte sie und ging hinaus in die Diele, um ihn zu begrüßen.

»Hallo, Mary, mein Mädchen, wie geht's?« grüßte der Doktor sie zärtlich.

Mary kannte den Doktor schon von Kindesbeinen an, und er schien sich überhaupt nicht verändert zu haben. Er war ein großer korpulenter Mann mit einer weißen Mähne, von der sie in ihrer Kindheit begeistert gewesen war. Er lächelte und zwinkerte ihr freundlich zu.

»Der Polizist Coughlan hat mir gesagt, ich solle vorbeischauen. Er ist mit den anderen noch da unten. Sie laufen jetzt alle zurück in die Stadt. Du hättest sie sehen sollen. Die Amis sahen aus wie die Rattenfänger von Hameln mit all den Kindern und der halben Stadt im Gefolge. Und diesem Affen, der von einem zum anderen sprang.«

»Einem Affen?« rief Mary.

»Scheint das Flugzeugmaskottchen zu sein. Also wo ist jetzt dieser Mann, der sich den Kopf angeschlagen hat?«

Mary führte ihn ins Vorderzimmer und machte ihn mit Matt und dem Häuptling bekannt. Der Arzt nickte ihnen beiläufig zu und ging dann rasch zu Beau. Er warf die Decke zurück und untersuchte ihn gründlich, wobei er sein Hauptaugenmerk auf Hals und Kopf richtete. Nach ein paar Minuten blickte er lächelnd auf.

»Ist nichts Schlimmes. Er hat eine häßliche Beule am Kopf, aber Gott sei Dank ist nichts gebrochen.« Er zog Beaus Augenlider gewaltsam auseinander und schlug ihm sanft auf die Wange.

»Kommen Sie. Aufwachen, Mann«, sagte er leise.

Beau stöhnte und schüttelte den Kopf.

Dr. Moloney kramte in seiner großen schwarzen Arzttasche und holte eine kleine Flasche heraus.

»Da wollen wir doch mal das gute altmodische Riechsalz ausprobieren«, sagte er und öffnete die Phiole unter Beaus Nase.

Sofort schlug Beau die Augen auf und wich vor der Flasche zurück.

»Ruhig jetzt. Ganz ruhig«, sagte der Doktor. »Richten Sie sich jetzt nicht auf. Sie sind böse gestürzt.«

Beau sah den Arzt an und blickte sich dann im Zimmer um. Seine Augen blieben an Mary hängen, und sie blickte ihn direkt an. Seine Augen waren sehr dunkel. Er schien nicht zu wissen, was geschehen war, und seine Augen suchten einen festen Halt, den sie in Marys Blick fanden. Sie konnte ihre Augen nicht von ihm wenden. Dr. Moloney sprach ihn an, und Beau wandte sich ab, um ihn anzuschauen.

»Ich bin Brian Moloney. Ich bin Arzt. Verstehen Sie mich?«

Beau nickte bedächtig. Seine Hand griff an seine Stirn und berührte vorsichtig den Bluterguß. Er stöhnte vor Schmerz.

»Und jetzt«, sagte der Doktor, »sagen Sie mir Ihren Namen. Wissen Sie denn, wer Sie sind?«

»Beauregard St. Soucis«, gab Beau zur Antwort, die Hand immer noch an der Stirn. Der Arzt suchte bei Matt Bestätigung.

»Das ist gut. Und wissen Sie auch, wo Sie sind?« fragte der Arzt weiter, fügte aber rasch hinzu, »natürlich nicht. Aber wissen Sie denn, was passiert ist?«

»Wir wollten landen. Ich versuchte, den Affen einzufangen. Da fiel mir plötzlich etwas ein«, sagte Beau, »aber ich habe vergessen, was es war. Ansonsten kann ich mich an nichts mehr erinnern.«

Seine Stimme war eine Überraschung. Sie war warm und sonor. So einen Akzent hatte Mary noch nie gehört. Das »R« glitt ihm wie Honig über die Zunge, ganz anders als die rauhen kehligen »Rs« von West Cork.

»Ist schon gut. Sie werden sich jetzt eine Weile etwas unwohl fühlen. Für heute ist es genug. Bleiben Sie einfach liegen und entspannen Sie sich. Sie sind in guten Händen.«

Beau legte sich zurück und schloß die Augen. Mary fragte sich, ob er wohl wieder eingeschlafen war. Dr. Moloney kramte erneut in seiner großen Tasche und reichte Mary eine kleine Schachtel.

»Da sind ein paar Tabletten, falls er über Schmerzen klagen sollte. Er kann alle vier Stunden zwei davon bekommen. Achtundvierzig Stunden lang ist er nicht transportfähig. Sieht aus, als ginge es ihm gut, aber sein Gehirn hat einen heftigen Schlag bekommen, und wir werden erst in ein paar Tagen wissen, ob was verletzt wurde. Er kann Wasser trinken, aber es wäre besser, wenn er noch nichts äße. Vielleicht ein wenig Brühe oder leichten Tee. Nichts Schweres. Das schaffst du doch, oder?«

Mary nickte wortlos und nahm die Schachtel.

»Schön, schön.« Der Doktor wandte sich an Matt und den Häuptling. »Ich soll Sie beide mitnehmen.«

»Das geht leider nicht«, sagte Matt und schüttelte den Kopf.

»Nun, leider oder nicht leider, Sie müssen«, erwiderte der Doktor.

»Wir haben Befehl von unserem Piloten, bei diesem Mann zu bleiben«, sagte der Häuptling.

»Tut mir leid, Jungs. Der Polizist hat gesagt, daß ihr mit mir mitkommen sollt. Ihr könnt sicher mit eurem Piloten sprechen, wenn ihr in der Stadt seid. Sie sind alle gemeinsam losgegangen.«

Die beiden Männer blickten einander an und versuchten einen Entschluß zu fassen.

»Machen Sie sich um den hier keine Sorgen. Er ist in guten Händen. Und ich versichere Ihnen, daß er heute nacht nirgendwo hingehen wird.«

Matt und der Häuptling traten vor Beau.

»Ich möchte nur schlafen«, sagte er, »und dieses schreckliche Kopfweh loswerden.«

»Mary gibt Ihnen gleich was für den Kopf. Nicht wahr, Mary? Dann geht's Ihnen gleich besser«, sagte Dr. Moloney. Er sah Mary an, die stumm nickte. »Du bist ein großartiges Mädchen. Ich komme morgen wieder vorbei.«

Ehe sie Zeit hatte, etwas zu erwidern, waren die Männer schon auf dem Weg zur Tür, und sie verabschiedeten sich.

Mary überlegte, was sie als nächstes tun sollte. Die Vorderseite des Hauses lag schon früh im Schatten, und in der Diele wurde es bereits dunkel. Sie spähte ins Vorderzimmer. Beau schien zu schlafen. Doch dann drehte er sich um und stöhnte. Mary dachte an die Tabletten und eilte in die Küche. Als sie am Herd vorbeikam, setzte sie den Wasserkessel auf.

Leise schlich sie sich ins Zimmer. Das Licht, das durchs Fenster hereinfiel, beleuchtete jetzt eine Stelle an der Wand hinter Beau. Sein Gesicht lag im Schatten. Mary erschrak, als er sie ansprach.

»Hallo, ist da wer«, sagte er träge.

Mary hielt ihm scheu die Tabletten und ein Glas Wasser hin.

»Der Arzt hat gesagt, Sie sollen die nehmen. Damit wird Ihr Kopfschmerz leichter.«

Er nahm sie und nickte dabei dankbar mit dem Kopf, zuckte aber zusammen, als er sich bewegte.

Erleichtert hörte Mary das schwache Zischen des Wasserkessels durch die offene Tür.

»Möchten Sie eine Tasse Tee?« fragte sie schnell.

»Danke schön. Das wäre sehr freundlich.«

»Und ein Kissen vielleicht?« fügte sie hinzu.

»Damit würden Sie mir einen großen Gefallen erweisen.« Er lächelte und schloß die Augen.

Mary beschäftigte sich damit, alles herzurichten. Das half ihr, die leichte Erregung in ihrem Magen zu besänftigen. Sie fragte sich, ob sie eine Serviette auf das Tablett legen sollte. Es war schon so lange her, seit sie jemandem Tee serviert hatte, daß sie nicht einmal mehr wußte, wo die feine Tischwäsche lag, die ihre Großmutter immer verwendet hatte. Dann fiel es ihr wieder ein: Sie war im Vorderzimmer. Wie das gute Porzellan, das nie mehr aus dem kleinen Mahagonischrank genommen wurde, es sei denn, wenn sie gründlich saubermachte. Nun, reingehen, um sie zu holen, würde sie nicht. Es mußte eben so gehen.

Sie suchte alle Tassen durch, bis sie eine fand, die wenig angestoßen war und einen passenden Unterteller hatte. Ein weißes Geschirrtuch über dem Tablett war als Schmuck ausreichend, und die Milch gab es aus dem großen Krug. Sie bereitete den Tee zu und holte ein Kissen. Als sie zurückkam, stand Imelda vor dem Teetablett.

»Ich dachte, ich schaue kurz rein, um zu sehen, wie Sie klarkommen, ehe ich nach Hause gehe«, sagte Imelda.

»Mir geht es gut«, sagte Mary. »Sie haben den Verletzten hiergelassen. Der Doktor sagt, er sei erst in achtundvierzig Stunden wieder transportfähig.«

»Sieht hübsch aus«, sagte Imelda und deutete auf das Tablett. »Ist das für ihn?«

»Er darf nichts essen. Der Arzt kommt morgen wieder vorbei.«

»Wäre es Ihnen lieber, wenn ich bei Ihnen bliebe?« fragte Imelda. »Ich könnte später vielleicht wiederkommen.«

»Danke, aber das schaffe ich schon. Er hat eine schlimme Beule am Kopf, aber sonst ist er ganz in Ordnung.«

»Wie ist er denn?« wollte Imelda wissen.

»Nun, er heißt Beau. Und er spricht komisch«, sagte Mary. Bei der Erinnerung an seine Stimme mußte sie innehalten und lächeln.

»Warum spricht er komisch?« hakte Imelda nach.

»Ich weiß es nicht. Sie sprechen alle komisch. Und jeder klingt anders. Erinnerst du dich an die beiden anderen, die mit hier waren? Einer davon war Indianer, und der andere Italiener. Der hier ist Franzose, das haben sie jedenfalls behauptet. Was hast du in der Stadt über die anderen gehört?«

»Einer von ihnen ist Ire. Er heißt O'Mahoney. Was sagen Sie dazu? Scheint, als wäre ihnen das Benzin ausgegangen. Und einer von ihnen kommt aus Wisconsin«, erzählte Imelda mit leuchtenden Augen. »Ich bin den ganzen Weg zur Stadt mitgelaufen, bis Tommy zu uns stieß. Er bleibt in der Stadt, um zu sehen, was weiter passiert. Ich hielt es für besser, wieder zu den Mädchen zurückzukehren. Ruth Bennett war auch da. Die Leute kamen noch in Massen angelaufen, als Sie weg waren. Die Stadt muß wohl in heller Aufregung sein. Haben Sie den Affen gesehen?«

»Nein, aber der Doktor hat mir davon erzählt.«

»Er heißt Tojo.«

»Komm mit«, sagte Mary und nahm das Kissen. »Ich bringe das jetzt rein. Der Tee wird sonst kalt. Hilf mir bitte.«

An der Tür hörte Imelda auf zu schwatzen. Sie zögerte hineinzugehen. Mary verbarg ihre eigene Aufregung und drängte sie weiter. Sie bedeutete ihr, das Tablett auf dem kleinen Tisch abzustellen. Beau schlief tief und fest. Es wurde rasch dunkel, aber da sein Brustkorb sich regelmäßig hob und senkte, wußte sie, daß er friedlich schlief. Ohne ihn aufzuwecken, schob Mary ihm vorsichtig das Kissen unter den Kopf. Dabei fiel ihr plötzlich ein, daß sie dies heute schon zum zweiten Mal machte.

»Sieht er nicht ganz wie ein Filmstar aus?« flüsterte Imelda in Marys Ohr.

»Als ob du dich da auskennen würdest, Imelda Tanner!« erwiderte sie mit leiser Stimme.

»Das habe ich zu Ruth Bennett auch gesagt«, erzählte Imelda, als sie sich beide aus dem Zimmer schlichen. »Aber wissen Sie was? Ich bin zwar nie im Kino gewesen, aber ich glaube, Ruthie hat recht – genauso sollte ein Filmstar aussehen.«

»Ihr Mädchen habt nur Unsinn im Kopf«, sagte Mary streng. Aber wenn sie es recht überlegte, war der Gedanke, daß er wie ein Filmstar aussah, auch nicht dümmer als der, daß er einem Engel glich.

Als Imelda zufrieden feststellte, daß es für sie nichts mehr zu tun gab, verabschiedete sie sich. Mary war wieder allein.

Von Stille umfangen stand sie in der Diele. Was war los mit ihr? Nach all der Aufregung dieses Tages war ihr schwindelig und wirr im Kopf. Mary spürte ihren Herzschlag, als wäre sie die Treppe hochgerannt. Sie zwang sich zur Ruhe.

Als sie leise die Tür aufmachte, umhüllte sie ein Duft, der ihr Herz wieder schneller schlagen ließ. Er war warm und roch nach Zitronen, und sofort wußte sie, daß Beau ihn ausströmte. Zum ersten Mal hatte sie den Duft wahrgenommen, als sie seine Wunde gesäubert hatte. Er roch wie er sprach.

Jetzt war es fast dunkel, und Mary beobachtete die noch verbliebene Helligkeit auf ihrem Weg über die Wand und auf die andere Seite des Zimmers, ehe sie ganz verschwand. Das Feuer warf flackernde Schatten über die schlafende Gestalt auf dem Sofa. Der Faltenwurf der Decke und die Umrisse seiner Locken riefen wieder das Bild des Engels in ihr wach. Sie mußte über ihre Dummheit lächeln.

Die Tabletten, die Dr. Moloney ihm gegeben hatte, mußten sehr stark gewesen sein. Im sicheren Bewußtsein, daß er nichts mitbekam, erlaubte sich Mary, tief Luft zu holen. Wie konnte ein Mann so nach Zitronen duften? Sie stand neben dem Sofa und sah ihn sich genau an. Nie war ihr zuvor zu einem Mann das Wort »schön« eingefallen. Gutaussehend vielleicht, aber niemals schön. Die Decke war bis zu seiner Taille heruntergerutscht, und Mary betrachtete ihn ohne Verlegenheit. Sie ließ sich Zeit, ließ ihre Augen über die starken Schultern wandern, über seine Brust und hinunter zu seiner sich verjüngenden Taille und dem flachen Bauch.

Ihre Finger erinnerten sich noch daran, wie seidig sich sein Haar angefühlt hatte und an die Bartstoppeln seiner Wange.

Sie genoß diesen Gedanken, doch er jagte ihr Angst ein. Was passierte da mit ihr? Der Mann hatte kaum zwei Worte mit ihr gesprochen, und sie sehnte sich danach, daß er aufwachte und wieder mit ihr sprach. Und gleichzeitig hatte sie Angst, daß er genau das tun könnte. Vielleicht wurde sie ja verrückt. Sie mußte sich von diesen Gedanken an Engel und Zitronen losreißen. Sie jagten ihr einen Schrecken ein.

Sie beschloß, das Feuer in der Küche ausgehen zu lassen und statt dessen das im Vorderzimmer zu schüren. Ehe sie aus dem Zimmer ging, beugte sie sich über ihn und zog die Decke über seine Brust. Gegen ihren Willen blieben ihre Augen an den lockigen rabenschwarzen Haaren dort hängen, und sie kam nicht umhin, die seidige Glätte seiner Haut in sich aufzunehmen. Als sie die Decke feststeckte, holte sie tief Luft.

Ihr Blick fiel auf das unberührte Teetablett, und sie griff danach, um es wegzubringen. Ihre Hand zitterte und sie warf die Tasse um, die scheppernd zu Boden fiel und die Stille zerbrach. Mit einem kleinen Aufschrei sprang sie zur Seite und hielt sich sofort die Hand vor den Mund, aber es war zu spät. Mit flatternden Lidern schlug Beau die Augen auf und sah sich suchend in dem dunklen Raum um.

»Oh, hallo, da sind Sie ja wieder«, sagte er mit schwacher Stimme.

Mary strich ihre Schürze glatt und trat einen Schritt zurück.

»Der Tee ist kalt«, sagte sie und deutete auf das Tablett. »Soll ich frischen kochen?«

»Nein, danke, Miss.«

»Ich heiße Mary. Gibt es sonst noch etwas, was ich für Sie tun kann?«

»Ja, Mary, seien Sie ein Schatz und machen Sie mir bitte ein Licht an?«

»Natürlich«, sagte sie, als sie zur Tür ging. Seine Vertraulichkeit beunruhigte sie ein wenig.

»Wohin gehen Sie?« fragte er, als wolle er ein Kind ermahnen. Er hob den Kopf, was ihn aber zu sehr anstrengte, so daß er ihn wieder zurück aufs Kissen sinken ließ.

»Eine Lampe für Sie holen«, sagte sie barsch. Sofort bedauerte sie den scharfen Unterton.

»Können Sie nicht einfach das Licht anschalten?« fragte er müde.

»Wie meinen Sie das?«

»Können Sie nicht einfach die Nachttischlampe für mich anschalten? Ich kann sie nicht finden.« Seine Stimme war noch immer angenehm, aber er sprach die Worte ein wenig undeutlich aus. Mary merkte, daß seine Verwirrung weitaus größer zu sein schien als die ihre.

»Wissen Sie denn, wo Sie sind?« sprach sie ihn mit sanfter Stimme an. Beau sah sich verständnislos im Zimmer um und richtete den Blick dann wieder auf sie. Es schien ihm schwerzufallen, seine Augen offenzuhalten. Mary merkte, daß sie sich entspannte.

»Sie sind in Irland«, sagte sie und trat wieder zurück ins Zimmer. »In West Cork, in der Nähe von Clonakilty.«

»Irland? Oh, jetzt fällt es mir wieder ein«, sagte er und machte schläfrig eine abwehrende Handbewegung. »Danke schön, Mary. Das wäre alles.«

Mary mußte sich das Lachen verkneifen. Er schien sie für eine Art Zimmermädchen zu halten.

»Ich hoffe, es ist alles zu ihrer Bequemlichkeit, Sir«, meinte sie scherzhaft. »Klingeln Sie bitte, wenn Sie etwas brauchen.«

»Also ich muß gestehen, daß das Bett ein wenig unbequem ist. Aber ansonsten ist das hier ein reizendes Etablissement. Jetzt seien Sie ein gutes Kind und gehen Sie schön.« Seine Stimme wurde mit jedem Wort schwächer. Kaum hatte er den Satz zu Ende gesprochen, war er wieder eingeschlafen.

»Soll ich mich denn beim Gastwirt über das unbequeme Bett beschweren?« flüsterte Mary, als sie sich in den Sessel neben dem Kamin fallen ließ und ihm beim Schlafen zusah.

Mary saß da und beobachtete ihn, bis der Abend zur Nacht wurde. Dann holte sie eine Lampe und unterhielt das Feuer, aber ansonsten saß sie einfach da und sah ihn an. Sie suchte nach Hinweisen in seinem Profil. Wer war er? War er verheiratet? Hatte er Familie? Womit verdiente er seinen Lebensunterhalt? Sie wußte nur, daß er nach Zitrone duftete, aus Louisiana kam und im Krieg kämpfen würde. Was war das für ein Gefühl, so weit weg von zu Hause zu sein, wohl wissend, daß man vielleicht nicht wiederkehrte? Der Gedanke ließ sie schaudern. Der Krieg war etwas, worüber man in der Zeitung las, aber er war trotz allem weit weg. Sie wollte nicht daran denken, was diesen Amis zustoßen mochte, wenn sie einmal ihren Bestimmungsort erreichten.

Sie sah lieber Beau beim Schlafen zu. Es war angenehm, so zu sitzen, das Feuer und den sanften Rhythmus seines Atems als einzige Gesellschaft. Ihre Gedanken schweiften ziellos umher, wie sie das seit ihrer Kindheit nicht mehr getan hatten. Zusammengerollt in dem großen Sessel, fielen ihr Dinge ein, an die sie seit Jahren nicht mehr gedacht hatte. Ihr Vater, der sie hoch über seinen Kopf hob und sie bat, ihm eine Wolke zu holen. Oder ihre Großmutter, die in eben diesem Sessel saß und ihr Robert Louis Stevenson vorlas, während Mary ins Feuer starrte und Piratenschiffe und verborgenes Gold in den glühenden Scheiten zu entdecken glaubte.

Als später der Wind draußen heftiger wurde, warf Beau sich herum und stöhnte. Mary streckte ihren Arm aus und legte ihm die Hand auf die Stirn. Er lächelte, schluckte wortlos die Tabletten, die sie ihm reichte und fiel wieder in den Schlaf zurück.

Danach rührte er sich nicht mehr. Der Hund kratzte an der Tür, und Mary ließ ihn herein. Er nahm gar keine Notiz von Beau und rollte sich vor ihrem Sessel zusammen. Während Mary ins Feuer starrte, ergriff eine köstliche Ruhe Besitz von ihr. Träge leckten die Flammen an den glühenden Torfblöcken. Ihr Atem paßte sich dem steten Auf und Ab der Decke an, unter der Beau lag. Mit einem Lächeln schlief Mary ein.

Beau hatte eine Reihe seltsamer Träume. Er wußte, daß er träumte, weil alles keinen Sinn ergab. Er wünschte, er könnte aufwachen, weil ihm sein Kopf vor Schmerz dröhnte. Erst war er in einem kleinen abgeschlossenen Raum gewesen und plötzlich sah er Himmel über sich. Und dann war da eine wunderschöne Frau mit dunkelroten Haaren und Augen, die zu diesem Himmel paßten, und lächelte zu ihm herab. Ein Schwatzen klang ihm in den Ohren, und er wußte, daß er einen Affen einfangen mußte. Warum einen Affen? Ein Arzt, der wie der Weihnachtsmann aussah, gab der wunderschönen Frau Anweisungen, aber er kam nicht dahinter, was er sagte. Dann war er aus irgendeinem Grund wieder in seinem Hotel, nur daß er das Licht nicht finden konnte und das Zimmermädchen ihm Tee anbot.

Beau hatte Durst. Er zwang sich dazu, wach zu werden, damit er nach seinem Glas greifen konnte. Die Haushälterin stellte ihm immer einen Krug mit eiskaltem Wasser hin, wenn sie sein Bett für die Nacht zurechtmachte. Als er sich langsam aufsetzte, wurde ihm klar, daß er gar nicht in seinem Schlafzimmer war. Worauf er hier lag, war viel zu schmal, um sein Bett zu sein. Er schaute nach oben. Anstatt seines Betthimmels sah er nur eine niedrige Zimmerdecke. Schatten flackerten über den rauhen Putz. Er fühlte sich benommen und wußte nicht, wo er war. Ein leiser Seufzer ließ ihn einen Blick hinüber zum glühenden Feuer werfen. Dort lag ein Hund vor einem Sessel. Beau merkte, daß er noch immer träumte. Was sollte sonst auch die rothaarige Frau dort? Sie schlief im Sessel zusammengerollt wie eine Katze. Die Flammen warfen flackerndes Licht auf ihr unglaublich weißes Gesicht, zu dem ihr Haar mit seiner Farbe und seinem Glanz in scharfem Kontrast stand, als es die rote Glut des Feuers widerspiegelte.

10

Sie waren alle gemeinsam die drei Kilometer entlang der Küste zurückgelaufen. Die Gruppe war immer größer geworden, weil unterwegs mehr und mehr Leute und auch mehr Kinder dazukamen, die zum Flugzeug wollten. Als Les endlich in der Ferne den über der grauen Häuserzeile in den Himmel ragenden Kirchturm sah, war aus der Gruppe eine Menschenmenge geworden. Sie kamen nur noch im Schneckentempo vorwärts, weil man Leute traf und stehenblieb, um aufgeregt das Ereignis zu besprechen. Kinder und bellende Hunde flitzten in die Menge hinein und wieder heraus, und Pferde, Karren und Fahrräder blockierten die Straße.

Tojo war die Hauptattraktion. Er schien es zu genießen, im Mittelpunkt zu stehen. Die Kinder kreischten vor Freude, wenn er schwatzend von Schulter zu Schulter hüpfte und dabei den Leuten die Hüte vom Kopf stieß. Es war wie Jahrmarkt und Zirkus in einem.

Ruth lief neben Les her, stellte Fragen, wies ihn auf Sehenswürdigkeiten hin. Sie schien die Rolle von Les' Privatführerin übernommen zu haben und erklärte ihm, daß der Verantwortliche Pat Coughlan von der *gardaí* war, wie man in Irland die Polizisten nannte, daß auf der Straße keine Autos fuhren, weil das Benzin rationiert worden war, daß Clonakilty in alten Zeiten eine Leineweberstadt und das Mündungsdelta ein großer Hafen gewesen war, daß Clonakilty »der Stein in den

Wäldern« bedeutete, sie sechzehn Jahre zählte und im Hotel vor Ort arbeitete.

Les freute sich lächelnd an ihrer Redseligkeit, versuchte jedoch die ganze Zeit, Imelda im Auge zu behalten, die schweigend hinter Ruth herlief. Als sie in die Stadt kamen, verlor er sie in der Menge aus den Augen.

Der Weg, an beiden Seiten gesäumt von kleinen, grauen einstöckigen Häusern, führte sie jetzt steil nach oben. Einige Häuschen hatten höchstens Zimmerbreite, doch es strömte eine erstaunliche Anzahl von Familienmitgliedern nach draußen, um ihnen zuzuwinken.

Ihr Ziel war ein großes rechteckiges Gebäude, das als Polizeistation und Ortsgefängnis diente. Nur Barry Kingston und die Crew durften hinein. Pat Coughlan sorgte dafür, daß hinter ihnen die Tür geschlossen wurde.

Nachdem er ihre Personalien aufgenommen hatte, war der Polizist sichtlich verunsichert, was als nächstes anstand. Barry Kingston setzte sich noch immer dafür ein, sie schnellstmöglich wieder abfliegen zu lassen, aber Pat Coughlan hielt es für das Beste, Weisung aus Cork einzuholen. Allem Anschein nach war sein Vorgesetzter gemeinsam mit dem Bezirksoffizier, der in der Stadt die Armee repräsentierte, für ein paar Tage verreist.

»Der Kommissar und Oberleutnant Dinneen werden frühestens morgen abend zurück sein«, meinte der Polizist nachdenklich. »In ihrer Abwesenheit wäre es angebracht, zu den Collins Barracks in der Hauptstadt Kontakt aufzunehmen.«

»Das sollst du ja auch. Aber wir dürfen nichts überstürzen. Auf keinen Fall kannst du sie hierbehalten«, sagte Barry Kingston und deutete auf die zwei kleinen Zellen hinten im Raum. »Außerdem sind wir inzwischen alle halb verhungert. Essenszeit ist schon längst vorbei. Man sollte sie lieber zum Hotel bringen, wo sie genauso gut warten können wie hier, aber bei guter Verpflegung und in einem anständigen Bett.«

Pat Coughlan dachte gerade über diesen Vorschlag nach, als die Tür aufgerissen wurde. Ein stattlicher Mann mit weißer Mähne kam herein, gefolgt von Matt und dem Häuptling. Les erkannte den Doktor wieder und mußte an Beau denken. Wie es ihm wohl gehen mochte? Ohne den Polizisten eines Blickes zu würdigen, ging der Doktor direkt auf Charlie Hansen zu.

»Ihr Mann hat eine schlimme Beule am Kopf, aber keinen bleibenden Schaden davongetragen, soweit ich sehen kann. Doch ich hielt es für das Beste, ihn für einen Tag dort zu lassen, wo er jetzt ist. Köpfe sind nicht dazu geschaffen, um auf sie draufzuschlagen wie auf einen *sliotar* – das ist der Ball, mit dem wir Hurling spielen. Aber vermutlich kennen Sie dieses Spiel in Amerika gar nicht.«

Charlie Hansen schüttelte dem Doktor herzlich die Hand.

»Danke für Ihre Hilfe, Doktor. Ich bin erleichtert zu erfahren, daß Feldwebel St. Soucis auf dem Weg der Besserung ist.«

»Na also.« Der Doktor wandte sich an den Polizisten: »Was machen wir nun, Pat?«

»Wir haben gerade gesagt, daß jetzt ein gutes Essen in O'Donovan's Hotel angebracht wäre«, mischte sich Barry Kingston ein.

»Das ist eine fabelhafte Idee«, sagte der Doktor. »Von was zu trinken ganz zu schweigen«, fügte er hinzu und wandte sich dabei an die Crew, die an der Wand entlang Aufstellung genommen hatte. »Ich weiß nicht, wie das mit euch ist, Jungs, aber ich könnte jetzt eine Halbe vertragen.«

»Soll ich nicht schon mal vorauslaufen und Bescheid sagen, daß wir kommen?« meinte Barry Kingston zu Pat Coughlan, der noch immer seine Zweifel zu haben schien. Mit einem kurzen Kopfnicken und einem Zwinkern war er schon aus der Tür.

»Eine Mahlzeit wüßte ich auf jeden Fall zu schätzen«, sagte Charlie Hansen und lächelte sein strahlendstes Ostküstenlächeln. »Wir haben nichts mehr zu uns genommen, seit wir heute früh gestartet sind.«

»Dann wäre das also geklärt.« Der Doktor klopfte dem Polizisten freundschaftlich auf die Schulter. »Na komm schon, Pat. Du wirst doch auch Hunger haben. Mit einem leeren Magen läßt sich doch kein klarer Gedanke fassen, oder?«

Garda Coughlan mußte zugeben, daß der gute Doktor recht hatte. Und so liefen sie alle wieder im Gänsemarsch den Abhang hinunter zu O'Donovan's Hotel, wo die halbe Stadt schon auf sie wartete.

Les schaute hungrig auf den dampfenden Teller vor ihm. Darauf türmten sich Kartoffeln und etwas, das nach Kohl und Speck aussah. Ohne auf seine höflichen Proteste zu hören, hatte das Mädchen, Ruth, einen Berg davon auf seinen Teller gefüllt. Und er hatte ehrlich gesagt einen Bärenhunger, wie auch der Rest der Crew. Das Essen duftete verführerisch und schmeckte noch köstlicher. Keiner redete viel. Selbst Matt, der nie eine Gelegenheit ausließ, allen zu verkünden, wie unvergleichlich italienisches Essen war, schlang es in sich hinein.

Das erste Mal seit Monaten hatte Les wieder das Gefühl, richtige Hausmannskost zu essen. Das schmeckte wie die gute, bodenständige deutsche Kost, die seine Mutter daheim in Wisconsin zubereitete. Er fragte sich, wie es denen zu Hause wohl gehen mochte. Es beunruhigte ihn, daß sie nicht wußten, wo er war. Gewiß kämen sie nie darauf, daß er im Speisesaal eines Hotels in Irland saß. Obwohl der Raum voller Menschen war, kam er sich bei diesem Gedanken verlassen und ein wenig einsam vor. Am anderen Ende des Raums diskutierte Hansen heftig mit einer Gruppe Männer. An der aufmerksamen Haltung des Piloten konnte er ablesen, daß noch keine Lösung gefunden war.

Ruth kam mit der Servierplatte und bot ihm einen Nachschlag an.

»Hier hast du noch ein wenig Speck zu deinen Kartoffeln«, sagte sie, ohne auf eine Antwort zu warten.

»Nein, danke, ich hatte mehr als genug«, stammelte Les.

»Ach, das schaffst du schon! So ein langer Kerl«, sagte sie, ohne auf seinen Einwand zu reagieren.

»Und du willst sicher auch noch Kohl, nicht wahr?« fügte sie hinzu und stellte ihm einen vollen Teller vor die Nase.

»Die hat was übrig für dich, Junge«, sagte Matt, als Ruth sich entfernt hatte. »Paß bloß auf. Ich könnte dir Geschichten von irischen Frauen erzählen, da bräche dir das Herz.«

»Hör auf damit, Matt«, sagte Les verlegen.

»Was hast du nur, Junge?« erwiderte Matt und stupste ihn an. »Findest du sie nicht hübsch?«

»Sie ist nicht so hübsch wie die andere«, erwiderte Les, ehe er sich's versah.

»Welche andere?« hakte Matt interessiert nach.

»Das Mädchen mit dem Pony. Der wir als erstes begegnet sind.« Les lebte auf, als er daran dachte, wie sie mit leuchtenden Augen und ihrem im Wind flatternden Zopf auf dem alten Karren angaloppiert gekommen war. »Sie ist das hübscheste Mädchen, das ich je gesehen habe. Sie heißt Imelda«, fügte er hinzu.

»Das da drüben ist ihr Bruder«, meinte der Häuptling und deutete mit dem Kopf auf einen Jungen, der in der Tür stand. Les erkannte in ihm den verwahrlosten Jungen, der im Sumpf auf sie zugekommen war.

»Bist du sicher, daß das ihr Bruder ist?« erkundigte er sich mit leiser Stimme.

»Ja. Er heißt Tommy«, sagte der Häuptling.

Les richtete seinen Blick wieder zur Tür und winkte. Der Junge gab mit einem Kopfnicken zu verstehen, daß er ihn erkannte, zögerte aber, als der Häuptling ihn rief.

»Komm doch und setz dich zu uns«, forderte der Häuptling ihn auf, als Tommy an ihren Tisch kam.

Tommy bekam leuchtende Augen, als er die mit Essen gefüllten Teller sah.

»Du bist Tommy, stimmt's?« Matt zog einen Stuhl heraus. »Erinnerst du dich an mich und den Häuptling? Und das hier ist Les Wagner. Unser bester Bordschütze.«

»Wir hatten noch gar keine Gelegenheit, dir für deine Hilfe zu danken«, sagte der Häuptling.

»Das war doch nichts Besonderes«, murmelte der Junge und setzte sich.

»Na«, meinte Matt. »Du warst großartig. Ohne dich hätten wir Beau nicht zum Hof bringen können.«

Tommy strahlte vor Stolz, aber sein Blick klebte noch immer am Tisch.

»Hast du Hunger, Junge?« fragte ihn der Häuptling.

»Nein, danke«, antwortete Tommy schnell.

»Ach komm. Sicher hast du das Mittagessen verpaßt, und jetzt ist fast schon Zeit zum Abendessen. Möchte wetten, daß du Hunger hast.«

Tom lachte und schüttelte den Kopf.

»Was ist daran so lustig, Junge?«

»In Irland trinken wir um diese Zeit Tee«, erklärte er.

»Ist doch egal«, erwiderte Matt, als er Les' vollen Teller zu Tom hinschob. »Iß. Das hat meine Mutter immer gesagt, als ich klein war. Iß! *Mangea*, Mateo!«

Tommy ließ sich das nicht zweimal sagen. Er fiel über den Teller her. Matt stand auf und klopfte ihm auf den Rücken. »Der Häuptling und ich gehen mal nachsehen, was da drüben bei Charlie Hansen ausgebrütet wird. Er ist unser Pilot. Du bleibst hier bei Les sitzen und siehst zu, daß dein Teller leer ist, bis ich wiederkomme.«

Les beobachtete, wie Tommy sich systematisch durch die gewaltige Portion auf seinem Teller arbeitete. Er überlegte, ob er ihn ohne Umschweife auf seine Schwester ansprechen konnte.

Tommy sah auf und lächelte. »Das ist ja toll«, sagte er, hielt dabei seine Gabel hoch und deutete auf Les. »Bist du wirklich Bordschütze?«

»Ja, bin ich«, sagte Les.

»Ich habe vor dem heutigen Tag noch nie ein Flugzeug gesehen«, fügte Tommy hinzu und aß rasch weiter. Dabei sah er sich immer mal wieder heimlich im Saal um, als könnte man ihn erwischen.

»Wo ich herkomme, gibt es auch nicht viele Flugzeuge«, sagte Les. »Eigentlich habe ich mein erstes Flugzeug erst gesehen, als ich mit der Grundausbildung fertig war und bei der Artillerie ausgebildet wurde.«

»Wie ist das denn so als Bordschütze?« fragte Tommy. Er aß so schnell, daß er den Teller schon halb leer hatte.

»Phantastisch. Ich bin in der Gefechtskanzel. Das ist der Turm auf dem Dach des Flugzeugs«, erklärte Les und überlegte dabei, wie er das Gespräch auf Imelda lenken konnte. »Man steht auf einem Sims, und Kopf und Schultern schauen in den Himmel. Du glaubst, ins Unendliche zu schauen.«

»Das muß wunderbar sein. Bist du denn der einzige Schütze an Bord?« fragte Tom weiter. Mit einem zufriedenen Grinsen schob er den Teller weg und lehnte sich in seinem Stuhl zurück. »Das war reichlich.«

»Nein. Es gibt noch einen in der Nase und einen im Boden. Dann noch die beiden im Rumpf, so heißt bei uns der Mittelteil des Flugzeugs.«

»Wie alt bist du? Du siehst sehr jung aus.«

»Ich bin gerade achtzehn geworden. Und wie alt bist du?« fragte Les, erleichtert, das Thema zu wechseln. Vielleicht konnte er Tommy fragen, wie alt seine Schwester war.

»Siebzehn.«

»So alt war ich, als ich mich zum Militärdienst gemeldet habe.« Das war der falsche Einstieg, wußte Les. Wenn er nicht aufpaßte, würden sie gleich wieder über Flugzeuge reden.

»Ich würde gerne fliegen. Lieber Gott, wäre das schön«, sagte Tommy voll wahrhaftiger Sehnsucht.

»Wohnst du hier in der Stadt?« hakte Les rasch ein.

»Nein. Wir sind Fahrende, Kesselflicker.« Tommy blickte zur Tür und setzte sich aufrecht hin. Er beobachtete eine mollige Frau, die gerade in den Speisesaal kam. Sie war Les zuvor als Miss Aileen O'Donovan vorgestellt worden, eine der O'Donovans, der das Hotel gehörte. Sie machte ihre Runde durch den Speisesaal und begrüßte die Mitglieder der Mannschaft.

»Fahrende? Kesselflicker?« wiederholte Les mit verdutzter Miene.

»Wir leben in Wohnwagen und Zelten«, erklärte Tommy hastig. »Die ganze Familie. Wir schlafen draußen auf der Straße. Wir bleiben auch mal eine Weile in einer Stadt, aber dann ziehen wir weiter. Nach einiger Zeit kommen wir wieder zurück. So ist das bei uns.«

Les nickte, verstand es aber nicht ganz. Sie wohnte in einem Wohnwagen? Das erstaunte ihn. War sie also eine Art Zigeunermädchen? Aus irgendeinem Grund machte sie das sogar noch anziehender.

»Ich muß jetzt los«, sagte Tommy abrupt. Er stand auf und streckte Les seine Hand hin, dabei ließ er die Frau nicht aus den Augen, die am anderen Tisch ein Pläuschchen hielt. »Danke für das Essen. Vielleicht kannst du mir ja mal das Flugzeug zeigen, wenn ihr noch länger hier seid?«

»Sicher. Ich werde den Piloten fragen. Ich könnte dich mit raus nehmen und dir alles zeigen«, sagte Les und versuchte,

Zeit herauszuschinden. Sein Herz raste. Er konnte ihn nicht einfach so gehen lassen.

»Toll.« Tommy wandte sich zum Gehen. »Dann bis bald.«

»Vielleicht kann ich dich ja morgen mitnehmen«, platzte es aus Les heraus. »Und vielleicht kommt ja auch deine Schwester mit«, fügte er mit gebremstem Schwung hinzu.

Tommy blieb stehen und drehte sich um. »Meine Schwester?«

»Imelda.«

Tommy lachte, als wäre das eine wirklich verrückte Idee. »Was sollte Imelda denn in einem Flugzeug?« fragte er noch immer grinsend. Als jedoch Miss O'Donovan näher kam, zwinkerte er Les zu und war mit einem Satz aus der Tür und auf der Straße.

Les kam sich wie ein Idiot vor. Als Matt und der Häuptling zurück an den Tisch kamen, versuchte er dieses Gefühl von sich wegzuschieben. Schließlich würden sie in ein paar Tagen ohnehin von hier verschwinden. Wie kam er überhaupt dazu, die Bekanntschaft eines Mädchens machen zu wollen, wo sie doch wahrlich Wichtigeres zu tun hatten? Wie etwa nach England fliegen und im Krieg kämpfen.

»Warum so bedrückt, mein Junge?« erkundigte sich Matt, als er Platz nahm. »Hat ihr Bruder dich abblitzen lassen?«

Les schüttelte den Kopf. »Was passiert jetzt?« erkundigte er sich halbherzig. Die Mädchen räumten gerade die Teller ab und stellten statt dessen schüsselweise Apfelpastete und Krüge voller Vanillesauce auf den Tisch. Les bekam keinen Bissen mehr runter. Sobald die Mädchen gegangen waren, schob er seinen Nachtisch beiseite.

»Was das Einschalten der Armee angeht, haben sie sich allem Anschein nach zu einer Art Waffenstillstand durchgerungen. Jedenfalls bis morgen«, erklärte der Häuptling, während er seinen Nachtisch aß. »Sie sind übereingekommen, daß wir über Nacht hierbleiben. Innerhalb der Stadtgrenzen können wir uns frei bewegen, solange wir in Begleitung einer ihrer Leute sind. Das ist etwa ein Radius von fünf bis sechs Kilometern.«

»Dieser Barry Kingston hat sich dafür eingesetzt, daß unser ganzes Zeug aus dem Flugzeug geholt wird. Wir können uns also waschen und die Kleider wechseln«, fügte Matt hinzu. »Sie schicken den Zivilschutz hinaus – das scheint hier so eine Art Heimatwehr zu sein –, um das Flugzeug heute nacht zu bewachen.«

»Werden Sie uns Treibstoff geben, damit wir wieder loskommen?« fragte Les.

»Das weiß ich nicht, Junge.« Matt hatte seine Zweifel. »Ich glaube, das weiß keiner.«

»Aber warum denn nicht? Wäre es nicht sehr viel einfacher, uns Benzin zu geben und wegzulassen?«

»So einfach ist das nicht«, erklärte der Häuptling geduldig. »Irland ist ein neutrales Land. Sie dürfen nicht den Anschein erwecken, der einen Seite zu helfen und der anderen nicht.«

»Aber das ist doch einfach dumm«, sagte Les.

»Schlimmer wird das Ganze noch dadurch, daß das Benzin rationiert ist«, fuhr der Häuptling fort. »Nur die Armee und ein paar Zivilisten, die lebenswichtige Dienste verrichten, haben Anrecht darauf.«

»Es ist trotzdem dumm«, brummte Les.

»Dumm oder nicht, wollen wir hoffen, daß es Charlie Hansen gelingt, die Leute zu überreden. Ansonsten sitzen wir bis Kriegsende hier fest.« Matt warf einen Blick hinüber zum Tisch des Piloten. Die Männer um ihn herum hatten ihre Mahlzeit beendet und wollten gerade aufstehen. Als sie sich ihnen anschließen wollten, kam Miss O'Donovan an ihren Tisch und gab ihnen freundlich die Hand.

»Ich hoffe, alles war zu Ihrer Zufriedenheit«, sagte sie. Mit über ihrem mächtigen Busen verschränkten Armen stand sie vor ihnen. Ihr Haar war zum lockeren Knoten aufgesteckt. Sie trug eine blütenweiße Bluse mit einem riesigen Spitzenkragen und einen langen, dunklen Wollrock, unter dem zwei winzige Schuhe hervorguckten. Um ihren Hals trug sie eine dicke Goldkette mit einem kleinen Goldbarren daran.

»Das war das beste Essen seit Monaten«, sagte der Häuptling liebenswürdig. »Herzlichen Dank für all ihre Freundlichkeit.«

»Nicht doch«, sagte sie, und ihre rosigen Wangen wurden noch ein wenig röter. »Kommt ja nicht jeden Tag vor, daß Besucher vom Himmel fallen. Sie haben uns einen ganz schönen Schrecken eingejagt, das kann ich Ihnen sagen.«

»Hoffentlich können wir das wieder gutmachen.« Matt blitzte sie mit seinem charmantesten Lächeln an.

»Der Luftwaffe würde es nämlich gar nicht gefallen, wenn sie dahinterkäme, daß wir in Irland schöne Frauen erschreckt haben.«

Miss O'Donovan kicherte vergnügt. »Hoffentlich hat dieser Junge Sie nicht belästigt«, sagte sie zu Les.

»Im Gegenteil«, meinte der Häuptling. »Wir haben uns bei ihm bedankt. Er hat uns geholfen, als wir uns um unseren verletzten Kameraden gekümmert haben.«

»Dr. Moloney meinte, der Mann sei Gott sei Dank gar nicht so schwer verletzt«, sagte Miss O'Donovan. Dann fügte sie hinzu: »Ich habe den Vater des Jungen gekannt. Er war ein anständiger Mann, und die Mutter, Gott sei ihrer armen Seele gnädig, war eine gute Frau. Aber bei denen weiß man ja nie. Es ist schon tragisch, daß beide Eltern gestorben sind, als die Kinder noch alle so jung waren.«

Les versuchte gerade, diese winzige Information über Imelda zu verarbeiten, als Barry Kingston verkündete, sie würden sich jetzt alle in die Bar zurückziehen. Matt bot Miss O'Donovan seinen Arm an, und sie akzeptierte ihn, als wollte sie gleich mit ihm Walzer tanzen. Les stand auf, und sein Herz pochte wieder wie wild. Imelda war eine Zigeunerin und eine Waise, und sie lebte in einem Wohnwagen! Das hörte sich an, als wäre sie ein Mädchen aus den Märchen seiner Kinderzeit. Der Häuptling riß Les aus seinen Gedanken und drängte ihn mitzukommen.

War der Speisesaal schon voll gewesen, die Bar war überfüllt. Die Leute quetschten sich auf jeden verfügbaren Platz, in jeden Winkel. Der ganze Ort summte vor Aufregung. Kinder aller Altersstufen rannten lachend umher, während ihre Mütter gelassen an der Seite saßen und hin und wieder eins am Genick packten und zur Ruhe zwangen. Die Männer standen in Dreierreihen an der Bar. Sie reichten die Krüge hoch über ihre Köpfe hinweg zu denen, die hinten warteten.

Charlie Hansen stand bereits mit Garda Pat Coughlan und

Dr. Moloney an der Theke. Als der Rest der Flieger hereinkam, legte sich Schweigen über den Raum. Einen Herzschlag lang war jedes Augenpaar auf sie gerichtet. Dann brach spontaner Applaus aus, der sich zum Crescendo steigerte, als die Menge sich teilte, um sie durchzulassen. Am Tresen schuf man Platz für sie, und zehn Krüge mit schwarzem Inhalt, drei Viertel voll, standen bereit und warteten nur darauf, bis zum Rand gefüllt zu werden.

Als Matt mit Miss O'Donovan am Arm hereinkam, klopften ihm ein Dutzend Männer auf den Rücken und mit einem weiteren Dutzend mußte er Hände schütteln. Der Lärm war so groß, daß er kaum mitbekam, was die Leute sagten, die ihn begrüßten. Sie neigten sich mit lebhaften Gesichtern weit nach vorne und rissen seinen Arm wie einen Pumpenschwengel auf und ab, ehe sie wieder zurücktraten und andere ihren Platz einnahmen. Während ein strahlendes Augenpaar ins andere überging, hörte er Namen, an die er sich nie mehr erinnern würde. Viele schienen ihm etwas von einer Familie drüben in Amerika zu erzählen, und es fielen die Namen einiger Städte. Schließlich quetschte er sich neben Dr. Moloney.

»Hallo«, sagte ein Mann, der zur Seite gewichen war, um ihn durchzulassen. Er hatte einen Wuschelkopf und blitzende Augen, die über einen ganz privaten Scherz zu lachen schienen. »Ich bin Con O'Leary. Wie ich sehe, haben Sie schon erfaßt, auf wen es in dieser Stadt ankommt. Sie haben den besten Fang gemacht. Es gibt mehr als einen Mann, der schon seit Jahren darauf wartet, mit Miss O'Donovan an seinem Arm Einzug zu halten.«

»Sie sind ein Teufel, Con«, sagte Miss O'Donovan zärtlich, als Matt lachte.

»Achten Sie nicht auf ihn.«

»Sie müssen der Italiener sein«, meinte Con O'Leary, als der Barkeeper rasch die zehn Krüge füllte und mit einem Kopfnicken in Richtung Amerikaner am Tresen aufreihte.

»Wie haben Sie denn das herausbekommen?« erkundigte sich Matt neugierig.

»In einer Kleinstadt machen Nachrichten schnell die Runde. Und ich halte mir was dafür zugute, daß ich einen Riecher für Gesichter habe. Man hört, es gäbe bei euch einen Italiener, einen Iren namens O'Mahoney – ein sehr gebräuchlicher Name in dieser Stadt – und einen Indianer«, kicherte Con O'Leary, ohne die Krüge aus den Augen zu lassen. »Sie sind ganz entschieden kein Ire. Sie haben sehr dunkle Haut, und Ihr Kumpel da drüben muß der Indianer sein. Somit können Sie nur der Italiener sein.« Die schwarzen Krüge glänzten verführerisch. Der Schaum stand dick und cremig aufrecht über dem Rand. Doch keiner machte Anstalten zuzugreifen. Con fiel auf, daß Matt sich umsah. »Die sind noch nicht fertig«, erklärte er. »Sie müssen warten, bis sich der Schaum gesetzt hat. Wie's aussieht, sind sie fast fertig.«

Wie aufs Stichwort hob Barry Kingston ein Glas und ermunterte die anderen, es ihm gleichzutun. Matt nippte vorsichtig daran. Er hatte in seinem Leben schon jede Menge Alkoholika ausprobiert, aber das hier war eine Premiere. Es schmeckte schal und ein wenig bitter, aber nicht unangenehm.

»Ist nicht schlecht«, sagte er.

»Der zweite rutscht leichter als der erste«, meinte Con O'Leary lächelnd. Er nahm einen großen Schluck und schmatzte mit den Lippen, auf denen sich jetzt ein frischer Schnurrbart abzeichnete. Matt machte es ihm nach und mußte zugeben, daß es wirklich schon besser schmeckte. Der Barkeeper stellte eine Reihe kleinerer Gläser auf. Dann holte er zwei Flaschen Whiskey hervor.

»Ein Geschenk des Hauses«, sagte Miss O'Donovan würdevoll, als sie dem Barkeeper mit einem Wink das Signal zum Einschenken gab.

»Na so was«, sagte Con O'Leary und kam näher, um Matt ins Ohr zu flüstern, »das sieht man selten. Würde sagen, genauso selten wie einen amerikanischen Bomber, der fast den Kirchturm von Clonakilty mitnimmt!«

Noch bevor jeder sein Glas leeren konnte, stand schon das nächste bereit, und bald reihten sich trinkfertige Bierkrüge und Whiskeygläser am Tresen. Matt paßte sich dem Tempo an und sah in die Runde, um zu schauen, was der Rest der Mannschaft machte. Jeder einzelne war von mehreren Männern umringt, und weitere guckten über deren Schultern, um auch am

Gespräch teilzuhaben. Der Häuptling schien seinen Whiskey gut zu vertragen und unterhielt sich mit Dr. Moloney, während Les, mit Tojo auf der Schulter, neben Ruth saß.

Charlie Hansen trank in kleinen Schlucken, und Matt überlegte, daß ihm vermutlich daran lag, nüchtern zu bleiben. Der Pilot und Barry Kingston standen neben Pat Coughlan, dessen Züge etwas sanfter geworden waren, während seine Wangen glühten, weil man ihm ständig nachschenkte.

Der Lärmpegel stieg sogar noch an, aber als ein Mann, der in der Ecke neben dem Kamin saß, aus einem ramponierten Koffer eine Fiedel hervorholte und stimmte, wurde es schnell etwas leiser. Nach ein paar Tönen ließ er eine fröhliche Melodie erklingen. Die Musik war wild, schnell und so mitreißend, daß Matt mit dem Fuß den Takt klopfte. Auch Tojo hatte Spaß daran. Zum Entzücken aller bewegte er sich im Rhythmus auf und ab.

»Also seht euch das an!« strahlte Miss O'Donovan. »Der kleine Kerl tanzt ja!« Sie stampfte mit dem Fuß auf den Boden und klatschte in die Hände, was Tojo ihr sofort nachmachte. Man schuf in der Mitte des Raums einen freien Platz, und wie ein echter Star sprang Tojo hinein und tanzte zur Musik, schlug Purzelbäume und vollführte Luftsprünge. Der Raum bebte vor Lachen, und selbst Pat Coughlan mußte sich den Bauch halten vor Lachen, als er Tojos Vorführung sah. Als die Musik dann abrupt abbrach, sprang Tojo hoch, schnappte dem Geiger die Mütze vom Kopf und ließ sie herumgehen.

»Ich habe ihn in Dakar einem Mann auf der Straße abgekauft«, erklärte Matt, als Kupferpfennige in die Mütze geworfen wurden, »aber ich habe nicht gewußt, daß er so talentiert ist.«

»Und auch nicht so nützlich, möchte ich wetten. In seiner Gesellschaft werden Sie nie Hunger leiden«, lachte Con O'Leary, als Tojo angelaufen kam und Matt die Mütze aushändigte. Er wandte sich an den Barkeeper und rief: »Stell noch 'ne Runde bereit, Tony! Wir trinken auf den Affen!«

Sie prosteten Tojo zu, der die Chance sofort zu nutzen wußte und noch ein paar Purzelbäume schlug. Der Geiger wollte gerade das nächste Stück anstimmen, als Barry Kingston einen Schritt vortrat und sein Glas hob.

Rufe wie »Ruhe! Seid jetzt still!« wurden laut. Mit dem richtigen Gefühl für Theatralik wartete Barry Kingston mit hoch erhobenem Glas ab, bis alle im Raum sich beruhigt hatten. Als er sich endlich der Aufmerksamkeit aller sicher sein konnte, war er zufrieden und legte mit seiner Donnerstimme los.

»Meine Damen und Herren, der heutige Tag war für unsere Geschichte von großer Tragweite. Jedenfalls kann ich Ihnen versichern, daß es ein bedeutsamer Tag in meiner Geschichte war – ich bekam nämlich fast einen Herzanfall, als ich nach oben blickte und dieses riesengroße Flugzeug über mir aus dem Himmel fallen sah. Und ich bin mir ganz sicher, daß ich nicht der einzige war, der heute Todesängste ausstand. Nach allem, was man hört, war unsere Miss Aileen O'Donovan hier überzeugt, daß es ein Erdbeben sei!« Alle lachten.

»Und das zu Recht«, fuhr Barry Kingston jetzt mit unheilvoller Stimme fort. »Und zu Recht. Denn wer wußte schon, was uns erwartete, als die Tür des großen grünen Riesen aufging? Ich jedenfalls hatte keine Ahnung, ob der junge Mann, der da mit gezogenem Revolver heraussprang, Freund oder Feind war. Und er war genauso mißtrauisch wie ich.« Um der besseren Wirkung willen hielt Barry Kingston inne. Alle hingen an seinen Lippen. Er deutete auf Les, der unter dem stolzen Blick von Ruth Bennett interessiert zuhörte. »Natürlich wußte ich nicht, daß dieser junge Mann hier Les Wagner aus Wisconsin war. Und wie er mir sagte, glaubten sie, in feindlichem Gebiet gelandet zu sein, und wußten nicht, was sie erwartete. Sie wußten nur, daß ihr Leben auf dem Spiel stand.« Les wurde rot bei diesem dramatischen Vortrag der Ereignisse, aber Ruth schien die Geschichte noch heftiger aufzuwühlen. Sie beugte sich zu ihm und drückte ihm rasch die Hand.

»Hat er dich wirklich gefragt, ob du Englisch sprichst?« rief der Geiger.

»Das hat er getan«, antwortete Barry Kingston. »Und er wollte wissen, wo sie sich befanden. Und ich habe gesagt: ›Ihr seid in Paddy Whites Sumpf!‹«

Wieder brachen alle in wohlwollendes Gelächter aus.

»Und was für eine Erleichterung war für uns alle die Entdeckung«, fuhr Barry Kingston fort, »daß wir unter Freunden waren. Deshalb möchte ich jetzt die Gelegenheit nutzen, die Besatzung von *T'Ain't a Bird* in Clonakilty willkommen zu heißen. Ihr seid unter Freunden. Wir sind sogar mehr als Freunde.«

Beifall wurde laut. Barry Kingston brachte ihn zum Schweigen und machte dann wieder eine Pause.

Matt sah, daß Charlie Hansen aufrecht dasaß und genau zuhörte, als spürte er, daß jetzt etwas Wichtiges folgte.

»Ja, ihr seid nicht nur unter Freunden hier in Clonakilty, sondern im Kreis der Familie. Denn wer von uns hat keine Verwandten und Freunde, die den Ozean überquert haben, um sich in Amerika ein besseres Leben zu suchen? Wer hat keinen Bruder, Sohn, Kusin oder Neffen drüben in Amerika? Wir heißen euch als die unseren willkommen. Ist da nicht sogar einer unter euch, der O'Mahoney heißt? Ein Name, der zu Cork nicht besser passen könnte!« Zustimmendes Gemurmel plätscherte durch den Raum. Barry gab Charlie Hansen durch Zeichen zu verstehen, daß er sich neben ihn stellen sollte.

»Im Namen der Leute von Clonakilty heiße ich Sie und Ihre Besatzung in Irland willkommen. Ihr Besuch wird als eins der großen Ereignisse unserer Stadt in die Geschichte eingehen. Ich hege keinen Zweifel, daß man sich noch in fünfzig Jahren an Sie erinnern wird. Deshalb wünschen wir Ihnen allen eine sichere Heimkehr. Und wir wollen uns nicht nachsagen lassen, daß die Leute von Clonakilty nicht alles in ihrer Macht Stehende getan haben, Ihnen dabei zu helfen.«

Als die beiden Männer die Gläser hoben, waren alle außer Rand und Band.

»Ein Toast auf unsere Besucher, und mögen sie sicher nach Hause zurückfinden«, schrie Barry Kingston. Die Bar wurde zu einem Wald aus Armen, als alle Anwesenden auf die Amerikaner tranken. Der Geiger legte los, und Tojo sprang auf den Boden und tanzte.

Charlie Hansen schüttelte allen die Hand. Wieder und wieder wurde den Männern der Besatzung auf die Schulter geklopft. Die Musik ging allen ins Blut, und obwohl von freiem Platz nicht die Rede sein konnte, gesellten sich ein paar Leute zu Tojo, um zu tanzen. Mahoney war in eine Ecke des Raums verschleppt worden und wurde dort einer großen Runde vorgestellt.

»Das sind alles O'Mahoneys aus Ardfield«, erklärte Con O'Leary. »Der arme Mann wird sich jetzt anhören müssen, wie genau er mit jedem einzelnen von ihnen verwandt ist.«

»Da hätte uns Schlimmeres passieren können«, lachte Matt. »Wir hätten die Nacht heute in einem deutschen Gefängnis verbringen können.«

»Das hätte gut sein können«, sagte Con O'Leary kopfschüttelnd. Er streckte seine Hand aus und packte die von Matt mit festem Griff. »Sichere Heimkehr für Sie. So Gott will.«

»Wollen wir's hoffen«, entgegnete Matt und hob sein Glas.

11 Mary schreckte aus dem Schlaf hoch. Die Sonne blendete, und sie hielt sich die Hand vor die Augen. Sie spürte einen schrecklichen Schmerz im Nacken, und sie merkte, daß sie im Sessel eingeschlafen war. Ihr Blick fiel auf das Sofa und ihr blieb das Herz stehen. Er war weg! War er einfach ohne Abschied auf und davon? Ihr wurde flau im Magen. Dann hörte sie das Pfeifen. Es kam aus der Küche. Sie eilte aus dem Zimmer, ohne sich auch nur damit aufzuhalten, die Schuhe anzuziehen.

In der Tür blieb sie wie angewurzelt stehen. Beau beugte sich über die Spüle am Fenster. Er trocknete sich energisch mit einem Handtuch ab. Marys Hände schnellten hoch zu ihrem Haar. Es hatte sich gelöst, und verzweifelt versuchte sie, es wieder hochzustecken, ehe er sie sah. Lautlos verfluchte sie ihre widerspenstigen Locken, als Beau sich umdrehte und sie dabei erwischte. Er strahlte sie mit einem wunderschönen offenen Lächeln an, und Mary vergaß, wie dumm sie sich vorkam. Flink streifte er sich das Hemd über, das sie ihm am Abend zuvor bereitgelegt hatte.

»Guten Morgen«, sagte Beau. »Ich war so frei, mich zu waschen. Ich habe auch dieses Hemd genommen. Ich hoffe, Sie haben nichts dagegen.«

»Sie sollten nicht aufstehen, wissen Sie«, sagte Mary. Wenn das überhaupt möglich war, dann war er jetzt, im strahlenden Sonnenlicht, noch schöner.

»Es ist ein wunderschöner Tag«, sagte er.

»Der Doktor hat gesagt, Sie sollen nicht aufstehen«, wiederholte sie. »Wie geht's Ihrem Kopf? Sieht ganz schön schlimm aus.«

»Ach, der gute Doktor war da und ist schon wieder weg«, erwiderte er und wirkte dabei sehr zufrieden mit sich. »Sie haben so friedlich geschlafen, daß wir es für die reinste Sünde gehalten hätten, Sie aufzuwecken. Und dem Kopf geht es gut, danke. Sieht viel schlimmer aus, als es ist.«

»Dr. Moloney war hier? Und ich habe geschlafen?« sagte Mary aufgeregt. »Was hat er gesagt?«

»Er sagte, ich solle nicht aufsein!« Beau lachte. Es war ein klingendes, ansteckendes Lachen, und Mary mußte einfach einstimmen.

»Ich sehe schon, Sie werden ein schwieriger Patient.«

»Keine Sorge. Mir geht es wirklich gut. Der Arzt meinte, alles sei in Ordnung, ich solle es heute nur locker angehen lassen. Er kommt am Abend wieder vorbei. Ich habe ihm gesagt, daß mein einziges Talent darin besteht, die Dinge locker anzugehen.«

Mary schoß alles mögliche durch den Kopf, als sie überlegte, was getan werden mußte. Sie mußte den Kessel aufsetzen. Und sich um das Frühstück kümmern. Nein, zuerst mußte sie Feuer machen.

»Aber jetzt mal im Ernst, ich glaube, ich muß mich entschuldigen«, fuhr Beau fort.

»Entschuldigen?« sprach Mary ihm nach.

»Ich hatte keine Ahnung, wo ich mich befand. Ich glaubte, in einem Hotel zu sein«, sagte er, und dabei spielte ein Grinsen um seinen Mund. »Mir kam das logisch vor. Und ich fürchte, ich habe Sie letzte Nacht irrtümlich für das Zimmermädchen gehalten. Hoffentlich habe ich Sie nicht beleidigt.«

»Das nehme ich Ihnen nicht übel«, sagte Mary, die von seiner Erscheinung wie gebannt war. »Und ich verspreche auch, wegen des unbequemen Betts etwas zu unternehmen.«

»Es tut mir aufrichtig leid«, sagte er, als er durch den Raum ging. »Im Tageslicht – und mit klarerem Kopf – sehe ich freilich, daß ich in Ihnen nie bloß das Zimmermädchen hätte vermuten dürfen. Und ich muß das wiedergutmachen.« Er streckte ihr seine Hand hin und nahm die ihre, die er dann sanft drehte. »Beauregard St. Soucis zu Ihren Diensten«, sagte er und schlug die Hacken zusammen, ehe er seine Lippen über ihre Hand beugte. Mary spürte seinen Atem auf ihrer Haut, als seine Lippen ihre Hand streiften. »Dafür, daß Sie mir in der Stunde meiner Not geholfen haben, stehe ich für immer in Ihrer Schuld, Ma'am.«

Mary kicherte und zog ihre Hand zurück. Er war ein kleiner Glücksritter, wenn auch ein sehr reizender. Sie trat einen Schritt zurück. Genug damit. Es war höchste Zeit, daß sie sich an die Arbeit machte.

»Hat der Doktor gesagt, ob Sie etwas essen dürfen?«

»Ich kann nicht behaupten, daß er es erwähnt hätte, aber offen gesagt, ich könnte ein Pferd verschlingen!«

Rasch ging Mary durch die Küche. Was konnte sie kochen, das sowohl schnell fertig als auch ihres Gastes würdig war?

»Setzen Sie sich einfach da hin. Gleich wird das Feuer brennen«, sagte sie.

Beau tat wie ihm geheißen, und ein Lächeln lag auf seinen Lippen. Mary riß mit einem Schürhaken die zusammengebackene Asche auf. Von der Nacht war noch Glut vorhanden. In Windeseile hatte sie ein munteres Torffeuer entzündet. Sie nahm den schwarzen Eisenkessel. Sein Gewicht sagte Mary, daß er leer war. Auch die Kanne am Spülstein war leer. Beau mußte das Wasser aufgebraucht haben, als er sich wusch.

»Ich muß Wasser holen gehen«, sagte sie.

»Das tut mir furchtbar leid. Das habe ich mir gar nicht klargemacht. Wie unüberlegt! Kommen Sie, ich helfe Ihnen.« Er nahm eine weitere Kanne und ging ihr nach, als sie Kanne und Kessel durch die Tür schleppte. Mary fiel auf, daß er ein wenig hinkte.

»Haben Sie sich am Bein verletzt?« fragte sie, als sie auf dem Weg zur Pumpe den Hof überquerten.

»Nicht der Rede wert. Mein Knöchel ist ein wenig geschwollen. Ich muß ihn verrenkt haben, als ich gestürzt bin.«

»Was ist Ihnen denn zugestoßen?« erkundigte sich Mary, als

sie die Pumpe in Gang setzte. Nach kurzer Zeit schoß das Wasser eiskalt und klar heraus. Mary brachte ihre Hände unter den Strahl und wusch sich ihr Gesicht. Das Wasser brannte, aber es fühlte sich wunderbar an.

Sie wartete auf seine Antwort, aber es kam nichts. Er beobachtete sie. Mary merkte, wie sie rot wurde.

»Wie kam es zu dem Sturz?« hakte sie nach.

Beau erzählte ihr von dem Papagei und wie Tojo auf Russell gepißt hatte. Er erzählte das so lustig, daß Mary mitlachte, während die Kanne vollief.

Er lehnte sich zurück und sah zu, wie sie die Pumpe schwang, während er redete. Als die erste Kanne voll war, schob er die zweite mit einer solchen Selbstverständlichkeit darunter, als hätte er sein ganzes Leben lang nichts anderes getan. Mary vergaß sich und saugte jedes Wort von ihm auf. Der Klang des heraussprudelnden Wassers wurde eins mit ihrem perlenden Lachen. Als die Kannen und der Kessel voll waren, kamen ihr sein weicher Akzent und sein lockerer Umgang fast schon vertraut vor.

Als Beau seine Geschichte beendet hatte, blickte er auf und nahm zum ersten Mal die Landschaft wahr. Er hielt mitten im Satz inne und sah sich um. Humpelnd ging er zum Tor und warf einen Blick auf die Flußmündung. Es war gerade Gezeitenwechsel. Das Wasser unter dem unwahrscheinlich blauen Himmel leuchtete in einem tiefen Türkis. Die Sonne brannte herunter wie im Juli und ließ die Sanddünen strahlendweiß erscheinen. Jenseits des Flußdeltas waren die grünen Hügel mit ihren ordentlichen Feldern in goldenes Licht getaucht. Sie sah zu, wie er dies alles in sich aufnahm und wußte, daß die Schönheit dieser Gegend sein Herz erfüllte.

»Ist das das Meer?« fragte er wie im Selbstgespräch.

»Ja«, sagte sie leise, weil sie den Zauber nicht durchbrechen wollte.

»Aber was ist das für ein Land hier gleich gegenüber?« fuhr er fort und versuchte sich die geographischen Verhältnisse klarzumachen. »Sind wir auf einer Halbinsel?«

»Wir sind auf einer Insel. Inchydoney Island in der Grafschaft Cork.«

»Eine Insel!« freute er sich. »Wie romantisch. Schiffbruch auf einer Insel!«

»Nun ja, wir sind nicht mehr direkt auf einer Insel. Der Damm verbindet uns mit dem Festland. Sie sind im Marschland dazwischen gelandet. Dort hat sich das Meer zurückgezogen.«

Sie sah Enttäuschung über sein Gesicht huschen. Er sah aus wie ein kleiner Junge, dem gerade ein versprochener Genuß abspenstig gemacht wurde.

»Aber wir werden oft überflutet«, tröstete sie ihn. »Bei Unwetter werden wir wieder vom Festland abgeschnitten.«

Beaus Miene hellte sich sofort auf. Zu Marys Überraschung warf er sich in Pose und hob die Arme zum Himmel:

»Blast, Wind', und sprengt die Backen! Wütet! Blast!
Ihr Katarakt' und Wolkenbrüche, speit,
Bis ihr die Türm' ersäuft, die Hähn' ertränkt!«

rezitierte er. Dann wandte er sich ihr zu und zwinkerte. »Glauben Sie, daß es wirkt? Es ist Shakespeare! *König Lear*.«

»Keine Ahnung«, erwiderte sie lachend. »Aber in Irland muß man nie lange auf Regen warten. Und in der Zwischenzeit mache ich wohl lieber mit dem Frühstück weiter.«

Er ließ nicht zu, daß Mary das Wasser hineintrug, und so ließ sie ihn allein und kümmerte sich ums Kochen. Die Pfannkuchenpfanne war gerade richtig heiß, und sie schmolz rasch ein wenig Butter und briet darin zwei dicke Speckstreifen. Sie ließ Brotscheiben in das Fett fallen, ehe sie drei Eier in die Pfanne schlug.

»Der Tee dauert noch eine Minute, aber trinken Sie doch ein Glas Milch, während Sie darauf warten«, sagte sie, als sie den Teller vor ihn hinstellte.

»Wollen Sie mir denn nicht Gesellschaft leisten?« fragte er, als spräche er eine feine Dame in einem vornehmen Restaurant an. Mary wurde sich plötzlich bewußt, daß sie noch immer keine Schuhe anhatte.

»Ich warte, bis der Tee fertig ist«, sagte sie. »Ich habe noch jede Menge zu tun.«

Als der Tee aufgebrüht war, servierte sie ihnen beiden je eine Tasse, setzte sich aber nicht hin. Es war ihr unangenehm, und er bestand nicht darauf. Sie holte eine große Rührschüssel heraus und fing an, den Brotteig für den Tag zuzubereiten.

»Was machen Sie da?« fragte Beau, als er zu essen begann. Er aß mit raschen, eleganten Bewegungen. Nichts von dem gewohnten Schlurfen und geräuschvollen Kauen.

»Ich backe Brot«, sagte sie, als verstünde sich das von selbst.

»Und wie backen Sie das Brot?« hakte er nach.

Mary sah ihn an, um festzustellen, ob er sich über sie lustig machte, aber er schien sich wirklich dafür zu interessieren. Anfangs zögernd, dann immer vertrauensvoller beantwortete sie die von Beau gestellten Fragen. Es faszinierte ihn, daß sie über dem offenen Feuer kochte, und er bewunderte ihr geschicktes Umschichten der Glut, damit das Brot gleichmäßig buk.

»Meine Großmutter war berühmt dafür, wie leicht ihr alles von der Hand ging«, sagte Mary. »Ich bin bei weitem keine solche Expertin, aber was das Backen angeht, kann ich ganz gut mithalten.«

»Ich bin mir sicher, daß das Brot köstlich ist, wie auch das Frühstück.« Beau stand auf und klatschte in die Hände. »Was steht als nächstes an?« fragte er, als ginge es darum, ein Abenteuer zu bestehen.

»Sie sollten sich jetzt ausruhen«, sagte sie und schüttelte den Kopf. Ein wirklicher Teufelskerl, dachte sie und lachte in sich hinein. Gestern abend noch hatte sie ihn für einen Engel gehalten und heute nannte sie ihn einen Teufel.

»Ich fühle mich ganz hervorragend. Und es ist ein wunderbarer Tag«, strahlte er. »Es wäre eine Schande, einen Tag wie diesen zu verschlafen.«

»Es wird Sie zu Tode langweilen«, konterte sie und ging auf das Spiel ein.

»Meine Mama hat immer gesagt, ich sei leicht zu unterhalten«, spottete Beau.

»Es ist aber schmutzige Arbeit.«

»Stellen Sie mich auf die Probe.«

»Ich muß die Hühner nach draußen lassen und füttern, die

Eier suchen, die Kuh melken und ihren Stall saubermachen«, listete sie steif auf. »Oh, und die Hunde. Ich muß mich um die Hunde kümmern.«

»Klingt phantastisch.«

»Sie werden es nicht ausstehen können«, versprach sie ihm und freute sich mehr, als sie sich eingestehen wollte.

»Es wird mir gefallen«, strahlte er und wußte, daß er gewonnen hatte. »Übrigens. Ein junger Mann namens Tommy hat hereingeschaut, um zu sagen, er werde heute später mit den Hunden spazierengehen.«

»Tommy war also auch hier? Als nächstes werden Sie mir erzählen, daß die ganze Stadt mit einer Blaskapelle da war, während ich geschlafen habe!« sagte sie und ging voran zum Hühnerstall. Beau blieb ihr immer auf den Fersen und stellte Fragen zu allem, was sie tat.

»Sind Sie eigentlich von Natur aus verrückt oder macht das die Beule auf ihrem Kopf?« fragte sie ihn, als er hinter den Hühnern herlief.

»Oh, das ist ganz normal.« Er lachte. »Liegt in der Familie.«

Mary mußte zugeben, daß er der charmanteste Verrückte war, den sie je kennengelernt hatte. Sie freute sich darauf, mit ihm den Tag zu verbringen. Und doch bekam sie weiche Knie, ihn so nah neben sich zu spüren, als er ihr bei der Arbeit half. Aber was konnte das schaden? Er hatte seinen Spaß, und sie genoß die erste wirkliche Gesellschaft, die sie in all den Jahren gehabt hatte.

Nach dem Melken begleitete Beau Mary, als sie die kleine schwarze Kerry-Kuh auf das Feld neben dem Haus trieb. Sie setzten sich in die Sonne und genossen die Sicht. Von ihrem Platz aus konnte Beau die B-17 unten im Sumpf sehen. Auf der Straße schien sich ein ganzer Haufen grün Uniformierter mit Zivilisten zu unterhalten. Er fragte sich, wie es wohl der Crew gehen mochte, aber eigentlich war es ihm egal. Sie würden ihn ohnehin schon bald holen kommen, und in der Zwischenzeit würde er es sich gutgehen lassen. Dies erinnerte ihn an den Hof auf der Plantage seines Onkels, wenngleich hier alles kleiner war. Als Kind war er dort gerne auf Besuch gewesen, aber selbst damals hatte es schon fließend Wasser und Strom im Haus gegeben. Und eine Armee an Farmarbeitern und Dienern, die alle Arbeit machte. Er warf einen verstohlenen Blick auf Mary, die dort im Sonnenschein saß, und wunderte sich, wie sie das offenbar allein jeden Tag bewerkstelligte.

Mary gab auf jede Frage eine Antwort, und er fragte viel. Sie wußte eine Menge über die Geschichte und die Menschen der Gegend hier und geizte nicht mit Einzelheiten. Nur wenn man auf ihre Person zu sprechen kam, wich sie aus. Beau bedrängte sie nicht, wenngleich er seinem Naturell nach neugierig war. Auf seiner Irlandreise mit seinem Vater hatte er sich verwundert gefragt, was das für Menschen waren, die in den winzigen Häusern und Höfen lebten, an denen sie vorbeikamen. Jetzt hatte er die Chance, es zu erfahren. Ihm war schon oft durch den Kopf gegangen, daß er im falschen Jahrhundert zur Welt gekommen war. Er hätte einer dieser adligen Gelehrten sein sollen, die die Welt bereisten und sich Aufzeichnungen machten. Kein Wunder, daß er das Umherziehen im letzten Monat so genossen hatte. Der Gedanke an die Rückkehr in das mit dunklem Mahagoni verkleidete Büro seines Vaters war alles andere als verlockend.

Als sie auf den Hof zurückkehrten, fing Mary rasch ein Huhn und drehte ihm mit einem scharfen Ruck den Hals um. Beau überlegte, daß sie sehr kräftige Hände haben mußte. Er erinnerte sich an ihre Hand, die er vorhin geküßt hatte. Sie war zartknochig und feminin, aber er hatte die rauhen Schwielen an der Handinnenfläche und den Fingern gespürt.

Doch egal wie sehr er auch darauf beharrte, sie ließ ihn nicht dabeisitzen und zusehen, wie sie das Huhn rupfte. Er wurde weggeschickt, damit er sich drinnen ausruhte. Und er mußte zugeben, daß er müde war.

Beau ging zurück in das Zimmer, in dem er geschlafen hatte, und sah sich um. Die Küche war nur spärlich eingerichtet, aber um diesen Raum zu dekorieren, waren weder Kosten noch Mühen gescheut worden. Die Wände waren wie auch im übrigen Haus zwar nur rauh verputzt, aber es gab ein großes rotes Samtsofa, auf dem er geschlafen hatte, dazu ein paar gute, solide viktorianische Möbelstücke. In der Ecke stand eine kleine, fein gearbeitete Vitrine aus Rosenholz, vollgestopft mit Porzellan. Beau fragte sich, ob die kleinen Tassen und Teller mit ihren winzigen Rosenknospen jemals benutzt worden waren? Und das wiederum brachte ihn dazu, über die Menschen nachzudenken, die in diesem Haus lebten, vor allem über Mary. Beau sah sich gerne als Fachmann, wenn es um Frauen ging. Er fühlte sich wohl in ihrer Gesellschaft und wußte, daß sein Charme bei jung und alt gleichermaßen wirkte. Aber Mary war anders. Sie war auf eine wilde, strenge Art sehr schön. Sie war so gänzlich anders als die Treibhauspflanzen, an die er gewöhnt war. Keine käme jemals auf die Idee, Mary als zart zu bezeichnen, was in Louisiana höchstes Lob bedeutete. Sie war handfest, fand er, mit Hüften und runden Brüsten. Er hatte sich am Morgen dabei ertappt, daß er sie mehrmals beobachtet hatte. Sie bewegte sich ganz natürlich, ohne Affektiertheit oder Koketterie, als wäre sie sich ihrer Anziehungskraft gar nicht bewußt. Marys Schönheit strahlte von innen her. Es war jedesmal wieder eine Überraschung für ihn, wenn sie lachte, wenn sie sich bückte, um etwas Schweres aufzuheben, oder wenn sie sich von der Sonne durchwärmen ließ. Wenn ihre Augen blitzten, waren sie von auffallendem Graugrün. Aber Beau spürte einen Schatten unter diesem Strahlen, und er fragte sich, was das sein mochte.

Sie hatte im Gespräch kurz erwähnt, daß ihr Ehemann unterwegs war und bald zurückkäme. Sie ging dann jedoch nicht weiter auf ihn oder ihre Familie ein, wie das zu erwarten gewesen wäre, sondern wechselte rasch das Thema. Beau beließ es dabei. Er legte es nicht darauf an, diese starke Frau mit ihrem flammend roten Haar zu verführen. Etwas an ihr forderte ihm Respekt ab. Vielleicht war es die Art und Weise, wie sie die Wasserpumpe betätigte oder dem Huhn den Hals umdrehte, dachte er und lachte in sich hinein. Was es auch sein mochte, ihm war klar, daß es nicht an dem einfachen Goldreif lag, den sie am Finger trug. Wenn er darauf aus war, eine schöne Frau zu verführen, war dies immer mehr Herausforderung denn Hindernis gewesen.

Ein Klavier stand an der Wand, und Beau folgte seiner Eingebung und öffnete es. Er ließ seine Finger über das vergilbte Elfenbein laufen und freute sich, daß es nur ein klein wenig verstimmt war. Genau richtig, um ein bißchen Honky-tonk oder Ragtime zu spielen.

Er fing mit den langsamen Stücken von Scott Joplin an, die er so liebte. Dabei hörte er Mary in der Küche hin und her laufen. Sie würde wohl gleich kommen, dachte er, als er einen schnelleren Swingrhythmus anschlug. Er kam zum Ende und fing ein neues Stück an, hörte aber immer noch Töpfe und Pfannen in der Küche klappern und war ein wenig beleidigt, daß sein Spiel so wenig Eindruck auf sie machte. Erst nach sehr langer Zeit, als bereits der Duft nach Essen durch die Tür wehte, kam sie. Beau ging sofort zu einer ausgelassenen Version von *Ain't she sweet?* über und sang dazu aus voller Kehle.

»Nennen Sie das etwa ausruhen?« Sie warf ihm einen ernsten Blick zu, als er die letzten Akkorde hämmerte.

»Musik beruhigt Seele und Körper«, sagte er, und dabei schlugen seine Hände ein paar Takte einer Melodie an.

»Was war das für eine Musik, die Sie zu Anfang gespielt haben?« fragte sie. Sie setzte sich auf den Stuhl neben dem Klavier.

»Sie haben ja doch zugehört!« rief er glücklich. »Das war Scott Joplin. Ein sehr talentierter Südstaatler.«

»Spielen Sie's noch mal«, bat sie.

Und das tat er. Er schlug die Noten langsam und leicht an. Und während er spielte, erzählte er ihr von dem Schwarzen, der sie geschrieben hatte, und davon, daß seine Musik die beste Beschreibung des Südens war, die er kannte. Er erzählte ihr von den Gentlemen, die sich an die Hüte tippten, und den Südstaatenschönheiten, die hinter ihren Sonnenschirmen flirteten, wenn sie die Prachtstraßen von New Orleans entlangflanierten.

Mary schloß die Augen und fühlte sich davongetragen. Sie konnte die Magnolienbäume fast riechen, obwohl sie keine Ahnung hatte, wie sie aussahen. Es war die reinste Wonne, hier in diesem Raum zu sitzen, den sie nie benutzte, und die Gesellschaft dieses schönen Mannes zu genießen, während das Essen auf dem Herd brutzelte.

Den ganzen Morgen hatte Mary gespürt, wie sie sich dem lockeren Rhythmus seiner Gesellschaft anpaßte. Sie hatte in der Küche vor sich hin gearbeitet, ihm beim Spielen zugehört, und das Herz war ihr beim Kochen vor Freude übergegangen. Sie hatte gewartet, bis sie zu ihm ging, weil sie die Vorfreude auskosten wollte. In dieser stillen Häuslichkeit merkte Mary, wie ihr ganzer Körper sich entspannte.

Sie versuchte, dieses Gefühl festzuhalten, aber gegen ihren Willen drängte sich ihr der Vergleich zu der Schroffheit auf, an die sie sonst gewöhnt war. Sie wußte, dies war nur ein Spiel, das bald schon zu Ende wäre. Als Beau mit einer anderen Ragtime-Melodie anfing, spürte Mary, wie sich ihr Herz zusammenzog, als wehte ein scharfer kalter Wind durch ihre Seele.

12

Les schlenderte in die Schankstube. Er war noch nicht ganz wach. Tee brachte einen eben doch nicht so in Schwung wie eine gute Tasse starken schwarzen Kaffees, überlegte er, als er Matt und Tojo erspähte, die mit einem Kerl vom gestrigen Abend an einem Tisch zusammensaßen. Ruth hatte ihm erzählt, daß man in Irland weder für Liebe noch für Geld Kaffee bekam. Als seine Augen sich an das Halbdunkel gewöhnt hatten, erkannte er, daß fast die gesamte Crew herumsaß.

»Bin ich denn als letzter aufgestanden?« fragte er.

»So ziemlich«, erwiderte Matt. »Der Häuptling schnarcht sich oben noch was zurecht. War ganz schön stramm gestern.«

»Ich habe mich 'ne ganze Weile mit ihm unterhalten«, sagte der Mann, der neben Matt saß. »Sehr vernünftiger Bursche. Ist sehr gebildet.«

»Ja, wünschte nur, er hätte auch trinken gelernt. Ich habe ihn gestern nacht wieder die Treppe hochgeschleppt. Nur gut, daß er nicht besonders groß ist.« Matt lachte. »Erinnerst du dich noch an Con O'Leary von gestern abend?«

Con wandte sich an Les: »Dein Vortrag von *My Darling Clementine* hat mir sehr gefallen.«

Les errötete.

»Sieht jedoch so aus, als könnten wir uns an deinem Gesang nicht mehr lange erfreuen«, fügte Con hinzu. »Es ist uns gelungen, ein wenig Benzin aufzutreiben.«

»Ist das wahr?« fragte Les.

»Sieht gut aus«, meinte Matt.

»Euer Pilot und euer Kopilot sind gerade im Nebenzimmer und handeln alles aus.« Con deutete auf eine kleine, durch eine Mauer abgetrennte Nische des Schankraums. Hinter der matten Glasscheibe konnte Les vier oder fünf Männer zusammensitzen sehen.

»Anscheinend war für heute eine Lieferung geplant«, erklärte Matt, »und Charlie hat sie überredet, uns davon was zu überlassen.«

»Und was ist mit dem Polizisten? Dem Garda? Ihm schien diese Idee doch gar nicht zu gefallen«, wollte Les wissen.

»Pat Coughlan ist auch da drin, aber so verkatert, wie der ist, wette ich, daß er sich nicht mehr erinnern kann, womit er einverstanden und womit er nicht einverstanden gewesen ist«, sagte Con O'Leary. Er hob sein Glas in Richtung Barmann. Les fiel auf, daß es noch ein Drittel voll war.

»Was wollt ihr trinken?« fragte Con.

Les winkte ab, aber Matt nickte: »Ist zwar noch ein bißchen früh, aber was soll's.«

Nach einer Weile brachte der Barmann die Gläser mit dem schwarzen Stout herüber. Les registrierte, daß in Con O' Learys Krug nur noch ein Schluck übrig war, als der nächste schon vor ihn hingestellt wurde.

»Das haben Sie gut hingekriegt«, sagte Les.

»Es erfordert jahrelange Übung, ehe man genau weiß, wann man das nächste Bier bestellen muß«, sagte Con, als er den Krug leerte. Matt griff nach seinem Glas, aber Con fuhr dazwischen. »Warten Sie, bis es sich gesetzt hat. Habe ich Ihnen das nicht schon gestern alles beigebracht?«

»Woher weiß ich, wann es trinkfertig ist?« wollte Matt wissen.

»Das dauert noch ein paar Jahre«, lachte er. »Aber ich will Ihnen einen Trick zeigen. Passen Sie jetzt genau auf.« Er holte eine Münze aus seiner Tasche und klopfte damit an den Rand des Glases. Es war ein hohler, dumpfer Klang. Con klopfte weiter, und Les hörte, wie der Klang sich mit jedem Mal leicht veränderte.

»Hier. Hören Sie jetzt. Können Sie den Krug singen hören?« Con drehte sein Ohr dem Glas zu. Les war verblüfft. Der hohle Klang hatte sich zu einem reinen Ton gewandelt.

»Jetzt aber schnell«, sagte Con O'Leary und reichte Matt das Glas. »Oder Ihnen entgeht die schöne Krone, die es jetzt hat.«

Lachend nahm Matt den Krug entgegen. Er nahm die Münze und klopfte jetzt selbst an das Glas. »Also ich muß schon sagen, in New York ist das alles sehr viel einfacher. Da reißt man einfach 'ne kalte Dose auf und trinkt!«

Die Männer verließen den Nebenraum. Charlie Hansen kam auf sie zu und erzählte ihnen, daß er mit dem Kopiloten und dem Maschinisten Tate hinaus zum Depot wollte. Der Rest der Besatzung hatte einen freien Nachmittag. Innerhalb eines Radius von fünf Kilometern konnten sie gehen, wohin sie wollten, solange sie in Begleitung waren. Für jeden der Männer war ein Mitglied des Zivilschutzes abgestellt worden.

Als die Gruppe zum Depot aufbrach, fingen die Kirchenglocken an zu läuten. Alle im Schankraum erhoben sich. Die Amerikaner sahen sich verdutzt um, folgten dann aber dem Beispiel der anderen. Les war durcheinander, aber als er sich an Matt wenden wollte, stand dieser mit gesenktem Blick und vor dem Körper gefalteten Händen da. Er schien zu beten. Nach einer Minute hörte der Glockenklang auf, und alle entspannten sich wieder.

»Das war doch das Angelus, oder?« freute sich Matt. »Das habe ich seit der Grundschule nicht mehr gehört. Das würde meiner Mutter gefallen. Oh, daß ich's nicht vergesse, ich muß ja was erledigen.« Er stand auf und trank aus. »He, Mahoney!« schrie er durch den Raum. »Wir sollten eine Kerze anzünden, sonst bringen unsere Mütter uns um!« Mahoney winkte ab, aber Merdeza kam zu ihm. »Ich komm mit«, sagte er. »Aber müssen wir nicht auf unsere Begleiter warten?«

»Da sind sie schon«, sagte Matt und deutete auf drei kleine Jungs, die gerade ihre Köpfe durch die Tür steckten und aufgeregt auf Tojo deuteten. »Was meint ihr, Jungs, könnt ihr uns wohl zur Kirche und wieder zurück begleiten?« fragte Matt.

Und alle drei nickten energisch mit dem Kopf.

»Das hätten wir also.« Matt wandte sich an Con O'Leary, der das Ganze lustig zu finden schien. »Falls jemand nach uns fragt, wir sind unter der strengen Aufsicht der Elite Clonakiltys zur Kirche gegangen.«

»Wie heißt denn nun eure Kirche?« fragte Matt und ließ die Jungs vorangehen.

»Unsere liebe Frau der unbefleckten Empfängnis«, sagten die Jungs im Chor.

»Junge, Junge«, lachte Matt, als er durch die Tür ging, »das würde meiner Mutter aber gefallen!«

»Warten Sie«, sagte Con O'Leary und stand auf. »Ich komme mit Ihnen. Kann nicht schaden, wieder mal was für die unsterbliche Seele zu tun.«

Les lehnte sich zurück und ließ seinen Gedanken freien Lauf. Sie beschworen das Bild von Imelda auf dem Karren herauf. Er hatte an sie gedacht, als er in den Schlaf hinüberglitt, und sobald er nach dem Aufwachen wußte, wo er war, hatte er wieder an sie denken müssen. Sah aus, als hätte es ihn schlimm erwischt. Er fragte sich, wie lange das wohl noch anhalten mochte, wenn er weg war.

»Einen Pfennig für deine Gedanken?«

»Oh, hallo Ruth«, fuhr Les hoch.

»Das hier ist Dennis Crowley«, sagte sie und stellte ihm den großen gutaussehenden jungen Mann an ihrer Seite vor. »Er ist deine Zivilschutz-Eskorte. Wir dachten, du hättest vielleicht Lust zu einem Spaziergang. Ist ein schöner Tag heute.«

Als das Trio die Hauptstraße hinunterging und auf den Stadtrand zusteuerte, fiel Les auf, daß Dennis von Ruth ganz hin und weg war. Den armen Kerl hat's auch schlimm erwischt, dachte er. Sie übersah ihn mehr oder weniger und sparte sich ihre nettesten und witzigsten Bemerkungen für Les auf. Ruth war ein hübsches Mädchen, aber Les hatte nur Imelda im Kopf. Den ganzen Abend in der Bar hatte er nach ihr Ausschau gehalten, aber nur einen flüchtigen Blick auf ihren Bruder Tommy erhascht. Er war einen Augenblick im Türrahmen aufgetaucht, ehe er in die Nacht verschwand.

Sie ließen die letzte Zeile winziger Häuser hinter sich und erklommen einen Hügel, der sich über der Stadt erhob. Les blieb stehen und schaute hinunter. Es sah wie eine Spielzeugstadt aus. Hufgeklapper ließ ihn aufhorchen, und sein Herz machte einen Satz, als er Tommy Tanner um die Ecke biegen sah. Zwei kleine Mädchen saßen neben ihm. Sie sahen fast gleich aus, nur daß die eine ein wenig größer war als die andere. Beide starrten Les unverblümt an, als sie anhielten.

»Na, wie geht's?« fragte Tommy. »Ich war gerade in der Stadt, um Weihwasser und Honig zu holen. Meine jüngste Schwester Nellie hat einen ganz schlimmen Husten, und Tante Helen schwört auf Honig und Weihwasser.«

»Geht es ihr sehr schlecht?« erkundigte sich Ruth.

»Imelda ist die ganze Nacht wach geblieben«, antwortete Tommy. Die kleinen Mädchen zogen an seiner zerrissenen Jacke und flüsterten ihm etwas ins Ohr.

»Sie wollen wissen, ob du der Ami mit dem Affen bist«, sagte Tommy zu Les.

»Nein. Der ist in die Kirche gegangen, um eine Kerze anzuzünden«, sagte Les freundlich. »Ich heiße Les. Und wie heißt ihr?«

Die kleinen Mädchen kicherten nur und versteckten sich hinter Tommy.

»Die größere ist Margaret und die andere ist Nora. Also wie steht's? Glaubst du, du könntest mir das Flugzeug zeigen?« fragte Tom.

»Gewiß. Aber solltest du das nicht erst zu deiner kleinen Schwester bringen?«

»Das liegt auf dem Weg«, sagte Tommy. »Spring auf.«

»Phantastisch!« rief Les, als er auf den Karren sprang. Ruth und Dennis kletterten mit ihm nach oben. Les war außer sich vor Freude. Das war der beste Vorwand, Imelda wiederzusehen.

Imelda saß im Zwielicht des Wohnwagens und schaute hinab auf das schlafende Kind. Sie war so ein Schatz. Nellie war ihre Schwester, aber für Imelda war sie wie ein eigenes Kind. Hatte sie sie nicht praktisch von Geburt an großgezogen? Nellie wirkte so winzig in all den Bezügen und Decken um sie herum. Das hellblaue Tuch, das Mary Imelda geschenkt hatte, war bis zu Nellies Gesicht hochgezogen, und ihre zarten rötlichen Locken und Apfelbäckchen hoben sich davon ab. Imelda wußte, daß ihre Wangen vom Fieber so rosig waren, und nicht, weil sie so gesund war. Der Gedanke, ihr Zustand könnte sich verschlechtern, jagte ihr panische Angst ein. Ihre Mutter hatte zwei Babys verloren, ehe sie selbst starb. Jeden Winter hörte man, daß die ein oder andere Familie ein Kind zu beerdigen hatte. Imelda erinnerte sich, daß sie ihre Mutter gefragt hatte, worum Gott die kleinen Kinder nahm, die doch noch nichts Schlechtes getan hatten? Ihre Mutter hatte sie mit einem traurigen Lächeln angeblickt und ihr erklärt, daß er manchmal neue Engel im Himmel brauchte. Und Imelda hatte es sehr gierig von Gott gefunden, so etwas zu tun. Imelda bekreuzigte sich und betete, daß er Nellie nicht eher brauchte, als bis sie alt und grau war.

Wenigstens schlief sie friedlich. Das Fieber war ein wenig gefallen, obwohl sie immer wieder husten mußte. Imelda fragte sich, wo Tom blieb, als sie draußen Lärm hörte. Sie spähte aus dem Wohnwagen und war überrascht, Ruth mit Bloß Dennis und Les Wagner an ihrer Seite am Lagerfeuer stehen zu sehen.

Les hatte sie entdeckt und kam zu ihr.

»Hallo«, sagte er und wurde dabei ein wenig rot. »Ich habe gehört, daß deine kleine Schwester krank ist. Wie geht es ihr denn?«

»Es geht ihr Gott sei Dank besser«, sagte Imelda rasch, gerade als Nellie im Hintergrund wieder zu husten anfing. Es war ein trockener Husten. Imelda eilte zurück, um das Kind zu beruhigen, damit es weiterschlief.

Les folgte ihr. »Das hört sich nicht gut an«, sagte er teilnahmsvoll. »Warst du schon beim Arzt?«

»Wir haben's nicht so mit den Ärzten«, lautete ihre knappe Antwort. »Sie wird schon wieder. Man muß sie nur schlafen lassen.«

»Aber ich glaube, sie sollte wirklich lieber zum Arzt«, beharrte Les, als er sich die roten Wangen und die fiebrige Stirn des Kindes ansah.

»Paß auf, Les Wagner«, sagte sie und schob ihn sanft, aber

entschieden aus dem Wohnwagen, »wir haben kein Geld, um einen Arzt zu bezahlen. Und außerdem bringt es Unglück, wenn man für eine Heilung zahlt. Wir haben unsere Methoden und damit kommen wir ganz gut zurecht.«

Enttäuschung und Verwirrung standen Les ins Gesicht geschrieben, aber er ließ es dabei bewenden. Imelda bereute schon, ihm gegenüber so einen rauhen Ton angeschlagen zu haben. Aber für wen hielt er sich eigentlich, hier einfach aufzutauchen und ihr zu sagen, was zu tun war? Tat sie nicht ihr Bestes? Sie schickte Bridget los, um von Tante Helen ein bißchen Tee und Zucker zu erbetteln, und stellte die Kanne mit dem Teewasser zum Kochen aufs Feuer. Les verfolgte jede ihrer Bewegungen, sagte aber nichts mehr, nickte nur dankend, als sie ihm ein Marmeladenglas voll Tee anbot.

Tommy schlug vor, sie sollten alle zusammen los und sich das Flugzeug anschauen. Les machte bei diesem Vorschlag innerlich einen Luftsprung, aber Imelda sagte nein, sie müsse bei Nellie bleiben.

»Unsinn. Ich kümmere mich um sie«, meinte Tante Helen, die sich zu ihnen gesellt hatte, während sie Tee tranken. »Das Kind schläft, und dir könnte ein bißchen frische Luft nicht schaden. Seit gestern bist du da drinnen eingesperrt.«

Auf der Fahrt saß Imelda neben Ruth und den Mädchen und ging Les aus dem Weg. Als sie auf den Damm fuhren, konnte sie das Flugzeug sehen, und wieder wunderte sie sich, wie riesig es war. Die Sonne spiegelte sich in der Plexiglaskuppel des Gefechtsturms und Imelda fiel wieder ein, daß Les, wie er ihr erzählt hatte, dort oben saß.

»Diesem Mann da scheinst du recht gut zu gefallen«, sagte Ruth und stieß ihr den Ellbogen in die Rippen.

»Was willst du damit sagen, Ruth Bennett?« fragte Imelda.

»Der Ami. Les Wagner. Er muß dich immerzu anschauen.«

»Sei nicht blöd. Was sollte der denn von mir wollen?« sagte Imelda und tat verärgert.

»Im Ernst«, fuhr Ruth fort und flüsterte ihr ins Ohr. »Ich hab gestern abend versucht, ihn auf mich aufmerksam zu machen. Er war sehr höflich und so, hat aber kein Interesse gezeigt. Er hat sich sogar nach dir erkundigt.«

»Hat er nicht!«

»Hat er doch. Ein paar Mal. Ehrlich, Mädchen! Du brauchst ihn doch nur anzusehen, und du weißt es. Seit wir angekommen sind, läuft er dir wie ein Hündchen hinterher. Ich werde mich wohl oder übel mit Bloß Dennis zufriedengeben müssen«, schloß sie kichernd. »Ich werde als Mrs. Crowley enden, die Bauersfrau von West Cork, und du wirst Mrs. Les Wagner sein, die Pilotenfrau aus Washington.«

»Es ist Wisconsin, und er ist kein Pilot. Er ist Bordschütze«, grinste Imelda.

»Da siehst du's! Was sage ich? Du magst ihn auch!« entfuhr es Ruth laut flüsternd, als sie Imelda schelmisch schubste.

Imelda gab keine Antwort, aber sie grinste übers ganze Gesicht, als sie Ruth die Zunge herausstreckte und den Schubs erwiderte.

Am Landeplatz hatten sich Menschenmassen eingefunden. Es war ein so schöner Tag, daß viele Leute herausgekommen waren, um mit eigenen Augen dieses Wunder zu bestaunen, das vom Himmel gefallen war. Die Männer vom Zivilschutz sorgten dafür, daß alle auf der Straße blieben, aber nach einer kurzen Unterredung mit Les und Dennis ließen sie die kleine Gruppe in das Sumpfgebiet, um das Flugzeug zu besichtigen.

Tommy rannte mit den kleinen Mädchen voraus, gefolgt von Dennis und Ruth, die in ihrem Bemühen, Les und Imelda allein zu lassen, nicht sehr diskret vorging. Imelda warf ihr einen bösen Blick zu, als Ruth Dennis bei der Hand nahm und absichtlich ein paar Meter vorausging. Ruth winkte nur zurück.

»War das der Wohnwagen, in dem du lebst?« fragte Les, als sie nebeneinanderher liefen.

Imelda nickte.

»Er erinnert mich an die Planwagen. Du weißt schon, die, mit denen die Siedler nach Westen zogen. Meine Großeltern sind in einem davon nach Wisconsin gefahren. Sie haben ein Jahr lang darin gelebt, bis sie sich eine Heimstätte abgesteckt hatten.«

»Woher kamen sie denn?« fragte Imelda.

»Sie kamen aus Deutschland, aus Bayern. Wo ich lebe, stammen die meisten Menschen aus Deutschland. Bis auf die Indianer natürlich.«

»Und wieso hat es sie nach Wisconsin verschlagen?« fragte Imelda. Die Tatsache, daß seine Leute auch unterwegs gewesen waren, fand sie tröstlich und faszinierend zugleich.

»Ich weiß es nicht. Vermutlich sind sie einfach in Amerika angekommen, haben die Pferde vor den Wagen gespannt und sind dann westwärts gezogen, bis sie einen Platz fanden, der ihnen gefiel.«

Imelda fragte sich, wie es wohl wäre, sich in einer Richtung auf den Weg zu machen und sich bloß an diese eine gerade Linie zu halten. Sie war immer nur im Kreis herumgezogen und hatte dabei vertraute Plätze aufgesucht. An eine Reise ins Ungewisse hatte sie noch nie gedacht. Zum ersten Mal machte sie sich klar, daß sie auf einer von Wasser umgebenen Insel lebte, jenseits derer sich ganz neue Welten auftaten.

»Es ist schon merkwürdig«, fuhr Les nachdenklich fort. »Ich bin der erste Wagner, der nach Deutschland zurückkehrt, und dann, um im Krieg zu kämpfen.«

Imelda sah ihn ein wenig erschrocken an. Sie hatte vergessen, daß die Männer in den Krieg zogen. Es war scheußlich, daß er gegen die Deutschen kämpfen würde.

»Kommt es dir nicht seltsam vor, gegen deine eigenen Leute zu kämpfen?« fragte sie ungläubig.

Les lachte. »Wir sind jetzt Amerikaner. Jeder in dieser Maschine kam ursprünglich von woanders her: Matt ist Italiener, der Kopilot ist Schotte, Merdeza ist südslawischer Abstammung. Mahoney kommt aus Irland. Verdammt, der einzige Eingeborene ist der Häuptling! Aber jetzt sind wir alle Amerikaner. Ich spreche nicht einmal mehr Deutsch, nur noch ein paar Worte.«

»Hast du deine Großeltern gekannt?« fragte sie, weil sie noch mehr Klarheit haben wollte. Wie kam es, daß er nicht mehr das war, was seine Großeltern vor ihm waren? Wie kam es, daß er nicht einmal mehr ihre Sprache sprach? Imelda hatte ihr ganzes Leben lang die Lebensweise und die Worte ihrer Leute gelernt. Sie klammerte sich an das, was sie war. Es war ihr Rettungsanker. Es war das einzige, was sie besaß.

»Ich bin bei ihnen aufgewachsen. Großpapa ist erst vor ein paar Jahren gestorben, und Großmama lebt noch zu Hause. Ich nehme an, daß sie sich die englische Sprache so mühsam aneignen mußten und ihr neues Leben mit so viel harter Arbeit aufgebaut haben, daß sie die Vergangenheit hinter sich lassen wollten. Sie wollten, daß wir anders sind, daß wir Amerikaner sind.«

Sie erreichten das Flugzeug. Die anderen hatten gewartet und sich nicht hineingewagt, bis Les kam. Les kletterte die Treppe hoch und drängte sie, ihm zu folgen.

Imelda blieb ein wenig zurück. Sie grübelte. Wie konnte sich ein Mensch entscheiden, jemand anders zu sein?

Imeldas kleine Schwestern schrien ihr zu, sie solle doch kommen und schauen. Les zeigte ihnen das Flugzeug vom Heck bis zur Nase. Er blieb stehen und erklärte, beantwortete die Fragen der kleinen Mädchen, die ihre ganze Scheu verloren hatten und überall herumrannten. Im Rumpf des Flugzeugs zeigte Les ihnen etwas, was wie ein kleiner runder Raum aussah. Er erklärte ihnen, daß dies der Gefechtsstand für das Boden-Maschinengewehr war, und beschrieb, wie der Bordschütze dort hinabgelassen wurde, bis er unter dem Flugzeug hing. Er ließ Tommy sogar hineinsteigen. Alle lachten, als Tommy dort mit bis zu den Ohren hochgezogenen Knien kauerte und so tat, als würde er mit den Gewehren schießen. Dennis und Ruth gingen nach vorne zum Sitz des Piloten. Als Imelda ihnen folgte, bemerkte sie, daß die Laune von Bloß Dennis erheblich besser geworden war. Les hielt sie auf, ehe sie ins nächste Abteil weitergehen konnte.

»Sieh mal hier raus. Das ist die Gefechtskanzel«, sagte er und zeigte ihr, wie man in die kleine Kuppel über ihren Köpfen stieg. Imelda schaute hinaus und sah das Marschland, die Leute auf der Straße, die Insel und das Mündungsdelta. Sie konnte sogar Marys Haus sehen.

Les zwängte sich neben sie, und Imelda war auf der Hut, weil sie so dicht neben ihm stand. Es war sehr eng, und Les mußte sich ein wenig auf ihrer Schulter aufstützen, um nicht das Gleichgewicht zu verlieren.

»Weißt du, wenn wir fliegen und ich hier oben bin, sieht das aus, als nähme der Himmel kein Ende«, sagte er leise.

Imelda richtete den Blick auf ihn und sah ihn lächeln. Dabei überkam sie dasselbe Wohlgefühl, das sie empfunden hatte, als sie ihn zum ersten Mal hatte lächeln sehen. Ehe sie wußte, wie ihr geschah, beugte er sich hinab und küßte sie sanft.

»Nicht hier«, sagte Imelda. Sie warf einen raschen Blick auf die Leute auf der Straße, aber keiner da draußen schien den Kuß bemerkt zu haben. Gott sei Dank.

»Wo denn?« sagte Les und schaute sie eindringlich an.

»Nirgendwo«, flüsterte sie sehr vernehmlich.

»Du bist das hübscheste Mädchen, das ich je gesehen habe.«

»Du mußt verrückt sein.« Imelda sah sich beunruhigt um, ob jemand kam.

»Oder verliebt«, gab Les zu bedenken. Er dachte kurz darüber nach und erklärte dann: »Ich liebe dich, das ist es.«

»Du kennst mich doch gar nicht.«

»Das ist der Beweis«, sagte Les. »Matt sagt, man kann sich einfach so in jemanden verlieben. Du siehst ein Mädchen und peng. Ich dachte, er meint das im Scherz, aber er hat recht.«

»Ich muß gehen«, sagte Imelda. Sie konnte die anderen im anderen Flugzeugteil lachen hören.

»Aber gewiß doch«, sagte er strahlend, »einen Augenblick noch.« Les zog sie an sich heran und küßte sie noch einmal. Und diesmal erwiderte sie seinen Kuß. Sekunden nachdem ihre Lippen die seinen berührt hatten, war sie wieder bei den anderen, und ihr Herz klopfte, als wäre sie gerade einen Berg hochgerannt. Tommy steckte wieder im Gefechtsstand für das Boden-Maschinengewehr, wo er herumkasperte und die anderen zum Lachen brachte.

Erleichtert stellte sie fest, daß keiner Notiz von ihr nahm. Sie versuchte, bei den Späßen der anderen mitzulachen, aber ihr drehte sich alles. Sie kämpfte gegen ihr Erröten an. Er hatte sie geküßt! So eine Frechheit! Sie spürte, daß ihr Hals rot wurde.

Zum Glück entdeckten die Kleinen einen großen Sack Orangen. Keiner hatte je zuvor eine Orange gesehen, und sie bewunderten die großen runden Früchte, als einer sie dem anderen weiterreichte. Sie waren kugelrund, sowohl hubbelig als auch glatt, und von einer intensiven Farbe. Imelda konnte sich nicht erinnern, je etwas von dieser Farbe gesehen, geschweige denn gegessen zu haben. Sie drehte die Orange in ihren Händen und ertappte sich zum zweiten Mal an diesem Tag bei dem Gedanken, was wohl hinter dem Ozean liegen mochte, der sie umgab. Auf welchem Baum wuchs diese seltsame, herrliche Frucht? Welche Menschen hatten sie gepflückt?

Les redete den Kleinen zu, sie doch zu kosten. Nora nahm einen großen Bissen und verzog das Gesicht. Les lachte und erklärte, daß die Schale bitter war und deshalb entfernt werden mußte. Er holte sein Taschenmesser hervor, schnitt die Frucht vorsichtig auf und zeigte ihr dann, wie man sie aussaugte. Sofort war das ganze Flugzeug vom köstlichsten Duft erfüllt. Les bot Imelda ein Stück an. Sie wünschte, er würde sie nicht so ansehen. Das bekam sicher jemand mit. Und natürlich bemerkte sie schon, wie Ruth sie anlächelte.

Imelda nahm die Orange. Ihr Duft war nur ein fader Abklatsch ihres Geschmacks. Imelda ließ den süßen Saft durch ihre Kehle rinnen und schloß dabei die Augen. Vor Entzücken über Duft und Geschmack und den Kuß, der ihr noch immer auf den Lippen brannte, wäre sie fast ohnmächtig geworden. Als sie die Augen wieder aufschlug, betrachtete Les sie mit seinen hellen, lächelnden Augen. Imelda lachte laut. Die Stimmung im Flugzeug stieg, als alle die Orangen probierten und ihre Empfindung dazu kundtaten. Den Mädchen lief der Saft übers Kinn und sie kreischten vor Vergnügen.

Ihren Freudenschreien machte ein lauteres Geräusch von draußen ein Ende. Alle eilten zu den Fenstern, um hinauszuschauen. Ein großer Lastwagen fuhr vor, und jede Menge Männer hingen an seinen Seiten. Dr. Moloneys Wagen kam direkt dahinter. Dennis erklärte, daß sie einen Versuch machen wollten, das Flugzeug wieder flott zu kriegen.

»Wann?« fragte Imelda mit leiser Stimme und war überrascht, daß ihr diese Nachricht einen Stich versetzte.

»Vermutlich werden sie es morgen versuchen wollen«, sagte Dennis.

Imelda wandte sich ab. Sie war durcheinander. Er hatte ihr einen Kuß gestohlen, wo er doch wußte, daß er am nächsten

Tag aufbrechen würde. Aber hatte sie seinen Kuß nicht auch erwidert und dabei sehr wohl gewußt, daß er bald abfliegen würde? Sie wollte all das vergessen und schob die in hellen Farben leuchtende Welt voller Orangen und Planwagen zurück in den Ozean.

Les machte einen sehr zufriedenen Eindruck, als er sie alle aus dem Flugzeug und über den Sumpf trieb. Er gab Tom Anweisung, die Orangen zusammen mit anderen Beuteln und Kisten mitzunehmen, die er ihm zeigte.

»Habt ihr jemals Feigen probiert?« fragte Les strahlend. »Sie sehen wirklich häßlich aus, schmecken aber köstlich.«

»Ich muß zurück zu Nellie«, sagte Imelda leise und wich seinem Blick aus.

»Natürlich«, sagte Les. »Doch warte noch einen Augenblick. Ich habe eine Idee. Wir treffen uns auf der Straße.«

Imelda sah ihm zu, wie er über den Sumpf sprang und dabei mit seinen langen Beinen über das hohe Gras hüpfte, während er seinen Gefährten auf der Straße zuwinkte.

Als Imelda zur Straße hochkletterte, stand Les bei Dr. Moloney, der bei laufendem Motor in seinem Wagen saß.

»Der Doktor fährt dich nach Hause. Er sagte, er würde Nellie gern untersuchen«, sagte Les. »Wir wollen mal sehen, wie es Beau geht. Tommy kann uns hinbringen.«

Imelda saß in der Falle. Wieder hatte er seinen Willen durchgesetzt. Doch sie war zu niedergeschlagen, um zu kämpfen.

»Ich habe wirklich kein Geld«, flüsterte sie.

Les legte sanft seine Hand auf ihre Schulter und flehte sie mit seinen Augen um Zustimmung an. »Du brauchst kein Geld. Laß einfach zu, daß er sie untersucht. Bitte?«

Imelda war zu aufgewühlt, um darüber zu streiten. Sie schlüpfte wortlos ins Auto und zeigte Dr. Moloney den Weg.

13

Mary stand summend am Küchentisch. Als sie den Teig für einen Apfelkuchen zusammenrührte, versuchte sie krampfhaft, sich an das Stück von Scott Joplin zu erinnern, das Beau zuvor gespielt hatte. Sein schräger Rhythmus hob sich von allem ab, was sie bisher gehört hatte. Die Melodie hatte sie noch genau im Ohr, konnte es aber einfach nicht nachsingen. Wie ein Traum schwebte es in ihrem Kopf. Sie mußte lächeln, als sie dahinterkam, daß sie sich weniger an die Melodie, sondern eigentlich nur an Beaus Hände beim Spielen erinnerte und an die Ernsthaftigkeit, mit der seine dunklen Augenbrauen sich zusammengezogen hatten, als er ihr zu erklären versuchte, was den Ragtime so stark von anderer Musik unterschied.

Sie hatte noch drei kleine Holzäpfel, die schon seit Monaten auf dem Regal über dem Herd trockneten. Sie waren verschrumpelt und runzelig, aber Mary wußte, daß sie für einen Kuchen gerade richtig waren. In der Säure schmeckte man noch immer die Süße des Sommers.

Wenn es in diesem Frühjahr keine großen Stürme gab, durften sie dieses Jahr mit einer schönen Apfelernte rechnen. Als sie Beau am Morgen den Obstgarten gezeigt hatte, waren ihr die Hunderte von Knospen aufgefallen, die nur darauf warteten aufzuspringen. Sie hatte ihm auch ihren kleinen Gemüsegarten gezeigt, wo schon ein paar junge Pflanzen ihre Schößlinge aus dem Boden spitzen ließen.

Auf ihren Garten, ihre kleine Kerry-Kuh, ihren Obstgarten und die Hühner war sie insgeheim immer schon sehr stolz gewesen. Wie wunderbar aber war es, dies mit jemandem zu teilen. Beau hatte großes Interesse gezeigt und die harte Arbeit bewundert, die sie da hineinsteckte. Mehrmals hatte er verlauten lassen, wie sehr es ihn überraschte, daß sie dies alles allein machte. Dabei mußte Mary an Gerald denken und war jedesmal hinter ihrem Lächeln zusammengezuckt. Er war wie ein schlimmer Traum, den sie bannen wollte. Doch in ihrem Herzen wußte sie, daß das Heute der Traum war. Ihr Leben mit Gerald war nur allzu wirklich.

Mary war fertig mit dem Aufräumen der Küche. Es gab nicht viel zu tun, da Beau darauf bestanden hatte, ihr zu helfen, bis es ihr schließlich gelungen war, ihn fortzuscheuchen. Es war ihm anzusehen, daß er Kopfweh hatte, und er schien nach dem Essen müde gewesen zu sein. Seit über einer Stunde schlief er jetzt schon. Mary sah regelmäßig zu ihm hinein und nutzte die Gelegenheit, ihn hemmungslos anzuschauen. Als sie zusammen waren, hatte Mary nur gewagt, ihn aus dem Augenwinkel zu betrachten.

Schwarze Wolken schoben sich vom Meer herein und verdunkelten den hellen Tag. Mary saß in der Küche und dachte über sich nach. Sie führte sich auf wie ein Schulmädchen. Wirklich jämmerlich. In Beaus Blick lag etwas, das sie anders handeln, anders gehen ließ als sonst. Es war schon sehr lange her, seit jemand sie so angeblickt hatte. Sie wußte nicht, wie sie damit umgehen sollte. Natürlich sah er sehr gut aus, war sehr charmant und sehr jung und von so exotischer Fremdheit. Aber bei allem, was er tat, war er schließlich er selbst und hatte wahrscheinlich keine Ahnung, wie er auf sie wirkte. Jedenfalls hoffte sie das. Tatsache war, daß er seit Jahren der erste Mann war, der in ihr Haus kam und ihr etwas Aufmerksamkeit schenkte, und sie war eine traurige und einsame Frau. Aber in diesem Augenblick, in dem sie wußte, daß er im Vorderzimmer schlief, während der Kuchen, den sie für ihn buk, die Küche schon mit süßem Apfelduft erfüllte, fühlte sie sich einfach glücklich.

Mary hörte einen Karren auf den Hof einschwenken und

dachte, daß sicherlich Tommy kam. Sie war ärgerlich, daß er in ihre Träume eindrang, und hoffte, er würde nur die Hunde herauslassen und gar nicht hereinkommen.

Stimmen und Gelächter draußen machten ihr klar, daß mehr Leute als nur Tommy gekommen waren. Der Hof war voller Menschen. Tommy half seinen beiden kleinen Schwestern beim Absteigen, während Matt und der Häuptling ein paar Taschen vom Karren herunterholten. Ein dritter Ami in ihrer Begleitung stellte sich als Les Wagner vor. Sie erkannte auch Con O'Leary aus der Stadt. Er tippte grüßend an die Kappe. Mary hatte ihn als Kind gut gekannt, aber seit sie verheiratet war, so gut wie gar nicht mehr mit ihm gesprochen. Ruth Bennett und ein junger Mann kamen nach ihnen herein.

Tommy Tanner fragte Mary, ob sie sich um seine kleinen Schwestern kümmern könne, solange er mit den Windhunden unterwegs war, und sie willigte rasch ein. Alle waren bester Laune, und Mary ließ sich von dieser Hochstimmung mitreißen.

Sie beeilte sich, den Kessel aufzustellen, und war froh um den Kuchen. Gastfreundschaft war ihrer Großmutter immer sehr wichtig gewesen, und Gott bewahre, wenn Mary einen Besucher ohne eine Tasse Tee und etwas zu essen weggeschickt hatte. In den letzten zwölf Jahren hatte sie nicht oft Gelegenheit gehabt, diese Gastfreundschaft anzubieten.

Ruth schwatzte vor sich hin, als sie ihr zur Hand ging und den jungen Mann an ihrer Seite vorstellte. Die kleinen Mädchen rannten lachend umher, während die Männer herumsaßen und sich unterhielten. Als sie die Tassen verteilte, Brot, Butter und den Apfelkuchen hinstellte, war Mary wieder von der Freude erfüllt, die sie den ganzen Tag empfunden hatte. Sie fühlte sich in ihrem Haus zu Hause.

Mary trat beiseite und rief die Besucher an den hübsch gedeckten Tisch. Sie wußte nicht, wann ihre Küche zuletzt so voll gewesen war. Die Amerikaner hatten Orangen und frische Feigen mitgebracht: seltsame runde violette Früchte, die Mary noch nie gesehen hatte. Obwohl der Regen ans Fenster prasselte, war von der Düsternis, die zuvor auf ihr gelastet hatte, nichts mehr zu spüren. Beim Knistern des Feuers wurde ihr leicht und warm ums Herz. Mary spürte etwas hinter sich, das ihr einen Schauer über den Rücken jagte. Sie wußte, es war Beau.

»Verpasse ich etwa eine Party?« fragte er mit seinem gedehnten Akzent. »Warum hat man mich denn nicht eingeladen?«

Mary lachte. Alle wollten wissen, wie Beau sich fühlte. Er lächelte und legte in freundschaftlicher Geste seinen Arm um Marys Schulter.

»Dank meiner privaten Florence Nightingale fühle ich mich schon sehr viel besser«, sagte er. »Ich verdanke ihr nicht nur mein Leben, sondern sie hatte auch die Güte, mich um sich zu ertragen, wenn ich ihr im Weg stand. Ich fürchte, daß ich als Knecht kläglich versagt habe.«

Bald hatte er mit seinem Bericht von ihrem Tag auf dem Hof alle zum Lachen gebracht, indem er Mary als die personifizierte Effizienz hinstellte und sich als Tolpatsch, der alles durcheinanderbrachte.

Die Runde um den Tisch sprühte vor Gelächter und guter Unterhaltung. Beau zeigte Mary den Teller mit den Feigen und erzählte ihr von den großen Feigenbäumen im Garten seiner Eltern. Er sagte, sie seien Jahrhunderte alt und trugen so viele Früchte, daß sie einen Jungen angestellt hatten, nur um sie zu pflücken. Sorgfältig wählte er eine aus und machte zwei scharfe, sich überkreuzende Schnitte hinein, dann öffnete er sie wie eine Blume, ehe er sie Mary darbot. Sie sah wie ein fremdartiges Wesen aus, fast beängstigend, wie sie so aufgerollt dalag und ihr rosa und schwarzes Fleisch zur Schau stellte. Ihr betäubend süßer Duft war nichtsdestotrotz verführerisch.

Mary biß in die Frucht und wunderte sich aufs neue über Beau. Ihr war bereits klargeworden, daß er reich und gut erzogen war. Anscheinend gehörte er gar nicht zur Besatzung, sondern flog nur mit. Mary nahm diesen Informationsfetzen und legte ihn zu den anderen Bruchstücken, die sie unbewußt gesammelt hatte.

Sein Charme war offenkundig. Er erfaßte den ganzen Tisch und fing sie alle ein. Und doch hatte Mary das Gefühl, als gelte sein Charme ihr allein. Aber was änderte das schon? Hatten sie nicht gesagt, das Flugzeug würde morgen wieder starten? Weil sie spürte, wie sie wieder in die Düsternis der Wirklichkeit glitt, nahm sie alle Kraft zusammen, um die Gesellschaft und die Heiterkeit des Augenblicks zu genießen. Sie nahm sich noch eine Feige und lächelte.

Die Männer zündeten sich gerade Zigaretten an, und der Wasserkessel stand für die nächste Kanne Tee auf dem Feuer, als alle ein Auto vorfahren hörten. Es war Dr. Moloney. Imelda saß vorne und trug ein in Tücher gewickeltes Kind. Der junge Ami namens Les rannte hinaus, um ihr zu helfen. Als alle hereinkamen, schüttelte sich Dr. Moloney wie ein großer Schäferhund, daß seine weiße Mähne Tropfen versprühte.

»Das Kind hier hat es auf der Lunge«, sagte er und schickte Imelda zum Feuer. »Sie braucht es warm und trocken. Ein undichter Wohnwagen ist nicht der richtige Platz für ein krankes Kind. Man muß sich richtig um sie kümmern.«

Imelda wurde rot bei dieser Beleidigung. Mary überlegte, daß sie das Kind bestimmt gegen ihren Willen hergebracht hatte. Les stand beschützend neben ihr, und Mary spürte verwundert, daß zwischen den beiden etwas war.

»Imelda ist die ganze Nacht aufgeblieben, um ihre Schwester zu pflegen«, sagte er zu ihrer Verteidigung.

»Ich wollte damit keinesfalls sagen, daß du nicht alles getan hast, was du tun konntest«, lenkte Dr. Moloney besänftigend ein. »Ich habe nur Angst, daß sie eine Lungenentzündung bekommt. Laß sie doch einfach hier, bis die Gefahr vorüber ist.«

»Wir werden ihr ein Bett am Feuer machen«, sagte Mary. Sie öffnete eine Bank neben dem Feuer. Darunter befand sich ein kleines Bett. Imelda sah sie dankbar an. Daß von Lungenentzündung die Rede war, hatte ihr sichtlich Angst eingejagt. Sie reichte Mary das Kind. »Wenn Sie Nellie halten, mache ich das Bett.«

Nellie lugte unter ihrer Decke hervor. Sie hatte helle, forschende Augen. Mary spürte einen Kloß im Hals. Das Kind war in etwa so alt, wie Séan gewesen war. Sie wollte es von sich stoßen, doch sie schmolz dahin. Sie nahm Nellie in die Arme und fühlte ihr die Stirn.

»Das Kind kocht ja«, sagte sie.

»Decken Sie es ein wenig auf«, wies Dr. Moloney sie an und bediente sich an Tee und Kuchen. »Halten Sie sie warm, aber nicht, daß ihr zu heiß wird. Wie ich sehe, haben Sie Orangen. Ausgezeichnet. Ausgezeichnet. Machen Sie ihr heißen Saft davon. Soviel sie will. Sooft sie davon haben will.«

Schon hatten die Amerikaner die Orangen aufgeschnitten und preßten sie aus. Mary und die Mädchen waren mit dem Herrichten des Bettchens und mit Rumräumen beschäftigt. Zuerst verzog Nellie das Gesicht, als sie den Saft probierte, aber bald schon trank sie ihn aus.

Die Männer waren ins Vorderzimmer umgezogen, und Mary hörte das Klavier. Es freute sie, daß alle geblieben waren.

»Hört sich an, als ginge da gleich eine Party los«, sagte Ruth, und ihre Augen tanzten vor Fröhlichkeit. Auch Imelda machte jetzt, wo Nellie versorgt war, einen glücklichen Eindruck. In Vorfreude auf den Abend packte Mary die Mädchen am Arm.

»Warum gesellen wir uns nicht auch dazu?« sagte sie und schleppte die beiden ins Vorderzimmer mit.

Es wurde ein wunderbarer Abend. Con O'Leary sang mit seiner schönen Tenorstimme traurige Lieder von verlorener Liebe und Einsamkeit, und der Doktor brachte mit seinem Vortrag ein paar alter Weisen aus Dublin alle zum Lachen. Der Rum, den die Flieger mitgebracht hatten, brachte zusammen mit einigen von Geralds Getränken die Gläser zum Klingen. Es gab Musik und Alkohol im Überfluß, bis es allen in den Kopf gestiegen war. Mary hatte zwei Gläser Rum getrunken und spürte ihn langsam. Sie sah in all die glücklich lächelnden Gesichter um sich herum, die ihr eigenes Lächeln zurückstrahlten.

Beau saß am Klavier und spielte die schnelle wahnwitzige Musik, die er Swing nannte. Die Sessel wurden beiseite geschoben, und die Amerikaner brachten abwechselnd den anderen bei, wie man zu dieser Musik tanzte. Bald lachten alle und rangen nach Luft.

Matt wünschte sich, jemand solle *When Irish Eyes are Smiling* singen. Beau räumte seinen Platz am Klavier für Con O'Leary, der sich darüber beschwerte, daß dies ein fürchterliches Lied sei, das er nur spiele, um den Besuchern einen Gefallen zu erweisen. Beau stellte sich neben Mary, als die Amerikaner das Lied anstimmten. Sie freute sich über diese Gelegenheit, nahe bei ihm zu sein. Er hatte den ganzen Abend vor dem Klavier verbracht.

»Romantik liegt in der Luft«, grinste er.

Mary errötete, merkte dann aber, daß er gar nicht sie meinte, sondern auf Imelda deutete. Sie lächelte Les freiheraus an, als er sie beim Singen ansah. Auch Ruth schien an ihrem Begleiter sehr interessiert zu sein, dessen Augen ihr auf Schritt und Tritt folgten. Mit einem kurzen Auflachen schob Mary ihre Verlegenheit beiseite.

»Das sind sehr hübsche Mädchen«, meinte Beau. Er holte ihr ungefragt einen weiteren Drink mit Rum.

»Sie sind jung«, antwortete sie beiläufig. »Es ist schön, wenn sie Spaß haben.«

Beau hielt inne und sah sie unverblümt an. »Ich kann mich gar nicht erinnern, daß die irischen Frauen damals auch so schön waren. Scheinbar habe ich den falschen Teil des Landes besucht, als ich zuletzt hier war.«

»Wo waren Sie denn?« fragte Mary und nahm das indirekte Kompliment gegen ihren Willen an.

»Vorwiegend in Dublin«, sagte er.

»Das erklärt alles«, sagte sie verschmitzt. Der Rum machte sie mutig.

»Verstecken sich denn alle hübschen Mädchen in der Grafschaft Cork?« nahm er den Faden lächelnd auf.

»Schon gleich nach der Geburt«, konterte sie kichernd.

Beau sah ihr beim Lachen zu. Plötzlich fiel ein Schatten über sein Gesicht, als wäre ihm etwas eingefallen.

»Es wird mir leid tun, so bald schon wieder wegzumüssen«, sagte er mit ganz ungewohntem Ernst.

»Unsinn«, wandte Mary ein und bemühte sich um einen unbeschwerten Tonfall. »Wenn Sie weg sind, werden Sie uns alle vergessen.«

»Nein, das werde ich nicht«, sagte er verletzt. »Ich werde immer daran denken, wie freundlich Sie zu mir waren.«

»Das ist eine Zeile aus einem Lied!« rief Mary. Ohne nachzudenken, schloß sie die Augen und sang so leise, daß nur er es hören konnte:

»Und seh' ich dich wieder, wo immer es sei,
denk' ich immer daran, wie freundlich du warst.«

Ihre Stimme war innig und klar. Als sie ihn anblickte, stellten seine Augen eine unausgesprochene Frage. Im Lampenlicht wirkten sie sogar noch dunkler. Mary mußte ihren Blick abwenden. Doktor Moloney rettete sie, indem er Beau um ein Lied bat. Doch Beau ließ Mary nicht aus den Augen, als er sich setzte, um zu spielen. »Dieses Lied ist für meine reizende Gastgeberin und Krankenschwester. Daheim bei uns ist das ein sehr populäres Lied. Es heißt *Es ist nur ein Mond aus Papier.«*

Die Tasten klimperten eine lange gefühlvolle Einleitung. Mary klopfte mit dem Fuß den Takt. Die Musik war ansteckend. Als Beau zu singen anfing, stampften alle mit den Füßen und klatschten im Rhythmus. Matt schnappte sich den Häuptling und fing zu tanzen an, indem er ihn in weiten Kreisen herumschwang. Les überredete Imelda, daß sie sich den beiden anschlossen, und Ruth und ihr Freund versuchten, einen Walzer zu tanzen.

Mary stand abseits, neben dem Feuer, und Beau ließ seine Stimme ertönen:

»Es ist nur ein Mond aus Papier da über dem gemalten Meer,
aber wenn du mir Glauben schenkst, wird daraus auch mehr.«

Es entging ihr nicht, daß er sie beim Singen über seine Schulter hinweg anschaute. Es war eine einfache Melodie, und wie von selbst summte sie sie mit. Die Hitze des Feuers und die wärmenden Getränke hatten ihr Gesicht gerötet. Sie versuchte, den Augenblick festzuhalten. Beau spielte lauter, betonte den Rhythmus:

»Ohne deine Liebe, ist's billiges Theater.
Ohne deine Liebe,
Ist's nur ein Drehorgellied!«

Der Alkohol stieg ihr zu Kopf. Gedanken schossen ihr wie Blitze durch den Kopf und stolperten über die Noten, die Beau spielte. Einen davon erwischte sie, bevor er verschwand. Wie anders wäre ihr Leben doch verlaufen, wenn sie jemand wie Beau geheiratet hätte. Was wäre das für ein Leben, mit einem Mann wie ihm? Vielleicht nicht so jung, nicht so fremd, aber mit seiner Freundlichkeit und Leichtigkeit und seinem Sinn für Humor? Mary beobachtete Ruth, die mit ihrem großen Freund tanzte. Sie wünschte ihnen alles Gute. Von ganzem Herzen betete sie, die beiden mochten immer so glücklich sein, wie es jetzt den Anschein hatte.

Beau endete mit einem Tusch und wurde sofort aufgefordert, das Stück noch einmal zu spielen. Diesmal sangen alle mit.

»Es ist nur ein Mond aus Papier da über dem gemalten Meer,
aber wenn du mir Glauben schenkst, wird daraus auch mehr.«

Das Feuer hüpfte im Takt der Musik und warf die verrückten Schatten der Tänzer auf die verputzten Wände. Mary stellte ihr Glas ab. Die Musik war zu laut, das Gelächter zu schrill. Beaus Lächeln zu strahlend. Imeldas Augen glänzten, als sie tanzte. Bei ihrem Anblick hätte Mary am liebsten vor Verzweiflung geweint.

»Wir werden uns jetzt bald auf den Heimweg machen.« Dr. Moloney stand auf einmal neben ihr, als Beau sein Spiel beendete. »Freut mich, daß du so gut aussiehst. Du hast ja weiß Gott genug Ärger gehabt«, sagte er mit verhaltener Stimme, als er ihr die Hand tätschelte. »Schön, dich lächeln zu sehen.«

Mary wandte sich ab, um ihre Verwirrung zu verbergen. Ihr drehte sich alles, und ihr Herz hämmerte laut im Kopf. Sie suchte Halt an der Wand.

Es gefiel ihr nicht, wenn jemand über ihre Angelegenheiten Bescheid wußte. Ihr war bekannt, daß viele sie für hochmütig hielten, aber das war ihr egal. Bei Doktor Moloney war das etwas anderes. Er war immer freundlich zu ihr gewesen und wußte besser als die meisten, wie ihr Leben aussah. Doch sie wünschte, er hätte nicht so deutlich sein Mitleid gezeigt. Das konnte sie nicht ertragen. Sie schluckte heftig und rang sich ein Lächeln ab.

Die Szene hinterließ einen bitteren Geschmack in ihrem Mund, so daß sie auf Beaus charmante Frage, ob er von ihrer Gastfreundschaft noch eine letzte Nacht Gebrauch machen dürfe, nur mit einem Nicken antwortete. Die Amerikaner stellten die Möbel zurück an Ort und Stelle, und alle machten sich zum Aufbruch bereit. Mary versuchte, einen klaren Kopf zu behalten, und hielt sich zurück, als sich alle verabschiedeten und in die Nacht aufbrachen. Sie bekam kaum mit, was sie für den nächsten Tag ausmachten. Es war schon lange her, seit sie zuletzt Alkohol getrunken hatte, und sie hatte die Wirkung unterschätzt.

Als Imelda sich zurückzog, um es sich bei Nellie bequem zu machen, ging Mary hoch in ihr Zimmer. Auf halber Treppe blieb sie stehen, froh, das Geländer zum Anhalten zu haben. Beau stand mitten in der Diele und blickte erwartungsvoll zu ihr hoch.

»Mary«, rief er leise. Der Klang seiner Stimme war hypnotisierend. Im Lampenlicht sah er aus wie ein verschwommener Traum.

Mary klammerte sich am Geländer fest und holte tief Luft, um einen klaren Kopf zu bekommen. Als sie merkte, daß sie sich wieder auf einen Punkt konzentrieren konnte, richtete sie ihren Blick hinunter zu ihm. Seine Augen funkelten, und diesmal wich sie ihnen nicht aus. Sie sog das Bild, wie er dort stand, in sich ein, um es für immer in Erinnerung zu behalten. Ein trauriges kleines Lächeln spielte um ihre Lippen.

»Gute Nacht, Beau«, sagte sie steif und wandte sich dann entschlossen um und ging die Treppe nach oben.

Mary war froh, es ohne Stolpern auf ihr Zimmer geschafft zu haben. Sie hatte sich beim Treppensteigen nicht einmal umgedreht, obwohl sie wußte, daß er noch immer dort stand. Als sie jedoch drinnen war, drehte sich der ganze Raum. Sie stolperte, weil sie die Entfernung zum Bett falsch eingeschätzt hatte. Das ist doch die Höhe, dachte sie, als sie kichernd auf ihrem Bettzeug umkippte. Ihre Entrüstung wuchs, als es ihr nach einigen Versuchen noch immer nicht gelingen wollte, aufrecht zu sitzen. Was bildete er sich bloß ein, mit seiner komischen Art einfach aus einem Flugzeug zu fallen und ihr was von Papiermonden vorzusingen?

Mary summte die Melodie vor sich hin, als sie sich aus ihrem Kleid kämpfte. Die Knöpfe waren aber auch wirklich unmöglich, und so gab sie es auf und zog es sich über den Kopf. Die abrupte Bewegung drehte die Zimmerdecke weg, und Mary klammerte sich aus Angst, herauszufallen, am Bett fest.

Dieser Beau war schon ein rechter Glücksritter. Die reinste Unverschämtheit, dachte sie, als der Raum wieder stillstand. Aber noch dümmer war sie, daß sie sich davon hatte einfangen lassen. Was erlaubte sie sich eigentlich? Herumzuflirten wie ein betrunkenes Schulmädchen, kaum daß es von der Leine gelassen wurde? Gewiß, er war zu ihr besonders aufmerksam gewesen, aber was sollte man schon von einem Fremden erwarten? Der war vermutlich sogar Schafen gegenüber aufmerksam.

Mary warf ihr Kleid auf den Boden und kroch unbeholfen unter die Decke, ohne sich die Mühe zu machen, sich weiter auszuziehen. Sie vergrub ihren Kopf im Kissen und genoß dessen Kühle. Sie glühte. Vielleicht hatte sie sich bei Nellie angesteckt, überlegte sie und mußte an die beiden denken, die unten in der Küche schliefen. Mary dachte kurz daran, nach ihnen zu sehen, ließ aber die Idee schnell fallen, als sie ihren Kopf hob und merkte, daß das Zimmer wieder Karussell fuhr.

Ihr Körper war schwer, und sie ließ sich tief in die Matratze sinken. Als sie zwischen Schlafen und Wachen hin und her trieb, wurde ihr bewußt, daß sie sich fast direkt über Beau befand. Mary sah ihn am Klavier, wie er sie anlächelte, hörte seine Stimme, wie er sang. Etwas war von ihm ausgegangen, etwas, das nur für sie bestimmt war. Sie wußte es. Und morgen würde er gehen. Morgen würde er nicht mehr sein als ein erfundener Traum, den sie rasch zu vergessen hoffte. Mary wälzte sich die ganze Nacht unruhig hin und her, lauschte der donnernden Brandung und dem Pfeifen des Windes, bis sie die Dämmerung hinter dem Vorhang auftauchen sah. Erst dann fiel sie endlich in einen tiefen traumlosen Schlaf.

14

Die Nachricht, daß die Amerikaner abfliegen würden, hatte rasch die Runde gemacht, und die Leute waren hinausgelaufen, um zuzusehen. Einige schleppten körbeweise Essen mit und hatten offenbar vor, sich einen schönen Tag zu machen. Entlang der Steinmauern reihte sich Fahrrad an Fahrrad. In der Nähe der Amerikaner trieb sich ein Haufen kleiner Jungs herum, die dank der Aussicht, den großen B-17 Bomber in den Himmel aufsteigen zu sehen, natürlich ganz aus dem Häuschen waren.

Martin Kelleher war schon bei Tagesanbruch angezogen und abmarschbereit. Seit das Flugzeug im Sturzflug über den Kirchturm von Clonakilty geflogen war, war das Leben ein einziges großes Abenteuer. Es machte ihm nichts aus, daß seine Mutter ständig auf der entsetzlichen Sünde herumhackte, die er mit seinem Schuleschwänzen beging. Es machte ihm nichts aus, daß sein Direktor sein Mißfallen wahrscheinlich noch etwas schmerzhafter zum Ausdruck bringen würde, wenn Martin seinen Kopf erst mal wieder ins Klassenzimmer gesteckt hatte. Und was Vater Collins anging, war der nicht überaus begeistert gewesen, als Martin die Amerikaner in seine Kirche brachte? Das mußte doch für etwas gut sein.

Martin entdeckte Matt und ging mutig auf ihn zu. Die Barry-Jungs folgten ihm.

»Hallo, Mister?« sagte er. »Erinnern Sie sich an mich?«

»Martin Kelleher – habe ich recht? Wie könnte ich meine

Eskorte vergessen?« sagte Matt freundlich. »Was gibt's, Jungs?«

»Wir sind nur gekommen, um Sie abfliegen zu sehen«, sagte Martin.

Matt setzte sich auf die Mauer und zündete sich eine Zigarette an. Er sah wirklich großartig aus, fand Martin. Seine Lederjacke hatte vorne einen Reißverschluß und einen Kragen aus Schafspelz. Er hielt seine Zigarette zwischen Daumen und Zeigefinger und kniff die Augen zusammen, als er einen Zug nahm. Martin nahm sich vor, diese Fertigkeit einmal vor seinem Schlafzimmerspiegel einzustudieren.

»So gutaussehende Jungs wie ihr? Ihr solltet hinter den Mädchen her sein«, zog Matt ihn auf.

»Mädchen sind dumm«, erklärte Joe Barry und verzog das Gesicht. Und die anderen nickten zustimmend.

Matt lachte. »In ein paar Jahren werdet ihr das nicht mehr sagen.« Er durchsuchte seine Brusttasche, zog eine Packung heraus und ließ sie herumgehen. Die Jungs starrten auf das glänzende Silberpapier in ihren Händen.

»Es ist Kaugummi«, erklärte Matt. »Steckt es euch in den Mund und kaut. Es schmeckt gut. Nur nicht hinunterschlucken.«

Die Jungs taten wie geheißen, und ihre Mienen verrieten zunächst Argwohn, dann Überraschung und dann das reinste Vergnügen. Die fünf standen in einer Reihe und kauten systematisch. Martin fragte sich, warum sie nichts davon hinunterschlucken durften, aber er traute sich nicht zu fragen.

»Sagen Sie, Mister?« Pat Barry reckte sein ungepflegtes sommersprossiges Gesicht vor. »Glauben Sie wirklich, daß Sie die vom Boden hochkriegen?«

»Verdammt noch mal, das will ich hoffen«, gluckste Matt.

»Sieht aus, als säße die ganz schön fest«, grübelte Martin wichtigtuerisch. Er war sehr stolz, daß man sich an seinen Namen erinnerte. Damit konnte er bestimmt einige Zeit bei den Barry-Jungs Eindruck schinden. »Schätze, daß die sich keinen Zentimeter bewegt.«

»Wollen wir wetten?« fragte Matt augenzwinkernd.

Martins Augen wurden groß. Es war direkt zu spüren, wie

der Respekt der Barry-Jungs mit jedem Wort wuchs. Mit den Händen in der Tasche lehnte er sich lässig an die Mauer, wie die Männer am Sonntag vor der Kirche, wenn die Messe vorbei war.

»Einverstanden«, sagte er so beiläufig, als wettete er jeden Tag mit den Amis. »Und worum wetten wir?«

»Ich mach dir einen Vorschlag«, sagte Matt und holte dabei etwas aus seiner Tasche. »Siehst du dieses Taschenmesser? Wenn wir nicht hochkommen, kannst du es behalten.« Er reichte es Martin, der seine Mann-von-Welt-Pose aufgab und es strahlend anschaute. Die anderen Jungs drängelten, um es auch zu sehen.

»Ist das Ihr Ernst?« sagte Martin und gab es zurück.

Matt nickte. »Ja. Du hältst das für mich fest. Wenn wir nicht abheben, hast du es gewonnen.«

»Und was ist, wenn sie abhebt?«

»Nun, dann wirst du es wohl behalten können«, lächelte Matt, »für Verdienste, die du der amerikanischen Luftwaffe geleistet hast.«

Martin konnte sein Glück nicht fassen. Rasch steckte er das Messer in seine Tasche, falls Matt es sich anders überlegen sollte.

Matt beobachtete eine große Menschenmenge, die herbeigeschlendert kam und schwatzend auf das Flugzeug zeigte. »Also da gibt es *wirklich* einen guten Grund, sich hier noch ein bißchen herumzutreiben«, sagte er und hatte dabei eine kleine, gepflegte Frau im Visier, die die Straße entlangspazierte. Sie hatte rabenschwarzes, zu einem hohen Knoten hochgestecktes Haar und helle blaue Augen, die Martin nur allzu gut kannte.

»Sind Sie bekloppt, Mann?« rief Martin. »Das ist meine Mama! O Jesus, Maria und Josef! Die zieht mir das Fell über die Ohren. 'tschuldigung. Ich muß gehen. Bis dann! Danke für das Messer.« Und er huschte wie ein Mäuschen davon, um sich hinter dem großen Lastwagen zu verstecken, der die Amerikaner am Morgen hergebracht hatte.

Beau sprang aus dem offenen Karren und begrüßte die Flieger. Man hatte Tommy losgeschickt, um ihn früh genug abzuholen, und sie waren sofort losgefahren. Für mehr als einen kurzen Abschied von Mary hatte es nicht gereicht.

Im Marschland herrschte reges Treiben, weil die Männer ständig zwischen Flugzeug und Straße hin und her liefen. Ein paar grün Uniformierte vom Zivilschutz versuchten die Neugierigen in Schach zu halten. Beau schüttelte Tommy die Hand und verabschiedete sich von Imelda und dem kleinen Mädchen. Nellie ging es nach der Nacht am Feuer deutlich besser, und sie brabbelte vor sich hin, als der Karren auf der Straße davonfuhr.

Les kam aus dem Sumpf hochgerannt.

»Verdammt«, sagte er und rang schluckend nach Atem. »Ich habe sie verpaßt. Ich wollte ihr auf Wiedersehen sagen.«

»Manchmal ist es besser, nicht auf Wiedersehen zu sagen«, meinte Beau, der wegen der Hetze am Morgen schlecht gelaunt war. Für mehr als einen Austausch von Höflichkeiten hatte die Zeit nicht gereicht. Er hatte ein schales Gefühl zurückbehalten.

»Lieb sie und verlaß sie. Das ist mein Motto«, versuchte Matt Les aufzuheitern.

»Komm schon, Junge, wir müssen noch was tun! Es gibt noch andere Fische im Meer. Habe ich dir eigentlich schon mal was über englische Frauen erzählt? Warte, bis du sie siehst. Lange Beine, und ich meine lange, lange Beine!«

Aber Les sah aus, als schwände all seine Hoffnung mit dem Karren dahin, der in der Ferne über den Damm verschwand.

Beau schlenderte durch die immer größer werdende Menschenmenge dorthin, wo der Pilot und der Kopilot sich mit dem Maschinisten berieten. Keck grüßte er Charlie Hansen.

»Feldwebel Beauregard St. Soucis meldet sich zurück, Sir«, sagte er mit einem Grinsen.

»Beau! Freut mich, daß Sie wieder auf den Beinen sind. Was macht der Kopf?«

»Mir geht's gut, Charlie«, erwiderte Beau. »Wann heben wir denn ab?«

»Sie sollten als erstes fragen: *Heben* wir ab?« warf Maschinist Tate trocken ein.

»Gibt es ein Problem?« wollte Beau wissen.

»Ich wünschte, ehrlich gesagt, wir hätten nur *ein* Problem«, meinte Charlie Hansen. »Erstens hat das Benzin eine sehr niedrige Oktanzahl.«

»Und das Fahrgestell ist zur Hälfte eingesunken«, fügte der Maschinist hinzu.

Der Kopilot winkte den Rest der Besatzung herüber. Sie kamen angelaufen und stellten sich im Halbkreis um den Piloten.

»Okay, Männer. Wir versuchen also, diesen Vogel auszufliegen. Aber ich kann euch jetzt schon sagen, daß das nicht leicht sein wird. Wir haben nur sehr minderwertigen Treibstoff. Das heißt, wir können die Turbolader nicht einsetzen. Es wird schwer werden, genügend Kraft zum Abheben zu kriegen. Wir werden die Ladung so weit wie möglich verringern, aber ich weiß nicht.« Charlie Hansen schüttelte den Kopf.

»Wir brauchen eine höllische Kraft. Ist wie Wackelpeter hier draußen. Wir werden das Baby rausziehen müssen«, ergänzte der Maschinist.

»Könnten wir nicht versuchen, Planken unter die Räder zu schieben?« schlug der Häuptling vor.

Der Maschinist schüttelte den Kopf. »Der Brei ist mindestens einen Meter tief. Deine Planken würden sofort verschluckt werden. Weiche Oberflächen sind mir wirklich nichts Neues, aber das hier ist das allerletzte.«

»Trotzdem, wir versuchen unser Bestes«, sagte Charlie Hansen. »Wir werden die Motoren sehr langsam und vorsichtig warmlaufen lassen. Dann werden wir ihr einheizen, so weit es geht.«

»Die Motoren könnten detonieren, wenn wir sie zu sehr hochjagen«, erklärte McKnight. »Die sind für solchen Treibstoff nicht ausgerichtet. Tate und ich haben die Ladung und all das berechnet, und ich bin mir offen gestanden nicht sicher, ob es funktionieren wird.«

Charlie Hansen richtete seinen Blick auf die Leute auf der Straße. Sie hatten alle respektvoll Abstand gehalten, während die Amerikaner sich unterhielten.

»Sie sind sehr freundlich zu uns gewesen. Ganz zu schweigen davon, daß sie sich über ein paar Vorschriften hinweggesetzt haben, um uns Treibstoff zu beschaffen. Wir sind ihnen einen Versuch schuldig«, sagte er. »Ich weiß, wie sehr es euch Jungs drängt, hier wegzukommen und in Aktion zu treten, aber ich will offen zu euch sein. Ich möchte euch nicht enttäuschen, aber die Chancen, heute hier abzuheben, stehen ziemlich schlecht. Könnte sein, daß wir noch eine Weile festgehalten werden, bis sich ein anderer Weg findet.«

Beau schaute in die Runde. Alle hörten mit grimmiger Miene zu, aber ihre Augen straften ihre Ernsthaftigkeit Lügen. Verstohlenes Grinsen spielte um ihre Mundwinkel. Sie wirkten ganz und gar nicht enttäuscht. Les Wagner sah geradezu begeistert aus.

Die Männer zerstreuten sich, und Beau blieb allein zurück. Er konnte nur warten, bis er gerufen wurde. Er lehnte sich an die Mauer und rauchte die erste Zigarette dieses Tags. Mein Gott, war das ein schönes Plätzchen. Ihm fiel ein, daß jemand einmal gesagt hatte, Irland kenne vierzig verschiedene Grün. Und was für welche, überlegte er. Beau war umgeben von Grau und Grün. Dunkles Nadelgrün, das fast schwarz wirkte, sattes Moosgrün, das wie Samt aussah, das braune Staubgrün des Stechginsters und das weiche, lebendige Grün, das sich gerade auf den Hecken und Bäumen zeigte. Er wünschte, er müßte nicht so bald aufbrechen.

Hinter den Kiefern konnte er das Dach des Bauernhofs sehen und spürte wieder, wie sich in ihm alles zusammenzog. Der gestrige Tag war so perfekt gewesen, und dann mußte er alles verderben. Mary war eine reizende Frau, die ihn ohne Umstände in ihrem Haus aufgenommen hatte. Sie war eine einfache Bauersfrau, und er hatte sie behandelt, als wäre sie irgendeine flatterhafte Debütantin. Er schämte sich. Er war sich sicher, sie durch sein Verhalten beleidigt zu haben. Das war durch die Art, wie sie ihm am Morgen aus dem Weg gegangen war, ganz offensichtlich geworden. Er hatte ihre Freundlichkeit für Koketterie gehalten und dummerweise darauf reagiert. Aber als der Alkohol seine Wirkung zeigte, war in ihr eine solche Veränderung vorgegangen. Ihr Körper war nachgiebiger, ihr Lächeln offener geworden. Er war fasziniert gewesen von dem Blick, mit dem sie ihn unter ihren gesenkten

Wimpern hindurch angesehen hatte, eine Mischung aus Scheu und Übermut. Beau versuchte sein Unbehagen hinunterzuschlucken. Er würde sie schließlich nie wiedersehen, aber trotzdem stimmte es ihn traurig, daß sie schlecht von ihm denken könnte.

Ihm fiel auf, daß sich hinter den Kiefern etwas bewegte. Es war Marys Hund, der den Hügel hochrannte. Gleich darauf tauchte der Umriß einer Frau über der Baumgrenze auf. Sie hielt einen Augenblick inne und sah hinaus auf das Marschland. Dann stieg sie rasch den Hang hinauf und verschwand hinter einem Kamm. Beau eilte hinüber zu Charlie Hansen.

»Sie haben doch nichts dagegen, wenn ich mir ein wenig die Beine vertrete?« sagte er. »Ich fühle mich hier etwas überflüssig.«

»Kein Problem«, antwortete der Pilot

Beau lächelte und zeigte ihm den aufrechten Daumen.

»In einer halben Stunde bin ich wieder da. Fliegt nicht ohne mich ab!« Er rannte über die Straße, sprang über ein Gatter und stieg mit raschen Schritten den Hügel hinauf.

Noch ehe er den Gipfel erreicht hatte, kam der Hund zur Begrüßung angelaufen und führte ihn zu Mary. Sie saß in einer kleinen windgeschützten Senke und lehnte an einer Steinplatte. Er wußte, daß sie ihn gesehen hatte, aber sie drehte sich nicht zu ihm um. Sie blieb einfach ganz ruhig sitzen, die Arme um die dicht an ihre Brust herangezogenen Knie geschlungen. Lose Strähnen ihres kupferfarbenen Haars wehten im Wind, ein leuchtender Kontrast zum Graugrün der Landschaft. Der Wind blies ihr das Haar ins Gesicht, aber sie machte keine Anstalten, die losen Locken wieder an ihren Platz zurückzustreichen. Sie blickte nur angestrengt hinaus aufs Meer, als wollte sie es ergründen.

»Was machen Sie?« sprach Beau sie leise an. Er setzte sich auf den Felsvorsprung über ihr.

»Ich zähle die Wellen«, antwortete sie, ohne sich zu rühren. »Ich warte auf die siebte. Man sagt, sie sei größer als die anderen.«

Das Meer war so grau wie die Wolken. Die Wogen bildeten sich weit draußen und rollten majestätisch heran, eine Welle folgte der anderen und wurde voller und schneller, je näher sie dem Ufer kam. Beau versuchte sie zu zählen, konnte aber seine Augen nicht von Mary lösen.

Beau war um Worte verlegen. Er wollte ihr für ihre Gastfreundschaft danken und sich für sein rüpelhaftes Benehmen entschuldigen. Ganz förmlich wollte er sich verabschieden und probierte es mit den üblichen Sätzen, aber sie klangen alle hohl. In dieser wilden Umgebung waren untadelige Manieren fehl am Platz. Vor allem waren sie bei dieser Frau, die hier saß und zusah, wie die Brecher unten gegen den Strand donnerten, gänzlich unangebracht.

»Kommen Sie oft hierher?« fragte Beau.

»Fast jeden Tag«, sagte sie. »Das hilft mir abzuschalten.«

Beau sah einen Schatten über ihr Gesicht huschen, als zuckte ein heftiger Schmerz über ihre Stirn. Er streckte seine Hand aus und strich eine widerspenstige helle Locke hinter ihr Ohr zurück.

»Es tut mir so leid, Mary«, fing er an. Seine Stimme war unsicher, rauh.

»Nicht«, sagte sie mit Nachdruck und drehte sich zu ihm um. Einen kurzen Moment lang hielt sie seinen Blick fest, dann wandte sie sich wieder ab. Ihre Augen waren von der Farbe des Meeres: graugrün. Im Morgenlicht konnte er ein Netz zarter Linien um ihre Augen sehen, das ihm zuvor noch nicht aufgefallen war. Er mußte sich abwenden, weil er sie sonst geküßt hätte. Wie gern hätte er sie in seine Arme genommen und ihr gesagt, alles werde gut werden. Das hier ging schrecklich daneben. Er stand auf und räusperte sich.

»Sie werden bald aufbrechen, nehme ich an«, sagte sie wie zu sich selbst.

»Sie tun alles, um das Flugzeug startklar zu machen«, erwiderte Beau hölzern. »Ich wollte Ihnen für Ihre Gastfreundschaft danken. Heute morgen blieb dazu nicht viel Zeit. Sie waren überaus freundlich.«

Mary stand auf und hielt ihm ihre Hand hin. Ihr Lächeln war strahlend und ihre Stimme fröhlich.

»Das war nicht nötig. Sie haben sich doch schon gestern abend bedankt. Wissen Sie noch?«

»Ich weiß«, sagte Beau und nahm ihre Hand.

»Dann also, ade«, sagte sie.

»Ade.« Aber er ließ ihre Hand nicht los. Statt dessen zog er sie an sich heran und küßte sie sanft auf die Lippen. Mary blieb stocksteif stehen, gab nicht nach, zog sich aber auch nicht zurück. Beau umfaßte ihr Gesicht mit beiden Händen und küßte sie noch einmal, dabei spürte er, wie ihr Körper sich entspannte. Ihre Arme legten sich um seine Schultern, und sie hielt ihn fest. Eine ganze Weile standen sie so da, ohne ein Wort zu sagen. Schließlich schob sie ihn sanft weg.

»Du gehst wohl jetzt am besten«, flüsterte sie.

Beau konnte nur nicken.

Er sah sich nicht um, als er den Hügel hinablief. Unten im Sumpf konnte er jemanden erkennen, der die Propeller mit der Hand antrieb. Sie ließen die Motoren warmlaufen. Als er die Straße erreicht hatte, war die Luft von ihrem Dröhnen erfüllt. Dann fiel Beau ein, wie Charlie Hansen ihre Chancen, von hier loszukommen, eingeschätzt hatte. Er wußte, daß es furchtbar falsch war, aber er hoffte wie verrückt darauf, daß der Pilot recht bekam.

Der größte Teil des Vormittags wurde darauf verwendet, das Flugzeug startklar zu machen. Zwanzig Männer vom Zivilschutz hielten die Menge in Schach und bei guter Laune. Nach einer Weile hatten sich alle daran gewöhnt, daß die Motoren aufheulten, um dann wieder leiser zu werden, und so verlagerte sich das Gespräch auf bevorstehende Hochzeiten, Beerdigungen der letzten Zeit und das immer interessante Thema der Rationierung.

Dr. Moloney hatte sich die Freiheit herausgenommen, mit dem Wagen zu kommen, obwohl man dies wohl kaum einen ärztlichen Notfall nennen konnte. Er hatte Barry Kingston und Pat Coughlan mitgebracht. Auch Con O'Leary und Miss Aileen waren mit von der Partie. Hoheitsvoll hatte sie den Beifahrersitz für sich beansprucht und die drei Männer gezwungen, sich hinten zusammenzuquetschen. Jetzt saß sie im Wagen, hielt die Hände über die Ohren, und ihr Busen erzitterte unter jedem Anschwellen des Motorengeräuschs. Con O'Leary hatte seine Kamera dabei und versuchte für die Nachwelt ein schönes Bild von *T'Ain't a Bird* zu schießen.

Die plaudernde Menge wurde still, als die Motoren ihre Drehzahl noch einmal steigerten. Alle Augen klebten am Flugzeug. Charlie Hansen lehnte sich aus seinem Fenster im Cockpit und winkte zum Abschied. Die Menge jubelte und winkte zurück, und dann hielten sich alle die Ohren zu, weil die Motoren noch heftiger aufheulten und ihr Geräusch als Echo im Marschland hin und her getragen wurde.

Die Spannung stieg. Alle hielten den Atem an. Die Propeller waren nur noch als weißes Kreisen an den Flügeln zu sehen. Miss Aileen setzte das alles ziemlich zu, und so verhedderte sich ihr Rosenkranz in ihrer Gemmenbrosche, als sie zu beten versuchte.

»Hoch!« befahl Barry Kingston kaum hörbar. »Hoch!«

»Heilige Mutter Gottes«, flehte Miss Aileen und fuchtelte mit den Rosenkranzperlen vor ihrer Nase herum. »Na macht schon! Ich krieg Herzklopfen.«

»Na los! Weiter jetzt!« schrie Con O'Leary. Der Ruf hallte die Straße auf und ab, weil alle ihre ganze Willenskraft darauf konzentrierten, den großen Bomber vom Boden zu zwingen.

Martin Kelleher lag unter dem Lastwagen. So konnte er zwar kaum über die Steinmauer schauen, hatte aber im einen Auge das Flugzeug, während das andere auf seine Mutter gerichtet war, die den Hals reckte, um auch noch etwas sehen zu können, als die Menschenmenge vor dem Lärm zurückwich. Er konnte seine Aufregung kaum im Zaum halten und war hin- und hergerissen zwischen dem Wunsch, das große Flugzeug fliegen zu sehen, und der Hoffnung, Matt wiederzusehen. Die Barry-Jungs kauerten mit glänzenden Augen neben ihm.

»Was meinst du?« flüsterte Pat Barry ihm sehr laut ins Ohr. Martin holte eine Kupfermünze aus seiner Tasche und hielt sie hoch.

»Kopf, daß sie fliegt. Zahl, daß sie im Morast steckenbleibt.«

»Dann also Kopf«, wählte Pat Barry.

»Ich nehme Zahl«, sagte Martin und gab der Münze auf dem Boden einen Drall. Sie rollte vor den Lastwagen und blieb neben dem Absatz eines glänzenden schwarzen Stiefels liegen.

Dessen Besitzer achtete nicht darauf. Seine Aufmerksamkeit, wie die aller anderen, richtete sich auf eine kleine Veränderung im Motorengeräusch. Ein großer Propeller nach dem anderen wurde langsamer und blieb dann stehen. Ein Aufseufzen ging durch die Menge entlang der Straße, als klar wurde, daß der Versuch mißlungen war.

Martin robbte unter dem Lastwagen hervor, um seine Münze wiederzubekommen, glitt dann aber rasch zurück, als er Pat Coughlan, den Polizisten, erkannte. Und zu allem Überfluß gesellte sich ihm gleich noch ein Paar stämmiger Beine hinzu, die er als die seines Onkels Barry Kingston erkannte.

Sein Onkel und der Polizist lehnten sich an den Lastwagen und zwangen somit Martin und die Barry-Jungs, sich flach hinzulegen. Nahm denn der Ärger überhaupt kein Ende, dachte Martin, als er die umherlaufenden Beine auf die zierlichen Knöchel seiner Mutter hin absuchte.

»Das ist wirklich jammerschade«, sagte Barry Kingston. »Jammerschade.«

»Das ist es und ärgerlich dazu«, bestätigte Pat Coughlan.

»Wird wohl nichts anderes übrigbleiben, als sie zurück zum Hotel zu bringen?« forschte Barry Kingston nach.

»Macht mit ihnen, was ihr wollt, solange sie in der Stadt bleiben. Mein Problem ist das Gott sei Dank sowieso nicht mehr lange. Man hat mir mitgeteilt, daß der Kommissar bald zurück sein wird, und der bringt dann die Armee mit. Wenn die einmal da sind, werden jede Menge Erklärungen fällig.«

Martin wußte, daß die Amerikaner wieder zurück auf die Straße gekommen waren. Ihre langen grünen Hosenbeine waren um den Lastwagen herum zu sehen. Bald waren die Jungs von allen Seiten umzingelt. Martin hielt es nicht länger aus.

»Ich renn jetzt da raus«, sagte er wild entschlossen.

»Deine Mutter bringt dich um!« rief Pat Barry.

»Dazu muß sie mich erst mal erwischen«, sagte Martin unerschrocken. »Paßt mal auf. Ihr Jungs kriecht hinten raus, und ich suche mir meinen Weg in der entgegengesetzten Richtung. Wir laufen getrennt in die Stadt und treffen uns dann hinter dem Hotel.« Stolz registrierte er Joe Barrys stillschweigende Zustimmung zu seinem Plan.

Martin wartete, bis er die überraschten Aufschreie hörte, als die Barry-Jungs auftauchten, und robbte dann zu einer kleinen Lichtung in dem Wald aus Beinen. Er schoß durch die Menge, wobei er über seine Schulter blickte, um zu sehen, ob er entdeckt worden war, und rannte dann direkt in Matts Arme.

»He, *bambino!* Wo brennt's denn? Du hast die Wette gewonnen!«

Martin keuchte und blickte wie wild um sich.

»Du versteckst dich wohl immer noch vor deiner Mama?« fragte Matt grinsend.

Martin nickte. Matt wandte sich an den großen blonden Ami, der neben ihm stand. »Hast du mal Schule geschwänzt, Les? Ich habe das immer getan. Und wie haben sie mir eingeheizt, wenn ich nach Hause kam!«

»Kann ich von mir nicht behaupten«, lachte der Große. »Sag mal, glaubst du, es gelten dieselben Regeln wie gestern? Daß wir uns in einem Radius von fünf Kilometern bewegen dürfen, sofern wir eine Begleitung haben?«

»Das möchte ich meinen«, antwortete Matt. »Warum? Hast du was im Feuer?«

Les gab keine Antwort. Er beugte sich hinunter zu Martin und fragte: »Kennst du Dennis Crowley, meinen Begleiter?« Martin nickte. »Gut, dann such ihn und sag ihm, daß Les Wagner auf ihn wartet.« Er wandte sich strahlend an Matt. »Ich denke, da kommt ein langer Spaziergang auf mich zu.«

»Könnte das vielleicht ein langer Spaziergang über den Damm sein?« bohrte Matt und erwiderte sein Lächeln. Les strahlte übers ganze Gesicht. Matt lachte und mimte einen Geiger. Zu Martins Überraschung klimperte er dann kokett mit den Wimpern und stimmte mit einer mädchenhaft trillernden Stimme ein Lied an: »*Dein ist mein ganzes Herz. Nur du allein ...*«

»Hör auf«, sagte Les errötend, war aber offenbar über etwas sehr erfreut.

Martin verstand nicht, worum es ging. Doch damit konnte er sich jetzt auch nicht befassen. Er war wieder in Aktion. Wie ein Blitz, in Windeseile, wie der Wirbelwind mußte er Dennis Crowley finden. Er trabte davon, hielt aber immer noch Ausschau nach seiner Mama. Aber mittlerweile war es ihm egal, ob sie ihn fand. Die ganze Welt lag ihm zu Füßen. Er konnte das Taschenmesser an seinen Beinen spüren. Er hatte eine wichtige Aufgabe zu erledigen, und niemand würde sich ihm dabei in den Weg stellen.

15

Mary ließ Dr. Moloney in der Küche sitzen, wo er bei einer Tasse Tee geduldig wartete, bis sie sich oben umgezogen hatte. Er war zu ihr hinausgefahren, um sie zu einem Tanzabend einzuladen, der zu Ehren der Flieger abgehalten wurde. Ehe Mary dazu etwas sagen konnte, ließ er sie wissen, daß er kein Nein gelten lassen würde, da seine Frau sich nicht wohl fühlte und er eine Begleitung brauchte. Außerdem hatte der Pilot darauf bestanden, daß sie daran teilnahm, weil er ihr persönlich dafür danken wollte, daß sie Beau ihre Hilfe hatte angedeihen lassen. Als der Name Beau fiel, bebte sie vor Erregung. Das Dröhnen der Motoren unten im Sumpf hatte schon vor Stunden aufgehört, und da hatte sie gewußt, daß die Amerikaner nicht abgeflogen waren.

Mary setzte sich aufs Bett. Es war ein höchst ungewöhnlicher Tag gewesen. Sie war mit schwerem Kopf und einem ausgetrockneten Mund wach geworden, der sich wie Sandpapier anfühlte. Ihr war elend, und sie war verärgert. Weniger wegen des Trinkens, sondern wegen der Gefühle, die sie beherrschten, seit sie Beau das erste Mal gesehen hatte, als er bewußtlos auf dem Karren lag. Sie schämte sich. Beim Frühstück war sie seinem Blick ausgewichen. Außer einem kurzen Abschiedsgruß hatte Beau nicht viel gesagt.

Als sie den Widerhall des Karrens, auf dem er davonfuhr, von der Straße gehört hatte, hatte Mary am Tisch gesessen und versucht, das Zittern ihrer Hände in den Griff zu bekommen.

Das elende Gefühl im Magen wurde zu einer festen Kugel. Die ganze Geschichte hatte ihr den Atem verschlagen und angst gemacht. Sie fürchtete sich und wußte nicht, warum. Sie war den Hügel hochgeklettert, wie sie das schon so oft getan hatte, um Trost zu finden bei der Betrachtung von Meer und Himmel und der Erinnerung an Séan. Und dann war Beau gekommen und hatte sie in seine Arme genommen und all ihre Ängste weggeküßt.

Ihr war, als wäre ihr ein Schleier von den Augen gerissen worden. Selbst als sie die Motoren im Sumpf hatte aufheulen hören, war eine Ruhe in ihr gewesen, die sie so noch nie erfahren hatte. Sie glaubte nicht, daß sie den gutaussehenden jungen Mann aus Louisiana jemals wiedersehen würde. Aber sie spürte keine Reue. Er ließ sie mit mehr als nur einem Kuß zurück.

Mary erinnerte sich, daß der arme Dr. Moloney unten auf sie wartete. Sie mußte sich beeilen. Was sollte sie denn anziehen? Auf eine Eingebung hin nahm sie das Kleid aus dem Schrank, das Gerald ihr geschenkt hatte. Es war aus hellgrünem Seidenmoiré. Mary hielt das Kleid an ihren Körper und verfolgte im Spiegel die kleine Drehbewegung, die sie damit machte. »Bitte sehr, Chartreuse-Seide«, sagte sie laut. »Wirklich sehr vornehm.«

Mary streifte das Kleid über. Es paßte ausgezeichnet, und sie fühlte sich wohl darin. Und als sie rasch ihr Haar hochsteckte, schwor sie sich, nie wieder zuzulassen, daß Gerald Hand an sie legte. Sie wußte nicht, wie, sie wußte nicht, wann, aber in ihrem Herzen fühlte sie, daß sie eines Tages frei sein würde von ihm. Er war ein böser Mensch, und sie hatte es nur deshalb mit ihm ausgehalten, da ihr gar nicht in den Sinn gekommen war, es nicht zu tun. Aber jetzt wußte sie etwas, und sie ertrug ihn nicht mehr. Mary holte ihre guten schwarzen Schuhe hervor, die zwar ein wenig abgetragen waren, aber gut paßten. Sie hatte keine Ahnung, was passieren würde, wenn sie Beau wiedersah, aber das machte nichts. Dank ihm hatte sie sich bereits verändert.

Mary betrat den großen Saal am Arm von Dr. Moloney. Es überraschte sie, daß so viele Leute da waren. Stühle reihten sich an den Wänden, und es tanzten bereits einige zur Musik der Céili-Kapelle, die vorne auf einem Podium spielte. Die Leute drängten sich in ihren Sonntagskleidern an der Theke, tranken und lachten laut. Mary machte einen Schritt zurück. Der Doktor spürte ihre Nervosität und führte sie behutsam in den Raum. Es schien nur so von grünen Uniformen zu wimmeln, einige davon Amerikaner, andere vom Zivilschutz. Als Dr. Moloney ging, um ihnen etwas zu trinken zu holen, suchte Mary die Menge ab, konnte Beau aber nicht entdecken.

Aber dann sah sie ihn. Er stand mit einem der Mädchen aus der Stadt in der Nähe der Kapelle. Beau beugte sich zu ihr hinunter und sagte etwas, worauf das Mädchen einen Lachanfall bekam. Mary sank der Mut. O Gott, dachte sie, was für ein schönes Paar. Ein schneidiger junger Flieger und ein junges Mädchen – so sollte es sein. Beau hatte sich rasiert und eine frische Uniform angezogen, und er sah umwerfend aus. Das Mädchen war so jung und hübsch. Sie lachte und schaute mit strahlenden Augen zu ihm auf, und ihr Gesicht spiegelte nur die reinste Lebensfreude wider. Mary wußte, daß sie diesen Blick für immer verloren hatte.

Sie fühlte sich zu fein gekleidet und zu alt, sie gehörte nicht in diesen Saal, wo keiner Sorgen zu kennen schien. Beau und das Mädchen plauderten miteinander und merkten gar nicht, daß sie beobachtet wurden. Sie wurden unterbrochen, als Miss Aileen O'Donovan Beau zu einem Walzer aufforderte, der gerade anfing. Er war ein sehr anmutiger Tänzer, dem es gelang, selbst mit Miss Aileen den Eindruck zu erwecken, als hätte er ein zierliches Persönchen im Arm.

»Darf ich Sie um den nächsten Tanz bitten?« fragte eine Stimme zu ihrer Rechten. Dort standen Matt und der Häuptling, umrundet von einer Gruppe kleiner Jungs. Der kleinste von ihnen hielt ein putziges Fellknäuel in seinen Armen.

»Keine Sorge, Matt«, sagte der kleine Junge gewichtig. »Ich paß schon gut auf Tojo auf.«

Mary mußte lachen. »Das ist also der Affe? Kommt mir sehr ruhig vor.«

»Normalerweise ist er umtriebiger«, erklärte der Junge. »Wird wohl müde sein. Da bleibt er besser bei mir.«

Matt bot Mary den Arm. »Was ist? Wollen wir?«

»Gewiß, ist schon lang her, daß ich getanzt habe, aber versuchen können wir es ja«, sagte sie und ließ sich von ihm auf die Tanzfläche führen.

»Und ich melde schon mal Anspruch auf den nächsten an«, rief der Häuptling ihnen hinterher.

»Das war übrigens Martin Kelleher, meine offizielle Begleitung«, erklärte Matt, als sie zu tanzen anfingen. »Er und seine Freunde sind uns seit heute morgen nicht von der Seite gewichen.« Matt war ein sehr fähiger Tänzer, und Mary merkte bald, daß sie nichts weiter zu tun brauchte, als sich von ihm führen zu lassen.

»Na ja, Sie wissen ja, daß Sie ganz schönen Aufruhr verursacht haben«, sagte Mary. »Und diese Jungs werden das bis an ihr Lebensende nicht vergessen.«

»Es sind großartige Jungs. Ich habe ihre Gesellschaft genossen«, fuhr Matt fort.

»Martin Kelleher? Seine Mutter hat doch den Süßwarenladen auf der Pearse Street? Mit der bin ich zur Schule gegangen«, sagte Mary, ohne ihren Blick von Beau zu wenden, der auf der anderen Seite des Raums tanzte. »Die arme Kitty ist so jung Witwe geworden, aber sie scheint ganz gut zurechtzukommen. Es muß hart sein, die Kinder allein großzuziehen.«

Über Matts Schulter konnte sie sehen, wie Beau Miss Aileen zurück zu ihrem Platz begleitete. Sie war offenbar sehr angetan von ihm und redete wie ein Wasserfall.

»Verwitwet?« fragte Matt und zog eine Braue hoch, »und sie heißt Kitty?« Mehr sagte er nicht, und Mary fragte sich, was er wohl meinte.

Als der Tanz zu Ende war, gingen sie zurück zu den anderen. Dr. Moloney war von der Theke zurückgekehrt und unterhielt sich mit dem Häuptling und einem großen Amerikaner, der Pfeife rauchte.

»Ah, Mary, da bist du ja«, sagte Dr. Moloney. »Das hier ist Oberleutnant Charles Hansen, der Pilot. Er würde dich gern kennenlernen.«

»Ich wollte Ihnen für Ihre Hilfe danken«, sagte der Pilot und schüttelte ihre Hand. Er deutete auf Beau. »Wie Sie sehen, scheint Feldwebel Beauregard wieder vollkommen genesen zu sein.«

Beau wurde von Aileen gerade einer Gruppe älterer Damen vorgestellt. Großzügig schenkte er jeder sein Lächeln, was die Damen sehr entzückte. Er forderte eine von ihnen zum Tanz auf und glitt schon wieder über die Tanzfläche.

»Er weiß, worauf's ankommt bei den Damen«, sagte Dr. Moloney lächelnd.

»Es ist der Akzent«, scherzte Matt. »Sie sind hin und weg von seinem weichen südlichen Akzent.«

»Ach ja?« meinte Mary ironisch.

Der Häuptling forderte seinen Tanz ein, und Mary war wieder auf der Tanzfläche. Man spielte einen Foxtrott, und Mary mußte sich darauf konzentrieren, mit ihrem Partner Schritt zu halten, der sie fest im Arm hielt. Es traf sie wie ein Blitz, als sie plötzlich merkte, daß Beau neben ihr tanzte. Ihr schlug das Herz bis zum Hals, als sie hochblickte und sah, daß er sie anstrahlte, als wäre er der glücklichste Mensch überhaupt.

»Mary!« rief er. »Da bist du ja!« Seine Partnerin verrenkte sich den Hals, um zu sehen, mit wem er sprach. Kühl erwiderte Mary ihren neugierigen Blick und starrte einfach zurück. Klatschsüchtige alte Zicke, dachte sie.

»Wir sehen uns gleich«, rief Beau über die Schulter seiner Partnerin, als sie davontanzten. Mary versuchte ihre Erregung soweit in den Griff zu bekommen, daß sie den Tanz zu Ende führen konnte. Der Häuptling machte höfliche Konversation über den Startversuch, den sie heute unternommen hatten, aber Mary nickte nur. Sie spürte, daß Beau sie vom anderen Ende des Saals nicht aus den Augen ließ. Es schien der längste Foxtrott der Welt zu sein, aber schließlich war er doch zu Ende, und Beau war neben ihr.

»Ich habe mir schon Sorgen gemacht, daß du gar nicht kommst«, sagte er atemlos. Er trat einen Schritt zurück und schaute sie an. »Du siehst wunderbar aus.«

Mary war sprachlos. Sie glühte unter seinem Blick. Sie wußte nicht, ob sie wunderbar aussah, aber auf jeden Fall fühlte sie sich wunderbar. Beau nahm verstohlen ihren Arm und führte sie Richtung Tür.

»Komm. Wir wollen hier weg«, flüsterte er.

Sie hatten den Rand der Menschenmenge erreicht, als sie jemanden Beaus Namen rufen hörten. Dr. Moloney stand mit Con O'Leary auf dem kleinen Podium. Sie riefen nach Beau.

Beau wandte sich um und winkte halbherzig zurück. »Was wollen die?« fragte er mit leiser Stimme. Der Doktor und Con winkten ihn zu sich.

»Ich glaube, sie möchten, daß du spielst«, erwiderte Mary. »Du wirst wohl da hoch müssen.«

Beau saß in der Falle. Er drückte leicht ihren Arm. »Ich werde gleich wieder zurück sein. Wage es bloß nicht, dich davonzustehlen.«

Mary sah ihm nach, als er sich entfernte und die Menge sich teilte, um ihn durchzulassen. Sein Duft schwebte neben ihr, und sie spürte noch immer seine Berührung an ihrem Arm. Was um Himmels willen war denn mit ihr los? Sie schien ja Sinn und Verstand zu verlieren, wenn er neben ihr war, und es als Schlag ins Gesicht zu empfinden, wenn er sie verließ. In Mary tobte ein wüstes Durcheinander von Freude und Bedauern.

Beau verhandelte mit den Musikern und setzte sich ans Klavier. Dann wanderte sein Blick über die Menge zu ihr, und er fing an zu spielen. Er spielte langsamer als am Abend zuvor, aber Mary erkannte die Melodie sofort. Es war *Nur ein Mond aus Papier*, und sie wußte, daß er das Lied für sie allein spielte.

Alle eilten auf die Tanzfläche, und auf einmal war Mary allein. Sie fühlte sich allen Blicken ausgesetzt, als sie so einsam dastand. Langsam zog sie sich in einen weniger hell erleuchteten Winkel des Saals zurück. Beau warf einen Blick über seine Schulter und überflog die Menge. Als er sie nicht entdecken konnte, runzelte er die Stirn. Sie mußte an die Luft. Mit ihrem Rücken stieß sie an eine Tür, suchte nach der Klinke und schlüpfte nach draußen.

Verglichen mit dem Lärm drinnen war es in dem Durchgang sehr ruhig und still. Sie setzte sich auf eines der herumstehenden Fässer und sog mit einem tiefen Atemzug die kalte Luft ein, um einen klaren Kopf zu bekommen. Der Mond schien hell und tauchte den Durchgang in silbern schimmerndes Licht. Über das gedämpfte Geräusch schlurfender Füße und klingender Gläser hörte sie Beau noch immer singen. Ein Mond aus Papier, in der Tat. Die dümmste Idee, die sie je gehört hatte! Als die anderen Musiker die Melodie aufgriffen und mit ihren eigenen Verzierungen versahen, schwoll die Musik an.

Plötzlich flog die Türe auf, und Beau rannte nach draußen. Er sah sich aufgeregt um, bis er entdeckte, wo sie saß.

»Gott sei Dank!« sagte er. »Ich dachte schon, ich hätte dich verloren.«

»Ich brauchte frische Luft«, sagte sie zögernd.

Beau zog sie auf die Füße und hielt sie an den Schultern fest. Seine Augen wanderten über ihr Gesicht. »Ist mit dir alles in Ordnung?«

»Mir geht es gut.« Mary spürte ihren Körper zittern und fragte sich, ob er das wohl merkte. In seinem Blick mischten sich Verlangen und Fürsorge.

»Weißt du eigentlich, wie schön du hier im Mondlicht bist?« sagte er zu ihr.

Mary schüttelte langsam den Kopf und schaute ihm dann tief in die Augen. »Nein, ich weiß es nicht«, sagte sie einfach und hielt seinem Blick stand. »Sag es mir.«

»Du bist viel, viel zu schön«, erwiderte er langsam und betonte dabei jedes Wort.

Mary schloß die Augen und lächelte. Als sie sie wieder aufschlug, starrte er sie noch immer an. Sie wich zurück. »Beau, ich wurde gerne«, fing sie ein wenig stockend an und versuchte es dann noch einmal, »ich wünschte, ich könnte … ich meine, ich …« Seine Augen drängten sie, weiterzureden, und sie holte tief Luft. »Beau, ich kann nicht«, sagte sie schlicht. »Ich kann einfach nicht.«

Er zog sie nah an seine Brust und nahm sie wie ein Kind in die Arme. Mary fühlte sich in der Wärme seiner Umarmung dahinschmelzen.

»Ich weiß. Ich weiß, daß du nicht kannst«, wisperte er ihr

sanft ins Ohr. »Das ist schon in Ordnung so.« Er schob sie weg und zwang sie, ihn anzuschauen.

»Ich möchte, daß du mich anhörst«, sagte er. »Ich würde dir niemals weh tun. Ich möchte dich zu nichts drängen. Ich verstehe dich. Du brauchst nicht wegzulaufen.«

Er brachte sie dazu, sich wieder auf eins der Fässer zu setzen, und nahm ihre Hand in seine. »Ich muß dir gestehen, daß ich mich unsterblich verliebt habe, aber dagegen ist doch nichts einzuwenden, oder? Du mußt es doch gewohnt sein, daß die Männer sich Hals über Kopf in dich verlieben, sobald sie dich sehen. Warum genießt du es nicht einfach? Du weißt, daß du schön bist – na klar, wenn du eine Südstaatenschönheit wärst, würden die Herren Schlange stehen, nur um einen Blick von dir am Fenster zu erhaschen, und du bräuchtest dich nicht einmal umzudrehen und Hallo zu sagen.«

Mary lachte. Was hatte er nur an sich, das alles so leicht scheinen ließ? »Du bist mir schon ein Teufel«, seufzte sie.

»Ich weiß«, sagte er grinsend. »Man hat mich hin und wieder sogar einen schönen Teufel genannt. Und auch einen verdammt charmanten!«

»Sei nicht so anmaßend.«

»Warum denn nicht?« erwiderte er lachend. »Sieh mich doch an, wie ich hier mit einer wunderschönen Frau und einem Vollmond sitze und im Hintergrund die Musik dazu spielt.«

»Bist du einfach aufgesprungen und hast drinnen alles stehen und liegen lassen?« fragte sie.

»Natürlich nicht«, sagte er, als wäre er beleidigt, daß man so etwas überhaupt von ihm denken mochte. »Ich habe das Lied zu Ende gesungen und mich mit einer schwungvollen Verbeugung verabschiedet, ehe ich dir hinterherlief.«

»Übrigens ist der Mond noch gar nicht voll«, korrigierte sie ihn. »Das ist er erst am Sonntag.«

»Ist doch egal. Dann können wir uns hinsetzen und ihn beobachten.« Aufgeregt sprang Beau auf und zog sie auf die Füße. »Ich will dir was sagen. Weißt du, was mich zum glücklichsten Mann auf der ganzen weiten Welt machen würde?«

Mary schüttelte den Kopf.

»Tanz mit mir. Komm wieder mit rein und tanz mit mir.«

Dicht an dicht bewegten sich die Paare über die Tanzfläche, als Mary und Beau zurück in den Saal kamen. Er hielt ihre Hand, bis sie ins Helle traten, und Mary bedauerte zutiefst, daß er sie schließlich losließ.

Der Kapellmeister rief die Tanzenden auf, sich paarweise aufzustellen. Während die Tanzpartner in Reih und Glied Aufstellung nahmen, warb der Kapellmeister noch weitere Leute an

»Was geht hier vor?« fragte Beau.

»Hier wird gleich *The Siege of Ennis* getanzt«, sagte Mary. »Komm! Das wird lustig.«

Verdutzt folgte er ihr auf die Tanzfläche. Sie stellten sich zu einem anderen Paar, so daß sie eine Viererreihe bildeten. Es gab Geschiebe, und Partner wurden ausgewechselt, bis die Reihen zur Zufriedenheit des Kapellmeisters umgebildet waren. Als das Muster fertig war, standen vierundsechzig Leute in acht Reihen zu je vier Paaren einander gegenüber.

Als die Musik einsetzte, nahm Mary Beaus Hände und hielt sie vor ihren in die Höhe, wie die anderen das auch taten. Sie zählte die Takte, und die ganze Tanzfläche setzte sich in Bewegung.

»Vor«, sagte Mary, als sie zwei Schritt nach vorne hüpfte. »Und zurück«, sagte sie, als sie nach hinten tanzten.

»Das ist ja wie ein Menuett«, sagte Beau.

»Nicht ganz. Jetzt schräg zur Seite und zurück«, sagte Mary lachend, als sie das Paar neben ihnen anrempelten. Die Amerikaner stießen ständig mit den anderen Tänzern zusammen, und alle lachten über ihre Unbeholfenheit. Die Tänzer bewegten sich schräg zurück in ihre Ausgangsstellung, so daß jeder einem anderen Partner gegenüberstand.

»Und was jetzt?« fragte Beau und versuchte mit seinem Fuß den Rhythmus zu halten.

»Jetzt drehen«, befahl Mary und verwies ihn an die sehr große Dame ihm gegenüber. Die Frau hüpfte bereitwillig auf ihn zu und packte Beau um die Taille. Sie war so groß wie er, aber zweimal so breit. Beau warf Mary einen hilflosen Blick zu, der Entsetzen vortäuschte. Mary wurde von ihrem Partner durch die Luft gewirbelt, bis der ganze Saal sich drehte. Sie erhaschte einen Blick auf Beau und hätte vor Lachen fast das Gleichgewicht verloren. Galant versuchte er, die breite Leibesmitte seiner Partnerin zu umfassen, während sie ihn herumwirbelte und ihn dabei fast vom Boden abhob.

In dem Durcheinander, das beim Drehen entstand, verlor Beau seinen Platz, als jede Reihe sich um einen Platz weiterbewegte. Er versuchte an Marys Seite zurückzukehren, aber ein anderer hatte schon seinen Platz eingenommen. Mary wies ihn zurück auf den Platz neben seiner großen Partnerin. Die Frau packte seine Hand mit stählernem Griff und riß sie nach oben.

»Was passiert jetzt?« rief Beau Mary zu.

»Wir wiederholen das Ganze«, sagte sie lachend.

Beau hielt ihren Blick fest, als sie vorwärts aufeinander zu tanzten und dann wieder zurück. Es gelang ihm, mit seiner verdrießlichen Nachbarin Schritt zu halten, als die Reihe sich zur Seite und wieder zurück bewegte. Dann standen sie zum Drehen einander gegenüber. Mary streckte ihre Arme aus und zeigte Beau, wie er seine Arme mit den ihren verschränken mußte. Sie drehten sich schneller und schneller, hielten sich fester, um nicht zu stürzen und lachten vor Erregung. Mary wurde es ganz leicht ums Herz, als sie durch einen plötzlichen Lachanfall noch stärker außer Puste kam. Doch kaum hatte es begonnen, war es auch schon wieder vorbei, und Beau bewegte sich weiter in die Reihe hinter ihr.

Das Schema wurde unzählige Male wiederholt. Beau tanzte im Uhrzeigersinn durch die Reihen, während Mary sich in der entgegengesetzten Richtung weiterbewegte. Der riesige Kreis rückte dabei jedes Mal um einen Platz weiter. Eine Zeitlang tanzten sie immer weiter auseinander, bis sie beide am jeweils anderen Ende des Saals angekommen waren. Dann brachte jede Tanzfolge Mary und Beau einander näher. Sie suchten über die hüpfenden Köpfe hinweg Blickkontakt, verloren ihn während der Drehung und lächelten sich dann über die Menge hinweg zu, wenn sie einander wiederfanden.

Mary sah, wie sich die Lücke zwischen ihnen schloß. Er war nur noch vier Reihen von ihr entfernt. Beau hatte es inzwischen gelernt und tanzte richtig. Es war, als streckte sich sein

Blick nach ihr aus. Mary tanzte in der Vorfreude auf den Augenblick, in dem sie bei der Drehung einander wieder gegenüberstanden. Aber als er endlich vor ihr stand, hörte die Musik auf.

Sie rangen nach Luft, während sich die anderen Tänzer zerstreuten. Sie sagten nichts, wollten den Zauber nicht lösen. Erst als Beau ihre Hand nahm und die seine um ihre Taille legte, merkte Mary, daß die Musik wieder eingesetzt hatte.

Es war ein langsamer Walzer, der den Tanzpaaren nach der schwungvollen Kraftprobe Ruhe gönnte. Mit Beau zu tanzen war ein einziges Treibenlassen. Er hielt sie leicht, aber fest, und führte sie mit dem sanftesten Druck anmutig durch den Saal. Ihre Körper berührten sich nicht und bewegten sich doch wie ein einziger.

»Du bist ein sehr guter Tänzer«, sagte Mary.

»Das soll so sein. Hat meine Eltern ein Vermögen gekostet«, witzelte er.

»Hattest du Tanzstunden?«

»Von meinem sechsten Lebensjahr bis zu meinem zwölften jeden Dienstag nachmittag. Man brachte mich in die Stadt und zwang mich, daran teilzunehmen. Meine Tanzlehrerin war diese entsetzliche Miss Lily Rose, meiner Partnerin von eben nicht ganz unähnlich, aber mit mehr Rüschen. Jede Woche hielt sie einen Tanztee ab und brachte uns Benehmen, Tanzen und was sie Anstand nannte bei. Dahinter stand die Idee, uns vornehme Manieren und Tanzen gleichermaßen beizubringen. Alle Mädchen waren größer als die Jungs und sahen aus wie herausgeputzte Zuckerpüppchen. Ihnen machte wenigstens das Herausputzen Spaß. Die armen Jungs waren zum Erbarmen. Wir wurden geschrubbt und dann in Anzüge gestopft und mit Krawatten verschnürt. Eine Tortur, die in den Südstaaten sehr verbreitet ist. Wirklich eine Schande. Ich habe es aus ganzer Seele gehaßt.«

Mary lachte. »Und warum hast du mitgemacht?«

»Oh, ich wollte ja aufhören, aber meine Mutter wollte davon nichts hören. Als ich dann zwölf war, beschloß ich, nicht mehr hinzugehen.«

»Und deine Mutter?« fragte Mary.

»Man könnte wohl sagen, ich unterließ es, sie von meinem Entschluß in Kenntnis zu setzen«, erwiderte er mit einem verschlagenen Grinsen.

»Und wie ist dir das gelungen?«

»Das erforderte einige Vorbereitung«, fing er an, »ich fälschte eine Nachricht, die besagte, daß ich aufgrund meiner gesundheitlichen Verfassung nicht teilnehmen könne, und schickte diese an Miss Lily Rose. Dann bestach ich das Mädchen, das als Anstandsdame immer dabei war, und brachte den Fahrer dazu, den Mund zu halten, indem ich ihn wissen ließ, daß mir die Flasche Scotch, die er im Handschuhfach aufbewahrte, nicht entgangen war. Ich sprang also jeden Dienstag aus dem Wagen und tat so, als ginge ich in das Gebäude, zischte statt dessen aber durch einen Durchgang ab und traf mich mit den Jungs aus den Vierteln der Stadt, in denen ein rauherer Umgangston herrschte, auf eine Partie Poker gegen Pfennige. Eine wirklich traurige Geschichte des Verfalls«, sagte er kopfschüttelnd. »Ich machte mich jeder Menge Sünden schuldig. Lügen, Fälschung, Bestechung, Erpressung und Glücksspiel! Und ich war erst zwölf Jahre alt.«

»Und wie lange konntest du das so aufrechterhalten?« wollte Mary wissen.

»Nur drei Monate lang«, gestand Beau. »Miss Lily Rose stattete meiner Mutter einen Besuch ab, um zu erfragen, ob meine gesundheitliche Verfassung sich gebessert habe, und damit war das Spiel vorbei. Da war die Hölle los, das kann ich dir sagen. Aber es hat sich gelohnt. Ich mußte nie mehr Tanzstunden nehmen.«

»Aber fairerweise muß man sagen, daß du wirklich tanzen gelernt hast«, fügte Mary hinzu, als er sie bei dem letzten Takt der ausklingenden Musik ein letztes Mal herumwirbelte.

»Das stimmt. Und ich muß auch sagen, daß ich mich dank Miss Lily Rose anständig benehmen kann, wenn es nötig sein sollte«, gab er lächelnd zu. Beau trat einen Schritt zurück, hielt ihre Hand aber fest. »Haben Sie herzlichen Dank, mir das Vergnügen dieses Tanzes geschenkt zu haben, Madame. Ich stehe auf ewig in Ihrer Schuld.« Dann verbeugte er sich anmutig und hauchte einen zarten Kuß auf ihre Hand. Mary kicherte und machte einen kleinen Knicks.

Als die Musik wieder einsetzte, trat Oberleutnant Hansen auf sie zu, um sie um einen Tanz zu bitten. Warnend wies er Mary auf seine zwei linken Füße hin, schlug sich dann aber doch ganz tapfer, im Gegensatz zu Dr. Moloney, der sich als nächster aufdrängte. Er war ein sehr schwerfälliger Tänzer und entschuldigte sich jedesmal vielmals, wenn er ihr auf den Fuß trat. Die Frauen aus der Stadt standen Schlange, um mit den Amis zu tanzen. Beau war ein sehr gefragter Tanzpartner, wie auch der Häuptling. Mary bemerkte, daß Matt unter den erstaunten Blicken von Martin mit Kitty Kelleher tanzte, während Miss Aileen O'Donovan mit Con O'Leary die Tanzfläche unsicher machte, dabei laut über ihre neuen Schuhe klagte und ihren Partner ermahnte, nicht daraufzutreten. Beau sah oft zu Mary hinüber. Zu Beginn jedes neuen Tanzes versuchte er, auf ihre Seite des Raums zu gelangen. Aber jedesmal wurden entweder Beau oder Mary von einem anderen Tanzpartner weggeschnappt.

Mary tanzte mit jedem Mitglied der Besatzung, einem nach dem anderen. Sie waren alle höflich und freundlich, aber keiner von ihnen war so reizend wie Beau. Ihr fiel auf, daß der junge Lange, Les Wagner, fehlte. Sie fragte nach ihm, als Matt wieder mit ihr tanzte. Er lächelte und meinte, er mache »einen langen Spaziergang«, und Mary fragte sich, ob wohl Imelda etwas damit zu tun hatte.

Lachen und Tanzen erfüllten den Saal. Mary konnte sich nicht erinnern, jemals so viel Spaß gehabt zu haben. Mit dem fortschreitenden Abend vergaß man die Sorgen, verzieh Beleidigungen und stritt Schwierigkeiten schlichtweg ab. Mary plauderte mit Leuten, mit denen sie seit Jahren kein Wort mehr gewechselt hatte, und mehr als einer erzählte ihr, wie froh sie waren, daß sie so gut aussah. Zum ersten Mal seit langer Zeit fühlte sie sich als Teil dieser Stadt und ihrer Menschen, und es wärmte ihr das Herz, wieder zurückgekehrt zu sein.

Zur allgemeinen Freude wurde Tojo wieder munter und begann auf dem kleinen Podium zu tanzen. Martin Kelleher und seine Kumpel tanzten mit dem Affen, während die anderen Leute sich um sie herum im Kreis aufstellten und mit Klatschen anfeuerten. Die kleinen Jungs hatten sich alle die Käppis der Flieger vorwitzig schräg auf den Kopf gesetzt. Mary machte eine Pause und sah sich um. Sie saß noch nicht lange, da hatte Beau sich schon neben sie gesetzt.

»Du bist ganz entschieden die Schönste des Balls«, sagte er. Er legte seine Hand aufs Herz, als wollte er tiefste Kränkung vorgaukeln. »Seit über einer Stunde versuche ich nun, einen Tanz zu bekommen, doch du hast mich einfach ignoriert. Ich habe mir schon überlegt, sie mit dem Stock wegzutreiben, um wieder mit dir sprechen zu können.«

»Ich bin nicht die ›Schönste‹ von irgendwas. Das macht nur das Kleid«, sagte Mary, froh, wieder in seiner Gesellschaft zu sein.

Beau beugte sich zu ihr und imitierte dabei, wie Mary erkannte, auf übertriebene Weise Matt: »Wie man in Brooklyn sagt: ›Es ist nicht das Kleid, Lady, es ist der Bügel.‹ Ich habe sogar gesehen, daß Charlie Hansen sich an dich rangemacht hat.«

»Euer Pilot ist ein netter Mann«, sagte Mary. »Er kann es kaum erwarten, nach England zu kommen und mit dem Krieg weiterzumachen.«

»Oh, das ist vermutlich bei allen der Fall«, erwiderte Beau zerstreut.

»Du meintest doch, deine Crew würde sich freuen, dich wiederzusehen.«

Beau hob unschlüssig die Schultern. Mary überlegte, daß er vielleicht nicht über den Krieg reden wollte. Der Gedanke, Beau könne sein Leben verlieren, ließ sie schaudern.

Beau fiel ihr Stimmungswechsel auf, und er fragte nach dem Grund.

»Es macht mich einfach krank, junge Männer wie euch in den Krieg ziehen zu sehen«, sagte sie traurig. »Ich fände es furchtbar, wenn dir irgend etwas zustoßen würde«, fügte sie weich hinzu.

Zu ihrer Überraschung zwinkerte Beau nur und lachte.

»Um mich brauchst du dir keine Sorgen zu machen«, sagte er fröhlich.

»Aber du könntest abgeschossen werden«, flüsterte Mary ernst. »Wir hören manchmal, wie schlimm das ist. Die Zeitungen sind zensiert, die Briefe auch, aber man kriegt doch etwas mit.«

»Du brauchst dir aber trotzdem keine Sorgen zu machen«, sagte er lächelnd. »Die Gefahr, abgeschossen zu werden, ist bei mir genauso groß wie die, von einem Bus überfahren zu werden.«

Mary war verwirrt. Worauf wollte er hinaus?

Mit Verschwörermiene näherte Beau sich ihrem Gesicht: »Kannst du ein Geheimnis für dich behalten?«

Mary nickte bedächtig.

»Ich bin in Wirklichkeit gar kein Flieger«, flüsterte Beau ihr ins Ohr.

»Was willst du damit sagen?« fragte sie und deutete auf seine Uniform. Beau sah an sich hinunter, als fiel ihm gerade erst auf, daß er sie trug.

»Oh, das da? Das ist nur Maskerade.«

»Was bist du dann?« fragte sie verwirrt.

»Ich bin nichts weiter als ein gutaussehender Louisiana-Teufel. Aber sag das keinem.« Beau hielt inne, um seiner Aussage Gewicht zu verleihen. »Versprichst du mir das?«

»Ich glaube dir kein Wort«, sagte Mary förmlich, obwohl ihre Augen wieder zu tanzen begannen.

»Versprichst du, es keinem zu sagen?« bohrte er nach.

»Wenn es dich glücklich macht, kann ich ja so tun, als würde ich dir glauben«, sagte Mary und hielt beide Hände hoch.

»Na also, das hätten wir«, sagte Beau, der sich in seinem Stuhl zurücklehnte und seine langen Beine von sich streckte. »Du tust so, als wäre ich's nicht, und ich tue so, als wäre ich's, und irgendwo dazwischen wird die Wahrheit dann schon liegen.«

Mary sah ihn forschend an, ob er noch eine Erklärung dazu liefern wollte, aber Beau hatte nichts mehr zu sagen. Er zog nur die Brauen hoch und fing zu pfeifen an, als wären ihm sämtliche Sorgen der Welt fremd. Er beobachtete Tojo und die Jungs beim Tanzen, warf ihr aber mit einem charmanten Grinsen immer wieder verstohlene Blicke zu, und sie merkte, daß er das Lied vom Mond aus Papier pfiff. Dabei sah er aus, als könnte er kein Wässerchen trüben.

»Du bist ein Louisiana-Teufel, soviel ist sicher«, sagte sie kopfschüttelnd.

Beau gab vor, sie nicht zu hören und sang kaum hörbar: »… *aber wenn du mir Glauben schenkst, wird daraus auch mehr.«*

»Du hältst dich wohl für sehr unwiderstehlich?« sagte Mary streng, mußte dabei aber lächeln.

Beau setzte sich aufrecht hin und sah ihr in die Augen.

»Nein, Ma'am, ich halte mich nicht für unwiderstehlich«, sagte er ernsthaft. »Ich weiß, daß ich es bin. Als ich geboren wurde, hat meine Mama doch tatsächlich gesagt, daß es im ganzen Staat Louisiana kein unwiderstehlicheres Baby gab als mich!« Dann warf er den Kopf zurück und brüllte vor Lachen.

16

Les ließ den Strahl seiner Taschenlampe über den sumpfigen Weg gleiten. Er war so überwachsen, daß er ihn im Dunkeln leicht hätte übersehen können, wenn er nicht schon früher einmal dagewesen wäre. Dennis war mit ihm am Nachmittag schon einmal hiergewesen, aber Imelda und Tommy waren beide »tagsüber unterwegs«. Ihre Tante bat sie, später noch einmal vorbeizukommen. Les war enttäuscht, Imelda verpaßt zu haben, doch das stärkte nur seine Entschlossenheit, sie wiederzusehen. Es brauchte einige Überredung, bis Dennis schließlich einwilligte, am Abend noch einmal zum Lager der Kesselflicker zurückzukehren.

Ruth war sofort einverstanden gewesen. Sie hatte ihren Eltern erzählt, sie müsse wegen der Tanzveranstaltung lange im Hotel bleiben, und war dann aus der Arbeit verschwunden, um mitzukommen. Dennis hatte für Les ein Fahrrad organisiert, so daß sie alle gemeinsam hinaus zum Sumpfland fahren konnten.

Les war sich nicht sicher, ob es eine Ausgangssperre gab, aber er fragte auch nicht. Er entfernte sich nach dem Prinzip, daß es manchmal leichter sei, um Verzeihung als um Erlaubnis zu bitten, und bat Matt, ihn zu decken, falls irgend jemand Fragen stellte. Die ganze Unternehmung hatte etwas von einer Verschwörung, als sie im Dunkeln aus der Stadt radelten, bemüht, nicht laut zu lachen, und Straßen wählten, auf denen es unwahrscheinlich war, daß Ruth von jemandem entdeckt wurde, den sie kannte.

Les ließ seinen schweren Tornister auf den Boden fallen und rief die anderen herbei. »Hier geht's lang. Es ist ziemlich dunkel, paßt also auf.«

»Soll ich dir tragen helfen?« fragte Dennis. »Sieht schwer aus.«

»Nein, danke. Es geht schon«, sagte Les und hievte den Sack wieder auf seine Schulter.

»Was hast du denn da drin?« fragte Ruth.

»Nur ein paar Sachen aus dem Flugzeug, die ich mit in die Stadt genommen habe, hauptsächlich Essen und Obst. Für die Kinder habe ich Schokolade gefunden. Und von Matt habe ich eine Flasche Rum bekommen.«

»Rum! Damit sind wir bestimmt willkommen«, sagte Dennis.

»Herrje, ich bin bis zu den Knöcheln in diesen Schlamm eingesunken«, kreischte Ruth. »Meine Schuhe sind ruiniert. Wie soll ich das nur erklären?«

Les leuchtete mit der Taschenlampe auf Ruth. Sie war vom Weg abgekommen und in den Sumpf geraten. Der Anblick, wie sie versuchte, sich aus dem Sumpf zu befreien, war so lustig, daß Les und Dennis sich vor Lachen kaum halten konnten.

»Laßt mich in Ruhe und lacht über euch selbst!« kicherte sie. Doch je mehr sie ihren Unwillen an ihnen ausließ, desto mehr lachten sie. »Jetzt hört auf und helft mir, ihr Blödmänner!« schrie sie.

Dennis streckte seinen Arm aus und packte sie an der Hand. »Komm, Mädchen. Ich zieh dich da raus.« Sobald Dennis an ihr zog, als hätte er einen Fisch an der Leine, sprang Ruth heraus wie ein Korken.

»Heilige Mutter Gottes – jetzt hab ich sie ganz verloren!« Ruth war barfuß und starrte verzweifelt auf den schwarzen Matsch. Les suchte ihn im Strahl der Taschenlampe ab, aber keine Spur verriet die Schuhe. Es war, als hätte der Sumpf sie verschluckt.

»Mann!« sagte Les. »Dieses Zeug ist ja wie Treibsand.«

»Es ist Treibsand, je näher man ans Meer kommt. Bei Ebbe kann das Delta trügerisch sein«, sagte Dennis.

»Trügerisch?« schrie Ruth. »Ich geb dir gleich ein trügerisch! Du solltest meine Mama sehen, wenn ich ohne Schuhe nach Hause komme! Die wird mir schneller als jeder Treibsand den Garaus machen.«

»Komm, ich trage dich«, sagte Dennis und schwang sie unter Gebrüll hoch auf seine Arme.

»Laß mich runter!« befahl Ruth. Weiter weg hörten sie Hunde bellen.

»Jetzt kommt, ihr zwei. Laßt uns weitergehen«, sagte Les.

Ein Rudel knurrender Hunde kam ihnen auf halbem Weg entgegen und hielt sie in Schach, bis ein Mann, der ihnen folgte, sie zurückpfiff. Es war Imeldas Onkel Paddy. Er begrüßte sie und begleitete sie zur Lichtung, während die Hunde an ihren Fersen schnüffelten. Zwei kleine Lagerfeuer brannten hell und schossen Funken hoch in den Nachthimmel. In kleinen Gruppen standen die Leute um sie herum und wärmten sich. Les konnte gerade eben die Umrisse der beiden Wohnwagen und die kleine Schutzhütte erkennen. Im Schatten zu seiner Rechten sah er, daß ein dritter Wohnwagen sich neben den von Imelda gestellt hatte. Daneben war ein großes, niedriges Zelt aufgebaut. Hinter dem Zelt bewegten sich langsam größere Schatten, ein halbes Dutzend dort angebundene Pferde, wie Les erkennen konnte.

Kinder liefen ihnen entgegen, als sie die Lichtung betraten. Bald waren sie von mindestens einem Dutzend Kinder und noch mehr Hunden umringt. Les sah Imelda neben ihrer Tante stehen. Er ging zu ihr und gab ihr den Tornister.

»Das sind ein paar Sachen für die Kinder«, sagte Les schüchtern. »Und da ist eine Flasche Rum für deinen Onkel.«

Imelda nickte zum Dank und gab alles ihrer Tante.

»Da ist auch eine Puppe«, fügte Les hinzu. »Die habe ich für Nellie gekauft. Hoffentlich geht es ihr besser.«

»Es geht ihr viel besser, danke.« Imelda scheuchte die Kinder und die Hunde weg.

Tante Helen öffnete den Sack und holte die Puppe heraus. Imeldas Schwestern rissen sie ihr aus der Hand und rannten schreiend zum Wohnwagen, damit Nellie sehen konnte, was der Ami ihr mitgebracht hatte.

»Damit sind sie jetzt eine Weile beschäftigt«, sagte Imelda. Tante Helen leerte den Sack aus. Frauen und Kinder, die sich zusammengefunden hatten, um zu sehen, was es gab, begrüßten jedes Stück mit beifälligem Murmeln. Les blickte sich um und zählte mindestens dreißig Leute, die hier kampierten.

»Gehören die alle zu deiner Familie?« wollte er von Imelda wissen.

»Mehr oder weniger«, erwiderte sie. »Das da sind Kusinen aus Skibbereen. In ein paar Tagen ziehen sie weiter nach Cork, und den Sommer verbringen sie dann oben in Clare.«

»Alle Fahrenden sind miteinander verwandt«, sagte Ruth, als sie sich mit Dennis dazugesellte. »Denn sie heiraten ja nur untereinander, weißt du«, fügte sie hinzu.

Les konnte nichts dazu sagen, denn Tommy kam und zog ihn und Dennis fort an eins der Lagerfeuer. Dort stellte er sie einer Gruppe Männer vor. Die Männer nickten und grunzten einen barschen Gruß, als sie sich die Hände gaben. Tommy schleppte einen kleinen dreibeinigen Stuhl und eine Holzkiste herbei und bedeutete ihnen, sich hinzusetzen. Les hoffte darauf, daß die Mädchen ihnen nachkamen, aber er sah Ruth und Imelda an das andere Feuer gehen, wo die Frauen es sich bequem machten. Imelda deutete auf Ruths Füße, und Ruth lachte.

»Warum sitzen Männer und Frauen nicht zusammen?« wollte Les von Tommy wissen.

Tommy zuckte die Achseln, als wäre das etwas, worüber er sich noch nie Gedanken gemacht hätte. »Ich weiß nicht. Es ist einfach so.«

»Und wie lernen sie einander dann kennen?« scherzte Les.

»Kennenlernen? Wir brauchen uns nicht kennenzulernen. Wir kennen uns nämlich alle«, sagte Tommy sichtlich gelangweilt.

»Aber wie lernt ihr – du weißt schon – wie findet ihr ein Mädchen?« versuchte Les es noch einmal. Tommy sah ihn an und zog verständnislos die Nase hoch.

»Ich meine, wie findet ihr eine Freundin? Eine Liebste? Ihr

Jungs heiratet doch, oder?« Les sah hinüber zu Dennis, der nur den Kopf schüttelte und lachte.

»Heiraten!« rief Tommy. »Darauf willst du also hinaus? Natürlich heiraten wir, aber das wird alles von den Alten ausgemacht. Manchmal machen sie das schon bei deiner Geburt aus, manchmal auch erst, wenn du älter bist.«

»Dann werdet ihr einander also versprochen? Ich wußte nicht, daß es so etwas noch gibt. Und was ist, wenn es nicht funktioniert?«

»Am Ende geht es doch immer«, meinte Tommy nüchtern. »Die Alten wissen es am besten. Sie kennen die jungen Leute, und sie kennen die Familien, und sie stellen die bestmögliche Verbindung her. Aber jetzt genug damit – habe ich mich verhört, oder sollte da nicht eine Flasche Rum unter all den Sachen sein, die du mitgebracht hast?«

Tommy winkte seiner Tante, die daraufhin Imelda und Ruth mit der Flasche sowie einer Kanne Tee und einigen Marmeladengläsern und Tassen zu ihnen schickte. Die Männer um das Lagerfeuer brummten beifällig. Die Flasche machte die Runde und wurde hochgehoben, ehe jeder einen tiefen Schluck nahm. Imelda wechselte kein Wort mit Les, aber lächelte ihn an, als sie ihm eine Tasse sehr süßen Milchtee einschenkte. Die Flammen hoben die rötlichen Glanzlichter ihres dicken blonden Zopfes hervor, der ihr über den Rücken fiel. Les fand, daß sie sogar noch hübscher aussah, als er sie in Erinnerung hatte. Ruth wollte sich neben Dennis stellen, aber Imelda zog an ihrem Ärmel und brachte sie zurück zum Lagerfeuer der Frauen.

»Ist Ruthie in den Sumpf gefallen?« erkundigte sich Tommy, als er den beiden nachblickte.

»Das ist sie«, bestätigte Dennis. »Und er hat ihr doch glatt die Schuhe ausgezogen.«

»Da hat sie aber Glück gehabt, daß sie so gut weggekommen ist«, sagte Tommy ernst. »Stimmt's, Onkel Mick?« fügte er hinzu und wandte sich dabei an einen sehr alten Mann, der auf einem Eimer neben dem Feuer saß. Sein Kinn ruhte auf seinen Händen, die sich auf einem kurzen Stock aufstützten, und er schien zu schlafen. Über mehreren fadenscheinigen

Kleidungsstücken, deren Originalfarbe längst verblichen war, trug er einen schmutzverkrusteten, schweren schwarzen Mantel. Überraschenderweise quollen unter seiner wettergegerbten Kappe dicke graue Locken hervor.

»Onkel Mick kennt all die alten Geschichten, nicht wahr, Mick?«

Der alte Mann schlug die Augen auf, als er seinen Namen hörte, und verzog sein Gesicht zu einem breiten, zahnlosen Grinsen. Ein Auge war trüb, aber das andere blitzte wie ein strahlendblaues Leuchtfeuer über einer grauen See.

»He, Jung!« Der Alte nuschelte durch sein Zahnfleisch, als er mit seinem Stock auf Tommy deutete. Er sah aus wie eine Gestalt, die gerade erst unter einer Baumwurzel hervorgekrochen war. Seine Hände waren knorrig und verwachsen und schwarz wie Kohle.

»Erzähl ihnen vom Sumpf, Mick«, forderte Tommy ihn auf. Die anderen Männer lehnten sich zurück, als erwarteten sie eine gute Geschichte.

»'s is' der Tod, Jung!« sagte der alte Mann. »Im Sumpf is' der Tod. Der saugt dir die Seele aus und spuckt deine Knochen aus!« Die Männer lachten alle laut und hoben ihre Tassen, als wollten sie den alten Mann hochleben lassen. Sie riefen ihm zu, ihnen eine Geschichte zu erzählen, und befahlen dann allen, ruhig zu sein und zuzuhören. Die Frauen am anderen Lagerfeuer stellten ihre Gespräche ein und brachten die Kinder dazu, still zu sein. Als alles ruhig war, fing der alte Mann an.

Der Alte erzählte mit großer Ausdruckskraft. Doch Les konnte nicht verstehen, was er sagte. Es hatte Rhythmus und Melodie, und er hielt oft inne, damit die Zuhörenden lachen oder seufzen konnten, was sie dann auch geräuschvoll taten. Die Frauen feuerten ihn an und hatten großen Spaß an der Geschichte. Les verstand nur hier und da einmal ein Wort. Manchmal hörte es sich an, als spräche er gar kein Englisch mehr. Les bekam jedoch mit, daß es einen furchterregenden Teil und einen lustigen gab. Der alte Mann verzauberte seine Zuhörer, die ihm an den Lippen hingen und jeder Regung seines Gesichts folgten. Les nickte und lächelte, wann immer er es für angemessen hielt. Sie genossen es alle so sehr, daß Les mit ihnen lachte und sich freute, in ihrer Gesellschaft zu sein.

Die Wolken über ihnen teilten sich, und hinter dem alten Mann zog wie eine geisterhafte Kulisse ein blasser Mond auf. Les kam sich vor, als wäre er mitten in die Seiten eines Buches gesprungen. Die Lagerfeuer, die in ihre Schals gewickelten Frauen, die barfuß im Schmutz spielenden Kinder und der alte zahnlose Mann, der im Mondlicht mit seinem Stock wedelte – alles sah wie ein Bild aus einem Märchenbuch aus. Und im Mittelpunkt all dessen saß Imelda, die Zigeunerprinzessin.

Mit großer Geste und unter wilden Stockschlägen beendete der alte Mann seine Geschichte. Und alle kringelten sich vor Lachen.

Junge, Junge, überlegte Les, selbst wenn er im dunkelsten Afrika gelandet wäre, könnte er nicht weiter von Wisconsin entfernt sein.

Der alte Mann nahm einen Schluck aus der Rumflasche und reichte sie dann an Les weiter. Er sagte etwas. Es war ein Toast oder eine Art Gruß.

Les grinste und nahm die Flasche. »Danke.« Er hoffte nur, nicht in etwas Seltsames eingewilligt zu haben. »Danke sehr.«

»Hat dir die Geschichte gefallen?« wollte Tommy wissen.

»O ja, sie hat mir gefallen«, antwortete Les. Er lachte und gab die Flasche an Dennis weiter. »Ich habe zwar nichts verstanden, aber sie hat mir gefallen. Hat er denn Englisch gesprochen?«

»Manchmal«, sagte Dennis verschmitzt. »Mit ein bißchen Irisch versetzt.«

»Onkel Mick wird alt. Er springt vom Englischen ins Irische, ohne es zu merken, aber meistens spricht er Gaunersprache. Wir nennen sie *Cant.*«

»Was ist das?« wollte Les wissen.

»Es ist die Sprache der Zigeuner«, erklärte Dennis. »Altes Irisch oder etwas in der Art.«

Les sah Tommy an, aber der schüttelte den Kopf. »Es ist mehr als das. Das Irische ist sicher dabei, aber manchmal sind die Worte umgestellt oder verdreht. Oder sie reimen sich. Es ist sehr praktisch, wenn man nicht verstanden werden möchte.«

»Dann ist es also eine Geheimsprache?«

Dennis und Tommy nickten.

»Verstehst du sie denn?« fragte Les Dennis.

»Ne!« schnaubte Dennis verächtlich. »Ich bin doch kein Zigeuner!«

Tommy senkte seinen Blick zu Boden, und Dennis holte tief Luft. Ein unangenehmes Schweigen folgte. Les merkte, daß er hier einen wunden Punkt getroffen hatte, und er ließ es dabei bewenden.

»Wir haben an der Schule eine Geheimsprache gesprochen«, verkündete Les fröhlich. »Wir nannten sie Schweinelatein.«

Tommy und Dennis nutzten beide die Chance, das Eis zu brechen.

»Schweinelatein?« wiederholte Dennis.

»Sprichst du es?« fragte Tommy.

»Es ist sehr leicht«, erklärte Les. »Du nimmst ein Wort und hängst den ersten Konsonanten hinten mit einem ›ei‹ an. Aus Wort wird so Ort-wei. Schweinelatein ist Eineschwei-Ateinlei. Richstspei udei Eineschwei-Ateinlei?«

Dennis und Tom schauten ihn im ersten Augenblick verständnislos an, brachen aber in Gelächter aus, als sie den Sinn erfaßt hatten. »Ajei!« schrien sie beide.

Das Dreiergespann versuchte sich bald an Sätzen und erklärte das Schweinelatein auch den anderen Männern rund ums Feuer. Die Frauen versuchten auch mitzubekommen, was da so lustig war, und probierten es bald auch selbst aus. Les schickte Imelda ein Lächeln, die mit Ruth flüsternd herumalberte. Nachdem sie seinen Blick aufgefangen hatte, erwiderte sie sein Lächeln mit gesenkten Lidern.

Die Wolken waren verschwunden, und das Lager war in Mondlicht getaucht. Les konnte fast so gut sehen wie am hellichten Tag. Er entdeckte einen kleinen Jungen, der Tommys Aufmerksamkeit zu erreichen versuchte. Er drehte sich um, als er sah, wie Les ihn beobachtete.

»Ich glaube, da sucht dich jemand«, sagte Les zu Tommy.

Der Junge kam aus dem Schatten heraus und huschte scheu hinüber zu Tommy, um ihm etwas ins Ohr zu flüstern, ehe er wieder davonschlüpfte, um hinter dem Wohnwagen zu warten.

»Das ist mein Kusin«, erklärte Tom. »Er ist ein bißchen einfältig. Nicht ganz helle, wenn du weißt, was ich meine. Aber er hat ein Händchen für Tiere. Eins der Ponys hat sich losgerissen. Ich muß ihm helfen.«

Les folgte Tommy bis zum Rand des Lagerplatzes und sah ihnen nach, wie sie in die Marsch hinausliefen. Sie machten keinesfalls den Eindruck, als hätten sie Angst, von irgendeinem Tod im Sumpf erwischt zu werden, wenngleich sie sich vorsichtig durch das lange Gras bewegten und dabei leise nach den Pferden riefen. Les erschrak, als Dennis, den er nicht hinter sich hatte hergehen hören, plötzlich auftauchte.

»Ruthie muß jetzt nach Hause«, sagte er. »Wir brechen also am besten auf.«

Ruth und Imelda standen ein paar Meter hinter ihm und warteten. Les wurde von Panik befallen. Den ganzen Abend über hatte er kaum mit Imelda gesprochen. Nach dem zu urteilen, was er von der Lebensweise dieser Leute erfahren hatte, würde es nicht leicht sein, sie wiederzusehen. Die Leute reihten sich auf, um sich zu verabschieden. Traurig ging er zurück zum Feuer. Imelda beobachtete ihn mit einem Lächeln im Gesicht.

»Ich begleite dich zurück bis zur Straße«, flüsterte sie, als er vorbeiging. Les wurde ganz leicht ums Herz. Er würde eine Gelegenheit bekommen, mit ihr allein zu sein. Energisch schüttelte er jedem die Hand, selbst all den kleinen Kindern. Der alte Mann packte ihn mit kräftigen knochigen Fingern und sagte etwas, ehe er ihm einen Klaps auf den Rücken gab. Alle lachten und zeigten auf sie. Les lächelte und nickte. Er verstand noch immer kein Wort, aber das kümmerte ihn einen Dreck.

Das Verabschieden dauerte eine Ewigkeit, aber schließlich liefen sie allein den vom Mondlicht beschienenen Pfad entlang. Ruth und Dennis warteten nur solange, bis sie im Schutz der Bäume waren, ehe sie Arm in Arm weitergingen. Les streckte Imelda seine Hand hin, aber sie schlug sie weg.

»Nicht hier«, flüsterte sie gut hörbar. »Sie beobachten uns noch.«

Als sie den morastigen Pfad entlanggingen, unternahm Les

einige neckische Versuche, ihre Hand zu ergreifen. Imelda lachte aber und schob ihn zum Spaß weg. Als sie das Ende erreichten, stolperte sie über eine Furche, und Les fing sie auf, nahm sie um die Taille und schwang sie lachend herum.

»Ich-ei ind-fei ich-dei underbar-wei«, sagte er, als er sie wieder sanft auf der Straße absetzte.

»Was willst du damit sagen, Les Wagner? Der Satz ist zu lang für mich.« Imeldas Augen strahlten ihn an.

»Ich finde dich wunderbar«, übersetzte er. Er hatte noch immer seinen Arm um ihre Taille gelegt, zog sie näher an sich heran und küßte sie sanft. Ohne zu zögern erwiderte sie seinen Kuß, drehte sich dann um und rannte die Dammstraße hinunter.

Les folgte ihr zu ihrem Platz auf der Steinmauer, wo sie mit dem Rücken zum Marschland auf das Flußdelta hinausschaute. Ruth und Dennis waren weitergegangen und küßten sich innig. Les nahm Imeldas Hand in die seine, und sie schubste ihn nicht weg.

Die Flut war zurückgegangen, und ein starker Seegeruch stieg aus dem Mündungsdelta. Les konnte in der Ferne die Brandung tosen hören. Weit drüben auf der anderen Seite entdeckte er winzige Lichter und stellte sich vor, daß dies die Männer aus dem Ort waren, die das Flugzeug bewachten. *T'Ain't a Bird* war im Mondlicht klar zu erkennen. Das von den Plexiglaskuppeln der Gefechtsstände reflektierte helle Licht ließ es wie ein riesiges Märchenschloß erscheinen.

»Ich wollte dir ein Geschenk mitbringen«, sagte er. »Aber ich habe in der Stadt nichts finden können, was gut genug gewesen wäre.«

»Das macht doch nichts«, sagte Imelda.

Les wunderte sich, wie sie so stillsitzen konnte. Im Mondlicht sah sie wie eine Statue aus. Ihn durchzuckte der Gedanke, daß sie gleichzeitig sehr jung und sehr alt war. Les ließ ihre Hand los und fummelte am Kragen seines Hemds herum.

»Nein, wirklich. Ich möchte, daß du etwas bekommst.« Er löste seinen Flügelanstecker und gab ihn Imelda. »Da, nimm das. Es ist nicht viel, aber es wird dich an mich erinnern.«

Imelda sah sich die glänzende Silbernadel an.

»Das kann ich nicht annehmen. Es ist zu kostbar. Und du bekommst bestimmt Ärger«, sagte sie und schüttelte den Kopf.

»Ich möchte, daß du ihn behältst. Ich werde sagen, daß ich ihn verloren habe. Keine Sorge«, sagte Les und schloß seine Hand um ihre. Und ehe sie noch etwas sagen konnte, legte er seinen Arm um sie und küßte sie wieder.

Ein kurzes Stück des Wegs radelten sie gemeinsam. Ruth und Dennis scherzten miteinander auf Schweinelatein, aber Les fuhr ruhig nebenher und versuchte herauszufinden, wie lange er den Geschmack von Imeldas letztem Kuß auf seinen Lippen bewahren konnte. An der Querstraße hielten sie an. Dennis gab Ruth zum dritten Mal einen Abschiedskuß, ehe sie endlich in die kleine Straße einbog, die sie nach Hause führte.

Dennis und Les blieben stehen und winkten, bis sie um eine Kurve verschwand. Dann arbeiteten sie sich langsam den steilen Hang hinauf. Das war mühsam, und sie sprachen wenig miteinander, weil beide ihren Gedanken nachhingen und zu stolz waren, von den Fahrrädern abzusteigen und zu schieben. Les dachte an Imelda vor der Glut des Lagerfeuers. Sie sah wirklich aus wie eine Zigeunerprinzessin. In seinem Kopf wimmelte es von seltsamen Sprachen und versprochenen Heiraten und Geistergeschichten, die er nur ahnen, aber nicht verstehen konnte.

Aber immer wieder kehrten sie zu dem Bild von Imelda zurück, wie sie im Mondlicht dastand und ihm zum Abschied winkte.

Als sie oben angelangt waren, machten sie Halt, um wieder zu Atem zu kommen. Die Stadt lag unter ihnen, ihre kleinen grauen Häuserreihen glänzten silbern in der Nacht. Der die Hausdächer überragende Kirchturm reckte sich, als wollte er den Mond aufspießen.

Les holte die Packung Lucky Strike heraus und bot Dennis eine an. Sie rauchten nebeneinander und teilten die Erregung, hier oben zu sein, während die Welt zu ihren Füßen in tiefem Schlaf lag.

Dennis schnippte die Kippe in den Graben und grinste.

»Das ist wirklich ordentlich steil«, sagte er und deutete auf die Straße, die in scharfen Kurven zur Stadt hinunterführte. »Glaubst du, du schaffst es?«

»Sieht wirklich ganz schön steil aus«, entgegnete Les grinsend, »aber ich denke, ich schaffe es.«

»Dann werde ich dir mal Dampf machen!« schrie Dennis, sprang auf sein Fahrrad und schoß wie der Blitz davon.

Les radelte wie wild hinter ihm her, daß die Kieselsteine spritzten, wenn er die scharfen Kurven nahm. Dennis hatte einen Vorsprung, aber Les holte auf. Aus den kleinen Vorgärten bellten ihnen Hunde entgegen. Die beiden jungen Männer lachten lauthals und schrien einander zu. Sie waren jung und rücksichtslos und kümmerten sich nicht darum, ob sie die ganze Grafschaft aufweckten. Ihr Geschrei, das sie bei ihrer rasenden Jagd im Mondlicht ausstießen, hallte über die ganze Stadt. Als sie in den Emmett Square einbogen und wie im Flug an der Kirche über die Brücke setzten, war es ein Kopf-an-Kopf-Rennen.

Ein alter Mann, der seinen Hund ausführte, mußte einen Satz zur Seite machen, damit er nicht umgefahren wurde, als sie in die Pearse Street einbogen. Drohend schwenkte er seinen Stock hinter den beiden vorbeiflitzenden Kerlen her, aber Les sah, daß er lächelte, als er sie verwünschte.

17

Die Hotelangestellten stapelten die Stühle in einer Ecke des Saals und räumten die leeren Gläser weg. Die Musiker hatten sich mit ein paar Amis und ein paar Einheimischen an die Theke zurückgezogen. Beau stand mit Mary und einem kleinen Grüppchen zusammen, die sich alle verabschiedeten.

Mary war erschöpft, aber glücklich.

»Es muß schon weit über Schlafenszeit sein«, sagte Beau liebevoll.

Mary gähnte verstohlen hinter ihrer Hand. »Es ist schon nach drei«, sagte sie. »Für gewöhnlich stehe ich in ein paar Stunden schon wieder auf.«

»Das ist meine übliche Schlafenszeit«, erwiderte Beau. »Wie wär's mit noch einem Absacker?«

»Hätte nichts dagegen«, sagte Mary. Sie wußte, daß sie eigentlich aufbrechen sollte, war aber froh, noch eine Weile bleiben zu können.

»Sie werden mir doch sicherlich erlauben, Ihnen noch einen Schlummertrunk anzubieten, ehe Sie gehen?« fragte Beau Dr. Moloney.

»Ich muß früh raus und erst noch diese reizende Dame nach Hause bringen«, grübelte dieser. »Doch ich würde sagen, einer geht noch, bevor wir aufbrechen.«

»Sie brauchen mich nicht zu fahren«, wandte Mary ein. »Ich kann nach Hause laufen. Es ist eine schöne Nacht.«

»Du kannst doch nicht in deinen Tanzschuhen nach Hause laufen«, zog Beau sie auf.

»Natürlich nicht«, erwiderte Mary. »Ich ziehe sie aus. Ich gehe gern barfuß. Die bringen mich ohnehin um.«

»Unsinn. Du kannst wirklich nicht barfuß in deinem guten Kleid nach Hause laufen«, sagte Dr. Moloney. »Wir trinken noch einen, und dann fahre ich dich heim.«

Matt stand etwas abseits und unterhielt sich mit Kitty Kelleher. Matt war kein großer Mann, aber er mußte sich runterbeugen, um mit ihr zu sprechen. Martin trieb sich irgendwo herum und hielt den schlafenden Tojo in seinen Armen. Der Junge und seine Mutter sahen sich verblüffend ähnlich. Matt war sehr galant zu Kitty, hielt ihr die Türe auf und flüsterte ihr ins Ohr.

Als er die Tür aufmachte, hörten sie krachenden Lärm. Alle rannten raus, um zu sehen, was passiert war. Les und Dennis waren auf der Straße lachend übereinander gestürzt. Zwei Fahrräder lagen auf dem Boden und ihre Räder drehten sich wie verrückt.

»Mensch, Jungs! Wohin so eilig?« fragte Matt und half Les auf die Beine.

Les zog Dennis hoch und legte seinen Arm um ihn. »Du hast gewonnen«, sagte er.

»Nein, nein! Es zählt nicht, wenn der Wettkampfteilnehmer an der Ziellinie flach auf dem Boden liegt. Du hast gewonnen«, sagte Dennis und schüttelte Les die Hand.

»Ne! Du hast fair und gerecht gewonnen.«

»Ist doch egal!« sagte Matt, ehe sie wieder anfingen. Er sah sich das Paar ernst an. »Habt ihr Jungs getrunken?«

Da mußten sie nur noch mehr lachen.

Matt warf die Hände in einer abwehrenden Geste hoch und schüttelte den Kopf. »Kinder!« sagte er zu seiner Begleiterin. Sie lachte wissend, während Matt sich an ihren Sohn wandte. »Gestattest du mir, daß ich deine Mama nach Hause begleite?« fragte er höflich. »Das ist das Eskortieren der Eskorte«, fügte er zwinkernd hinzu.

Der Junge nickte, konnte sich mit dieser Idee aber nicht ganz anfreunden.

»Was für eine schöne Nacht«, erklärte Matt, als er Kitty seinen Arm bot. »He, Les! Könntest du mit den Späßen mal etwas kürzertreten und dich ein wenig um Tojo kümmern? Der kleine Kerl ist erschöpft. Hat zuviel getanzt!«

»Aber sicher«, sagte Les, als er Tojo in den Arm nahm. »Wir bringen den Affen ins Bett, nicht wahr, Dennis?«

»Es-yei ir-sei!« schrie Dennis schneidig. »Affe zu Bett!« Und die beiden marschierten schreiend und lachend ins Hotel.

Im Schankraum war es ruhig, nur hin und wieder unterbrach eine Lachsalve das leise Gemurmel. Eine kleine Gruppe saß hinten um den Kamin. Der große Maschinist, der Tate genannt wurde, war in seinem Stuhl zusammengesunken und nickte bestätigend einem alten Mann zu, der flüsternd auf ihn einredete.

Mary entdeckte Merdeza, den Bordschützen, der mit Mahoney und dem Häuptling zusammenstand. Die anderen Amis waren wohl schon zu Bett gegangen, überlegte sie. Sie blickte sich um und wurde sich bewußt, daß sie die einzige Frau im Schankraum war. Als sie sich an das letzte Mal erinnerte, als sie mit Gerald hier war, lief es ihr kalt den Rücken hinunter. Sie versuchte sich zu beruhigen. Früher oder später würde er wieder heimkehren. Gott allein wußte, was sie tun würde, aber sie wußte, daß sie etwas tun mußte.

Beau kam mit einem Glas Port von der Theke zurück zu ihr. Seine Augen erforschten ihr Gesicht, aber sie lächelte nur.

»Du bist wirklich außergewöhnlich schön«, sagte er kaum hörbar.

»Wenn du das weiterhin behauptest, dann glaube ich es noch, und was wird dann aus mir?« erwiderte sie und trank einen Schluck.

»Dann wirst du noch schöner.«

»Willst du damit sagen, daß Frauen, die wissen, daß sie schön sind, schöner sind als solche, die es nicht wissen?« fragte sie.

»Ganz bestimmt«, sagte er und hielt dann verdutzt inne. »Mit Ausnahme von dir.«

Der Barkeeper Tony bat sie, nach hinten zu gehen, da er die

Bar nur noch für die Hausgäste offenhielt. Beau führte Mary am Ellbogen zu einem Platz neben der kleinen Gruppe am Feuer. Die Amerikaner standen alle auf, als sie sich zu ihnen gesellte. Mary unterdrückte ein Kichern, als sie merkte, daß einige von ihnen, insbesondere Tate und der Häuptling, ganz schön was getrunken hatten und ein wenig Mühe hatten, sich auf den Beinen zu halten. Mary lehnte sich zurück, und die Männer plauderten wieder miteinander.

Sie dachte über das nach, was Beau gesagt hatte. War sie schön? Was war wirklich schön? Sie nahm an, daß sie ziemlich hübsch war, aber was bedeutete es schon? Sie war nie wirklich umworben worden, bis auf die verschwenderischen Tage mit ihrem Vater, und da war sie zu jung gewesen, um es überhaupt mitzubekommen. Mary fiel wieder ein, wie junge Männer sie in einem Dubliner Hotel am Abend zum Tanz aufgefordert hatten. Sie hatten geschniegelte Haare und glänzende Schuhe, redeten aber kaum ein Wort mit ihr. War sie von ihnen aufgefordert worden, weil sie schön war? Das mußte es wohl gewesen sein, schließlich hatten sie ja sonst nichts, wonach sie hätten auswählen können.

Sie beobachtete Beau aus dem Augenwinkel. Er war schön – und er wußte es. Aber nicht auf arrogante Weise. Er wußte es einfach, so wie er wußte, wie man Klavier spielt oder wie man tanzt. Vielleicht bekam man beigebracht, daß man schön war. Ihre Großmutter hatte ihr viele Dinge beigebracht, aber bestimmt nicht, wie man schön war. Das war offenbar nie wichtig gewesen. Wenn Aussehen je Erwähnung fand, hatte das immer eher den Beigeschmack eines Fluches als eines Vorteils. Sie fragte sich, wie es wohl sein mochte, zu den Damen zu gehören, die Beau ihr beschrieben hatte. Südstaatenschönheiten nannte er sie. Anscheinend waren sie recht oberflächliche Geschöpfe, die unter ihren eleganten Sonnenschirmen den Männern ständig schöne Augen machten oder in Ohnmacht fielen. Doch Mary spürte, daß hinter all dem Aufputz doch eine unheimliche Macht stecken mußte. Die hatten gewiß alle Unterricht im Schönsein bekommen.

Con O'Leary wandte sich an Mary und Beau. »Hat euch denn das Tanzen Spaß gemacht?«

»Sehr«, antwortete Beau. »Die Leute hier in der Stadt scheinen alle großartige Tänzer zu sein.«

»Sie sind auch nicht schlecht«, sagte Con. »Und großartig am Klavier. Dieses Lied hat mir gefallen. Wie hieß das noch mal?«

»Es ist nur ein Mond aus Papier.«

»Genau«, sagte Con. Er fing zu summen an und hängte dabei noch ein paar zusätzliche Dideldidums an.

»Bei Ihnen klingt das gleich wie ein irischer Volkstanz«, sagte Beau mit einem Lächeln. »Anfangs waren die Melodien in Amerika alle irisch. Ein bißchen so wie euer Mann da«, sagte Con und deutete auf Mahoney. »Ein wahrhaftiger Kerl aus West Cork, möchte ich meinen.«

Mahoney lachte und hob sein Glas. Alle Köpfe wandten sich ihm interessiert zu.

»Jetzt seht euch nur mal das Drumherum an!« setzte Con fort, als alle lachten. »Nehmt ihm die Uniform, setzt ihm eine Kappe auf den Kopf und zieht ihm einen guten kräftigen Mantel an, der mit ein bißchen Bindfaden zusammengehalten wird, und er könnte nicht besser hierherpassen!«

Mary lachte, als sie sich den rothaarigen jungen Mann anschaute. Er hatte sehr helle blaue Augen und ein Gesicht voller Sommersprossen. Con hatte recht – er sah aus wie einer von ihnen.

»Genau, er ist das Ebenbild meines Vetters Donal aus Inchigeela!« scherzte einer der Musiker. Er riß sich die Kappe vom Kopf und warf sie Mahoney zu, der sie aufsetzte.

»Ha, ich bin Ire durch und durch«, bestätigte Mahoney. »Mein Pa ist ein Mahoney, und meine Ma ist eine Murphy.«

»O'Mahoney«, korrigierte ihn Dr. Moloney. »Meine Frau ist eine O'Mahoney aus der Gegend von Rathbarry.«

»O'Mahoney«, wiederholte Mahoney ein wenig undeutlich. »Vielleicht sind wir ja verwandt!«

»Und eine Murphy!« rief Con begeistert. »Noch ein guter Corkscher Name. Mit diesen zwei Namen, Junge, sind Sie wahrscheinlich mit der halben Grafschaft verwandt.«

»Woher kommen Sie?« erkundigte sich einer der Einheimischen.

»Aus Chicago«, antwortete Mahoney.

»Tatsächlich?« wunderte sich der alte Mann, der sich mit Tate unterhalten hatte. Der Maschinist schlief mit dem Kinn auf der Brust. »Wer hat denn Irland verlassen, Ihr Vater?«

»Nein, das war mein Großvater.«

»Das muß dann Mitte des letzten Jahrhunderts gewesen sein«, rechnete Dr. Moloney aus. »So etwa um 1860. Nach der Hungersnot.«

»Die Hungersnot«, wiederholte Mahoney, als erinnerte er sich daran. Sein Lallen verstärkte sich. »Die Hungersnot. Das war schrecklich.« Er sah aus, als würde er zu weinen anfangen. »Das war sie, das war sie«, sagte Dr. Moloney feierlich.

Die Männer nickten alle bedächtig mit dem Kopf und brummten dann zustimmend. Sie saßen mit gebeugten Köpfen da und konnten schon kaum mehr ihre Gläser halten. Die auf Mahoneys Kopf thronende Kappe sah aus, als trocknete ein Wäschestück auf der Hecke.

Mary lehnte sich zurück und beobachtete die Männer. Immer wieder tauschte sie mit Beau ein Lächeln. Sie genoß, was sich vor ihren Augen abspielte und sich für gewöhnlich auf ein durch und durch männliches Publikum beschränkte.

Matt kam beschwingt zurück in den Schankraum. »Also so sieht das aus, wenn das richtige Trinken anfängt?« sagte er und rieb sich die Hände. Er sah sich seine Besatzungskameraden an. »Kommt, laßt uns diesen Iren hier zeigen, aus welchem Holz wir geschnitzt sind. Freut mich, daß die Katholiken noch auf sind! Da könnten wir ja eine Chance haben.«

»Du solltest wissen, daß ich von gottesfürchtigen protestantischen Missionaren großgezogen wurde«, erklärte der Häuptling mit erhobenem Zeigefinger.

»Tatsächlich?« staunte der alte Mann und wandte sich interessiert dem Häuptling zu.

»Aber gewiß. In Oklahoma«, erwiderte der Häuptling und artikulierte dabei sorgfältig jede Silbe.

»Dann mal viel Glück!« sagte der Mann und schüttelte dem Häuptling kräftig die Hand.

»Du zählst nicht«, sagte Matt. »Du weißt ja gar nicht, was Trinken ist. Du bist noch nicht mal im Reserveteam.«

»Ist das Feuerwasser vom weißen Mann, *kimosabi*!« entgegnete der Häuptling und hielt ihm sein Glas hin.

»Stimmt, Tonto! Was trinkst du?«

»Das ist Whiskey«, erklärte Mahoney. »Guter irischer Whiskey!«

»Guter Junge. Prima!« Die Männer um den Tisch brüllten ihm aufmunternd zu, und Mahoney grinste vom einen Ohr zum anderen.

»Darauf trinke ich einen«, sagte Matt und winkte dem Barkeeper. »Was halten Sie davon, wenn ich eine Flasche Rum gegen eine Flasche guten irischen Whiskey mit Ihnen tausche?«

»Ist mir recht«, sagte Tony und schlug in Matts Hand ein. Alle klatschten Beifall.

»Hier also die Spielregeln«, erklärte Matt und breitete vor den Versammelten seine Arme aus. »Wir nehmen die Flasche, oder die Flaschen, was wohl eher zutreffen wird. Wir trinken sie. Der letzte, der noch aufrecht stehen kann, gewinnt. Wer von euch ist nun in Uncle Sams Team. Wie ich sehe, läßt sich mit Tate nicht mehr viel gewinnen, und Merdeza hier ist bloß ein trotteliger slawischer Bergarbeiter.«

»Tatsächlich?« sagte der alte Mann, beugte sich zu ihm und versuchte zitternd Merdezas Hand zu erreichen. »Sie kommen vom Balkan? Das ist natürlich was anderes!«

»Paßt auf das Glas auf!« wurden Schreie am Tisch laut. Merdeza versuchte den alten Mann zu stützen und stieß ein Glas um. Arme schossen vor, um die Drinks zu retten.

»Ich komme aus Pennsylvania. Und ich könnte diesen italienischen Bettler unter den Tisch trinken«, sagte Merdeza und wandte sich an Matt: »Ich dachte, du seist froh, daß die Katholiken noch wach sind?«

»Ja, ich weiß, ich weiß. Aber ihr Jungs zählt nun *wirklich* nicht«, sagte Matt. »Du bist kein Italiener. Meine Großmutter, die eine Heilige war, möge sie in Frieden ruhen, hat immer gesagt, daß Gott nur italienisch spricht. Sie hat mich immer nach Little Italy geschleppt, um dort die Messe zu hören, weil es sonst nicht zählte. Deshalb werdet ihr Jungs sowieso alle in der Hölle schmoren!«

»Nach dem hier gehe ich ins Bett«, sagte Merdeza.

»Sicht so aus, als blieben nur du und ich übrig, mein guter Patrick«, sagte Matt zu Mahoney. »Obwohl ich mir nicht ganz so sicher bin, auf welcher Seite du heute abend stehst, angesichts der hiesigen Gesellschaft. Was ist mit Ihnen, New Orleans? Spielen Sie mit?«

Beau warf Mary einen Blick zu, und diese lächelte zurück. Sie war begeistert. Sie schienen sie in ihrer Trinkrunde ganz vergessen zu haben, und sie genoß ihre Gesellschaft. Am meisten freute sie sich über Beaus Aufmerksamkeit, mit der er auf alles reagierte, was sie tat.

»Ich trinke gern noch was mit, aber ich bin mir nicht sicher, ob ich die ganze Zeit dabei bin«, sagte Beau.

Tony kam mit der Flasche, und Matt füllte alle Gläser auf dem Tisch. Er hielt die leere Flasche hoch und spähte hinein.

»Also, mein Freund Tony! Gilt unser Handel auch für eine weitere Flasche?«

Tony nickte und bekam wieder Applaus von den Männern. »Ich werde Ihnen jede Flasche gegen eine von mir eintauschen. Das Zeug, das Sie da haben, ist hier wie Goldstaub.«

Matt hob sein Glas und prostete der Gesellschaft zu. »Auf den guten irischen Whiskey und die guten Leute von Clonakilty. Salute!«

Beau hob sein Glas auf Mary, ehe er sich Matts Toast anschloß. Sie kam nicht umhin mitzutrinken, obwohl ihr der Geschmack des Whiskeys absolut zuwider war. Er brannte ihr in der Kehle, als er nach unten rann, und es schauderte sie, wenn er ihren Magen erreichte. Sie versuchte, es sich nicht anmerken zu lassen, aber ihr Gesicht verzog sich zur Grimasse, und ihr schossen Tränen in die Augen. Beau lachte und klopfte ihr auf den Rücken. Seine Hand verweilte genau das kleine Weilchen zu lange, und sie war froh darüber. Tony brachte die nächste Flasche. Mary deckte rasch ihr Glas zu, ehe Matt einschenken konnte.

Beau beugte sich zu ihr und flüsterte ihr ins Ohr: »Bist du sicher, daß du nichts mehr trinken willst? Deine Wangen sind nach dem letzten Glas ganz rosig geworden, und in deinen Augen liegt so ein reizendes Schimmern.«

»Willst du mich etwa betrunken machen?« fragte Mary und

spielte die Entrüstete. Ihr Kopf fühlte sich leicht an nach dem Schluck Whiskey. Beaus weicher Atem in ihrem Nacken war auch keine Hilfe.

»Ich bin tödlich beleidigt, daß du so etwas auch nur andeuten kannst«, sagte Beau mit übertriebenem Akzent.

»Kommt oft genug vor«, konterte Mary.

»Ein Südstaatengentleman würde sich niemals zu so etwas herablassen. Man hat uns beigebracht, nie die Trunkenheit einer Dame auszunutzen. Du bist bei mir so sicher wie meine eigene liebe Mama«, protestierte er mit seiner Hand am Herzen.

»Dann nehme ich noch einen kleinen«, sagte Mary.

Einer der Männer wollte aufstehen, besann sich dann aber eines Besseren und setzte sich wieder. Statt dessen hob er sein Glas und zog damit oberhalb des Tisches einen Kreis, bis er vor Mahoney zur Ruhe kam. Mary hob ihr Gläschen voll Whiskey, um sich dem Trinkspruch anzuschließen.

»Auf diese tapferen Jungs von jenseits des großen Teichs. Und ganz besonders auf Pat O'Mahoney, einen der unseren, der nach hundert Jahren heimgekehrt ist.«

Die kleine Gruppe ließ Mahoney lautstark hochleben. »Auf daß wir das nie vergessen mögen!« schrie der alte Mann und legte mit seinem breiten Grinsen seine paar noch verbliebenen Zähne bloß.

»Darauf trinke ich«, rief Mahoney aus.

»Du trinkst doch auf alles«, grinste Matt höhnisch.

Mary sah Les in den Schankraum kommen. Seine Stimmung war von Sonnenschein in Regen umgeschlagen. Er wartete, bis das rüpelhafte Zuprosten ein Ende gefunden hatte, und zog dann Matt am Ärmel.

»Mit Tojo stimmt was nicht. Ich glaube, er ist krank.«

»Er war den ganzen Abend über ziemlich still«, sagte Beau. Rasch machte die Nachricht am Tisch die Runde. Alle Männer waren sehr besorgt und brachten ihre Bestürzung darüber zum Ausdruck, daß das arme Tier krank sein könnte.

»Können wir einen Tierarzt rufen?« fragte Matt.

Die Männer schüttelten alle den Kopf. Mary wußte, daß es im Umkreis von dreißig Kilometern keinen Tierarzt gab.

»Vielleicht könnte ja der Doktor einen Blick auf ihn werfen«, schlug sie vor.

»Das kann jedenfalls nicht schaden«, sagte der Doktor und erhob sich.

Les und Matt zeigten ihm den Weg. Die Männer drängten hinter Dr. Moloney die Treppe hoch. Lautstark forderten sie einander auf, still zu sein, als sie leise über den engen Flur zu gehen versuchten und dabei die Möbelstücke anrempelten. Mary und Beau folgten hinterher und mußten sich ständig anlächeln. Das Zimmer war klein und bald überfüllt. Mary und Beau zwängten sich hindurch, bis sie am Bett standen. Tojo lag zusammengerollt da, hatte die Augen geschlossen und hielt seine kleinen Hände ans Gesicht gedrückt. In regelmäßigen Abständen ging vom Kopf bis zum Schwanz ein Zittern durch seinen Körper.

»Wollt ihr alle mal zur Seite gehen, damit er Luft kriegt. Wenn ihr so dicht gedrängt um ihn steht, kann ich ja gar nichts sehen«, rief Dr. Moloney und scheuchte sie weg.

»Sieht gar nicht gut aus«, wagte Con O'Leary sich vor.

»Ich weiß gar nichts über Affen«, sagte einer der Männer an der Tür. »Aber wenn das eine Katze oder ein Hund wäre, würde ich sagen, daß er krank ist.«

Es kam eine allgemeine Diskussion darüber in Gang, ob ein Affe mehr wie ein Mensch oder mehr wie ein Hund war. Diese fand ihr abruptes Ende, als Miss Aileen O'Donovan ins Zimmer rauschte. Sie ermahnte alle laut wegen des Lärms und der Unruhe, verstummte aber, als sie die kleine Gruppe am Bett entdeckte und das kleine schwarzweiße Tier, das da lag.

»Ach, das arme kleine Schätzchen«, sagte sie traurig. »Was ist denn los mit ihm?«

»Ich weiß nicht recht«, sagte Dr. Moloney, »aber ich glaube, ich liege gar nicht so falsch, wenn ich auf Lungenentzündung tippe. Ich kann leider nichts für ihn tun.«

»Seht euch nur das arme Geschöpf an«, sagte Miss Aileen. »Er sieht aus, als würde er beten.«

Der Anblick dieses mitleiderregenden Tierchens brach Mary fast das Herz. Er sah so klein und hilflos aus, wie er da auf dem weißen Laken lag. Das Zittern schien heftiger zu werden.

»Gebt ihm doch einen Tropfen Schnaps«, schlug einer der Männer vor.

»Nein, einen Schluck Whiskey. Oder doch besser Schnaps. Bei Hunden hilft das am besten. Wenn's ihn nicht umbringt, heilt es ihn bestimmt«, meinte ein anderer. Der Geräuschpegel stieg, als jeder eine passende Kur vorschlug.

»Ich würde ihm nichts dergleichen geben«, sagte Miss Aileen abwehrend. »Ihr geht jetzt alle. Mary und ich wachen bei ihm.« Sofort waren alle ruhig und traten schlurfend den Rückzug an.

»Aileen hat recht, Jungs«, sagte der Doktor. »Er braucht Ruhe und Frieden.«

Mary hatte Tränen in den Augen, als sie eine Stunde später wieder nach unten kam. Die Männer tranken schweigend. Alle blickten sie erwartungsvoll an. Ein paar waren auf ihren Stühlen eingeschlafen. Tony hatte sich auf einer Bank in der Ecke zusammengerollt. Mary legte Matt sanft die Hand auf die Schulter.

»Er ist gestorben«, sagte sie weich. »Es tut mir so leid für Sie.« Die Männer schüttelten Matt und Les die Hände. Dr. Moloney und Con O'Leary standen auf und streckten die Beine durch.

»Das ist jammerschade«, sagte Con. »Und dann so weit weg von der Heimat zu sterben.«

»Armer Tojo«, sagte Dr. Moloney. »Wenigstens mußte er nicht lange leiden.«

»Miss Aileen hält bei ihm Wache«, sagte Mary. »Sie hat ihn aufgebahrt, mit seinem kleinen Kopf auf dem Kissen und so.«

»Ich werde ihm jetzt die letzte Ehre erweisen«, sagte der Doktor, »und dann wird es, glaube ich, langsam Zeit, dich nach Hause zu bringen, mein Mädchen.«

Die Männer gingen nach oben, um Tojo zu sehen, und ließen Mary und Beau im Schankraum zurück. Mary verabscheute es, jemanden sterben zu sehen, und die Erinnerung an den auf dem Bett zusammengerollten Affen überwältigte sie. Die Tränen, die sie lange zurückgehalten hatte, liefen ihr übers

Gesicht. Beau nahm sie in die Arme, und sie weinte hemmungslos, vom Schluchzen geschüttelt. Beau hielt sie fester, wiegte ihren Kopf an seiner Schulter.

»Miss Aileen hat mich aufgefordert, mit ihr den Rosenkranz für ihn zu beten«, schluchzte Mary und lachte und weinte dabei gleichzeitig. »So was Dummes, sich hinzuknien und für einen Affen zu beten, aber er war schon ein süßes Tierchen!«

»Ihr habt das ganz richtig gemacht«, sagte Beau und hielt sie noch immer fest.

»Normalerweise weine ich nicht«, meinte Mary schniefend und versuchte, die Tränen zurückzudrängen. »Das passiert jetzt nur, weil ich erschöpft bin.«

»Weinen tut gut. Es reinigt die Gedanken. Und jetzt gehst du nach Hause und schläfst wie ein Baby.« Beau lockerte seinen Griff. Er hielt sie auf Armeslänge von sich entfernt, damit er ihr ins Gesicht schauen konnte.

Mary hätte ihn am liebsten wieder zu sich herangezogen. »Aber ich möchte gar nicht nach Hause«, sagte sie und war selbst überrascht.

Sie blickten einander an. Ihre Augen versenkten sich ineinander und bestätigten das, was keiner laut aussprechen konnte. Er lächelte, und dieses Lächeln war das schönste, das sie je an ihm gesehen hatte. Es erwärmte sie bis ins Mark.

»Ich werde zu dir hinauskommen und dich besuchen. Darf ich dich denn besuchen?« fragte er. »Wir werden uns beide ein wenig ausruhen, und ich komme dann, sobald ich kann. Sag ja.«

Mary nickte.

Sie wandten sich beide um, als sie jemand die Treppe herunterkommen hörten. Es war Dr. Moloney.

»Sieh zu, daß du ein wenig schläfst, hörst du?« sagte Beau, als sie sich erhob.

»Du auch«, sagte Mary. Dann folgte sie Dr. Moloney hinaus in die frische Luft, in der schwer der Geruch der nächtlichen Torffeuer hing. Vor lauter Traurigkeit, Glück und Verlangen hatte sie das Gefühl, gleich zu zerspringen.

Der Lieferwagen der Molkerei fuhr gerade vor, als die Männer nach ihrem Besuch bei Tojo über die Treppe nach unten gestolpert kamen. Sie begleiteten alle den Fahrer und den Lieferjungen hoch zu dem kleinen Zimmer, um Tojo ihre Aufwartung zu machen. Als sie wieder nach unten kamen, begegneten sie dem Jungen von der Bäckerei Houlihans, der auf einem Tablett das frisch gebackene Brot brachte. Also gingen sie alle wieder nach oben. Miss Aileen hatte Tojo so gut es ging aufgebahrt, seinen Kopf auf ein besonders kleines Kissen gelegt und ihn mit einem kleinen spitzenverzierten Tischtuch zugedeckt. Matt und Les waren beide zutiefst berührt von dem ihnen entgegengebrachten Mitgefühl, wenngleich es ihnen manchmal schwerfiel, eine ernste Miene zu wahren. Miss Aileen befahl ihnen, die Amis zusammenzutrommeln und ins Bett zu schicken, da am nächsten Tag viel zu tun wäre. Sie sagten also gute Nacht und entfernten sich, um den Häuptling und Tate zu wecken, die schon tief und fest im Schankraum schliefen.

Als die ersten Gäste zu einem frühen Frühstück eintrafen, hatte sich die Nachricht von Tojos plötzlichem Tod dank der verschiedenen Lieferanten schon wie ein Lauffeuer in der Stadt verbreitet. Eine kleine Schlange wartete in dem schmalen Korridor. Miss Aileen hatte sich zur Hauptleidtragenden erklärt und wich keinen Augenblick von der Seite des Affen. Als dann noch der Briefträger Mickey kam, war gewährleistet, daß jeder Bürger von Clonakilty und der umliegenden Gebiete es erfuhr, noch ehe der Morgen vorbei war.

Um acht Uhr, als die Schlange länger wurde, schickte Miss Aileen eins der Mädchen, um Vater Collins zu holen. Ihre Präsenz in dem kleinen Raum verlieh dem Gang der Dinge eine gewisse Förmlichkeit und forderte Respekt. Sie ließ die Trauergäste in kleinen Gruppen zu zweien oder dreien ein, schüttelte jedem feierlich die Hand und nahm die Beileidsbekundungen entgegen, ehe sie mit einer kleinen Handbewegung schweigend dazu einlud, neben Tojos Bett innere Einkehr zu halten.

Als Vater Collins eintraf, wurde er rasch nach oben gescheucht. Miss Aileen schloß hinter ihm die Tür und bat die

Wartenden, sich ruhig zu verhalten. Barry Kingston kam um etwa dieselbe Zeit ins Hotel, adrett und frisch rasiert. Als er die Neuigkeiten erfuhr, hatte er gerade überlegt, ein zweites Frühstück einzunehmen. Er ließ den Gedanken an leckere Spiegeleier fallen und drängte sich an den Leuten im Flur vorbei, hinein zu Miss Aileen und Vater Collins, die eine hitzige Diskussion führten. Martin Kelleher, der am Ende der Schlange wartete, nutzte diese Gelegenheit, um ungesehen hineinzuschlüpfen.

»Ich möchte, daß Sie den Segen über ihn sprechen, Vater«, sagte Miss Aileen entschlossen. Sie saß auf einem kleinen Stuhl neben dem Bett und hatte die Arme resolut über ihrem ausladenden Busen verschränkt.

»Ich kann keinen Affen segnen«, seufzte Vater Collins.

»Sie segnen Häuser. Sie segnen Kühe und Sie segnen Traktoren. Warum können Sie dann nicht dieses arme Geschöpf segnen und ein Gebet für seine unsterbliche Seele sprechen?«

»Aber Aileen, ich weiß doch gar nicht, ob ein Affe eine unsterbliche Seele hat.«

»Ein Traktor hat die aber? Er wird wohl eher eine Seele haben als ein Traktor«, widersprach Miss Aileen.

Martin schlich sich am Priester vorbei und sah sich Tojo an. Er sah aus, als schliefe er. Martin ließ sich geräuschvoll auf die Knie fallen und fing zu weinen an.

»Ist er denn kein Geschöpf Gottes?« fuhr Miss Aileen fort. »Gehört ein Affe nicht zu seinem göttlichen Plan?«

»Seien Sie doch vernünftig, Aileen«, sagte der Priester kopfschüttelnd.

»Ist er denn nicht der Gott aller Dinge?« Miss Aileen blickte auf den Jungen, der still vor sich hin weinte. »Jetzt sehen Sie nur, was Sie angestellt haben. Sie haben den Jungen ganz durcheinander gebracht.«

Martin hob sein tränenverschmiertes Gesicht. »Aber Vater, Sie haben doch gesagt, daß Gott alles gemacht hat. Den Himmel und das Meer und sämtliche Tiere und Vögel. Die Blumen und die Felder.« Er genoß es, Vater Collins in die Enge zu treiben.

Martin kramte in seinem Gedächtnis nach einem passenden

Vers oder Gebet, konnte aber nichts finden, worin Affen erwähnt wurden.

»Ist es denn eine Sünde, wenn ich ein kleines Gebet für ihn spreche, Vater? Ein *Gelobt seist du, Maria,* vielleicht?«

»Natürlich nicht«, schnaubte Miss Aileen. »Hab ich nicht selbst den Rosenkranz gebetet, als er verschied? Ich bin mir sicher, daß ich bei Gott deswegen nicht in Ungnade gefallen bin.«

»Na machen Sie schon, Vater«, sagte Barry Kingston mit einem kleinen Lächeln auf den Lippen.

»Es tut doch keinem weh, wenn Sie ein bißchen Weihwasser verspritzen. Und der Junge hat recht. Der Affe ist ein Geschöpf Gottes.«

Vater Collins gab nach und holte eine kleine Phiole unter seiner Soutane hervor. Er besprengte Tojo mit Weihwasser. Dann schlug er rasch ein kleines Kreuz über dem Leichnam des Affen. Die im Raum Anwesenden bekreuzigten sich ebenfalls.

»Und jetzt müssen wir noch entscheiden, wie wir ihn beerdigen«, sagte Miss Aileen.

»Ich werde ihn nicht im Kirchhof begraben«, kam Vater Collins ihr zuvor.

»Nein. Ich habe mir schon gedacht, daß Sie das nicht tun werden«, sagte Miss Aileen und beäugte den Geistlichen, als versuchte sie dahinterzukommen, wieviel sie ihm abverlangen konnte. »Wir könnten ihn im Garten begraben. Das wäre schön. Aber ein gewisses Zeremoniell muß schon sein. Sie könnten das übernehmen.«

»Da bin ich mir nicht so sicher«, stammelte Vater Collins.

»Na gut, ich will Ihnen nur sagen, daß die guten Leute in der Stadt wohl kaum Verständnis haben werden, wenn Sie's nicht tun«, sagte Miss Aileen. »Was sagen Sie, Barry?«

Barry Kingston nickte feierlich, aber in seinen Augen blitzte der Schalk. Der Funke sprang auf Martin über, der sein Lächeln nur verbergen konnte, indem er den Kopf in seinen Händen vergrub und mit dem *Gelobt seist du, Maria* anfing. Es gab nur eine Feier, die besser war als eine Beerdigung, nämlich eine Hochzeit. Martin überlegte, daß Tojos Beerdigung sich vielleicht zur besten Feier überhaupt entwickeln könnte.

18 Um zehn Uhr machte die Bar wieder auf und war bald gesteckt voll. Auch der Teesalon und die Vorhalle füllten sich. Die Beerdigung war Hauptgesprächsthema. Alle waren sich einig, daß es eine Sünde wäre, dem Tier keine angemessene Beerdigung zu gewähren. Tojo war nicht einfach nur ein Haustier, sondern ein Maskottchen, ein Mitglied der Besatzung. Man konnte eigentlich sogar sagen, daß er ein Militäraffe war.

Beau kam gerade dazu, als Barry Kingston verlauten ließ, daß eine Beerdigung mit vollen militärischen Ehrenbezeugungen als einziges den Umständen angemessenes Ritual in Frage kam. Beau hatte nur ein paar Stunden geschlafen, war aber erstaunt, welche Veränderung in dieser kurzen Zeit im Hotel stattgefunden hatte. Der Schankraum war voll. Er erkannte einige Gäste der vergangenen Nacht wieder und konnte sich kaum vorstellen, daß diese ihr Bett überhaupt gesehen hatten. Andere schienen direkt von der Arbeit zu kommen, und der weitaus größte Teil schienen Tagesausflügler zu sein.

»Erinnert ihr euch noch an diesen Deutschen, der am Long Strand von Castlefreke angespült wurde, damals 1941?« fragte ein Mann an der Theke in die Runde. »Haben wir dem nicht auch ein Soldatenbegräbnis gegeben?« Sie waren sich alle einig, daß dies der Fall gewesen war.

»Dann wäre das also geklärt«, sagte Barry Kingston. »Wir

werden unseren lieben kleinen Freund mit allen militärischen Ehrenbezeugungen im Garten begraben.«

Beau schloß sich den Jungs von der Besatzung an. »Was sagen Sie denn zu alledem, Charlie?« fragte er.

Hansen verfolgte den Fortgang mit Interesse. »Ich finde es großartig«, antwortete er mit einem Augenzwinkern. »Auf jeden Fall gewinnen wir damit Zeit. Nach dem gestrigen Tag glaube ich nicht mehr, daß wir ohne offizielles Einschreiten hier herauskommen. Und deshalb bin ich mit allem einverstanden, was uns erlaubt, in diesem Hotel zu bleiben, und uns ein Internierungslager erspart.«

Beau war das nur allzu recht. Sobald es ging, wollte er sich ein Fahrrad beschaffen und zu Mary fahren. Mit ein wenig Glück konnten sie den ganzen Tag zusammen verbringen.

Barry Kingston tauchte mit Garda Coughlan und einigen Männern vom Zivilschutz im Schlepptau auf.

»Ich gehe davon aus, daß Sie alle beim Begräbnis dabeisein wollen«, sagte er. Die Amerikaner nickten. »Gut. Wir haben es auf heute nachmittag zwei Uhr anberaumt. Ich habe mir überlegt, daß wir, wenn der Leichnam vorbeigetragen wird, eine Ehrengarde bilden könnten und dann vielleicht ein paar Worte gesprochen werden. Ein wenig Musik wäre natürlich auch nicht schlecht.«

»Ja, Tojo hat ja Musik geliebt«, meinte Beau lächelnd.

»Das hat er. Das hat er«, sagte Barry Kingston kopfschüttelnd. Dann hielt er inne, um nachzudenken. »Vielleicht könnten wir das Klavier nach draußen bringen, wenn das Wetter gut bleibt. Sie könnten uns etwas Passendes spielen. Und natürlich die amerikanische Nationalhymne. Ich könnte ein paar Leute aus der Stadt zusammentrommeln, die uns bei der irischen Hymne begleiten und vielleicht auch ein langsameres Stück spielen«, überlegte er.

Das hielten alle für eine ausgezeichnete Idee, und Beau hatte gar keine andere Wahl, als einzuwilligen. Es ärgerte ihn, daß er seinen Ausflug zur Insel verschieben mußte. Er würde zur Beerdigung dableiben, sich dann aber sobald es ging aus dem Staub machen. Dieser Gedanke stimmte ihn fröhlicher, und er machte sich auf den Weg zum Frühstücken.

Den ganzen Morgen über kamen Menschen, um den Affen zu sehen. Bald war die Schlange so groß, daß sie sich über die Treppe wand und bis in den Vorraum reichte. Um die Mittagszeit standen sie schon bis auf die Pearse Street hinaus. Aus ganz West Cork und sogar von noch weiter her kamen die Leute angereist. Die Nachricht von der Flugzeuglandung vor drei Tagen hatte sich von Clonakilty aus in die umliegenden Gebiete und noch weiter verbreitet. Selbst von Bantry im Westen und von Inishshannon im Osten kamen sie. Sie kamen zu Fuß und mit dem Fahrrad, mit Karren und Kutschen und allen denkbaren, von Pferden gezogenen Fahrzeugen. Aus der Stadt Cork kamen sie mit der Bahn angereist. Sie waren gekommen, um das Flugzeug zu sehen und vielleicht auch einen Blick auf die Amerikaner zu erhaschen, und waren hocherfreut, obendrein auch noch eine Totenwache mitzubekommen. Selbst Fronleichnam war die Pearse Street nicht so voll gewesen. Frauen mit kleinen Kindern schwatzten mit alten Männern, während sich ihre Hunde nebenbei balgten. Zwei Brüder aus Glengariff kamen auf ihren Fahrrädern angefahren und improvisierten auf dem Bürgersteig vor dem Hotel ein Picknick, als sie sich der Schlange anschlossen. Sie waren um drei Uhr morgens aufgestanden, um die fünfzig Kilometer nach Clonakilty zurückzulegen, und begeistert, so einen guten Tag erwischt zu haben.

Das Hotel machte gewaltigen Umsatz mit Tee und belegten Broten. Als Ruth Bennett zur Arbeit erschien, wurde sie gleich zur Bäckerei Houlihans geschickt, um dort noch zusätzliches Brot zu besorgen. Der Schankraum war brechend voll. Die Amerikaner waren alle unten und mischten sich unter die Leute.

Im Vorraum lief Ruth Les in die Arme. Er gab den Leuten, die sich in langer Schlange die Treppe hochwanden, Autogramme.

»Und wie ist es mit deiner Mama gelaufen?« erkundigte sich Les. »Wie ich sehe, hast du ja noch ein paar Schuhe gefunden.«

»Die sind von meiner Schwester und bringen mich um«, sagte Ruth kichernd. »Ich habe meiner Mama erzählt, daß ich auf dem Rückweg von der Arbeit einem menschlichen Bedürfnis nachkommen mußte und sie dabei in einem Sumpfloch verloren habe. Sie war wütend, aber wenigstens hat sie mir geglaubt. Sie würde mich umbringen, wenn sie wüßte, daß ich mit euch Kerlen unten im Lager der Kesselflicker war.«

»Warum nennt man sie Kesselflicker?« frage Les und folgte Ruth hinaus auf die Straße.

»Weil viele von ihnen es sind. Sie machen Töpfe und Pfannen und reparieren Eimer und so. Die meisten Leute empfinden nur Abscheu für sie. Ich habe eigentlich nichts gegen sie. Ich kenne Imelda schon lange, und sie ist in Ordnung.«

»Warum verabscheuen die Leute sie?« wollte Les wissen.

»Weiß ich nicht. Sie sind anders. Wir bleiben unter uns und sie bleiben unter sich. Wenn wir zusammentreffen, führt das oft zum Kampf.«

»Das war eine unglaubliche Nacht gestern«, meinte Les. »Es war, als tauchte man da draußen in eine andere Zeit ein. Ich kam mir vor wie im Märchen.«

»In einem Märchen? In einem Zigeunerlager?« rief Ruth überrascht. »Das ist nicht märchenhaft, das kann ich dir sagen. Es ist naß und kalt und nichts als Hunger. Das ist es nämlich. Hast du Dennis gesehen?«

»Er ist gestern erst sehr spät gegangen und seitdem noch nicht wieder zurück.«

»Keine Sorge«, sagte Ruth. »Er wird sicher noch schlafen. Der taucht bald wieder auf.«

Es war ein strahlender Tag mit einem unglaublich blauen Himmel, getupft mit winzigen Federwölkchen, die wie Rauchzeichen aussahen. Die Sonne schien so heiß wie mitten im Sommer. Die Leute hatten ihre Mäntel abgelegt und genossen die Hitze hemdsärmelig oder in Kleidern. Les holte seine Sonnenbrille aus der Brusttasche und setzte sie auf.

Ruth nickte allen zu, denen sie auf der Pearse Street begegneten. Sie kamen nur langsam voran, weil alle stehenblieben und mit ihrem hochaufgeschossenen Begleiter plaudern wollten. Viele brachten ihr Mitgefühl wegen des Affen zum Ausdruck und wünschten Les alles Gute. Ruth fühlte sich sehr gebauchpinselt, daß man sie mit Les in seiner Uniform und der schicken Sonnenbrille sah. Natürlich würde das Gerede geben, aber das war ihr piepegal.

An der Kreuzung Rossa Street hörten sie den unverwechselbaren Klang der spitzen Ponyhufe. Tommy kam angefahren und balancierte jede Menge Leute auf dem Karren. Martin Kelleher stand aufrecht vorne.

Tommy zog vor ihnen die Zügel an. Seine Fahrgäste stiegen ab und folgten Martin hoch zum Hotel.

»Was macht ihr zwei denn da?« erkundigte sich Les.

Tommy grinste. Er zog eine Handvoll Münzen aus seiner Manteltasche und fing zu zählen an. »Wir bringen die Leute hinaus, damit sie das Flugzeug besichtigen können. Martin hat seine Kumpel in der Schlange stehen, damit die Leute, die den Affen sehen wollen, dort nicht ihren Platz verlieren. Ist sehr geschäftstüchtig der Kleine. Er ist jetzt los, um die nächste Fuhre zu holen.«

»Wo ist Imelda?«

»Sie kümmert sich um die Mädchen.«

»Hast du ihr erzählt, daß der arme Affe gestorben ist?« wollte Ruth wissen.

Tommy zuckte nur die Achseln.

»Um zwei Uhr findet die Beerdigung statt«, sagte Les. »Glaubst du nicht, daß Imelda gern käme?«

»Könnte gut sein«, meinte Tommy.

»Paß auf«, sagte Les und sprang neben Tommy auf den Karren. »Ich hole Imelda ab, wenn du die nächste Gruppe hinaus zum Marschland bringst, und du nimmst uns dann auf dem Rückweg mit. Dann sind wir rechtzeitig zur Beerdigung wieder da.«

Tommy willigte mit einem Kopfnicken ein. Dann schnalzte er mit den Zügeln und ließ das Pony die Pearse Street hochlaufen. Ruth winkte ihnen zum Abschied zu.

»Hier sieht's ja langsam aus wie an der Grand Central Station«, sagte Matt, als er sich im Vorraum umblickte. »Hätte gar nicht gedacht, daß es so viele Leute in dieser Stadt gibt.«

»Sie kommen offenbar aus der Umgebung angereist«, erklärte Beau. »Ich habe mich mit ein paar Leuten unterhalten, die erzählten, daß sie fünfunddreißig Kilometer gefahren sind, nur um das Flugzeug zu sehen.«

Beau und Matt saßen in zwei hart gepolsterten Sesseln und warteten darauf, daß die Planungen für die Beerdigung Gestalt annahmen. Immer wieder kam jemand auf sie zu, um sich vorzustellen und ihnen die Hände zu schütteln.

»Erinnert mich irgendwie an Mardi Gras«, sagte Beau, »oder wenn ich's mir recht überlege, erinnert mich das an eine Beerdigung, wie sie nur in New Orleans stattfinden kann. Jetzt brauchen wir nur noch eine gute Dixieland-Band.«

Ein Mann trat vor sie hin und streckte ihnen seine Hand entgegen. Matt und Beau standen auf, um ihn zu begrüßen. »Ich bin Brian Murphy«, sagte er. »Ich wohne direkt an der Straße, die hinaus nach Inchydoney führt. Als ihr gelandet seid, habe ich gedacht, ihr würdet mir das Dach vom Haus mitnehmen!«

»Na, da bin ich aber froh, daß wir es doch verpaßt haben«, scherzte Matt.

»Und ich erst«, lachte der Mann. »Die Kühe haben einen furchtbaren Schrecken bekommen. Sie haben so etwas nämlich noch nie gehört. Ich übrigens auch nicht.«

»Den Kühen geht es jetzt hoffentlich wieder gut«, erkundigte sich Beau.

»Ach, denen geht's großartig. Die haben den ganzen Verkehr entlang unserer Straße genossen. Wahrscheinlich werden sie euch vermissen, wenn ihr weg seid«, ulkte der Mann. »Doch ich möchte Ihre Zeit jetzt nicht länger in Anspruch nehmen. Ich wollte nur eben mal guten Tag sagen. Oh, und Ihr Verlust tut mir natürlich leid«, fügte er hinzu. »Ich habe ihn leider nicht kennengelernt, als er noch lebte, aber nach allem, was man so hört, war er ein großartiger kleiner Kerl.«

Beau und Matt lächelten, als der Mann sich entfernte.

»Wenn ich sterbe, werden bei meiner Beerdigung nicht halb so viele Leute dasein«, sagte Matt.

Als sie einen Blick in den Saal warfen, sahen sie Barry Kingston, der fünf große Kerle herumkommandierte, die das Klavier über den Fußboden schoben. Nach vielem Hin und Her machten sie die Seitentüre in den Garten auf und rollten das Klavier in den Durchgang. Beau erinnerte sich daran, wie er Mary vergangene Nacht in diesem kleinen Durchgang in den Armen gehalten hatte, und der Gedanke, sie schon bald wiederzusehen, wühlte ihn auf. Wurde Zeit, daß sie diesen Affen unter die Erde brachten, dachte er und lächelte in sich hinein. Sein Wunsch wurde ihm gewährt, als einer der jungen Männer zu ihnen kam und sie bat, sich zu den anderen im Saal zu gesellen.

Die restlichen Mitglieder der Besatzung trudelten langsam ein und schlossen sich der Gruppe Einheimischer an, die sich bereits versammelt hatten. Miss Aileen O'Donovan hatte geruht und sich umgezogen und machte in ihrem schwarzen Kleid eine eindrucksvolle Figur.

Barry Kingston rief sie zu sich hinüber, wo er mit Garda Coughlan und dem Piloten letzte Vorbereitungen diskutierte. »Unser Pat hier hat darauf hingewiesen, daß wir im Garten nicht Platz für die ganze Stadt haben«, sagte er, »und deshalb haben wir beschlossen, das Begräbnis auf die Familie und Freunde zu begrenzen, wenn Sie wissen, was ich meine. Das heißt, auf die Besatzung, den Zivilschutz, der eine Ehrengarde bilden wird, Honoratioren der Stadt und einige Leute vom Hotelpersonal. Ist Ihnen das allen recht?«

»Und wie sollen wir es schaffen, den Rest draußen zu halten?« wollte einer vom Zivilschutz wissen.

»Wir haben überlegt, zwei Männer am großen Gartentor und noch einen hier an der Seitentüre zu postieren.« Er wandte sich an Beau. »Das Klavier haben wir in den Durchgang gestellt, was den Vorteil hat, daß es dort die Tür blockiert. Die Öffentlichkeit kann dann der Zeremonie von hier drinnen beiwohnen, wenn Sie nichts dagegen haben.«

»Mir ist das nur recht«, sagte Beau grinsend.

Vor halb zwei Uhr nachmittags lief gar nichts. Als Miss Aileen sich die Massen ansah, die Treppen und Flure des Hotels säumten, wurde ihr klar, daß es Probleme geben würde, wenn sie den Weg durch den Vorraum wählten. Da fiel ihr Blick auf eine Gruppe kleiner Jungs, die an der Eingangstür herumlungerten, und ihr kam eine Idee. Sie erkannte darunter Pat Barry und schnappte sich den sommersprossigen jungen Tunichtgut am Schlafittchen.

»Bist du nicht Meßdiener?« fragte sie, als er sich sträubte.

»Nein! Ich nicht!« erwiderte er. »Aber Martin Kelleher ist einer. Er muß bald wieder zurück sein. Oder ich könnte meinen großen Bruder Joe holen.«

»Das brauchst du nicht. Du kannst das auch«, sagte Miss Aileen und entließ ihn aus ihrem Griff. »Du kommst jetzt mit mir, mein Junge. Ich gebe dir eine kleine Glocke. Wenn ich's dir sage, kommst du die Treppe runter und klingelst damit. Hast du verstanden?«

»Und wofür soll das gut sein?« fragte er.

»Du teilst damit den Leuten mit, daß der Leichnam herunterkommt und sie ihre Schnauze halten und etwas Respekt bekunden sollen. Während der Zeremonie gebe ich dir Zeichen und dann klingelst du. Kein Gebimmel, nur ein kurzes Klingeln.«

Diese Vorstellung schien Pat Barry zu gefallen, und er folgte Miss Aileen beflissen nach oben.

Die kleine Glocke wirkte Wunder, und respektvolles Schweigen senkte sich auf das Hotel, als der Barkeeper Tony aus dem Zimmer kam und gefolgt von Miss Aileen den Leichnam heraustrug. Als die Leute merkten, daß Tojos Körper auf ein großes, mit einem weißen Tuch bedecktes Serviertablett gelegt worden war, unterbrach Gekicher die Stille. Sein Kopf ruhte auf einem kleinen Kissen und sein ausgestreckter Körper war mit einem weißen Spitzentischtuch bedeckt, unter dem sein langer Ringelschwanz hervorguckte.

»Ich bin mir nicht sicher, ob der jetzt zur Ruhe gelegt oder zum Essen serviert wird«, flüsterte Ruth Dennis zu, nachdem er sich seinen Weg durch die Menge gebahnt hatte, um neben ihr zu stehen. Er hätte am liebsten laut gelacht, gab statt dessen aber Ruth mit drohendem Blick zu verstehen, still zu sein.

Die Amerikaner warteten am Haupteingang und reihten sich hinter Miss Aileen in die kleine Prozession ein, die ihren Weg hinaus auf die Straße antrat. Martin Kelleher traf gerade rechtzeitig ein, um mit Pat Barry Schritt zu halten, der dem Leichnam einige Meter vorausging und seine kleine Glocke mit Begeisterung schwang. Als Martin versuchte, ihm die Glocke wegzunehmen, kam es zu einem kleinen Gerangel, aber Pat Barry hielt sie fest, und Martin mußte eine Niederlage einstecken.

Als letzter hinter der Crew hatte Beau einen hervorragenden Blick auf das Geschehen. Matt ging hinter Miss Aileen her, flankiert von Pilot und Kopilot, und der Rest der Mannschaft hatte sich dahinter in zwei Reihen aufgestellt. Beim Defilee wurden ihnen Hände entgegengestreckt, und die Leute wechselten ein paar Worte mit ihnen. Es war feierlich und komisch zugleich, als die Männer ihre Kopfbedeckungen abnahmen, und Tony mit dem aufgebahrten Affen auf dem Tablett weiterging. Im Vorbeigehen schnappte Beau ein paar Gesprächsfetzen auf, und es lag auf der Hand, daß die Mannschaft genauso große Mühe hatte, ein ernstes Gesicht zu bewahren wie er selbst.

»Ach, dort wo er jetzt ist, hat er's besser«, sagte eine Frau zur anderen.

»Er sieht gut aus«, bemerkte ihre Begleiterin, »und ist das nicht ein hübscher Schwanz?«

»In der Blüte der Jugend dahingeschieden«, kicherte ein Mann weiter unten. »Der arme Kerl hätte sich von Baum zu Baum schwingen und den kleinen Affenmädchen nachjagen sollen.«

Sie folgten der hohen Mauer, die den Garten umschloß, bis diese scharf nach links abbog. Als Tony in den kleinen Durchgang einbog, sah Beau Tommy mit dem Karren vorfahren, neben ihm Les und Imelda. Les sprang vom Karren und paßte seine Schritte denen von Beau an, wobei er Imelda an der Hand mitzog. Sie folgte ihm widerwillig und mit gesenktem Blick.

Vor dem großen Tor blieben sie stehen, bis sich zwei mit Gewehren bewaffnete Männer vom Zivilschutz einen Weg durch die Menge gebahnt hatten. Zehn weitere standen in Zweierreihen als Ehrengarde am Eingang zum Garten. Nachdem Beau den Bogen passiert hatte, schlossen die beiden Männer die Tore und postierten sich dahinter. Beau huschte davon und nahm seinen Platz am Klavier ein.

Tony stellte das Tablett auf einen kleinen Tisch neben dem Grab, das man am frühen Nachmittag in einem der Blumenbeete ausgehoben hatte. Als der gesamte Prozessionszug die Plätze eingenommen hatte, stand Vater Collins etwas unbehaglich neben Tojo. Auf der einen Seite des Grabes nahmen die Amerikaner Aufstellung, während die Honoratioren der Stadt und die Hotelbelegschaft schon auf der anderen Seite ihre Plätze eingenommen hatten. Miss Aileen zog die Brauen hoch und nickte Beau bedeutungsvoll zu. Er hatte keine Ahnung, was dem Anlaß angemessen war, und entschied sich für *Amazing Grace*, das er in einem etwas fröhlicherem Tempo spielte. Er wurde mit Miss Aileens zustimmendem Lächeln belohnt.

Als die letzten Akkorde verklangen, trat Barry Kingston einen Schritt nach vorne.

»Wir haben uns an diesem schönen Nachmittag hier versammelt, um ein letztes Mal von unserem erstaunlichen Freund Abschied zu nehmen. Tojo war nicht lange bei uns, aber ich glaube für alle sprechen zu können, wenn ich sage, daß wir ihn schmerzlich vermissen werden. Ich möchte jetzt Oberleutnant Charles Hansen, den Piloten von *T'Ain't a Bird*, und Feldwebel Matt Russo, der Tojo gut kannte, bitten, ein paar Worte zu sprechen. Vater Collins wird ihn dann segnen. Ehe wir ihn dann zur Ruhe legen, singen wir die amerikanische Nationalhymne.«

Barry Kingston gab den beiden Amerikanern zu verstehen, daß sie vortreten sollten.

»Ich möchte diese Gelegenheit wahrnehmen«, fing Charlie Hansen an, »noch einmal den freundlichen Menschen von Clonakilty für ihre Warmherzigkeit und Großzügigkeit zu danken. Und ich darf hinzufügen, daß uns diese Geste gegenüber unserem Maskottchen alle berührt hat. Ich übergebe jetzt das Wort an unseren Bordschützen am Rumpfgewehr, Feldwebel Matt Russo.«

Matt ging auf den kleinen Tisch zu und betrachtete Tojo. Er gab sich keinerlei Mühe, das breite Grinsen zu verbergen, das sein Gesicht überzog.

»Als ich diesen kleinen Kerl zum ersten Mal sah, tanzte er in den Straßen von Marrakesch. Er trug einen kleinen roten Hut auf dem Kopf und hatte einen niedlichen kleinen Frack an. Ich habe ihn gegen eine Flasche Rum und ein paar Päckchen Lucky Strike eingetauscht. Ich weiß nicht, warum ich das tat. Hatte ich ein paar Gläser zuviel getrunken? Hielt ich es damals für eine gute Idee? Wer weiß? Ganz gewiß brauchten wir keinen Affen an Bord – wir hatten ja bereits eine ganze Mannschaft davon! Und jetzt kann ich es Ihnen ja sagen – er konnte einen ganz schön auf Trab halten. Sprang ständig durchs Flugzeug und machte Krawall.« Die Trauergemeinde hing ihm an den Lippen und lächelte und kicherte mit ihm. »Ich hatte keine Ahnung, als was für ein guter Kerl er sich entpuppen würde. Und wer hätte gedacht, daß Tojo und ich hier in Irland landen würden? Aber eins weiß ich genau, er hat geholfen, uns zusammenzubringen.« Matt machte eine wirkungsvolle Pause. Dann richtete er seinen Blick wieder auf den aufgebahrten Tojo. »Ich werde dich vermissen, kleiner Kerl.«

Ohne eine Anweisung dazu bekommen zu haben, läutete Pat Barry laut die Glocke. Als Vater Collins den Leichnam segnete, kniete er neben Martin Kelleher. Miss Aileen tupfte sich die Augen mit einem Spitzentaschentuch, und eins der Zimmermädchen ließ lautes Schniefen hören, wurde aber von Ruth mit einem Stoß in die Rippen gleich wieder zum Verstummen gebracht.

Beau blickte auf die Gruppe im strahlenden Sonnenschein und wünschte sich, Mary wäre hier und könnte es miterleben. Es hätte ihr gefallen. Er konnte nicht erwarten, loszukommen und ihr alles zu erzählen.

Ein lautes Räuspern riß ihn aus seinen Gedanken, und Beau merkte, daß der Priester fertig war und ihm das Zeichen zum Einsatz gab. Die amerikanische Nationalhymne gehörte nicht gerade zu Beaus üblichem Repertoire, aber er bekam sie ganz gut hin, indem er die Begleitstimme anschlug, während er sich langsam singend durch die Melodie arbeitete. Dabei glaubte er einige Lastwagen vorfahren zu hören. Er achtete nicht weiter darauf, bis ihm wieder einfiel, daß wegen der Benzinrationierung überhaupt keine Autos auf der Straße fuhren. Auch einige Trauergäste hörten die Lastwagen und blickten sich nach dem Lärm um. Beau beendete *The Star Spangled Banner* mit drei stürmischen Akkorden.

Tony und Miss Aileen wickelten Tojo in das Tuch. Matt trug ihn und legte ihn sacht in sein Grab.

Jenseits der hohen geschlossenen Tore schien ein Handgemenge auszubrechen. Jemand begehrte lautstark Einlaß, während andere Stimmen dagegenhielten, daß keiner hindurch dürfe.

Matt bückte sich und hob eine Handvoll Erde auf, die er ins Grab warf. Sämtliche Amerikaner nahmen Haltung an und salutierten. Barry Kingston gab vier Männern in Uniform ein Zeichen, worauf diese ihre Gewehre in die Luft hielten.

Als die Gewehrsalve durch die Stadt hallte, schwangen die großen Torflügel auf, und eine Schar von Leuten drängte in den Garten. Angeführt wurde sie von einem rotgesichtigen Mann in Uniform, der mit seinem Revolver fuchtelte. Er warf wilde Blicke in die Runde, nahm die außergewöhnliche Szenerie aus Priester, Amerikanern und Zivilschutz in sich auf und konnte sich keinen Reim darauf machen. Hinter ihm kamen noch mehr Soldaten, die drei verängstigt dreinblickende Männer in Anzügen begleiteten, und dahinter drängelte eine sehr verärgerte Menschenmenge.

Die Trauergemeinde wandte sich den Soldaten zu. Alle hielten die Luft an. Pat Barry und Martin Kelleher blieben wie angewurzelt stehen, die Augen fielen ihnen fast aus dem Kopf, und die Münder standen weit offen.

Der einzige Laut kam von dem Zimmermädchen, das wieder zu schniefen begonnen hatte. Diesmal war Ruth zu überwältigt, um sie zum Schweigen zu bringen. Die Situation wurde von Barry Kingston aufgelöst, der auf den Mann mit dem Revolver zuging.

»Das hier ist eine Privatangelegenheit«, erklärte er. »Wären Sie bitte so freundlich, draußen zu warten?«

»Sind das die Amerikaner, die hier gelandet sind?« wollte der Mann mit dem Revolver wissen.

»Natürlich sind sie das«, entgegnete Barry Kingston. »Oder sehen die etwa aus wie ein Damenhockey-Team?«

»Ich bin Hauptmann Éamonn Carroll und bin hergekommen, um diese Männer in Gewahrsam zu nehmen.«

»Nun, sie werden nicht gleich fortlaufen«, sagte Barry Kingston. »Würden Sie vielleicht mal aufhören, mit dem Ding da rumzufuchteln? Sie verletzen ja noch jemand.«

Der Hauptmann blickte auf den Revolver in seiner Hand. »Ich habe Schüsse gehört«, sagte er.

»Natürlich haben Sie Schüsse gehört. Das hier ist ein militärisches Begräbnis.«

»Ist jemand gestorben? Wer ist gestorben?«

»Ein Besatzungsmitglied.«

»Wer hat ihn erschossen? Auf wessen Befehl?«

»Niemand hat ihn erschossen. Du lieber Himmel, Mann, er ist an Lungenentzündung gestorben. Stecken Sie das verdammte Ding weg!«

Charlie Hansen trat einen Schritt nach vorne. Miss Aileen hielt ihn auf, indem sie sich zwischen die beiden Männer stellte.

»Jetzt passen Sie mal auf, Hauptmann Sowieso. Jetzt reicht es. Haben Sie denn gar keine Achtung vor dem Toten? Entweder raus oder rein, aber lassen Sie uns zuallererst diesen Affen beerdigen!«

»Welchen Affen?« jammerte der Armeehauptmann.

»Diesen Affen. Den, der gestorben ist. Den im Grab.«

Der Hauptmann warf einen Blick in das kleine Grab und sah das winzige Bündel dort liegen. Langsam schob er seinen Revolver zurück in das Halfter. Er zuckte mit den Schultern und wies kopfschüttelnd seine Männer an, sich neben den Amerikanern aufzustellen.

»So ist's schon besser«, beruhigte sich Miss Aileen. Ein allgemeiner Seufzer der Erleichterung war zu hören. Pat Barry entlockte seiner Glocke ein lautes Bimmeln, als Barry Kingston eine Handvoll Erde in das Grab warf. Alle nahmen hinter ihm Aufstellung, um ihre letzte Aufwartung zu machen, während der Geiger ein Klagelied anstimmte. Beau reihte sich hinter den Hotelangestellten ein. Als er seine Handvoll Erde auf Tojo warf, sah er sich die Herren in den Anzügen sehr genau an, die mit den Soldaten gekommen waren. Einer davon war für einen Iren viel zu dunkelhäutig, und Beau war sich ziemlich sicher, daß er einen Anzug von Brooks Brothers trug. Und die Schuhe mit der nach oben gebogenen Spitze waren ihm ohnehin recht vertraut. So ein Paar hatte er daheim in seinem Kleiderschrank.

19

Als Mary an jenem Morgen in aller Frühe nach Hause kam, ging die Sonne gerade links von der Insel auf. Wie ein großer Feuerball schoß sie ihre roten Flammen über das Festland. Hügel und Felder loderten unter dem rosafarbenen Wolkenbaldachin, der den Himmel hielt. Ganz weit oben hing der blasse Schatten des Mondes, als hätte ihn jemand dort vergessen. Mary mußte wieder an den Mond im Hinterhof denken. Sie spürte Beaus Arme und zitterte bei dem Gedanken, ihn wiederzusehen.

»Morgenrot, Schlechtwetterbot«, sagte Dr. Moloney. »Erst wird's ein schöner Tag, aber gegen Abend wird das Wetter umschlagen.«

»Danke, daß Sie mich nach Hause gebracht haben«, sagte Mary, als sie aus dem Wagen stieg.

»Keine Ursache.« Dr. Moloney lächelte, als er ihr zum Abschied zuwinkte.

Mary zog ihre Schuhe aus und trug sie in der Hand, als sie die Straße hochging. Sie ließ die Hühner und Enten ins Freie. Sie scharrten um ihre nackten Füße und schielten hoch in die aufsteigende Sonne. Mary wirbelte mitten auf dem Hof im Kreis herum und lachte, als die Enten davonwatschelten und die Hühner gackernd auseinanderstoben. Sie fragte sich, wie lange es wohl dauern würde, bis Beau zu ihr herauskam. Wahrscheinlich dauerte es eine Weile, überlegte sie. Sicherlich würde er es nicht vor Nachmittag oder dem frühen Abend schaffen. Dann wieder überlegte sie, daß er vielleicht erst am Morgen käme, wenn sie das Flugzeug inspizierten.

Sie würde die Stunden nicht zählen. Er kam bestimmt, sobald er konnte. Das wußte sie. Mary beschloß, den Tag mit Arbeit zu füllen, so daß er schnell vorbeiging. Als sie sich ihre Arbeitskleidung anzog, faßte sie den Entschluß, nach ihren üblichen Aufgaben das Haus richtig gründlich sauberzumachen. Und danach würde sie ihnen beiden ein wirklich gutes Essen kochen. Einen Eintopf oder dergleichen.

Der Vormittag verging rasch. Die Sonne brannte herunter wie mitten im Juli. Mary ging um das Haus und machte alle Fenster weit auf, um die Seeluft hereinzulassen. Staubflocken tanzten im Sonnenlicht, als sie wischte. Das Haus roch frisch und hell. In diesem Sommer würde sie es auf jeden Fall neu streichen, überlegte sie. Ein bißchen frische Farbe konnte nicht schaden. Als ihr Blick über das Mündungsdelta schweifte, sah sie, wie sich dort große graue Wolken zusammenbrauten. Dr. Moloney hatte recht. Über kurz oder lang würde das Wetter umschlagen.

Um vier Uhr hatte sie alles erledigt. Ein deftiger Auflauf köchelte auf dem Herd, und ihr Haus war so sauber, daß man vom Boden hätte essen können. Tommy hatte sich nicht um die Hunde gekümmert, und so ging Mary hinaus, um sie zu füttern und die Zwinger sauberzumachen. Obwohl Mary Tiere mochte, empfand sie für die Windhunde wenig Zuneigung. Und das lag nicht daran, daß sie Gerald gehörten. Für sie waren das dumme, aus Inzucht hervorgegangene Tiere, die der Mensch sich nur zum Vergnügen hielt. Sie verbrachten ihr Leben in Zwingern, und jeder Aspekt ihrer Existenz bemaß sich an der kurzen schnellen Jagd nach einem ausgestopften Kaninchen. Sie konnten noch nicht einmal kopulieren, ohne daß man ihnen dabei half. Doch ihre glänzenden kleinen Augen verfolgten jede ihrer Bewegungen, erflehten ihre Berührung. Sie bückte sich und streichelte sie alle, dabei konnte sie unter ihren Brustkörben die klopfenden Herzen spüren.

Jetzt gab es nichts mehr zu tun, und so wusch sie sich und zog sich noch einmal um. Sie entschied sich für eine frische Bluse und einen schlichten Rock, den sie normalerweise trug, wenn sie zur Messe ging. Mary war gläubig und betete oft, aber sie hatte ihren Frieden mit Gott geschlossen und fühlte sich ihm draußen auf einem Hügel manchmal näher als in jeder Kirche.

Die Dämmerung fiel rasch und bald lag die Küche im Dunkeln. Mary zündete eine Lampe an und entschied aus einer Eingebung heraus, noch drei weitere im Zimmer zu verteilen. Zusammen mit dem hell lodernden Feuer im Herd gaben sie ein freundliches, warmes Licht. Sie fragte sich, wie sie den Tisch decken sollte. Es wäre schön, wenn bei Beaus Eintreffen alles perfekt sein würde. Sollte sie vielleicht das gute Porzellan herausholen?

Mit viel Liebe deckte sie hübsch auf, besann sich dann aber eines Besseren. Und wenn er bereits gegessen hatte? Oder noch länger aufgehalten wurde? Sie wollte nicht, daß er sich unbehaglich fühlte oder glaubte, sie sei wegen seines Zuspätkommens verärgert. Sie beschloß, die Teller einfach auf der Anrichte stehenzulassen, damit sie bei Bedarf gleich aufgedeckt werden konnten. Sie sah auf die Uhr, als sie die Teller wegstellte. Enttäuschung durchzuckte sie. Es wurde langsam spät. Vielleicht schaffte er es ja gar nicht, zu ihr herauszukommen.

Sie verspürte Bauchgrimmen und merkte, daß sie den ganzen Tag nichts gegessen hatte. Sie schnitt sich eine dünne Scheibe Brot ab und setzte sich in die Küche, um sie zu essen. Das Feuer fauchte im Herd, und als der Wind stärker wurde, zog er die Flammen hoch in den Kamin. Auflaufduft erfüllte die Küche. Mary fühlte sich behaglich und warm und sicher. Sie merkte, daß sie eindöste und legte ihren Kopf auf die Arme. Ein wenig Ruhe hatte sie verdient. Beau würde kommen, sobald es ging. Ein wehmütiges Lächeln umspielte ihre Lippen. Vielleicht war Beau bei ihr, wenn sie aufwachte.

Les saß mit Imelda im Hotel. Nach Tojos Beerdigung waren die meisten Leute aus der Stadt wieder in ihr normales Leben zurückgekehrt, doch noch immer tummelten sich jede Menge Menschen im Schankraum und im Teesalon. Der irische Armeehauptmann hatte eines der Konferenzzimmer oben bezogen. Charlie Hansen und die drei Männer in den Anzügen waren bei ihm. Aus Gründen, die Les unklar waren, war auch Beau mit da oben. Er hatte sich einem der Männer vorgestellt, von dem man dann erfahren hatte, daß er zur amerikanischen Botschaft in Dublin gehörte. Die anderen waren vom irischen Außenministerium. Jetzt waren sie schon fünf Stunden da oben. Platten mit Sandwiches und tablettweise Tee waren in regelmäßigen Abständen hochgeschickt worden, aber keines war seitdem wieder aufgetaucht.

Die anderen irischen Soldaten waren in ihren Lastwagen hinaus in die Marsch aufgebrochen, um das Flugzeug zu bewachen. Die Armee hatte die gesamte Operation an sich gerissen, was dem Zivilschutz und auch der Polizei gar nicht zu gefallen schien. Die meisten von ihnen tranken mit der Crew im Schankraum und warteten ab. In den vergangenen Stunden war der Geräuschpegel stetig gestiegen.

Les hatte keine Ahnung, was da vor sich ging, aber es interessierte ihn auch nicht sonderlich. Er hatte die ganze Zeit zusammen mit Imelda in der Eingangshalle verbracht. Sie unterhielten sich über Gott und die Welt und merkten gar nicht, wie die Zeit verstrich. Beide schreckten hoch, als die große Uhr schlug.

»Ich muß jetzt gleich gehen«, sagte Imelda.

»Kannst du nicht noch ein bißchen länger bleiben?« bat Les. »Bitte?«

»Ich muß zurück zu den Mädchen«, antwortete sie, aber wir können uns sicher morgen sehen.«

»Das wird vermutlich davon abhängen, zu welcher Lösung die da oben kommen«, sagte Les. »Kann sein, daß sie uns einsperren oder deportieren oder was immer man sonst in solchen Fällen macht.«

»Das werden sie doch nicht tun?« fragte Imelda alarmiert. »Das sagst du nur so, damit ich bleibe.«

»Das wünsche ich mir«, sagte Les ernsthaft. Er blickte sich um. Keiner achtete auf sie. Les setzte sich auf dem Sofa zurecht und nahm Imeldas Hand in seine, obenauf legte er ein Kissen, damit es keiner sehen konnte. Sie versuchte, sie ihm wegzuziehen, aber Les sah sie mit flehenden Augen an, und ihre kleine Hand entspannte sich in seiner.

»Hör mir zu«, sagte er ernst. »Du bist das schönste Mädchen, das mir je begegnet ist. Entweder sperrt man uns ein oder findet einen Weg, uns nach England zu bringen. Ob so oder so, ich muß dich verlassen.«

Imelda stiegen die Tränen in die Augen. Daran hatte sie gar nicht gedacht. Sie hatte gewußt, daß er weggehen würde, aber nicht, daß es schon so schnell geschehen könnte.

»Ich werde dich nicht aus den Augen verlieren«, sagte Les mit Nachdruck.

Imelda schüttelte den Kopf und sah weg. Er hatte ja keine Ahnung. Es war aussichtslos.

»Ich weiß nicht, wie ich mit dir in Kontakt treten soll. Du hast keine Adresse. Deshalb mußt du den Kontakt mit mir aufrechthalten. In Ordnung?« Imelda war verwirrt. Sie sah ihn an, weil sie ihn nicht verstand. Les ließ ihre Hand los und kramte in seiner Tasche.

»Ich habe einen Plan. Sieh her. Ich habe meinen Namen, Rang und Nummer aufgeschrieben«, sagte er und zeigte ihr ein kleines Stück vollgeschriebenes Papier. »Ich bin in der fünfundneunzigsten Bombergruppe des achten Luftregiments. Verstehst du? Ich weiß nicht, wo ich in England stationiert sein werde, aber ich glaube, wenn du den Brief an die Bombergruppe adressierst, kommt er dort an.«

Imelda traute sich gar nicht zu sprechen. Sie nickte bloß.

»Außerdem habe ich die Adresse meiner Eltern daheim in Wisconsin aufgeschrieben. Wenn wir den Kontakt verlieren, schreibst du ihnen. Sie werden immer wissen, wo ich bin. Du wirst ihnen doch schreiben, oder? Versprichst du das?«

»Ich kann nicht sehr gut schreiben«, sagte Imelda und wurde dabei rot. »Lesen kann ich«, sagte sie voller Eifer, »ich schreibe nur nicht viel.«

»Das macht mir nichts aus. Vergiß mich einfach nicht, Imelda. Versprich mir, daß du schreibst. Du kannst auch jemand anders für dich schreiben lassen, wenn du möchtest.«

Imelda lächelte schwach und nickte.

»Du kannst mich wissen lassen, wohin ich dir schreiben soll. Und das tue ich dann auch. Du wirst sicher ein Postfach auftreiben können. Verlier bloß nicht das Stück Papier hier. Ja?

Und wenn es ganz schlimm kommt, gehst du einfach nach Wisconsin.«

Imelda prustete los vor Lachen. »Und wie in Gottes Namen soll ich das anstellen, Les Wagner?«

»Ich weiß es nicht. Betteln, borgen oder stehlen. Was immer erforderlich ist. Du wirst schon einen Weg finden.«

»Und dann tauche ich einfach so in Wisconsin auf!« sagte sie und schnippte mit den Fingern.

»Nun, das ist sehr viel einfacher, als wenn ich ganz Irland nach dir durchforsten muß. Aber wenn du dich recht halsstarrig zeigst, werde ich das tun müssen. Ich werde zurückkommen und dich suchen. Ich hab dir ja gesagt, daß ich dich nicht verlieren werde.«

Ruth winkte ihnen vom Saal aus zu. Imelda und Les winkten zurück und sie kam zu ihnen. »Ich sterbe hier gleich. Seit heute morgen bin ich auf den Beinen«, stöhnte sie und ließ sich in einen Sessel fallen.

»Trägst du immer noch die Schuhe deiner Schwester?« scherzte Les.

Ruth verzog das Gesicht, als ob sie Schmerzen hätte, und bei der Erinnerung an den Unfall im Sumpf mußten sie alle lachen.

»Na, wie kommt ihr beiden Turteltäubchen denn voran?« flüsterte sie boshaft.

»Und was ist mit dir?« sagte Imelda lächelnd. »Was hast du mit Bloß Dennis gemacht?«

»Bloß Dennis?« staunte Les.

»Sag bloß nichts gegen meinen süßen Dennis«, sagte Ruth. Sie beugte sich herab und flüsterte hinter vorgehaltener Hand: »Das ist wirklich noch ein absolutes Geheimnis, aber er hat mich gebeten, ihn zu heiraten!«

»Und was hast du gesagt?« fragte Imelda. Ihr Herz pochte heftig. Der Gedanke, daß jemand einen tatsächlich bat, ihn zu heiraten, überstieg ihre romantischsten Vorstellungen. Dann schlug ihr Herz noch schneller. Hatte Les nicht eben genau dasselbe gemacht?«

»Ich habe ihm gesagt, ich werde darüber nachdenken«, sagte Ruth grinsend. »Aber ich bin verrückt nach ihm. Deshalb hab ich schließlich ja zu ihm gesagt. Doch wir wollen es noch niemand wissen lassen. Dennis meint, wenn wir sparen, könnten wir vielleicht in vier oder fünf Jahren heiraten.«

»Ist das nicht eine schrecklich lange Zeit, die ihr da warten müßt?« fragte Imelda mit funkelnden Augen.

»Eigentlich nicht«, sagte Ruth. »Meine Großmutter und mein Großvater haben zehn Jahre gewartet. Und sie waren sehr glücklich. Er fuhr nach Amerika, und sie versprach, auf ihn zu warten. Sie dachten, es würde fünfzehn Jahre Knausern und Knapsen bedeuten. Aber sie hatten Glück. Großvater war ein Spieler, und in einer Nacht hatte er beim Poker so viel gewonnen, daß er fünf Jahre früher heimkommen und ihr ein Zuhause kaufen konnte!«

»Stimmt das?« fragte Les lachend.

Imelda lachte mit ihm. Sie glaubte zu fliegen. Die Zukunft öffnete ihr plötzlich Wege, auf denen alles möglich schien.

»Aber gewiß, wir leben noch immer da«, sagte Ruth. Sie verschränkte die Arme vor der Brust und schaute träumerisch ins Leere. »Ihr wißt doch, wenn man liebt, ist alles möglich.«

Les und Imelda nickten beide enthusiastisch.

»Also, ich gehe jetzt besser wieder an meinen Platz«, sagte Ruth und sprang auf. »Sieht so aus, als kämen sie endlich doch runter.« Sie deutete auf eine Gruppe Männer, die die Treppe nach unten kam. »Bis gleich.«

Die Männer wirkten müde, aber zufrieden. Was immer da oben vorgefallen war, hatte sich zum Guten gewendet, überlegte Les. Es sei denn, der Pilot wollte sie nur bei Laune halten. Dann kam Beau die Treppe herunter. Er wirkte besorgt und grimmig, aber sobald er Les und Imelda sah, brach sich ein Lächeln auf seinem Gesicht Bahn. In zwei Schritten war er bei ihnen.

»Ich bin wirklich froh, dich zu sehen«, sagte er an Imelda gewandt. »Gehst du zurück auf die Insel?«

»Was ist da oben passiert?« bedrängte ihn Les, ehe Imelda antworten konnte. »Sie sehen wirklich besorgt aus.«

»Alles wird gut werden.« Beau senkte seine Stimme. »Ich war nur besorgt, weil ich Mary versprochen hatte, sie heute zu besuchen, und jetzt bin ich hier hängengeblieben. Sie wird sich wundern, was passiert ist.«

Matt tauchte an Beaus Seite auf. Er konnte seine Aufregung kaum im Zaum halten.

»Also? Was gibt es?« fragte er. »Stimmt das, was ich höre?«

»Das hängt davon ab, was Sie gehört haben«, frotzelte Beau.

»Ein kleiner Vogel hat mir gesagt, wir fliegen aus. Liege ich da richtig?« fragte Matt mit hochgezogenen Brauen.

»Das ist richtig«, sagte Beau mit seinem schleppenden Südstaatenakzent. »Sie haben freundlich eingewilligt, uns ausfliegen und unseres Weges ziehen zu lassen.«

»Wie sollen wir denn ausfliegen?« fragte Les, den diese Idee erstaunte. »Der Vogel sitzt doch fest. Wahrscheinlich sinkt er sogar immer weiter ab.«

»Sie werden uns eine Startbahn bauen«, sagte Beau mit einem Zwinkern. »Aber das darf auf keinen Fall in die Schlagzeilen. Es ist eine höchst außergewöhnliche Situation.«

»Hier rauskommmen! Wovon redet ihr denn?« erklärte Matt. »Wie wollen die uns denn eine Startbahn bauen? Die haben doch nicht mal Autos.«

»Sie bringen eine dieser Landebahnen her, die man zusammenbauen kann, so eine vom Luftfrachtkommando. Oben in Belfast gibt es einen amerikanischen Luftwaffenstützpunkt. Die Briten helfen aus. Aber wie schon gesagt, für ein neutrales Land ist dies eine höchst unangenehme Situation. Wir mußten sogar alle schwören, nie einen Fuß auf irischen Boden gesetzt zu haben.«

Matt erwog die Lage. »Warum, glauben Sie, tun die das?« überlegte er. »Wenn es schon so unangenehm ist.«

»Vermutlich ist genau das der Unterschied zwischen Krieg und Diplomatie«, meinte Beau philosophisch. »Die Diplomaten können die Gesetze ein wenig mehr zurechtbiegen. Aber vielleicht finden sie uns ja auch einfach nur nett«, fügte er hinzu.

»Wie kommt's eigentlich, daß Sie da mit drin waren, Kumpel?« fragte Matt.

»Ja, wieso waren Sie dabei?« hakte Les gleich nach. »Ich dachte, Sie sind Bordschütze am Rumpfgeschütz?«

»Der Typ von der Botschaft kennt meinen Vater«, sagte Beau langsam, als überlegte er, was er sagte. »Mein Vater kennt eine Menge Leute in den oberen Etagen. Wir haben ein paar Fäden gezogen.«

Matt ließ einen leisen Pfiff hören. »Müssen ziemlich lange Fäden sein.«

»Lang genug.«

»Na ja, bestimmt zu lang für einen Jungen aus Brooklyn«, meinte Matt. »Schönen Ausgang, New Orleans. Ich muß los und mich frisch machen. In fünfzehn Minuten habe ich eine Verabredung.«

Alle blickten ihn fragend an, aber Matt lachte nur und drohte scherzhaft mit dem Finger. Dann schlenderte er die Treppe hinauf.

Beau wandte sich erneut an Imelda. Sie hatte das Gespräch verfolgt, aber von allem nur mitbekommen, daß sie ausflogen, anstatt inhaftiert zu werden. Sie wußte nicht, ob sie sich aufregen oder erleichtert sein sollte.

»Ich hoffte, Mary eine Nachricht zukommen lassen zu können«, sagte Beau.

»Ich gehe bald wieder zurück. Ich könnte bei ihr vorbeischauen, wenn Sie wollen«, bot sie an.

»Ich wäre dir sehr dankbar, wenn du das machen könntest«, sagte Beau mit einem freundlichen Lächeln. »Bist du dir sicher, daß es für dich kein allzu weiter Umweg ist?«

»Überhaupt nicht«, sagte Imelda.

»Na gut, dann sag ihr bitte, daß es mir wirklich leid tut. Ich wurde hier den ganzen Tag in einer Versammlung festgehalten. Ich hoffe, daß ich das schnell hinter mich bringe und sie am Abend doch noch besuchen kann.«

»Das werde ich ihr sagen«, sagte Imelda, als Beau aufstand, um zu den anderen zu gehen.

… Mary tanzte in einem großen Ballsaal. Ihr Rock wirbelte um ihre Beine. Ein großer Kristallüster, der über ihr hing, tauchte den ganzen Raum in funkelndes Licht. Elegante Männer und Frauen drehten sich im Walzertakt gelassen übers Parkett. Sie spürte den festen Griff ihres Partners, sie vergrub ihr

Gesicht in seinem Hals und roch den süßen Duft von Zitronen. Die Musik wechselte zu einem Reel über, und schon tanzte sie im Hüpfschritt an einer Kette von Händen vorbei, die sich ihr entgegenstreckten. Sie wußte, daß ihr Partner nicht in ihrem Blickfeld war, und sie verdrehte den Hals, um seine Aufmerksamkeit auf sich zu lenken. Sie versuchte, nach ihm zu rufen. Sie spürte, wie ihr Mund sich bewegte, doch sie bekam keinen Laut heraus. Die Musik wurde immer wilder. Mary war außer Atem, aber die Tänzer schoben sie entlang der Händekette immer weiter.

Plötzlich stand Beau ihr gegenüber. Er hielt ihr seine Hände entgegen und umfaßte die ihren. Sie setzten zu einer Drehung an, und Mary spürte eine Woge der Erregung durch sich hindurchrauschen. Sie drehten sich schneller und immer schneller. Ihre Wahrnehmung des Raums verschwamm, und sie konnte auch Beaus Gesicht nicht mehr erkennen.

Sie drehte sich viel zu schnell.

Mary hatte Angst. Sie versuchte ihm zu sagen, daß er aufhören solle, aber ihr blieb die Stimme weg. Seine Hände hielten sie mit festem Griff. Sie hatte Angst loszulassen, aber er hielt sie immer fester und fester, und er tat ihr weh. Sie blickte sich überall um, aber all die eleganten Männer und Frauen waren verschwunden. Das Licht ließ nach. Außerhalb der Tanzfläche sah sie nur noch Schatten. Sie glaubte Gesichter zu erkennen, die sie anstarrten.

Noch immer spürte sie, wie sich seine Hände in die ihren gruben. Wenn sie nicht aufhörten, sie so herumzuwirbeln, platzte ihr gleich das Herz. Mary versuchte Beaus Gesicht zu erkennen, doch sie sah nur eine schaurige Grimasse. Das war nicht Beau, überlegte sie. Das waren nicht seine Hände. Sie sah eine Gestalt aus dem Schatten treten. Sie war blaß und dünn und zu Tode erschrocken. Sie erkannte Imelda. Etwas Schlimmes war Imelda widerfahren. Sie mußte von dieser Kreatur loskommen, die sie noch immer im Kreise herumwirbelte. Sie mußte zu Imelda.

Mary entzog sich, versuchte dem verrückten Drehen ein Ende zu bereiten, doch ihr Partner hielt sie nur noch fester. Sein Lachen hallte durch den leeren Ballsaal.

Dann hörte es auf.

Sie war allein. Sie sah sich nach Imelda um, aber sie war weg.

Marys Herz machte einen Satz. Langsam kam ein Mann aus dem Schatten auf sie zu. Sie erkannte die grüne Uniform und rannte in seine Arme. Aber als sie zu ihm aufblickte, starrte sie in ein entsetzlich verwüstetes Gesicht. Seine Ausdünstung war stinkend und böse. Sie versuchte ihn wegzustoßen, aber er hielt sie fest.

»Wo ist mein Abendessen, Frau?« flüsterte er ihr ins Ohr …

Mary schreckte hoch und war hellwach.

Sie spürte einen Lufthauch auf ihrem Gesicht. Sie rieb sich die Augen und versuchte, noch immer verstört und atemlos von ihrem Alptraum, klar zu sehen. Und was sie sah, ließ ihr das Blut in den Adern gefrieren.

Gerald stand am anderen Ende des Tisches. Hinter ihm war die Tür weit offen. Mary konnte den Wind draußen rauschen hören, der von Osten her über den Schuppen wehte. Es war ein bösartiger Wind, der sie schaudern ließ.

»Ich habe gesagt, wo ist mein Essen, Frau«, wiederholte er lächelnd. Sein Ton war entgegenkommend, aber sie hörte bereits die Schärfe in seiner Stimme. Sie unklammerte die Tischplatte, bis ihre Knöchel weiß waren, und versuchte einen Schauer zu unterdrücken, der ihr übers Rückgrat lief.

»Ich hole es jetzt«, sagte sie und zog einen Stuhl heraus. »Laß mich nur noch die Tür zumachen. Wir erfrieren sonst ja. Setz dich.« Mit leiser und gesetzter Stimme versuchte sie den Schrei, den sie im Hinterkopf hörte, zum Schweigen zu bringen. Das war falsch. Das war alles falsch.

Gerald tat wie ihm geheißen. Er beobachtete sie schweigend und hatte dabei noch immer ein Lächeln auf den Lippen, als dächte er über einen Spaß nach, den nur er allein verstand.

Sie mußte sich beruhigen. Sie mußte einen Halt finden.

»Also das nenne ich mal ein warmherziges Willkommen«, sagte er, lehnte sich in seinem Stuhl zurück und betrachtete zufrieden den Raum. »Freut mich, daß du letztes Mal deine Lektion gelernt hast. Was riecht da so gut?«

»Ein Auflauf«, sagte sie und fast blieben ihr die Worte im Hals stecken.

Der ist nicht für dich! hätte sie am liebsten geschrien. Sie mußte sich sehr beherrschen, nicht den Topf vom Herd zu nehmen und nach ihm zu werfen. Sie spürte einen Wirbelwind in sich anwachsen und fürchtete, diese gewaltige Kraft nicht halten zu können.

Mary versuchte, ihm so fern wie möglich zu bleiben. Sie hielt den Kopf gesenkt, und ihre Bewegungen waren klein und schnell. Sie servierte ihm einen Teller Auflauf mit braunem Brot und wandte sich dann wieder dem Feuer zu. Sie zwang sich, tief durchzuatmen und sich aufrecht zu halten. Der Wirbelwind sackte in ihren Bauch zurück, aber sie spürte ihn noch immer wühlen.

»Ich setze den Kessel auf«, sagte sie rasch und war froh, etwas zu tun zu haben.

»Gib dir keine Mühe mit dem Tee. Den trink ich später«, sagte Gerald, zog zwei Flaschen Dunkelbier aus seiner Tasche und gab sie ihr. Beim Einschenken hielt sie großzügig Abstand von ihm, aber als sie das Glas auf den Tisch stellte, streckte er seine Hand aus und tätschelte ihren Hintern. Ihr Körper wurde steif, und sie hatte das Gefühl, ihr Rückgrat bräche entzwei.

»Gar nicht so schlecht. Ich muß doch öfter nach Hause kommen.«

Er fing an zu essen und schaufelte sich den Auflauf rasch in den Mund. Sie stand hinter ihm, konnte nicht hinsehen. Er aß, als ginge er völlig sorglos durch die Welt und unterhielt sich dabei ganz großartig.

»Hab gute Geschäfte gemacht. Sogar sehr gute. War oben auf dem Rennplatz in Cork und hab die kleine dunkle Hündin für ein hübsches Sümmchen verkauft. Und da ich schon mal da oben war, habe ich nebenbei auch noch ein bißchen gewettet. Ich bin nur zurückgekommen, um mir eine Transportmöglichkeit zu überlegen.«

Die Worte drehten sich in Marys Kopf, nur hier und da erfaßte sie einen ganzen Satz. Gerald aß und schwatzte, als wäre es das Natürlichste auf der Welt. Als gehörte ihm alles. Als gehörte er hierher.

»Aber davor habe ich ein wirklich gutes Geschäft gemacht.« Er deutete mit seiner Faust voll Brot auf einen Sack am Boden. »Bring das mal her und sieh's dir an.«

Der Sack war schwer. Mary ließ ihn auf den Tisch fallen, so daß Teller und Gläser klirrten. Gerald achtete gar nicht darauf, sondern beendete seine Mahlzeit, indem er mit dem Brot den Teller blank wischte.

»Na mach schon. Mach ihn auf«, befahl er.

Es waren verschiedene Dosen voll Tee und Zucker darin, drei Flaschen Whiskey und Tabak. Ganz unten lag ein kleines, in einen schmutzigen Fetzen gewickeltes Bündel. Es war so dick wie ein Pfund Butter und enthielt ein Bündel englischer Banknoten. Mary drehte es in ihren Fingern hin und her, als hätte sie sich verbrannt.

»Was ist das?« fragte sie. Der Wirbelwind in ihrem Bauch saß fest, drehte sich ständig im Kreis, und sie hörte nur mit halbem Ohr zu, was Gerald erzählte.

»Ein bißchen von dem und ein bißchen von dem. Aber vor allem ein bißchen von etwas anderem.« Gerald lachte herzhaft über seinen Scherz.

Mary spürte sich lächeln. Aber es war, als zöge jemand ihre Mundwinkel hoch. Die feste Schraube in ihr beruhigte sich und verflüchtigte sich zu schwarzem Rauch, der in langen Atemzügen durch ihren Körper zog.

»Hab ein paar Geschäfte an der Grenze gemacht. Ich hatte ein paar Informationen, die jemand anderem einiges wert waren. Daß Tee runterkommt. Rindfleisch nach oben unterwegs ist. Etwas in der Art. Namen, Gesichter. Dann war da noch die gerissene Hure aus Fermoy, die mich vor einiger Zeit bei einer Zusammenarbeit unterboten hat. Man könnte sagen, daß ich drei Fische mit einem Wurm gefangen habe. Ich habe die Geschäfte bezahlt bekommen und dann noch einiges mehr für die Information. Und diese Nutte aus Fermoy kommt mir auch nicht mehr in die Quere. Wie gesagt, ein recht ordentliches Geschäft.«

»Hört sich für mich eher nach schmutzigem Geschäft an«, sagte Mary. Sie duckte sich in Erwartung des Schlags, mit dem sie rechnete. Laß ihn kommen, dachte sie. Fast wünschte sie sich Schläge herbei. Alles war besser als diese Farce. Dieses So-tun-als-ob.

Aber Gerald warf nur seinen Kopf zurück und brüllte vor Lachen.

»Nun, es ist sehr viel sauberer, als auf einem Bauernhof Scheiße zu schaufeln, und es wird auch besser bezahlt! Gib mir noch ein Glas. Zum Abschluß brauch ich jetzt einen Schuß Whiskey.«

Mary holte das Glas und stellte es aus Angst, es kaputtzumachen, vorsichtig hin. Gerald schenkte sich großzügig ein und schob seinen Teller weg. Er hielt den Whiskey hoch ans Licht und beobachtete, wie er durchs Glas wirbelte.

»Komm her. Ich bin in der Stadt auf ein paar Halbe eingekehrt. Was für ein Aufruhr! Hast du das Flugzeug gesehen? Es ist ein amerikanischer Bomber. Ich hab ihn im Dunkeln nicht richtig sehen können. Muß ihn mir morgen mal ansehen.«

Mary klopfte das Herz bis zum Hals.

Der schwarze Rauch zog in wilden Schwaden durch ihren Kopf und vernebelte ihr die Sicht.

O mein Gott. O mein Gott, bitte nicht.

Was wußte Gerald? Spielte er mit ihr? War das der Grund für seine gute Laune?

Mary stand hinter ihm und schaute auf seinen Hinterkopf, als er seinen Whiskey schlürfte. Sie mußte sich in die Hand beißen, um nicht zu wimmern. Wenn Beau jetzt plötzlich auftauchte, was dann? Was sollte sie sagen? Es ging nicht an, daß er sie so sah. Er würde sofort Bescheid wissen. Diese Schande ertrüge sie nicht.

»Sie hatten einen Affen, der gestorben ist. Und die Narren haben ihn doch glatt heute beerdigt. Die Armee kam und ist reingeplatzt, wie man mir erzählt hat«, fuhr Gerald fort. »Ein paar der Amis habe ich an der Bar gesehen. Du hättest sie sehen sollen, taten, als gehörte ihnen alles. Frage mich nur, was diese Information wert sein könnte?«

Der Wirbelwind schwoll an. Zog an Fäden. Setzte Hebel in Gang. Mary spürte, wie sich die Nägel in ihre Handflächen gruben, als sie ihre Fäuste ballte, aber sie begrüßte den Schmerz. Das war echt. Der Schmerz war echt.

»Die Frauen schnüffeln um diese Amis herum wie läufige Hündinnen. So ein Theater habe ich noch nie erlebt. Die kleine Hure habe ich auch gesehen. Diese Imelda. Die war so schlimm wie der Rest. Ich hab sie mit einem großen blonden Ami gesehen, und sie hat ihn angehimmelt, als würde ihr gleich das Höschen davonschmelzen. Die ist reif, das sag ich dir. Hätte nichts dagegen, selbst mal davon zu kosten.« Gerald holte ein Streichholz aus seiner Tasche und begann damit in den Zähnen zu stochern.

Als Mary Imeldas Namen hörte, wurde ihr Blick wieder klar. Sie sah Gerald als das, was er war, ein stinkendes Stück Dreck, das sie schlug und betrog und ihr das Leben zur Hölle machte. Auf gar keinen Fall würde sie zulassen, daß er mit seinen dreckigen Pfoten Imelda zu nahe kam. Sie wollte nicht, daß er überhaupt an dieses Mädchen dachte. Indem er nur ihren Namen aussprach, beschmutzte er Imelda schon.

Gerald rülpste laut und nahm seinen Gürtel ab. Mit zufriedenem Grinsen tätschelte er seinen Bauch. »Jetzt möchte ich den Tee«, befahl er und schenkte sich vorsichtig noch einmal Whiskey nach.

»Hol ihn dir, du dreckiger Bastard«, zischte Mary.

Die Flasche Whiskey zerschellte am Boden. Gerald drehte sich um und sah sie mit vor Zorn gerötetem Gesicht an. Er wollte aufstehen, ließ es dann aber sein, die Augen vor Überraschung weit aufgerissen.

Mary stand neben ihm und sah auf ihn herab. Sie spürte den Haß und die angestaute Wut aus jeder Pore dringen. In ihrer Hand hielt sie das lange schwarze Tranchiermesser.

20

Sie sahen einander schweigend an. Die Zeit stand still. Gerald wirkte wie ein gefangenes Tier, das zum Sprung ansetzte. Nur seine Augen bewegten sich und taxierten die Situation.

Mary hielt den Atem an. Sie wagte nicht, sich zu bewegen, und sie spürte den Puls in den Schläfen pochen, wo er jeden Gedanken auslöschte. Der Wind draußen, das stetige Ticken der Uhr auf dem Kaminsims waren sehr fern und drangen schwach wie aus einer anderen Welt zu ihr.

»Du gehst jetzt besser«, sagte sie langsam, ohne ihren Blick von seinem Gesicht zu wenden. »Nimm dein Geld und geh. Geh jetzt und komm nie wieder zurück.«

Schritte auf dem Hof ließen Mary den Kopf drehen. Gerald machte einen Schritt auf sie zu. Sofort wandte sie sich wieder um und hielt ihn in Schach, als die Tür aufging.

Imelda stand fassungslos in der Tür. Mary hörte sie nach Luft schnappen. Imelda ließ ihre Augen blitzschnell durch den Raum schweifen, sah die Schmuggelware und den Haufen Geld, die auf dem Boden zerschmetterte Flasche, Gerald auf der Stuhlkante und Mary, die dort mit dem Messer in der Hand stand.

Gerald fing an zu kichern. Ganz langsam stand er vom Stuhl auf.

»Rühr sie bloß nicht an«, herrschte Mary ihn an. »Schau sie nicht mal an.«

Gerald hob langsam seine Hände, als wollte er sich ergeben. Sie folgte jeder Bewegung mit ihrem Messer. Lässig drehte Gerald ihr den Rücken zu und schaute zur Wand. Er holte eine Zigarette aus seiner Tasche und zündete sie an.

»Ich frage mich, was ihr beide da wohl ausgeheckt habt?« sagte er mit leiser Stimme. »Hast du das alles geplant? Warst du das? Du und diese elende Tochter eines Kesselflickers?«

Mary glaubte gleich zu explodieren. Geralds ruhiges Auftreten machte ihr angst. Jederzeit konnte er sich umdrehen und sie niederschlagen. Ihr Arm schmerzte, weil sie das Messer so fest umklammert hielt. Ihr schwindelte von dem Druck auf ihren Schläfen. Sie versuchte sich ganz allein auf Gerald zu konzentrieren, um auf die geringste Bewegung vorbereitet zu sein. Noch immer drehte er ihr den Rücken zu und rauchte zwanglos. Sie erinnerte sich an das Gewehr im Schuppen. Vielleicht sollte sie Imelda losschicken, damit sie es holte. Sie wußte nicht einmal, ob es geladen war, und es machte die Sache vielleicht noch schlimmer.

Als der Augenblick kam, verpaßte sie ihn.

Gerald bewegte sich mit einer Schnelligkeit, die für einen so schweren Mann ungewöhnlich war. Imelda schrie warnend, aber es war zu spät. Ehe sie wußte, was geschah, hatte Gerald ihr Handgelenk gepackt und drehte es um.

»Du hast doch nicht im Ernst geglaubt, daß du damit durchkommst? Oder?« schrie er ihr ins Gesicht. Sie hätte schreien können vor Schmerz. Ihre Hand öffnete sich, und das Messer fiel zu Boden.

»Laß sie in Ruhe«, kreischte Imelda und schoß durchs Zimmer. Sie warf sich an Geralds Hals, zerrte an seinen Haaren und kratzte mit den Fingernägeln nach seinen Augen. Gerald stieß Mary weg und drehte sich wie wahnsinnig um, wobei er gegen Möbel stieß und Stühle umwarf. Er schlug Imelda gegen die Wand, und sie mußte ihn loslassen und stürzte.

»Mit dir werde ich später fertig«, knurrte er und blickte auf sie hinab. Dann wandte er sich wieder Mary zu.

Sie wartete schon auf ihn. Sie hatte das Messer aufgehoben und hielt es vor ihren Körper.

»Geh jetzt«, schrie sie. »Was willst du denn noch von mir? Geh einfach und leb dein Leben.«

Geralds Augen glitzerten. Er ging durchs Zimmer und schlug ihr das Messer aus der Hand. Es flog durchs Zimmer und rutschte scheppernd über den Fliesenboden.

»Bevor ich gehe, bringe ich dich um«, knurrte er.

»Lauf Imelda. Geh jetzt!« schrie Mary. Imelda stand auf. Sie rieb sich den linken Arm und sah sich verwirrt um.

Gerald packte Mary an den Schultern und hielt sie auf Armeslänge von sich. Während sie sich zu befreien versuchte, schien er die Entfernung sorgfältig abzuschätzen.

Dann schlug er sie fest in den Magen. Mary krümmte sich sofort zusammen. Als sie zu Boden ging, versuchte sie noch nach Imelda zu rufen, aber sie merkte, daß sie kein Wort hervorbrachte. Sie bekam keine Luft. Sie wollte sich hochkämpfen, konnte sich aber nicht bewegen.

Gerald stand drohend über ihr. Sie rollte sich zu einer Kugel zusammen und bedeckte ihren Kopf mit den Armen, als er anfing, ihr Tritte zu versetzen. Sie verzog sich unter den Tisch, wo seine Schläge sie nicht erreichten. Dann ließ Gerald ein übermächtiges Brüllen hören. Von ihrem Platz unter dem Tisch konnte Mary gerade noch das Aufblitzen von Imeldas Gummistiefeln sehen, als diese zur Türe stürmte.

Gerald versetzte ihr einen letzten Tritt, bevor er Imelda hinterherrannte.

»Lauf, kleine Hure!« bellte er. »Du kommst nicht weit.«

Mary rang keuchend nach Luft.

Das passierte nicht wirklich. Das war nicht echt. Das konnte nicht sein. Es konnte einfach nicht sein. Bitte Gott, mach, daß das aufhört. Sie schluckte, um Luft zu bekommen, aber die steckte in ihrer Luftröhre fest. Anhand der Geräusche, die vom Hof hereindrangen, wußte sie, daß Gerald Imelda eingeholt hatte.

»Jetzt hab ich dich«, hörte sie Gerald spotten. »Jetzt werde ich dir eine Lektion erteilen. Und sie wird dir gefallen!«

Mary hörte Imelda schreien. Sie kämpfte gegen den Schmerz an und setzte sich auf, wobei sie sich noch immer den Bauch hielt. Imeldas Schreie wurden spitzer. Mary hörte Geralds kehliges, lustvolles Lachen. Blinde Wut durchzuckte ihren Körper. Der schwarze Wirbelwind jagte durch ihre Venen, trieb sie an aufzustehen.

Mary erhob sich. Die Kraft kehrte in ihre Glieder zurück und schob Schmerz und Taubheit beiseite. Auf Gott konnte sie nicht bauen, um dem ein Ende setzen. Das konnte nur sie selbst tun.

Beau war mit sich zufrieden. Es war ihm geglückt, mit der Entschuldigung, an Kopfschmerzen und zu wenig Schlaf zu leiden, schnell von der Bar loszukommen. Wahrscheinlich feierten sie die ganze Nacht und vermißten ihn gar nicht. Er lieh sich von Les ein Fahrrad aus und schlüpfte ungesehen aus dem Hotel. Außer Les würden alle denken, daß er oben war und fest schlief.

Leise radelte Beau über den Damm. Die Seitenwinde waren heftig, und er mußte fest in die Pedale treten, um voranzukommen. Sein Knöchel machte ihm wieder zu schaffen. Gestern war er scheinbar in Ordnung gewesen, aber das viele Tanzen hatte die gequetschten Muskeln vermutlich überfordert. Jedesmal wenn sein Fuß das Pedal nach unten trat, spürte er einen pochenden Schmerz.

Einen so großen Mond hatte er noch nie gesehen. Er saß auf einem Hügel jenseits der Flußmündung und bestrahlte das Marschland mit seinem Licht. Dicke Wolken jagten über den Himmel und tauchten die Landschaft in Dunkelheit, sobald sie den Mond bedeckten. Beau hielt sich im Schatten. Er erkannte die kleinen Lichter der Wachtposten. Die Armee hatte eine Reihe von Zelten um den großen Bomber errichtet, aber es schien ihn niemand zu bemerken, als er lautlos vorbeifuhr.

Als Beau die Straßenbiegung nach links sah, schlug sein Herz schneller. Marys Haus lag direkt hinter der Kurve. Er bog ein und merkte, daß er sich getäuscht hatte. Es lag noch immer mindestens fünfzig Meter weit entfernt. Dann sah er die Palmwedel, die den Eingang markierten. Die Lichter auf dieser Seite des Hauses waren nicht an, aber er sah Rauch aus dem Kamin aufsteigen.

Beau blieb stehen, um Atem zu holen, und schaute hinaus auf das Mündungsdelta. Es fing leicht zu regnen an. Beau sprang wieder aufs Fahrrad und sprintete die Straße hoch. Wenn er sich beeilte, schaffte er es vielleicht noch ins Haus, ehe der Regenguß einsetzte.

Im Schatten des Hauses war die Straße steil und dunkel. Als er vom Fahrrad stieg, glaubte er einen unterdrückten Schrei zu hören. Er blieb stehen, um zu lauschen. Er hörte Schreien und Lärmen. Er konnte sich nicht getäuscht haben. Das kam vom Haus. Er hörte Marys Stimme und dann eine schroffe Männerstimme. Etwas Schlimmes ging da vor. Beau warf sein Fahrrad zu Boden und fing an zu rennen. Der Regen klatschte ihm ins Gesicht, was es noch schwieriger machte, den Weg zu erkennen. Gerade noch rechtzeitig wich er dem Karren aus, in den er sonst gelaufen wäre. Das zottelige braunweiße Pony schnaubte überrascht, als Beau ausrutschte und sich den Knöchel verstauchte. Der einschießende Schmerz ließ ihn stolpern und stürzen. Jemand schrie. Die Schreie wurden heftiger und zerrissen die Nacht.

Dann war ein einzelner Schuß zu hören.

Er zog sich hoch und rannte, ohne auf den Schmerz in seinem Knöchel zu achten, bog um die Ecke und blieb am Eingang zu dem kleinen Hof stehen. Mary war als Silhouette vor der erleuchteten Türöffnung zu sehen. Sie starrte geradeaus auf einen kleinen Stiefel, der mitten im Hof lag. Der Regen peitschte in schrägen Linien herunter und prallte vom Boden ab.

Beau trat einen Schritt vor und sah Imelda auf dem Boden sitzen und mit umschlungenen Knien still in sich hinein weinen. Ein Fuß war nackt. Ihr Gesicht und ihr Kleid waren voller Schmutz. Neben ihr konnte Beau die Beine und Füße eines ausgestreckt auf dem Boden liegenden Mannes erkennen. Der Rest seines Körpers lag im Schatten. Im Lichtstrahl aus der Küche sah er einen dunklen Blutstrom neben ihm, der sich mit den kleinen Wasserbächen mischte, die den Hof durchzogen. Die Erkenntnis durchzuckte Beau wie ein Blitz. Aber er konnte keine Waffe sehen. Mary schien ihn zum ersten Mal wahrzunehmen. Sie musterte ihn von oben bis unten. Plötzlich wurde Beau klar, daß auch sie dahinterzukommen versuchte, woher der Schuß gekommen war.

Dann trat Tommy aus dem Schatten zwischen den Schuppen. Er war bis auf die Knochen durchweicht. Seine blonden Locken klebten ihm in der Stirn, und seine Kleider tropften. Er hielt ein Gewehr in seiner Rechten.

»Tut mir leid, Missus«, sagte er. Seine Tränen verloren sich im Regen, der ihm übers Gesicht lief. »Ich habe ihn umgebracht. Ich mußte es tun. Es tut mir leid.«

Mary ging hinüber zu dem Körper, der da lag. Sie achtete nicht auf den Regen, der auch sie durchnäßte. Ihr Gesicht war eine steinerne Maske. Beau war zu verwirrt, um etwas sagen zu können. Er wollte seine Hand nach ihr ausstrecken, aber es war, als wäre sie von einer unsichtbaren Mauer umgeben.

Dann trat Mary wütend mit dem Fuß gegen den Körper. Er rührte sich nicht. Mit hocherhobenem Kopf spuckte sie auf den toten Mann hinab.

»Er war ein schlechter Mensch, Tommy«, sagte sie. »Hoffentlich muß er in der Hölle schmoren.«

Beau konnte sie dazu überreden, ins Trockene zu gehen. Tommy machte sich mit Teekochen nützlich und stellte die Stühle auf, die im Raum verteilt lagen. Ständig warf er ängstliche Seitenblicke auf seine Schwester. Imelda hatte sich eine Strickjacke übergezogen, die sie an einem Haken entdeckt hatte, und sich Gesicht und Hände gewaschen. Sie saß am Feuer und Tommy bemutterte sie.

»Bist du bestimmt nicht verletzt?« fragte er immer wieder.

»Mir geht's gut. Ist nur ein kleiner Schock«, sagte sie und dabei zitterte ihr Kinn ein wenig. »Er ist nicht der erste, der an mir herumfummeln wollte.«

»Wer wollte sonst noch an dir herumfummeln?« fragte Tommy wütend. Er sah sie an, aber sie schüttelte nur den Kopf.

»Keine Sorge, Tommy. Keiner hat's geschafft«, sagte sie voller Ekel.

Mary stand am Feuer und starrte vor sich hin. Sie weigerte sich, den Tee anzunehmen, und zuckte jedesmal zusammen, wenn Beau sie zu trösten versuchte. Beklemmendes Schweigen machte sich breit. Beaus Blick fiel auf den Whiskey, der auf dem Tisch stand, und er füllte ein Glas und gab es Mary. Sie nahm es, trank aber nicht. Einen Augenblick später sah sie es an, als wunderte sie sich, woher es kam, und stellte es auf dem Kaminsims ab.

Beau versuchte seine Gedanken zu ordnen. Durch den Schluck Whiskey hatte er einen einigermaßen klaren Kopf bekommen und sah der Wirklichkeit ins Auge. Da draußen lag ein toter Mann. Sollten sie die Polizei rufen? Der Mann hatte offenbar versucht, Imelda zu vergewaltigen. Gewiß war das ein Fall für die Polizei. Mary schien seine Gedanken zu lesen.

»Wir müssen etwas mit Gerald machen«, sagte sie, ohne ihren Blick vom Feuer zu wenden. »Wir können ihn nicht da draußen liegen lassen.«

»Wer war er?« erkundigte Beau sich mit sanfter Stimme.

»Gerald Burke.« Mary spuckte den Namen aus. »Mein Ehemann.«

Beau war erstaunt. »Willst du nicht die Polizei rufen?«

Mary dachte einen Moment darüber nach, schüttelte dann aber den Kopf.

»Wir müssen die Leiche loswerden. Du wirst uns helfen müssen, Tommy.« Tommy nickte schweigend. »Wir haben Flut, oder? Er könnte mit der Flut raus.«

»Aber Tommy hat Imelda verteidigt«, wandte Beau ein.

»Die Polizei braucht davon nichts zu erfahren«, sagte sie mit müder Stimme. Sie deutete auf all die Dinge auf dem Tisch und zuckte die Achseln. »Sie werden herumschnüffeln, Fragen stellen. Sie sehen Kesselflicker und Geld. Sie werden fragen, was du hier tust.« Sie wandte sich Beau zu und sah ihn sehr genau an. Die Verzweiflung in ihren Augen war nur schwer zu ertragen. »Keiner weiß, daß er hier war. Er kommt und geht. Es ist besser so. Wirst du mir helfen?«

»Soweit es mir möglich ist, Mary. Sag mir nur, was ich tun soll«, erwiderte Beau.

Mary sah auf die Uhr. Ihr Blick fiel auf den Whiskey auf dem Kaminsims und sie nahm einen Schluck davon. Sie verzog das Gesicht und trank dann das ganze Glas leer, schloß die Augen, als es sie schauderte. Als sie sie wieder öffnete, brannte eine wilde Entschlossenheit darin.

»Du und Tommy, ihr müßt die Leiche wegschaffen«, fing sie wieder an. »Imelda geht besser nach Hause. Geh einfach nach Hause und tu so, als wäre das hier nie passiert.«

»Ich werde zu Fuß zurückgehen«, sagte Imelda.

»Es regnet ziemlich heftig da draußen«, sagte Beau mitfühlend.

»Ich bin mir sicher, daß sie nicht zum ersten Mal naßgeregnet wird«, erwiderte Mary schnippisch. Schmerz zeichnete sich auf ihrer Stirn ab. »Tut mir leid«, sagte sie sanft, ehe sie fortfuhr. »Tommy und Imelda sind in Gefahr, sie müssen weg.« Sie sah die beiden an. »Kannst du nicht einfach abhauen?«

»Aber keiner hat uns gesehen. Keiner weiß, daß wir hier sind«, entgegnete Tommy.

»Bis auf Les«, sagte Imelda errötend. »Aber der wird es keinem sagen.«

Mary ging nicht auf Imeldas Bemerkung ein. »Paßt auf. Früher oder hoffentlich später wird diese Leiche an Land gespült werden. Keiner wird euch damit in Verbindung bringen, aber es ist besser, wenn keiner auch nur daran denkt, daß ihr hier wart. Wenn ihr geht, wird man euch vergessen.«

Imelda schaute ihren Bruder an. Mary hatte recht. Es war besser, in Sicherheit zu sein. Tommy willigte mit einem raschen Kopfnicken ein.

»Kannst du nicht einfach abhauen?« fragte Mary noch einmal.

»Bei uns kampiert zur Zeit eine Familie«, sagte Imelda bedächtig. »Die ziehen bald nach Clare weiter. Wir könnten mit ihnen gehen.«

»Gut. Das ist gut«, sagte Mary. »Du und die Mädchen, ihr könnt mit ihnen gehen. Aber Tommy sollte wirklich weg. Weit weg.«

»Könntest du das Land verlassen?« fragte Beau. Er verstand, worauf Mary hinauswollte. Sie wollte jede Spur dieser entsetzlichen Nacht auslöschen. Er fragte sich, ob für ihn noch ein Platz übrigblieb, wenn sie damit fertig war, und spürte, wie sich ein dunkler Schatten auf sein Herz legte. Er sah Mary an und ihre wilde Schönheit, aber er fand nichts mehr von der weichen Süße, die er so geliebt hatte.

»Wie soll ich denn das Land verlassen?« rief Tommy. »Ich habe kein Geld für eine Überfahrt und weiß nicht wohin.«

Mary ging hinüber an den Tisch und setzte sich. Sie deutete auf die Banknoten, die noch immer da lagen. »Damit kommst du, so weit du willst«, sagte sie.

21

Beau und Tom arbeiteten schweigend. Imelda war rasch aufgebrochen und auf der Straße schon bald nicht mehr zu sehen, weil sie sich im Graben hielt. Der Wind hatte sich gelegt, aber es regnete noch immer. In kurzer Zeit waren sie naß bis auf die Haut. Es war mühsam, den Körper in den Karren zu zerren. Gerald war ein schwerer Mann, und es war anstrengend, ihn hochzuheben. Die Kraft des Jungen überraschte Beau. Tommy war nur halb so groß, aber er trug das meiste Gewicht, als er den Körper um die Brust packte und Beau die Beine überließ.

Nach viel Schieben und Stemmen lag Gerald endlich rücklings auf dem Karren. Beau zwang sich, mit der Lampe auf den Toten zu leuchten. Er war entsetzt, als er sah, wie alt er war. Er mußte über fünfzig sein. Er hatte grobe und vulgäre Züge, als hätten sich Jahre der Ausschweifung darin eingegraben. Seine Augen starrten leer hoch zum Mond, der durch die Wolken guckte. Beau holte ein Taschentuch aus seiner Tasche und legte es über das tote Gesicht.

Tommy hatte einen alten Kohlensack gefunden und zerriß diesen in große Rechtecke. Halbherzig hatte er sich mit Mary über die Notwendigkeit zur Flucht gestritten, bis Imelda die Hand ausgestreckt und das Geld genommen hatte. Als diese Entscheidung einmal gefallen war, hatte Tommy ohne Unterbrechung gearbeitet, ohne sich mit jemandem zu besprechen.

»Was tust du da?« fragte Beau.

»Ich binde das unter seine Hufe und stopfe es mit Stroh aus«, erklärte Tommy. »Dann hört man uns nicht auf der Straße.«

Der Junge beugte sich hinab und streichelte die Beine des Ponys, während er mit ihm flüsterte. Das Pony zuckte aufmerksam mit den Ohren und hob einen Huf nach dem anderen, damit Tommy die strohgefüllten Säcke dranbinden konnte. Beau bewunderte seinen geschickten Umgang mit dem Pferd.

Als er sich umsah, entdeckte Beau einen dunklen Blutfleck, der noch immer auf dem Hof zu sehen war, und das Gewehr stand wie ein stummer Zeuge daneben.

»Wir müssen das abwaschen«, sagte er.

Tom nickte. »Der Regen wird das meiste davon mitnehmen. Aber ich schütte zur Sicherheit noch einen Eimer Wasser darüber.«

Beau hob das Gewehr auf.

»Ist das deins?« fragte er

»Nein. Das gehört ihm«, sagte Tom und deutete mit dem Kopf auf den Körper im Karren. »Normalerweise hängt es in dem kleinen Schuppen, wo er die Sachen für die Windhunde aufbewahrt. Wir stellen es zurück.«

Beau nickte. Er wischte die Flinte mit ein wenig Sackleinen ab, wobei er sie vorsichtig am Lauf festhielt, damit seine eigenen Fingerabdrücke nicht hängenblieben. Dies war wahrscheinlich eine überflüssige Vorsichtsmaßnahme, aber sie gab Beau etwas zu tun. Er überwand seinen Ekel und versuchte, Geralds Hand um den Schaft zu legen. Die Hand war groß und fleischig und wurde schon steif. Sie war kalt und rauh, die Fingernägel abgebissen. Beau schüttelte sich bei dem Gedanken, daß diese rauhen Hände Mary berührt hatten. Er kam sich wie ein Narr vor. Er hatte überhaupt keinen Gedanken an Marys Ehemann verschwendet oder daran, was für eine Art Leben sie mit ihm führte. Seine eigenen Vorstellungen von einem bäuerlichen Leben an dieser romantischen Küste und der schönen Frau, die in seinen Armen tanzte, hatten ihn verzaubert. Sie war eine Fata Morgana, die wenig gemein hatte mit der Frau, die im strömenden Regen gestanden, auf ihren Mann gespuckt und ihn zur Hölle gewünscht hatte.

Mary hatte kaum mit ihm gesprochen. Er konnte sie durch das Fenster am Herd sitzen sehen. Wenn er sich ihr zu nähern versuchte, war sie kalt und abweisend und wiederholte nur immer wieder, daß die Leiche weggebracht werden mußte, ehe die Flut zurückging. Beau kam sich vor, als wäre er aus einem Traum aufgewacht, um festzustellen, daß er sich in einem Alptraum befand. Alles wirkte unwirklich, der tote Mann auf dem Karren, die Frau, die schweigend am Feuer saß. Er klopfte ans Fenster, um sich zu verabschieden, aber Mary nickte nur.

Das Pony trottete langsam die Straße entlang, die in einen steinigen Pfad überging, auf dem ein Rinnsal lief. Sie folgten dem Pfad auf seinem gewundenen Weg, der die Insel wie ein Gürtel umgab. Vor ihnen stieg der Weg steil an, und das Pony mußte schwer arbeiten, sein heißer Atem dampfte aus den Nüstern. Vorsichtig suchte sich das Tier seinen Weg über die Steine, und der Karren schwankte, als sie hügelaufwärts fuhren.

Oben angekommen blieb das Pony stehen, um sich auszuruhen, und vor Beau erstreckte sich die düstere Weite des Atlantiks. Die Wolken jagten über den Mond, der fett und reif und unerhört groß über dem Wasser hing. Beau war wie gebannt vom hypnotischen Sog des Mondlichts auf den Wellen, wo es immer wieder neue Muster formte.

Der Pfad führte hinunter an den Strand und weiter zu einem Felsvorsprung, der hinaus ins Meer ragte.

»Das ist das Kliff«, sagte Tommy und zeigte darauf. Er schlug ein wenig mit den Zügeln, damit das Pony weiterging. »Man nennt es Virgin Marys Kliff.«

»Und warum?« fragte Beau.

»Vielleicht hat sich Unsere Liebe Frau da mal gezeigt. Einige sagen, sie kann es nicht gewesen sein. Manche sagen auch Clionas Kliff dazu. Cliona war früher eine Art Göttin. Da draußen in der Bucht waren Seeleute, die, wie es in der Sage heißt, unsere Liebe Frau auf dem Kliff haben beten sehen, und sie haben gelacht und sich über sie lustig gemacht. Deshalb hat sie ihr Boot versenkt, und sie sind alle ertrunken. Aber unsere Liebe Frau würde so etwas doch nicht tun. Sie betet für alle Sünder und vergibt ihnen. Aber Cliona würde das tun.«

»Dann ist sie wohl mehr der Rachetyp«, sagte Beau.

»Könnte man so sagen, genau«, sagte Tommy feierlich. »Aber hier am Strand werden manchmal auch besondere Muscheln angespült. Sie tragen das Bild der Jungfrau Maria. Man weiß also nie«, fügte er hinzu.

Sie fuhren den Karren so weit es ging hinaus auf den Felsvorsprung. Der Rand war steinig und Beau konnte Stufen erkennen, die man in den Fels gehauen hatte und die zum Meer hinunterführten. Die Wellen klatschten ans Ufer und schickten Schaumfetzen hoch in den Nachthimmel. Tommy ging am Rand entlang und schaute ins Wasser.

»Ich denke, wir sollten ihn hier hineinwerfen«, sagte er und deutete auf einen kleinen Meeresarm. Beau ging zu ihm, um sich die Stelle anzusehen. Ein natürlicher Teich wirbelte unter ihm und wühlte Schaum auf.

»Hier ist es sehr tief. Sehen Sie nur, was passiert, wenn die Welle bricht«, fuhr Tommy fort. Beau beobachtete eine Woge, die auf das Kliff zukam. Er verfolgte sie, bis sie am Felsen aufprallte. Eine Wand aus Wasser wurde in den kleinen Meeresarm geschoben und fast sofort wieder hinausgezogen. Die Strömung war hier sehr stark.

Sie hoben den Körper vom Karren und rollten ihn an den Rand. Es überraschte Beau, wie ruhig er war. Die außergewöhnliche Szenerie verlieh dem Ganzen etwas Unwirkliches, und er spürte keine Gewissensbisse, als sie den Leichnam über den Rand rollten und zusahen, wie er platschend ins schwarze Wasser plumpste. Als kleinere Wellen anrollten, trieb er dort und wurde in dem kleinen Teich hin und her geschoben. Beau suchte den Horizont nach der siebten Welle ab. Das stete Auf und Ab des Meeres, in dem sich das Mondlicht spiegelte, lullte ihn ein. Dann glaubte er eine wirklich große Woge erkannt zu haben. Majestätisch rollte sie heran und nahm dabei an Größe und Geschwindigkeit zu. Sie fiel zusammen, ehe sie das Kliff erreichte, und lange Finger schaumiger Gischt streckten sich wie eine Hand nach der Klippe aus. Sofort wurde der Körper nach unten gezogen und verschwand, als sich das Wasser zurückzog.

Beau und Tommy standen am Rand und sahen zu. Beau

glaubte die Leiche draußen im Meer noch einmal kurz auftauchen zu sehen, aber er war sich nicht sicher. Dann blieben nur noch die schaurigen Muster des Mondes auf dem Wasser zurück.

»Die Krabben werden sich auf ihn stürzen«, sagte Tommy. »Einmal habe ich ein Mädchen gesehen, das angespült wurde. Sie war nur wenige Stunden zuvor ins Wasser gefallen, aber ihr Gesicht war weg. Von Krabben überzogen.«

Beau schüttelte sich vor Ekel.

Tommy sah ihn an und zuckte mit den Schultern. »Ach ja. Wenn einen nicht die Krabben fressen, tun's die Würmer.«

Oben am Hügel hielten sie an und sahen ein letztes Mal zurück. Im Mondlicht sah Beau sich Tommys Gesicht genau an. Er sah die blonden Locken, die ihm feucht in die Stirn hingen, die hellblauen Augen und die Sommersprossen, und er fand, daß er noch ganz wie ein Kind aussah. Aber Tommys schwielige Hände, die locker die Zügel hielten, waren die Hände eines ausgewachsenen Mannes.

»Wie alt bist du?« fragte Beau.

»An Weihnachten werde ich achtzehn«, erwiderte Tommy.

»Hast du dir schon überlegt, was du jetzt tun wirst?«

»Weiß nicht«, entgegnete Tommy kopfschüttelnd. »Mary hat wohl recht. Ich sollte weggehen. Ich weiß nur nicht, wohin. Vielleicht nach England.«

»Du könntest überallhin auf der Welt. Du bist gescheit und jung. Du könntest alles werden, was du willst«, sagte Beau.

»Ich weiß nicht«, sagte Tommy wieder. »Ich habe noch nie daran gedacht wegzugehen, etwas anderes zu tun, aber jetzt muß ich es. Wenigstens weiß ich, daß man sich um Imelda und die Mädchen kümmert. Ich lasse sie nur ungern zurück, aber es wird ihnen gutgehen. Unsere Leute kümmern sich gut umeinander. Ich könnte ihnen Geld schicken. Das werden sie brauchen, wenn ich weggehe.«

»Du hast sehr viel Geld«, erinnerte Beau ihn sanft. »Weißt du das?«

»Ja, richtig«, meinte Tommy verwirrt. »Ist ein merkwürdiges Gefühl. Ich hatte nie welches, deshalb kann ich es jetzt kaum fassen.«

»Du gewöhnst dich dran, glaub mir. Paß nur auf, daß du nicht den Kopf verlierst. Es ist nur Geld. Es darf nicht von dir Besitz ergreifen. Du besitzt es.«

Beau hielt ihm die Hand hin. »Ich wünsche dir und deiner Familie alles Gute.«

Tommy schüttelte seine Hand und nickte. Den Rest des Wegs legten sie schweigend zurück.

Als Beau zurückkam, saß Mary am Feuer. Sie hatte kein Licht brennen. Er blieb vor dem Fenster stehen, ehe er hineinging. Die Küche sah wie das Gemälde eines holländischen Meisters aus. Der rote Feuerschein beleuchtete Marys Gesicht und Hände, während ihr übriger Körper mit den dunklen Schatten verschmolz. Mit leerem Blick starrte sie in die verlöschende Glut. Ihre Augen zeigten keine Spur von Gefühl, ihr Atem ging langsam und regelmäßig. Beau spürte einen Quell der Zärtlichkeit in sich aufsteigen und war erstaunt, daß diese so weh tun konnte. Beau rief sanft ihren Namen, als er den Raum betrat. Er wollte sie nicht erschrecken. Als er langsam ans Feuer trat, blieb sie wie eine Porzellanpuppe sitzen. Er hatte Angst, sie könnte zerbrechen, wenn er die sie umgebende Stille störte.

Sie drehte sich langsam um und sah ihn an. Einen Augenblick lang nahm sie sein Bild in sich auf.

»Du bist durchnäßt«, sagte sie schließlich.

»Das macht nichts, meine Liebe«, antwortete Beau im Flüsterton.

»Du solltest dich umziehen. Sonst wirst du noch krank«, fuhr sie mit distanzierter Stimme fort. Ein Schauder ging durch ihren Körper, und sie schloß die Augen.

»Mach dir deswegen keine Sorgen. Mir geht es gut.« Er streckte die Hand aus und nahm die ihre. »Du kommst jetzt mit mir.«

Mary schaute auf ihre Hand in seiner, als fragte sie sich, wie sie dort hingekommen war. Leblos und klein und sehr weiß hob sie sich von seiner dunklen ab. Langsam schloß er seine Finger um ihre Hand und zog sie hoch auf die Füße. Mary folgte ihm, hielt nur kurz an, um sorgfältig die Tür hinter ihm zu schließen.

Beau ging die Treppe hoch und redete dabei unentwegt mit sanfter Stimme auf sie ein. »Keine Sorge, meine Süße. Ich bin jetzt da. Ich kümmere mich um dich.« Die süßen Nichtigkeiten, mit denen seine Mama und die Kindermädchen ihn als Kind beschwichtigt hatten, sprudelten wie ein Sturzbach aus ihm heraus. Beau wußte nicht, ob sie mitbekam, was er sagte, aber er hörte nicht auf.

Mary setzte sich aufs Bett, und Beau entzündete die kleine Lampe daneben. Widerstandslos ließ sie sich die Schuhe ausziehen, und wie ein Kind hob sie die Arme, als er ihr die feuchten Kleider auszog und ihr das Nachthemd überstreifte. Es fiel ihm schwer, nicht seiner Erregung nachzugeben, als er sie nackt sah.

Sie legte sich auf den Rücken und schaute an die Decke. Sie wirkte so klein und hilflos und so weit weg, daß ihm angst wurde. Er deckte sie mit einer dicken Daunendecke zu, die er am Fußende des Bettes fand.

Dann zog Beau seine feuchte Jacke und die Hose aus und legte sich neben sie auf die Daunendecke. Er wußte nicht, was er tun sollte. Mary lag steif und still da. Sie zuckte unwillkürlich zusammen, als er die Hand ausstreckte und ihr Haar streichelte. Er legte ihr die Hand auf die Wange. Sie zitterte ein wenig.

»Still jetzt«, flüsterte er und hörte seine eigene Stimme beben. »Alles wird wieder gut.«

Ihm war kalt, als er oben auf dem Bettzeug lag. Er lauschte dem auf das Dach eintrommelnden Regen und dem Wind, der am Fensterrahmen rüttelte. Eimerweise lief das Wasser über die Scheiben. Er nahm Marys Kopf in die Arme und streichelte ihr unentwegt übers Haar. Sie lag sehr ruhig da, aber er spürte, daß ihre Gedanken wie verrückt rasten.

Ihm fielen Geralds tote Augen wieder ein, die ihn anstarrten und die er mit seinem Taschentuch zugedeckt hatte, das Blut, das über den Hof gespült wurde, und das Aufplatschen des Körpers im Wasser. Das Entsetzen stieg ihm in der Kehle hoch. Beau merkte, daß er vor Kälte bibberte, und schlüpfte unter die Daunendecke. Er sehnte sich nach Marys Wärme. Sie schien Beau nicht wahrzunehmen, als er seinen Arm nach ihr ausstreckte. Er zitterte am ganzen Körper und zog sie zu sich heran. Kalt und leblos lag sie in seinen Armen, und er vergrub sein Gesicht in ihren Haaren und schmeckte die Tränen, die ihm über die Wangen liefen. Mary regte sich. Ihr Körper entspannte sich und er drückte sie fester an sich.

»Ich weiß nicht, was ich tun soll. Ich liebe dich so sehr, und ich weiß nicht, wie ich dir helfen kann. Sprich mit mir, Mary«, flehte er sie an.

Mary schossen die Tränen in die Augen. Ihr von Schluchzen bebender Körper preßte sich an ihn, und sie schlang ihre Arme um seinen Hals. Sie klammerten sich aneinander, und als sie sich küßten, vermischten sich ihre Tränen. Beaus Leidenschaft wuchs an wie eine Flutwelle, die unaufhaltsam über beide hereinbrach und sie mit sich fortschwemmte.

Während draußen der Sturm tobte, liebten sie sich. Die Schrecken der Nacht umkreisten sie, und sie hielten einander fest, bis ihre Schreie die Dämonen ausgetrieben hatten und sie sicher in den Armen des anderen lagen.

Sie schliefen reglos, als wären sie ein einziger Körper. Bei Anbruch der Dämmerung wurden sie gemeinsam wach und küßten sich, ehe sie die Augen aufschlugen.

»Hallo, du Schöne«, flüsterte Beau weich. »Geht's dir gut?«

Sie nickte bedächtig. Sie seufzte, und er sah ein qualvolles Zucken auf ihrem Gesicht. »Ich kann nicht glauben, daß er wirklich weg ist«, sagte sie.

»Er ist weg«, versicherte Beau und spürte erneut den Ekel in seiner Kehle. Er hatte die Blutergüsse an ihrem Körper gesehen. Beau hatte nicht erst fragen müssen, woher diese kamen. Er nahm ihr Gesicht in die Hände und küßte sanft ihre Augenlider. »Er wird dir nie wieder weh tun.«

Mary starrte ihn eindringlich an.

»Was habt ihr mit ihm gemacht? Wo habt ihr ihn ins Meer geworfen?« fragte sie.

»Vom Kliff. Von Virgin Marys Kliff.«

»Zeigst du mir die Stelle?« wollte sie wissen. Beau nickte. Mary bewegte sich, als wollte sie aufstehen, aber Beau zog sie zurück in seine Arme. Er würde ihr zeigen, wo sie den Körper hatten hineinfallen lassen. Aber erst mußte er sie noch einmal lieben. Und diesmal langsam und zärtlich.

22

Es würde ein herrlicher Tag werden. Der Sturm hatte alle Wolken davongejagt und einen strahlendblauen Himmel hinterlassen. Die Flut war zurückgegangen, und der Strand breitete sich fast fünfhundert Meter weit aus, ehe er schließlich auf die Brandung traf.

Leichtfüßig lief Mary den steinigen Pfad hinunter. Beau hielt sie an der Hand und führte sie über die schwierigen Stellen, obwohl sie diese leicht hätte überspringen können. Sie fühlte sich wie ein Neugeborenes, das nicht wagte, die Augen zu weit aufzumachen, aus Angst, der Sonnenschein könnte zu grell sein.

Mary mußte an den Haß denken, der am Vorabend in ihr gewütet hatte. Ehe sie wußte, was sie tat, hatte sie das Messer in ihrer Hand gehalten. Die Haßgefühle hatten sie überwältigt, hatten sie verzehrt, bis der Schuß ertönt war.

Danach war sie betäubt gewesen und weder von Haß noch von Freude erfüllt. Bis sie sich in Beaus Armen wiederfand, hatte sie überhaupt nichts gespürt. Sie war eine Geisterfrau, die zwar zugesehen, aber nichts wahrgeommen hatte. Sie hatte abseits von allem gestanden und sich dabei beobachtet, wie sie herumlief, Dinge ordnete, mit Imelda und Tom sprach, Beau auf der Treppe nach oben folgte. Noch als sie aufwachte und entdeckte, daß alles wirklich passiert war – die Freuden von Beaus Umarmung, die Schrecken von Geralds Tod –, war sie benommen.

Es war zu viel auf einmal. Sie durfte immer nur einen Gedanken auf einmal denken. Mary versuchte sich ausschließlich darauf zu konzentrieren, auf das Kliff zu kommen. Sie wußte, daß die anderen Überlegungen kommen würden, wenn sie erst mal dort war.

Beau begleitete sie hinaus an den Klippenrand. Das Wasser wogte unter ihnen. Mary stieg hinunter zu einem felsigen flachen Riff und setzte sich dort auf einen großen Felsen. Anfangs sah sie sich müßig um und las die Inschriften, die man für das halbe Dutzend Menschen in den Fels gehauen hatte, die im Lauf des letzten Jahrhunderts ertrunken waren. Manche davon waren so alt, daß man nur noch ein grobschlächtiges Kreuz erkennen konnte. Die andonnernden Gezeiten hatten Namen und Daten zu schwachen Linien verblassen lassen.

Sie verschränkte die Arme vor ihrem Körper und dachte an Gerald. Sollte es je einen Ort geben, den man sein Grab nennen konnte, dann den hier. Sie kehrte in Gedanken zur gestrigen Nacht zurück, als sein Körper auf dem Hof lag. Sie stellte sich Beau und Tommy vor, wie sie seine Leiche ins Meer warfen. Sie wartete darauf, von Kummer oder Wut oder Entsetzen überwältigt zu werden, aber nichts dergleichen geschah.

Es überraschte sie, daß dort, wo all der Schmerz gesessen hatte, nur noch eine ungeheure Leere übrig war. Sie wußte, daß Schmerz und Haß und Trauer noch immer in den dunklen Ecken ihrer Seele lauerten. Aber sie wußte auch, daß sie sich verändert hatten. Es waren nicht länger tägliche Schrecken, die selbst die glücklichsten Stunden mit ihrer Trauerfarbe verdunkelt hatten. Sie gehörten jetzt der Vergangenheit an.

»Wärst du lieber allein?« erkundigte Beau sich sanft.

»Nein, bleib«, sagte sie und legte ihre Hand auf seinen Arm.

Beau saß hinter ihr und drückte sie an sich. Sie lehnte ihren Kopf an seine Brust und sah hinaus aufs Wasser.

»Anfangs hat er mich nicht geschlagen, aber freundlich war er nie«, fing sie langsam, wie im Selbstgespräch, an. »Es hat mir nie an irgend etwas gemangelt. Ich war nie hungrig. Manchmal warf er mir sogar etwas Geld hin und sagte mir, ich solle mir was davon kaufen. Andere Leute waren viel schlechter dran. Ich weiß nicht, warum ich es zuließ, daß er mir weh tat. Ich weiß nicht, warum ich nie etwas dagegen tat. Ich ließ ihn einfach. Einmal habe ich ein Baby verloren, weil er mich die Treppe hinunterwarf. Es war ein kleines Mädchen, und ich haßte mich dafür, daß ich erleichtert war. Der Gedanke, daß sie aufwuchs und sah, wie ihr Vater ihre Mutter schlug, war mir unerträglich. An dem Tag wäre ich wirklich gern gestorben.« Mary verweilte einen Augenblick in Gedanken.

»Und dann kam Séan. Gerald war viel unterwegs. Er schenkte dem Baby keine besondere Aufmerksamkeit, aber er schien doch stolz zu sein, einen Sohn gezeugt zu haben. Ich dachte, daß er sich im Lauf der Zeit vielleicht ändern würde. Séan war allerliebst, für ihn hätte ich der ganzen Welt die Stirn geboten. Er war erst zwei Jahre alt, als er starb. Danach empfand ich nichts mehr, und ich war froh darüber.«

Mary spürte, daß Beau ihre Haare streichelte. Sie schloß die Augen und gab sich der sanften Zärtlichkeit hin. Zu ihrer Überraschung hatten stille Tränen ihre Augen gefüllt. Doch sie zwang sich fortzufahren. Sie schlang ihre Arme um die von Beau, als hielte sie sich an einer lebenden Boje fest.

»Als Gerald anfing, von Imelda zu reden, davon, wie gern er sie hätte …« Mary unterbrach sich, als eine Welle des Ekels sie erfaßte. »Ich weiß nicht, irgend etwas ist da zugeschnappt. Es hat mich aufgeweckt. Es hat mir klargemacht, was für eine Bestie er war. Und dann kamst du. Du hast andere Gefühle in mir geweckt. Aber angefangen hat alles schon lange bevor du kamst. Du hast mich nur daran erinnert, was es heißt, lebendig zu sein.«

Sie saßen eine Weile und sahen zu, wie die Flut hereinkam. Die See schob sich langsam über das Felsenriff und leckte schon an ihren Füßen, als sie aufstanden und hinunter an den Strand gingen. Beau hatte die ganze Zeit über nicht viel gesagt. Er hatte sie nur gehalten und ihr all die Zeit gegeben, die sie brauchte. Aber als er von den Felsen auf den Sand sprang, schien seine Stimmung umzuschlagen. Er bummelte am Strand entlang, blieb stehen, um sich Schuhe und Strümpfe auszuziehen, und lief dann platschend durch die steigende

Brandung zu ihr zurück. Er rannte zu ihr und küßte sie, dann lief er wieder davon. Mary setzte sich in die Sonne und schleuderte ihre Schuhe weg.

Sie beobachtete ihn und lächelte. Bewundernd sah sie dem jungen Mann zu, der für sie Purzelbäume schlug und den Clown spielte. Er warf ihr heimliche Blicke zu, um zu prüfen, ob er auch Anerkennung bekam. Seine dunklen Züge und das schwarze Haar standen in krassem Kontrast zu dem weißen Sand. Es erregte sie, als sie sah, wie mühelos sein schlanker Körper sich bewegte. Sie mußte daran denken, wie sie sich geliebt hatten, und entdeckte die Lust, die sie für ihn empfand.

Beau blieb stehen und richtete seinen Blick auf einen Haufen weißer Muscheln im Sand. Er ließ einen Freudenschrei hören, hob eine auf und kam damit zu ihr gerannt. Wie ein Kind hielt er ihr die Muschel hin, entzückt über das, was er gefunden hatte. Sie war klein und eher gerundet als flach. Sie war so zerbrechlich, daß man sie mit zwei Fingern hätte zusammendrücken können. Obenauf war ein schwaches Muster zu sehen. Mary kannte diese Muscheln gut. Als Kind hatte sie die Strände danach abgesucht und es immer als ein Glückszeichen angesehen, wenn sie eine gefunden hatte.

»Sieh nur!« rief er und deutete auf die Oberseite. »Es ist die Jungfrau Maria.«

»Und woher willst du das wissen, du Heide?« fragte sie ihn grinsend. Sein Lächeln war breit und strahlend. Es bog seine Mundwinkel nach oben, und plötzlich befiel sie das Verlangen, ihn zu küssen.

»Ich bin kein Heide«, sagte er und ließ sich neben ihr auf den Boden plumpsen. »Ich bin ein sehr glücklicher fehlbarer Christ und habe vor, mir ein schönes Leben zu machen und auf dem Sterbebett wieder in die Herde zurückzukehren.«

»Mogelst du da nicht ein wenig?« fragte Mary.

»Nein, Ma'am. Das steht so im Grundlagenvertrag. Sünder können immer bereuen. Darauf baue ich«, sagte er lachend.

Sie lachte mit ihm und wehrte sich nicht, als er sie hinunter in den Sand zog und küßte. Sie blieben liegen und schauten in die Wolken.

»Das ist Glückseligkeit«, seufzte Beau. Mary nickte. Sie wußte nicht, wann sie glücklicher gewesen wäre.

»Ich wünschte, wir könnten hier einfach für immer liegen.«

»Schade, daß es nicht geht«, sagte Mary mit einem traurigen Kopfschütteln.

Er stützte sich auf einem Arm auf und lächelte. »Wer sagt denn, daß wir das nicht können?« bohrte er. »Warum können wir nicht?«

»Nun, zum einen, weil die Flut hereinkommt. Ganz zu schweigen davon, daß du sehr wahrscheinlich bald abfliegen wirst.«

»Da hast du recht«, meinte Beau. »Apropos, sie bringen eine Startbahn von Belfast herunter. Die wird bald hier sein. Ich werde wohl zurück müssen.« Er sah auf seine Uhr und lächelte. »Aber noch nicht gleich. Es ist erst sechs Uhr morgens, und ich denke nicht, daß um diese Zeit schon jemand auf ist.«

»Was meinst du damit – eine Startbahn?« fragte Mary.

»Es gibt solche Startbahnen, die man sehr schnell zusammenbauen kann. Die Armee benützt sie in irgendwelchen abgelegenen Vorposten oder wenn sie irgendwo schnell eine braucht«, erklärte er, aber Mary merkte genau, daß er an etwas anderes dachte.

»Wie lange wird das dauern«, wollte sie wissen, aber Beau hörte gar nicht zu.

»Vergiß die Startbahn«, sagte er mit vor Erregung lauter werdender Stimme. »Vergiß die Startbahn und die Armee und alles. Sie kommen noch früh genug. Laß uns das alles jetzt vergessen. Tu einfach so, als würde das alles gar nie passieren. Dann können wir hier für immer liegen.«

»Wovon redest du denn?«

»Nur du und ich«, sagte er und nahm sie in die Arme. »Wenn du so tust, als könnten wir hier für immer liegen, wenn du wirklich daran glaubst, dann wird das für die Zeit, die uns bleibt, auch so sein.«

»Aber es wird nicht so sein, weil es ein Ende haben muß«, widersprach Mary.

»Na los! Du kannst es. Tu so, als gäbe es nur dich und mich. Genau wie eben. Genau wie letzte Nacht.«

»Die letzte Nacht war wunderbar«, sagte Mary und küßte ihn sanft, »aber so kann es nicht weitergehen.«

»Warum nicht?«

»Weil es nicht geht.«

»Es ist ganz leicht«, sagte er, sprang auf und lief umher. »Tu einfach so. Nur für jetzt. Tu so, als *könnte* es weitergehen. Daß es ewig so weitergeht. Das hier ist wirklich. Das ist jetzt.«

Mary sah sich um. Sie sah nur die Dünen und den Himmel und das Meer. Genausogut hätten sie auf einer einsamen Insel sein können. Aber das war nicht einfach irgendeine Insel. Das hier war Inchydoney Island in West Cork, wo jeder über jeden Bescheid wußte. Wo sich die Mäuler schon in Bewegung setzten, kaum daß du mit einem Mann auf der Straße gesprochen und ehe du dich noch verabschiedet hast. Wahrscheinlich tratschte man schon über sie. Keinem konnte entgangen sein, wie sie mit Beau getanzt hatte. Mary schüttelte den Kopf und lachte in sich hinein. Es war ihr piepegal, was sie dachten. Sie würde mit ihnen genausowenig ihre neue Freude teilen wie sie ihre alten Sorgen mit ihnen geteilt hatte.

»Was ist, Mary«, flehte Beau. »Hast du als Kind nie so getan als ob? Weißt du nicht mehr, wie das geht?«

Mary stand auf und schüttelte sich. Zum Teufel noch mal, dachte sie. Sie konnte das nicht schlechter als alle anderen auch. Hatte sie es nicht jahrelang getan? Sie löste ihr Haar und ließ es lose in der Brise flattern. Ihre nackten Zehen gruben sich in den Sand, und sie erinnerte sich an das Gefühl knirschenden Sands längst vergangener Sommer. Beau stand auf und sah ihr verblüfft dabei zu. Überrascht beobachtete er sie, wie sie das Kleid über die Schultern streifte und auch ihre übrigen Kleidungsstücke auszog.

»Ich weiß es wieder«, sagte sie lächelnd und ohne Scham. »Ich tat so, als wäre ich eine Meerjungfrau.«

»Du mußt eine sehr lebhafte Phantasie gehabt haben«, sagte Beau grinsend, als er die Hände nach ihr ausstreckte. Aber sie entzog sich seiner Umarmung und lief schnell auf das Meer zu. Er folgte ihr, und sie ging langsamer und ließ sich einholen, ehe sie wieder davonlief.

»Was machst du, du wunderbare verrückte Frau?« schrie Beau ihr nach.

»Ich gehe schwimmen«, schrie sie über die Schulter zurück. »Das tun Meerjungfrauen nämlich.«

»Das muß doch eiskalt sein!« protestierte Beau.

»Überhaupt nicht«, sagte Mary und sprang spritzend und mit einem Aufschrei in die Brandung. Sie bückte sich und ließ die Gischt über ihre Finger laufen. Ja, das Wasser war eiskalt. Sie leckte ihre Hand ab und kostete das Salz, als sie Beau ansah. Er hatte seine Hosenbeine hochgerollt und stand neben ihr in der Brandung. Beau mußte sie immerzu anschauen.

»Schmeckt wunderbar«, sagte sie lächelnd.

»Mag ja sein, daß es wunderbar schmeckt, aber mir fallen die Zehen ab. Wir Südstaatenjungs sind milderes Klima gewohnt.« Er streckte die Hand nach ihr aus, legte sie um ihre Taille und küßte ihren Nacken. »Du gehst doch da nicht wirklich rein?« fragte er.

»Kommst du mit?« spottete Mary. Beau schüttelte ungläubig den Kopf.

Sie spürte, wie er sie beobachtete, als sie ein paar Meter weit in die Brandung hineinwatete. Die Kälte an ihren Beinen ließ sie tief Luft holen. Langsam ging sie auf Zehenspitzen weiter und hob die Arme hoch, als das Wasser ihr an die Taille reichte. Dann blieb sie stehen und sah dem Auf und Ab der Wellen zu, die auf sie zukamen. Sie suchte sich eine aus und wartete. Ihre Beine waren taub, und ihr Herz raste wie die Welle, die auf sie zurollte.

Mary holte tief Luft und tauchte ein, als die Woge sich vor ihr auftürmte. Sie durchschnitt das eiskalte Wasser und tauchte keuchend und schreiend und lachend wieder auf.

Beau hüpfte jubelnd am Strand auf und ab. Er hatte sein Hemd ausgezogen und wedelte damit über seinem Kopf herum. Dann fing er an, seine Kleider auszuziehen. Mary tauchte wieder ein und spürte das kalte Wasser. Sie stellte sich vor, ein Geschöpf des Meeres zu sein. Sie schlug mit den Beinen und schwamm noch tiefer, schnitt durchs Wasser und wirbelte herum, bis sie die Orientierung verlor. Sie war geläutert und eins mit dem Ozean.

Sie durchbrach die Oberfläche und sah sich um. Beau war nirgendwo zu sehen. Sie tauchte wieder ein und wendete, als sie merkte, daß sie beim Tauchen die Richtung verloren hatte. Dann entdeckte sie ihn ein paar Meter von sich entfernt, wo er mit kräftigen Zügen schwamm. Sie hörte ihn fluchen.

»Herr Gott im Himmel!« sagte er, und seine Zähne klapperten, als er sie eingeholt hatte. Seine Lippen hatten sich blaurot verfärbt, und sein Gesicht war gerötet. »Das ist verdammt kalt! Entschuldige bitte die Wortwahl, aber meine Eier sind gerade in meinen unteren Regionen verschwunden! Ich habe gedacht, nur die Skandinavier sind so verrückt, etwas Derartiges auszuprobieren!«

Je schneller Beau sprach, um so zäher war sein Akzent. Die Kombination aus südlicher Aussprache und Zähneklappern war das Lustigste, was Mary je gehört hatte. Sie mußte so sehr lachen, daß sie eine Welle verpaßte, die über ihr zusammenbrach und sie spuckend und nach Atem ringend in Beaus Arme trieb.

»Siehst du jetzt, was du angestellt hast?« fragte Beau lachend und zitternd, als er sie festhielt. »Du ertrinkst, und ich erfriere! Kannst du mir sagen, was dagegen spricht, an diesem schönen sonnigen Strand ein kleines Sonnenbad zu nehmen?«

Mary japste nach Luft und konnte nicht aufhören zu lachen.

»W-was ist d-denn so v-verd-dammt lustig?« stammelte Beau.

»Du«, sagte Mary, als sie wieder Luft bekam. »Na komm schon. Wir schwimmen zurück.«

Sie schwammen, bis sie stehen konnten und gingen Hand in Hand aus dem Wasser.

Mary suchte den Sand nach ihren Kleidern ab. Der Strand sah verändert aus. Etwas stimmte nicht.

»O mein Gott! Die Flut ist gekommen!« schrie sie. »Meine Kleider!«

Wie verrückt stürmte sie los und ließ eine Spur aufspritzenden Wassers hinter sich. »O mein Gott! Ach herrje!« Sie lief im Zickzack am Wasser auf und ab und ließ sich auf die Knie fallen, um in die Brandung zu gucken.

Beau stand ein Stück weiter. Er krümmte sich vor Lachen.

Er langte nach unten und zog etwas aus dem Wasser, das wie ein nasser Fetzen aussah.

»Mein Kleid!« kreischte Mary und lief zu ihm, um es ihm wegzureißen.

Beau lachte. »Du hast ausgesehen wie ein Huhn, das ich einmal gesehen habe und das, obwohl man ihm den Kopf abgeschlagen hatte, noch immer über den Hof lief!«

»Das ist überhaupt nicht lustig«, sagte Mary kichernd, als sie an ihre Panik denken mußte. »Ich muß ja ein schöner Anblick gewesen sein!«

Plötzlich wurde sie ihrer Nacktheit gewahr und hielt das Kleid hoch, um sich zu bedecken. Es war kalt und voller Sand, und sie zitterte am ganzen Leib. Beau sah sie wohlwollend an.

»Na so was«, sagte er mit leiser Stimme, »ihr werdet ja *überall* rot.« Mary spürte sich noch heftiger erröten. Beau nahm sie an die Hand und führte sie an eine geschützte Stelle. Im Gehen hob er seine Kleider auf. Ein winziges Stimmchen in Marys Kopf fragte sie, was sie eigentlich da tat? Aber nach einem Blick in Beaus Augen brachte sie es schnell zum Verstummen, und sie liebten sich im Sand.

23

Imelda saß neben der kleinen Lampe und wartete darauf, daß Tommy nach Hause kam. Sie hatte bereits vereinbart, daß sie sich der Familie anschloß, die nach Clare weiterzog. In ein, zwei Tagen würden sie aufbrechen. Von Tommy hatte sie nichts gesagt. Sie ließ sie in dem Glauben, daß auch er mitkam.

Durchnäßt und müde traf er ein, und sie wünschte, sie hätte ein Feuer unterhalten, um ihm einen Tee machen zu können. Dankbar nahm er ein wenig Milch entgegen und trank sie in einem Zug leer. Sie löschten die Lampe und saßen stundenlang im Dunkeln und besprachen sich flüsternd.

Sie kamen überein, keinem, nicht einmal der Familie, zu erzählen, was in jener Nacht passiert war. Ihre Leute waren Hitzköpfe, und man wußte nicht, was Onkel Paddy oder Tante Helen tun würden, wenn sie es erfuhren. Eins jedenfalls war sicher: Sie verwahrten das Geld an einem sicheren Ort. Imelda hatte das dicke Bündel in ihr Hemd gesteckt. Sie hatte keine Ahnung, was sie damit machen wollten, aber sie hatte beschlossen, es einstweilen am Körper zu tragen.

Seit dem Tod ihrer Eltern waren Imelda und Tommy auf sich allein gestellt gewesen, aber welcher Fahrende war jemals ganz auf sich allein gestellt? Fahrende waren wie ein Netz, das sich übers Land zog und einen mit dem anderen durch Geburt oder Fehden verband. Der Zusammenhalt war ein Trost, der jedes Ereignis vom kleinsten Marmeladenglas, das zu Bruch ging, bis zu den vielen Tragödien, die ihnen unterwegs zustießen, auffing. Zum ersten Mal stellten Imelda und Tommy Überlegungen an, ohne jemand anders mit einzubeziehen, und sie fühlten sich dabei sehr allein und verwirrt. Sie bewegten sich in einem Nebel schemenhafter Möglichkeiten. Kaum hatten sie einen Plan gefaßt, verwarfen sie ihn schon wieder. Als die Schweigepausen immer länger wurden, beschlossen sie, lieber schlafen zu gehen und am Morgen weiterzureden.

Die wunderbare Zeit, die sie mit Les verbracht hatte, schien Jahre entfernt zu sein, und Imelda konnte kaum glauben, daß sie noch vor wenigen Stunden so glücklich gewesen war. Als sie mit Ruth übers Heiraten gesprochen hatte, war ihr, als ginge ein Tor auf. Es war eine verrückte Idee, aber Les hatte so getan, als wäre es ein leichtes. Sie brauchte nur auf ihn zu warten, ihm zu schreiben, um ihn eines Tages wiederzufinden. Sie hatte sich der Vorstellung hingegeben, eines Tages mit Les nach Amerika zu gehen. Sie hatte die Hunderte von Gründen beiseite gewischt, warum das nicht sein konnte, und das Glück genossen, das sie empfand.

Imelda lag wach und überlegte, wie dumm sie gewesen war. Das kleine Stück Papier hatte sie in ihrer Tasche. Sie nahm es und strich es glatt, versuchte es im Mondlicht zu lesen. Dunkle Wolken trieben vorbei, und sie konnte Les' Handschrift kaum entziffern. Sie wollte nicht an das denken, was er gesagt hatte. Wenn sie anfing, darüber nachzudenken, was er gesagt hatte, bildete sie sich womöglich ein, es könne Wirklichkeit werden. Sie müßte es Tommy erzählen, aber sie wußte nicht, wie er darauf reagierte. Sie hatten genug Sorgen auch ohne dieses aussichtslose Unterfangen, einem Ami nachzujagen, dem sie erst vor ein paar Tagen begegnet war.

Imelda fragte sich, ob sie Gelegenheit haben würde, sich von Les zu verabschieden, ehe sie nach Clare aufbrach. Sie wurde sehr traurig bei dem Gedanken, ihm nicht Lebewohl sagen zu können. Imelda hatte in dieser Nacht beschlossen, ihre eigenen Leute zu verlassen, doch dies schien ihr eine weniger schmerzliche Vorstellung zu sein als der Gedanke, Les nie wiederzusehen. Sie steckte das Stück Papier weg und wühlte in ihrer Tasche, bis ihre Finger sich um die kleine Anstecknadel schlossen, die Les ihr geschenkt hatte. Im Dunkeln tastete sie den Flügeln nach und spürte den in der Mitte eingravierten Adler. Sie stach sich mit der Nadel in den Finger, um sich von ihrem Herzeleid abzulenken.

In dieser Nacht schlief Imelda kaum. Immer wieder döste sie für wenige Minuten ein, nur um dann wieder hochzuschrecken und sich des dicken Geldbündels zu versichern, das sie an ihre Brust drückte. Sie hatte keine Ahnung, wieviel es war, aber sie wußte, daß es reichte, alles zu tun, wonach ihnen der Sinn stand. Wahrscheinlich war es mehr Geld, als je ein Fahrender in seinem Leben zu sehen bekam. Wahrscheinlich reichte es für sie alle, um nach Amerika zu gehen.

Der Sturm wurde heftiger, brauste durch die Bäume und rüttelte am Wohnwagen, während sie sich unruhig hin und her wälzte. Die qualvollen Ereignisse der Nacht zogen vor ihren Augen vorbei, aber sie wurden überlagert von den Unsicherheiten, die der in nur wenigen Stunden dämmernde Tag mit sich brachte. Ihr einziger Trost waren die kleinen Mädchen, die sich aneinanderkuschelten, um sich zu wärmen, und sanft atmeten. Sie dachte an Tommy, der unter dem Wohnwagen allein in seiner Decke lag, und fragte sich, ob er wohl Schlaf fand.

Schon bald fiel die Dämmerung durch das kleine Wohnwagenfenster. Imelda sah zu, wie jenseits des Sumpfes die Sonne über Inchydoney Island aufging. Von ihrem Platz aus konnte sie das Flugzeug nicht sehen, aber sie wußte, daß es da war. Sie dachte an die Plexiglaskuppel des Gefechtsturms, wo Les sie geküßt hatte, Tommy, der im Bodengefechtsstand herumalberte, an den Duft und den Geschmack der Orangen.

Als sie an der Seite des Wohnwagens ein leises Klopfen hörte, war sie hellwach. Noch ehe sie antworten konnte, hatte Tommy schon seinen Kopf hereingesteckt.

»Meldy? Bist du wach?« wisperte er. »Möchtest du eine Tasse Tee?«

Imelda lehnte sich an die Wohnwagentür und beobachtete ihren Bruder, während sie ihren Tee trank. Er saß da und stocherte im Feuer. Ihr kam der Gedanke, daß sie ihn, obwohl sie ihn heftig liebte, gar nicht wirklich kannte. Tommy war anmaßend und sehr selbstsicher. Er wurde seiner Verantwortung ihr und den kleinen Schwestern gegenüber gerecht, aber er blieb immer für sich. Er trug die Arroganz, als Mann geboren zu sein, wie einen Schild vor sich her. Er bewegte sich in einer Männerwelt, sie gehörte zu den Frauen. Sie wechselten nur wenig Worte miteinander, weil sie wußten, wohin sie gehörten, und beließen es auch dabei. Imelda hatte keine Ahnung, ob ihr Bruder Träume hatte, die weiter reichten, als ein Pony zu einem guten Preis zu verkaufen oder sich auf dem Jahrmarkt mit alten Freunden zu treffen. So ausführlich wie gestern nacht hatten sie nicht mehr miteinander gesprochen, seit ihre Eltern gestorben waren.

Für Imelda gab es keine Zweifel, daß Tommy in der letzten Nacht mehr als ihre Jungfräulichkeit gerettet hatte. Er hatte ihr das Leben gerettet. Und wahrscheinlich auch das von Mary. Gerald war wie ein wütender Stier gewesen, und sein Gesicht hatte sich vor Wut erst rot, dann weiß gefärbt, als er ihr nachjagte. Sie war gestolpert und hatte ihren Stiefel verloren, und Gerald hatte sie erwischt und an ihren Kleidern gepackt. Er hatte ihren Arm mit eisernem Griff festgehalten, und sie hatte sich nicht befreien können, sosehr sie auch trat und sich wand. Sie hatte den Schuß gehört und Gerald fallen sehen, hatte es sich aber nicht erklären können, bis Tommy aus dem Schatten trat. Auf gar keinen Fall verdiente er es, dafür bestraft zu werden. Er mußte weg. Das war das Sicherste.

»Hast du schon darüber nachgedacht, was du tun willst?« fragte sie.

Tommy zuckte nur mit den Schultern.

»Ich habe darüber nachgedacht«, sagte sie. »Mary hat recht. Mach einfach weiter, als wäre nichts passiert, und bei der nächstbesten Gelegenheit machst du dich aus dem Staub, und sie vergessen dich.«

»Wird wohl das beste sein«, sagte Tommy und stocherte im Feuer herum. »Ich könnte mich aufs Ohr legen und abwarten. Ganz in den Norden gehen. Ich könnte auch mit dir nach Clare gehen und dann ein bißchen herumziehen. Wir könnten zurückkommen, wenn sich alles wieder beruhigt hat. Wenn überhaupt etwas passiert.«

»Und wenn wir nie wieder zurückkämen?« fragte Imelda zögernd.

»Wovon redest du da. Was soll das heißen, nie mehr hierher zurückkommen?«

»Ich meine, weggehen und nie wiederkommen. Weit weg. Wir alle. Was hältst du davon, wenn du und ich und die Mädchen alle nach England gingen. Oder sogar nach Amerika.«

Tommy blickte zu ihr hoch, blinzelte in die Sonne. Er sagte nichts und wartete darauf, daß sie fortfuhr.

Imelda holte tief Luft. »Was erwartest du dir denn vom Leben, Tommy?«

»Weiß nicht«, erwiderte er. »Warum sprichst du vom Weggehen?«

»Das haben die Leute schon immer gemacht, wie du weißt. Versucht, einen Ort zu finden, wo es sich besser leben läßt.«

»Besser leben läßt?« wiederholte Tommy.

»Ich weiß nicht, ob ich das hier will«, sagte Imelda und deutete auf den Wohnwagen und das Lagerfeuer. Sie suchte nach den richtigen Worten.

»Aber was hast du denn dagegen?« wollte Tommy wissen. »Das hier sind doch wir.«

»Vielleicht könnten wir auch etwas anderes versuchen. Vielleicht sollte alles so kommen, wie es gekommen ist. Du hättest sonst nie an Weggehen gedacht. Wir hätten nie die Wahl gehabt, und sei es auch nur, weil wir kein Geld hatten.«

»Ich möchte nicht in England oder Amerika irgendeiner Arbeit nachgehen«, murrte Tommy.

»Warum können wir es nicht versuchen?« fragte ihn Imelda, selbst überrascht über diese Frage.

»Was ist mit den Pferden?« warf Tommy ein. »Ich kann die Pferde nicht zurücklassen. Was ist mit anständiger Kleidung, mit den Mädchen und all dem?«

»Das läßt sich alles planen, Tommy. Wir können einen Weg finden«, erwiderte Imelda und griff nach ihrem Tuch, das sie sich umlegte.

»Wohin willst du jetzt?« fragte Tommy, überrascht von ihrer plötzlichen Entscheidung zum Aufbruch.

»Ich besuche Mary.«

»Warum?«

»Ich will Mary sehen. Ich werde die Hunde füttern, damit du nicht hinaus mußt. Sag Bridget, sie soll sich um die Kleinen kümmern. Nellie hat gut geschlafen. Sie hat kaum gehustet. Morgen ist sie wieder kerngesund. Sag den Mädchen, sie sollen mit Tante Helen zur Messe gehen. Du gehst in die Stadt und machst, was du willst. Wir treffen uns beim Gottesdienst.«

»Aber was sollen wir denn machen, Imelda? Wir haben noch keinen Entschluß gefaßt. Im einen Augenblick sprichst du davon, nach Amerika zu gehen, und im nächsten brichst du auf, um die Hunde zu füttern.«

»Keine Sorge«, sagte Imelda über die Schulter hinweg. »Wenn ich dich in der Stadt treffe, werde ich wissen, was wir tun.«

Mit dem salzigen Geschmack von Beaus Küssen auf ihren Lippen erledigte Mary ihre Hausarbeit. Sie wollte so lang es ging die Erinnerung daran festhalten.

Beau hatte sich einen alten Mantel und eine Kappe genommen, um seine Uniform zu verdecken, für den Fall, daß jemand ihn über den Damm radeln sah. Abgesehen vom Blitzen seiner dunklen Augen unter dem Rand seiner Kappe, sah er aus wie ein einheimischer Bauer. Sie hatten sich ein Dutzend Abschiedsküsse gegeben, ehe es ihnen endlich gelang, sich voneinander loszureißen.

»Bist du sicher, daß du klarkommst?« hatte Beau wieder und wieder gefragt, als er sie küßte. »Ich laß dich nicht gern so allein zurück.«

»Ich komme gut zurecht. Du gehst zurück. Sie werden sich schon wundern, wo du abgeblieben bist«, sagte sie, ließ ihn aber nicht los. Sie liebkoste seinen Nacken und sog den Duft von Zitronen, gemischt mit dem des Meeres ein.

»Die werden alle so beschäftigt sein, mein Schatz, daß es mich überraschen würde, wenn es jemand aufgefallen wäre«, sagte er. Ich trete nur eben mal kurz in Erscheinung, um herauszufinden, was los ist, und komme dann auf dem schnellsten Weg zu dir zurück.«

»Vielleicht solltest du lieber warten, bis es dunkel ist«, meinte Mary. »Dann kannst du vielleicht auch länger bleiben.«

Beau drückte sie noch fester an sich und streichelte mit der Hand ihren Rücken. »O Gott, ich hab schon wieder Lust auf dich«, sagte er, und sie lachten, als sie sich umarmten. Eine Woge des Verlangens ging durch sie beide hindurch. Sie küßte ihn auf die Wange und schob ihn sanft weg.

»Geh jetzt, ehe wir es uns wieder anders überlegen«, sagte sie grinsend. »Und komm bald zurück.«

Mary ließ die Hühner ins Freie und sah zu, wie sie im Hof scharrten. Es war noch immer windstill, nur eine sanfte Brise vom Meer sorgte für ein schwaches Rascheln in den Blättern der Bäume. Sie setzte sich auf eine kleine Bank im Sonnenschein und streckte ihre Beine von sich. Sie spielte mit den Füßen und spürte den Sand zwischen ihren Zehen. Ohne sich zu waschen, hatte sie sich ein einfaches Kleid übergestreift. Am ganzen Körper spürte sie, wie sie sich geliebt, wie sie ineinander verschlungen dagelegen hatten. Kurz zuckten Schuldgefühle auf, aber beim Gedanken an ihre in Lust vereinten Körper spülte die Erregung sie hinweg. Mary wußte, daß sie sich eines Tages der Schuld stellen mußte. Sie würde mit all diesen neuen Gefühlen ihren Frieden schließen und für sie einen Platz neben dem Ekel finden müssen, den sie noch immer für Gerald empfand.

Aber nicht jetzt. Nicht, solange Beau noch hier war. Sie würde sich Beaus Führung anvertrauen und so tun, als gäbe es kein Ende. Sie schloß ihre Augen und gab sich der Entdeckung hin, die sie in der Nacht gemacht hatte, der Entdeckung einer Lust, die so süß war, daß sie Ort und Zeit und wer sie waren und wohin sie gingen vergessen ließ, als sein Körper mit ihrem verschmolz.

Ein Hüsteln schreckte sie hoch. Imelda stand scheu am Rand des Hofes. Mary hatte das Pony nicht kommen hören. Sie eilte zu Imelda und legte ihr den Arm um die Schultern.

Imelda sah aus, als hätte sie kein Auge zugetan. Verdutzt wurde Mary gewahr, wie klein sie war. Sie wirkte nicht größer als ein Kind. Ihr Kleid war schmutzig, trug noch die Spuren der Nacht, und Mary fragte sich, ob sie überhaupt eins zum

Wechseln hatte. Ihr Zopf hatte sich gelöst, und ihr blondes Haar umrahmte ihr Gesicht und unterstrich die dunklen Ränder unter ihren Augen.

»Ist alles in Ordnung mit dir, meine Liebe?« erkundigte sie sich besorgt. »Komm mit rein und trink eine Tasse Tee.«

Imelda folgte ihr schweigend ins Haus. Mary fiel auf, daß sie schauderte und einen Moment zögerte, ehe sie über die Schwelle trat. Sie führte Imelda zu einem Platz am Feuer und kochte Tee für sie. Imelda hielt sich mit beiden Händen an ihrer Tasse fest und beobachtete Mary, als diese Brot abschnitt und es mit Butter bestrich.

»Bist du hungrig? Du mußt hungrig sein. Ich mach dir ein Frühstück zurecht«, sagte Mary. Plötzlich verspürte sie selbst einen Heißhunger und ihr fiel ein, daß sie seit dem Vortag nichts mehr gegessen hatte.

Imelda ließ sich bedienen und aß schweigend alles auf, was Mary ihr vorsetzte. Sie schien sich mit einem Gedanken herumzuschlagen, und Mary ließ sie in Ruhe und sah ihr geduldig abwartend beim Essen zu.

Endlich räusperte Imelda sich.

»Dein Unglück tut mir leid, Mary.« Sie hielt den Kopf gesenkt, und Mary mußte sich anstrengen, sie zu verstehen. »Ich hatte solche Angst«, wimmerte Imelda. »Ich dachte, er würde uns beide umbringen.«

Mary stand auf und nahm das Mädchen in die Arme, als wäre es ihr Kind. Imelda zitterte, und Mary strich ihr übers Haar und redete sanft auf sie ein, spürte, wie ihr die Worte im Hals steckenblieben.

»Er ist tot, Imelda. Er wird nie wieder jemandem weh tun«, sagte Mary im Flüsterton. »Du hast recht. Er hätte uns beide umgebracht. Tommy war sehr mutig.« Marys Augen füllten sich mit Tränen, aber sie war dankbar, als sie ihr in einer Flut von Erleichterung über die Wangen liefen. »Ich kann es nicht glauben, daß er wirklich tot ist. Ich habe Angst, eines Tages aufzuwachen und ihn hier zu finden.«

»Hast du ihn geliebt?« wollte Imelda wissen und sah sie dabei an, als wolle sie prüfen, ob sie nicht zu weit gegangen war. Mary zögerte einen Augenblick. Imelda wurde rot und senkte ihren Blick wieder. »Entschuldigung. Ich wollte nicht neugierig sein«, sagte sie rasch.

Mary nahm eine Bürste aus dem Wandschrank und stellte sich hinter Imelda. Langsam löste sie den Zopf und fing an, ihr die Haare zu bürsten. Imelda war noch keine fünfzehn, aber eine Antwort stand ihr zu. Sie war kein Kind mehr.

»Nein«, sagte Mary. »Ich habe ihn nie geliebt. Mein Vater hat mich weggegeben und hat mich nicht dazu gefragt. Ich kannte ihn kaum, als ich ihn heiratete, und dachte, ihn nach und nach lieben zu lernen, aber es war nicht so.«

»Er hat dich geschlagen, nicht wahr?« fragte Imelda mit kaum hörbarer Flüsterstimme.

Mary trennte das goldene Haar in drei dicke Strähnen, bürstete sie, bis sie glänzten und fing an, sie zu flechten.

»Er hat mich geschlagen und vergewaltigt. Er hat mir das Leben zur Hölle gemacht.«

»Warum bist du nicht einfach weggelaufen?«

»Ich hätte nicht gewußt, wohin. Aber das war nicht der Grund. Der Gedanke kam mir gar nicht. Er war mein Ehemann. Was konnte ich tun? Ich kannte nichts anderes. Bis gestern abend habe ich von einem Tag zum anderen gelebt.« Mary band das Ende des Zopfes zusammen und strich ihn auf Imeldas Rücken glatt.

Imelda nickte ernsthaft. In ihren Augen war ein Blick, weit älter als ihre Jahre. Mary drehte sich das Herz im Leibe. Am liebsten hätte sie Imelda umarmt und vor allem beschützt. Sie hätte ihr gern hübsche Kleider gekauft, sie in Teesalons mitgenommen und zum Lächeln gebracht.

Sie mußte an die kleinen Lager denken, an denen sie ihr ganzes Leben lang vorbeigekommen war, ohne auch nur einen Gedanken an die Menschen zu verschwenden, die dort lebten. Sie sah die Kinder im Schmutz spielen, die harten Männer, die vorbeikamen und ihre Waren verkauften, und die müden Gesichter der Frauen, die von einem Haus zum nächsten gingen und ihre Babys in verschlissenen Tüchern mit sich herumschleppten. Es stand ihr nicht an, das zu verändern.

Mary biß sich auf die Zunge, aber sie konnte ihre Worte nicht zurückhalten. Sie beide steckten viel zu tief in der Sache drin. Imeldas Leben hatte sich mit ihrem verstrickt, und jetzt war es zu spät, um einen Rückzieher zu machen. Sie drehte Imelda um, so daß sie sich in die Augen sahen. Ihre Nägel gruben sich in die Schultern des Mädchens.

»Laß nicht zu, daß sie dich verheiraten, Imelda«, sagte sie mit wilder Entschlossenheit. »Laß das nicht mit dir machen.«

»Das ist so bei uns. Das ist unser Leben«, wehrte Imelda sich, aber Mary wußte, daß ihr Herz etwas anderes empfand. »Ich möchte erst die Mädchen großziehen«, fuhr Imelda fort. »Ich bringe sie dazu, solange zu warten, aber wenn sie sagen, daß ich muß, dann muß ich es.«

»Das ist kein Leben für ein Mädchen wie dich. Laß es nicht zu. Nimm das Geld und geh mit Tommy weg. Es ist mehr als genug. Ich könnte den Gedanken nicht ertragen, daß du gezwungen wärst, mit einem brutalen Kerl zusammenzuleben.«

»Er könnte auch gut sein. Meine Mama und mein Papa waren glücklich miteinander«, wandte Imelda ein.

»Aber er könnte auch schrecklich sein, und du hättest ihn dir nicht ausgesucht. Sie könnten dich morgen verkuppeln, und du dürftest nichts dazu sagen.«

Imelda antwortete nicht, aber ihre Augen glänzten. Sie griff in ihre Tasche und streckte dann ihre Hand aus. Mary blickte darauf und sah ein Stück Papier und eine kleine Nadel in der Form von zwei Flügeln. Sie wurde nicht schlau daraus.

»Les ist es. Les Wagner, der Amerikaner. Er hat gesagt, ich muß ihm schreiben. Er sagte, er möchte mich nicht verlieren. Er sagte, er würde ganz Irland nach mir durchforsten, wenn ich ihm nicht schreibe.« Die Worte sprudelten aus Imelda heraus.

Mary dachte an den großen schlaksigen Ami und wie er Imelda angeschaut hatte. Den hatte es wirklich erwischt, das war nicht zu übersehen. »Und würdest du denn mit ihm gehen?« fragte sie und sah Imelda eindringlich an. »Wenn er käme, um dich zu suchen, würdest du dann mitgehen?«

Imelda nickte. »Das würde ich. Ich glaube, das würde ich tun. Aber ich kenne ihn gar nicht. Ich bin ihm doch gerade erst begegnet, und er sagt, er liebt mich.«

»Liebst du ihn denn?«

»Ich weiß nicht. Ich denke schon.« Imeldas Augen strahlten, als sie zu Mary aufblickte. »Ich weiß, daß ich es tun könnte.«

»Das ist mehr, als du je bekommen kannst, wenn du bleibst, Mädchen«, sagte Mary und drückte Imelda fest an sich. »Das ist mehr, als du hier je erwarten kannst.«

24

Les schlenderte durch die Stadt. Sie war merkwürdig ausgestorben. Nur ein paar Männer lungerten an den Straßenecken herum. Zwei streunende Hunde spazierten mitten auf der Straße. Er suchte Imelda. Er war sich ganz sicher, daß sie in die Stadt kommen würde. Er mußte sie sehen. Die Zeit, die ihnen noch blieb, war kostbar. Morgen vormittag kam die Startbahn, und wenn alles gut ging, flogen sie tags darauf ab.

Er wunderte sich, wo die Leute alle sein mochten. Bis gestern abend war die Stadt voll gewesen. Die Hotelbar hatte bis spät nachts offen gehabt, und es waren viele Runden geschmissen worden, ehe der letzte Mann nach Hause in sein Bett getorkelt war.

Nachdem Imelda sich auf den Weg gemacht hatte, war Les noch eine Weile aufgeblieben, hatte dann aber beschlossen, früh zu Bett zu gehen und statt dessen von ihr zu träumen. Er war spät aufgewacht und hatte bei Matt vorbeigeschaut, aber der war bereits auf und unterwegs. Beaus Bett sah aus, als hätte er gar nicht darin geschlafen.

Als die Kirchenglocken zu läuten anfingen, schreckte Les auf. Ihm fiel ein, daß Sonntag war. Da waren also all die Menschen, überlegte er. In der Messe. Vielleicht war auch Imelda dort.

Die Kirche war voller Menschen, die bis hinaus auf den Kirchhof quollen. Eine große Gruppe Männer verfolgte den

Gottesdienst von der Tür aus, und weitere standen draußen und zogen heimlich an ihren Zigaretten, während sie sich flüsternd unterhielten.

Les lehnte sich an das Eisengeländer und zündete sich eine Lucky an. Einige Männer nickten ihm zu. Ihm fiel der Junge, Martin Kelleher, auf, der sich mit seinen Freunden herumtrieb.

Les winkte ihn herbei, und sie kamen alle eifrig angetrottet. Er suchte in seinen Taschen nach Bonbons, bis ihm einfiel, daß er alle schon an die Kinder im Lager der Kesselflicker verteilt hatte.

»Hast du was zum Rauchen?« fragte ein großer Junge mit Sommersprossen.

Martin stellte sich hinter ihn und stieß ihn kräftig in die Rippen.

»Achte nicht auf diesen Dummkopf«, sagte er zu Les.

»Ihr seid zu jung zum Rauchen«, sagte Les und schüttelte den Kopf.

»Es schadet doch aber nichts, wenn man hin und wieder mal eine raucht.«

»Wie alt bist du denn überhaupt?«

»Ich bin elf«, sagte der Junge.

»Du wächst nicht mehr richtig, wenn du zu jung mit dem Rauchen anfängst.«

»Man wächst nicht mehr richtig? Du rauchst aber, und sieh doch, wie groß du bist.«

»Ich habe aber erst mit dem Rauchen angefangen, als ich zur Luftwaffe kam. Und du mußt noch ganz schön wachsen, bis du so groß bist wie ich.« Er verpaßte ihm eine liebevolle Kopfnuß.

Martin ärgerte sich ganz offensichtlich über seinen Freund.

»He, Martin, wie geht's, wie steht's?« fragte Les. »Hast du dein Klappmesser noch?«

Martin nickte und holte es stolz aus seiner Tasche. »Wie ich gehört habe, versucht ihr es ja bald wieder. Vielleicht gewinne ich noch 'ne Wette«, strahlte er. Seine Freunde verdrehten die Augen.

»Du solltest damit aber nicht so hausieren gehen, weißt du.« Les senkte seine Stimme. »Es ist nämlich ziemlich vertraulich.«

»Du kannst mir vertrauen. Ich kann meinen Mund halten«, sagte Martin augenzwinkernd. Dann fügte er hinzu: »Aber bei dem Dummkopf da wäre ich mir nicht so sicher.«

»Du hältst dich wohl für den Größten, seit du dieses blöde Messer hast«, sagte sein Freund. Die Jungs beäugten einander wie Hunde vor dem Kampf.

Les versuchte das Gespräch in die gewünschte Richtung zu lenken.

»Eigentlich hätte ich gern gewußt, Martin, ob du vielleicht Tommy Tanner oder seine Familie irgendwo gesehen hast?«

»Was willst du denn von denen?« fragte der Junge.

Martin sah ihn wütend an, und der Junge streckte ihm die Zunge heraus. »Tommy ist hinten in der Kirche«, sagte Martin noch immer mit wütendem Blick. »Ich denke, ein paar von seinen Leuten sind auch da drin, aber ich weiß es nicht genau. Matt ist auch da drin.«

»Matt? Das ist aber das erste Mal, daß ich ihn früh aufstehen und zur Messe habe gehen sehen«, sagte Les mit einem Lächeln.

»Seine Ma hat ihn mitgeschleppt«, griente der erste Junge.

»Hat sie nicht. Du hältst jetzt dein Maul, Pat Barry, oder es setzt was!« schrie Martin und schubste seinen Freund.

Pat Barry lachte und schob draufgängerisch sein Kinn vor. »Das würdest du, ja?«

»Ja! Du hast dich über meine Mutter lustig gemacht. Keiner macht sich über meine Mutter lustig«, sagte Martin und schubste ihn wieder.

Pat Barry schubste ihn zurück. »Ich pfeif' auf deine Mutter. Wenn sie will, kann sie meinetwegen mit dem Scheißpapst zur Messe gehen!« schrie er. Wie der Blitz hing Martin an ihm dran. Die Jungs fielen hin und rollten vor Les' Füße. Er trat dazwischen und riß sie auseinander, hielt jeden von ihnen an einer Hand.

»Jetzt aber Schluß, Jungs«, sagte er. »Ich dachte, ihr seid Kumpel. Ihr sollt einander helfen, nicht bekämpfen.«

Die Jungs guckten dumm und ließen die Köpfe hängen. Les ließ sie los und klopfte den Staub von ihnen ab.

»Jetzt gebt euch die Hand«, befahl er.

Die Jungs bedachten sich mit wütenden Blicken, als sie sich gegenüberstanden, und hielten die Luft an.

»Aber er hat angefangen«, sagte Pat Barry. Martin trat einen Schritt auf ihn zu.

»Das ist jetzt vorbei«, erklärte Les. »Jetzt kommt schon, Schwamm drüber.«

Zögernd streckte Martin seine Hand aus. Pat Barry schlug ein.

»Ich wollte mich nicht über deine Ma lustig machen«, sagte er.

Martins Antwort verlor sich im Glockengeläut, das eben einsetzte, und die Leute drängten aus der Kirche.

Les klopfte den Jungs auf den Rücken.

»Ihr Jungs bleibt Freunde«, sagte er lächelnd. »Ich muß jetzt los. Bis später.«

Les suchte die Gesichter der Leute ab, die sich in kleinen Gruppen versammelten. Überrascht stellte er fest, wie viele von ihnen er kannte. Die Sonne strahlte auf den Kirchhof herab, und keiner schien es sonderlich eilig zu haben, nach Hause zu kommen. Les schlenderte vorbei, blieb da und dort stehen, um einen kleinen Plausch abzuhalten, und suchte das Gelände weiterhin nach Imelda oder einem aus ihrer Familie ab.

Charlie Hansen und der Kopilot McKnight standen mit dem irischen Armeehauptmann und den anderen wichtigen Männern zusammen, die vor zwei Tagen angekommen waren. Barry Kingston unterhielt sich wie üblich angeregt mit Miss Aileen O'Donovan, und Con O'Leary guckte zu. Con rief Les zu sich und nahm ihn kräftig in den Arm.

»Wie geht's, mein Guter?« fragte er zutraulich. »Wir haben Sie gestern abend beim Singen vermißt.«

»Ich war völlig übermüdet«, sagte Les mit einem Grinsen. »Ihr Kerle seid einfach zuviel für mich.«

»Na ja, Sie haben aber jede Menge verpaßt. Man sagt, daß die Startbahn heute oder morgen eintreffen soll. Dann werdet ihr also bald auf und davon sein?«

Les blieb keine Zeit zu einer Antwort, denn der irische

Armeehauptmann trat auf sie zu und wandte sich mit unglücklicher Miene an den Polizisten Pat Coughlan.

»Es wird zuviel über diese Startbahn geredet«, stellte er fest. »Ich habe heute morgen schon einige Leute davon reden hören.«

»Das läßt sich nur sehr schwer unterdrücken«, sagte Pat Coughlan förmlich. »Wir mußten schon an Vater Collins herantreten und ihn bitten, es in seiner Messe unerwähnt zu lassen. Er wollte den Amerikanern vor ihrer Abreise Glück wünschen.«

»Inzwischen weiß es sicher die ganze Stadt«, meinte Barry Kingston mit weit zur Seite gestreckten Armen. »So etwas läßt sich in einem kleinen Ort wie Clonakilty nicht geheimhalten. Wenn hier jemand in der Pearse Street niest, weiß es jeder, ehe man um die Ecke zum Emmett Square gebogen ist. Und das sind die aufregendsten Neuigkeiten, die sich seit Jahren hier ereignet haben. Dieses Flugzeug hat praktisch mitten am Tag den Kirchturm mitgenommen. Da kann man nicht erwarten, daß so was geheim bleibt.«

»Aber es ist doch eine höchst unangenehme Angelegenheit«, ergriff der Armeehauptmann wieder das Wort. »Ich möchte da unten im Sumpf keinen Menschenauflauf haben. Wir müssen diese Operation so rasch und ruhig wie möglich durchführen.«

»Nun ja, wenn man mal von unserer Landung ausgeht, dann würde ich sagen, daß es nahezu unmöglich sein wird, die Leute fernzuhalten«, warf Charlie Hansen ein.

»Und die Massen werden jetzt sogar noch größer sein. Sie strömen aus der ganzen Grafschaft herbei, um sich das anzusehen«, fügte Con O'Leary hinzu. »Die Gerüchte verbreiten sich rasant schnell. Wenn diese Lastwagen aus dem Norden erst einmal in die Stadt rollen, lassen sie sich kaum mehr verstecken.«

Die kleine Gruppe schwieg, um die Lage zu überdenken. Les ließ seinen Blick noch immer über die Leute schweifen, die aus der Kirche kamen. Die meisten blieben stehen, um dem Priester die Hand zu schütteln, und er behielt diesen im Auge, in der Hoffnung, Imelda darunter zu entdecken.

»Wir werden am besten eine Straßensperre auf dem Damm

oder vielleicht schon davor errichten, damit sie gar nicht erst hinauskommen«, schlug der irische Armeehauptmann vor. Die Einheimischen schüttelten die Köpfe.

»Das funktioniert nicht«, sagte Barry Kingston und wandte sich an Garda Coughlan neben ihm. »Und ich bin mir sicher, daß Pat Coughlan hier mit mir einer Meinung ist. Da hätten wir im Nu einen Aufstand. Ich habe sogar ein paar Kerle von der Presse hier herumschnüffeln sehen. Wenn das in die Zeitungen kommt, werden wir es am Damm mit der ganzen Bevölkerung von West Cork zu tun bekommen.«

»Machen Sie sich mal um die Presse keine Sorgen«, wiegelte der irische Armeehauptmann ab. »Wir sind im Ausnahmezustand. Die Zeitungen werden kein Wort drucken, das nicht zuerst überprüft worden ist. Die Presse ist nicht das Problem. Die Gerüchte sind's. Die lassen sich nicht so leicht zensieren.«

»Einen Moment mal«, sagte Barry Kingston und kratzte sich am Kopf. »Ich glaube, ich habe eine Idee.«

Die ganze Gruppe wandte sich ihm zu und sah ihn erwartungsvoll an. Barry Kingston bedeutete ihnen, näher zu rücken, und senkte seine Stimme zu einem lauten Flüstern.

»Jetzt wäre es angezeigt, den Teufel mit dem Beelzebub auszutreiben«, sagte er und verlieh seinen Worten mit den Händen Nachdruck. Der irische Armeehauptmann sah ihn verdutzt an.

»Was genau meinen Sie damit?« fragte er lustlos.

»Wir mussen selbst Gerüchte in Umlauf bringen«, flüsterte Barry Kingston. Er nickte schweigend, als er die Gruppe mit einem zufriedenen Blick bedachte und ihre Zustimmung einforderte. Die Einheimischen erwiderten alle sein Nicken und strahlten ihn begeistert an, während die anderen noch immer nicht verstanden hatten, was gemeint war.

»Das bringt's bestimmt«, meinte Con O'Leary kichernd.

»Ich verstehe es noch immer nicht«, sagte der irische Armeehauptmann sichtlich verärgert.

»Man setzt sein eigenes Gerücht in Gang, mein Junge«, wiederholte Barry Kingston mit leiser Stimme. »Man läßt die Leute wissen, daß das Flugzeug zu einem bestimmten Termin abheben wird, sagen wir, am Donnerstag oder Freitag. Was immer sich da anbietet. Vielleicht fügt man sogar noch ein paar offiziell klingende Weisungen hinzu, um die Leute auf diese Fährte zu locken. Sie wissen schon, daß der Öffentlichkeit der Zugang nur bis zum ersten Damm gestattet ist, oder was in der Art. Daß die Straße ab der und der Zeit gesperrt sein wird und es gefährlich ist, sich vorher im Marschland aufzuhalten. Man gibt ihnen etwas, worüber sie sich unterhalten können. Und dann, und jetzt kommt das Schönste daran, läßt man die ganze Aktion schon einen Tag früher gleich morgens über die Bühne gehen, wenn alle noch im tiefen Schlaf liegen und von dem schönen Picknick träumen, das sie vor sich haben!« Er trat zurück und kreuzte augenzwinkernd die Arme über seinem dicken Bauch.

»Das ist hervorragend!« Pat Coughlan strahlte.

»Das könnte funktionieren«, sagte Charlie Hansen lachend. »Nicht sehr moralisch, aber es wird gehen. Glauben Sie denn, man wird uns verzeihen?«

»Ach, sicher!« erklärte Barry Kingston. Er wandte sich an den irischen Armeehauptmann. »Was halten Sie nun davon?«

»Es ist der beste Vorschlag, den ich bisher gehört habe«, erwiderte er schleppend.

»Aber wie soll man Ihrer Meinung nach so ein Gerücht in Gang setzen? Oder haben Sie daran gedacht, eine offizielle Benachrichtigung zu formulieren?«

»Ach, was soll dieser Unsinn von wegen offizieller Benachrichtigung«, mischte sich Miss Aileen O'Donovan ein. »Wenn Sie wollen, sorge ich dafür, daß bis heute nachmittag zum Tee jeder Mensch in Clonakilty glaubt, daß das Flugzeug nächsten Monat abfliegen wird.«

»Hat man schon mal eine gewitztere Frau gesehen!« rief Con O'Leary entzückt.

»Wäre Freitag denn passend?« fragte Barry Kingston mit einem breiten Lächeln. Der Hauptmann nickte bedächtig. Alle anderen lachten sich eins wegen des Plans.

»Es wird etwa vierundzwanzig Stunden dauern, die Startbahn aufzubauen. Ich würde sagen, wir können als Versuch für einen Abflug den Dienstag im Morgengrauen ins Auge fassen«, sagte Charlie Hansen. »Und dann haben wir immer noch mehr als einen Tag zur Verfügung, falls etwas schiefgeht.«

»Dann also am Freitag«, sagte Barry Kingston und schüttelte dem irischen Armeehauptmann die Hand. Die Gruppe löste sich rasch auf.

Die letzten Kirchgänger hatten das Kirchenschiff verlassen, und einige der Grüppchen verabschiedeten sich und gingen heim. Les hatte keinen von Imeldas Familie entdecken können. Er überlegte, was er tun sollte, als Charlie Hansen ihn beiseite nahm.

»Hast du Feldwebel Beauregard gesehen?« wollte er von Les wissen.

Aus irgendeinem Grund hatte Les das Gefühl, Beau decken zu müssen. »Er ist zeitig aufgestanden«, sagte Les. »Er ist zu einem langen Spaziergang aufgebrochen. Ich bin sicher, daß er bald zurück sein wird. Ist etwas nicht in Ordnung? Möchten Sie, daß ich ihn suche?«

»Nein. Es läuft alles glatt. Aber wenn du ihn sehen solltest, sag ihm bitte, daß die einheimischen Honoratioren ein sonntägliches Mittagessen für die Offiziere auf die Beine gestellt haben«, sagte Charlie. »Man erwartet von ihm, daß er daran teilnimmt, weil er sich bei den Verhandlungen zur Verfügung gestellt hat. Es findet um zwei Uhr in einem Haus am Emmett Square statt. Sag ihm, er soll Miss O'Donovan fragen.«

»Wird erledigt!« Les schlenderte davon. Der Kirchhof war fast leer, und er hörte von der anderen Seite der Mauer her Pferdegetrappel. Vielleicht war Imelda ja durch einen Seitenausgang hinausgegangen, überlegte er. Les kam nicht sehr weit, denn Matt hielt ihn auf, als er an ihm vorbeirennen wollte.

»He, mein Junge! Wo brennt's denn?« Matt stand mit einer kleinen schwarzhaarigen Frau zusammen. »Darf ich dir meinen guten Kumpel Les Wagner aus Wisconsin vorstellen. Les, diese wunderbare Dame ist Kitty Kelleher. Sie hat es heute morgen auf sich genommen, meine Seele zu retten. Und als Dank dafür führe ich sie zum Essen aus.«

Kitty Kelleher streckte ihm die Hand entgegen. Les schüttelte sie und blickte erstaunt in die strahlendblauen Augen, die fröhlich auf und ab hüpften.

»Ich habe nichts dergleichen getan«, sagte sie lächelnd. »Freut mich sehr, Sie kennenzulernen, Les Wagner.«

»Möchtest du mit uns kommen?« fragte Matt. »Du wirkst etwas verloren hier.«

»Danke, nein. Eigentlich suche ich Imelda. Hast du sie irgendwo gesehen?«

»Imelda?« wiederholte Matt. »Deshalb also diese Eile. Tut mir leid, mein Junge, aber ich habe sie nicht gesehen.«

»War sie beim Gottesdienst?« erkundigte Les sich hoffnungsvoll. »Vielleicht habe ich sie ja verpaßt, als sie herauskam.«

»Ich habe sie nicht gesehen, aber draußen steht eine ganze Reihe von Karren. Vielleicht ist sie dort«, sagte Matt.

»Danke!« schrie Les über seine Schulter hinweg, als er losrannte.

»Armer Junge«, sagte Matt lächelnd. »Den hat's wirklich schlimm erwischt.« Dann hielt er der kichernden Kitty seinen Arm hin, und sie hakte sich bei ihm unter. »*Alora, bellissima Signora*, sollen wir gehen?«

Karren, zweirädrige Pferdekarren und Kutschen aller Art verursachten eine Verkehrsstockung als sie alle versuchten, durch die Tore des Kirchhofs zu fahren. Die Kutscher schrien ihre Tiere an, und Flüche wurden laut. Les bekam panische Angst. Vielleicht war sie schon weg, vielleicht sah er sie nie wieder.

Es herrschte ohrenbetäubender Lärm. Les sprang hoch, um die Karren zu sehen, die vorne standen. Er entdeckte Ruth und Dennis und rannte zu ihnen.

»Wie geht's?« erkundigte sich Dennis freundlich.

»Mir geht's gut. Habt ihr Imelda gesehen?« fragte Les außer Atem.

»Nein, aber ich glaube, ich habe vorhin ihren Bruder gesehen«, meinte Dennis. »Was ist denn los?«

»Nichts. Ich versuche nur, sie zu finden. Wo war Tommy denn, als du ihn gesehen hast?«

»Er lief die Pearse Street hinunter und machte ein Gesicht wie drei Tage Regenwetter«, sagte Ruth.

Les verabschiedete sich rasch und rannte Leute anrempelnd

die Straße entlang. Beim O'Donovan's Hotel wäre er fast mit Beau zusammengestoßen, der eben aus der Tür kam. Beau sah erholt und frisch rasiert aus und trug eine neue Uniform. Les konnte sein Rasierwasser riechen.

»Charlie Hansen hat nach Ihnen gesucht«, sagte Les und hielt dabei noch immer Ausschau. »Ich soll Ihnen sagen, daß Sie um zwei Uhr zum Essen eingeladen sind. Fragen Sie Miss O'Donovan, die weiß die Einzelheiten.«

Beau wirkte nicht gerade erfreut über diese Einladung. Eigentlich sah er eher so aus, als wäre Mittagessen das letzte, wonach ihm der Sinn stand. Aber Les hatte keine Zeit, sich mit Beaus Problemen zu befassen. Er mußte Tommy erwischen, ehe dieser die Stadt verließ.

»Tut mir leid, aber ich muß los«, sagte Les. »Ich muß Tommy Tanner erwischen.«

Beaus Stirnrunzeln machte Interesse Platz.

»Tommy Tanner? Warum, was ist passiert?« fragte er.

»Nichts«, erwiderte Les verdutzt. »Ich suche nur Imelda.«

»Ist mit ihr alles in Ordnung?« drang Beau in ihn.

»Ich glaube schon«, sagte Les, jetzt noch verwirrter. »Ist was mit ihr?«

Beau zögerte einen Augenblick, als überlegte er etwas. Dann lächelte er und klopfte Les auf die Schulter.

»Aber nein, da ist nichts. Mach dir keine Sorgen. Danke für die Nachricht. Dann werde ich mich wohl mal auf den Weg zum Mittagessen machen.«

Les war in Sorge. Was hatte Beau gemeint? Beau zwinkerte ihm zu und ging zurück ins Hotel. Les dachte nicht weiter darüber nach, sondern eilte schnellen Schrittes die Hauptstraße hinunter. Als er den kleinen Platz erreichte, hüpfte sein Herz vor Freude. Vor ihm lief Tommy Tanner.

»Bin ich froh, daß ich dich treffe, Tommy«, sagte Les, als er ihn eingeholt hatte.

»Wie geht's«, brummelte Tommy.

»Gut. Ganz gut. Ist Imelda in der Stadt?«

Tommy schüttelte den Kopf. Ruth hatte recht, fand Les, Tommy schien sein sonniges Lächeln verloren zu haben. Der Junge nickte wie zum Abschied und wandte sich ab.

»Ich treffe sie gleich«, sagte er, wie um das Gespräch zu beenden.

Les ließ sich von Tommys schlechter Laune nicht ins Bockshorn jagen.

»He, gehst du zurück ins Lager? Vielleicht könnte ich mit dir mitkommen?«

»Besser nicht«, sagte Tommy und schüttelte den Kopf. Er verließ den Platz. »Ich muß fort.«

»Na gut, dann kann ich ja allein hingehen«, fuhr Les fort und hängte sich an Toms Fersen. »Ich finde das sicher. Ich könnte Imelda und die Mädchen besuchen.«

»Das bringt nichts. Sie haben zu tun. Auch sie müssen fort. Sie ziehen weiter hoch nach Clare. Vielleicht sind sie auch schon weg.«

Les überholte Tommy und pflanzte sich vor ihm auf, zwang ihn stehenzubleiben. Er versuchte, Tommy in die Augen zu schauen, aber der hielt den Blick gesenkt, und sein Mund war nur ein schmaler Strich.

»Was ist denn los, Tommy?« frage Les. »Was meinst du mit ›sie ist weg‹? Was ist passiert?«

»Geh mir aus dem Weg, Les Wagner«, drohte Tommy. Der harte Unterton in seiner Stimme überraschte Les. »Du gehst jetzt und kümmerst dich um deine Angelegenheiten, wenn du weißt, was gut für dich ist.«

Les wußte nicht, was er davon halten sollte. Tommys Körper war angespannt und bereit zum Angriff, seine Arme hingen zwar locker herab, aber er hatte die Fäuste fest geballt. Wenn Les eine Bewegung machte, mußte er mit einem Kampf rechnen. Les wollte sich nicht mit Tommy schlagen. Er hatte keine Ahnung, was vor sich ging und wie er es aufhalten konnte.

Der Klang spitzer Hufe ließ sie beide aufhorchen. Les hüpfte das Herz, als er Imelda im Karren die Straße entlangkommen sah. Sie stand aufrecht vorne wie damals, als er sie zum ersten Mal gesehen hatte, aber auf ihrem Gesicht stand wilde Entschlossenheit, als ihr Blick die Straße absuchte. Tommy entspannte sich und löste seine Fäuste. Er zuckte mit den Schultern, als Les Imelda wie verrückt zuwinkte. Imelda entdeckte sie und schnalzte mit den Zügeln, damit das Pony schneller lief. Das zottige Fell des Ponys war schweißnaß, und es schnaubte, als Imelda es neben ihnen anhielt. Ihre Augen strahlten und glühten vor Aufregung und Dringlichkeit, die sofort auf Les übersprang. Ehe er wußte, was er tat, war er schon neben ihr auf dem Karren.

»Jetzt mach schon«, rief sie Tommy zu. »Komm hier rauf.«

Tommy sprang zu ihnen hoch. Keiner sprach, als Imelda den Karren geschickt wendete und stadtauswärts lenkte. Als sie auf der Küstenstraße waren, zwang Imelda das Pony zu einer rascheren Gangart und sah unentwegt geradeaus.

»Was geht hier vor?« wollte Les wissen. »Was ist passiert?«

»Hast du Mary gesehen?« fiel ihm Tommy ins Wort, ehe Imelda antworten konnte. »Und was macht er hier?«

»Jetzt haltet mal beide den Mund«, sagte sie, die Augen auf die Straße gerichtet. »Wartet, bis wir da sind.«

»Wohin geht es denn?« fragte Les. »Fahren wir zu eurem Lager? Warum hat Tommy gesagt, daß ihr weiterzieht?«

Imelda sah ihn noch immer nicht an, aber Les spürte, daß sich etwas Weiches in ihre Stimme schlich, als sie ihm antwortete, und das wärmte ihm das Herz.

»Das wirst du schon sehen, wenn wir da sind, Les Wagner.«

Sie folgten der Straße, auf der die Besatzung das erste Mal in die Stadt gelaufen war. Die Flut hatte bereits eingesetzt, aber ihren höchsten Punkt noch nicht erreicht. Weit draußen auf Inchydoney Island sah er im Sonnenlicht die Brandung in strahlendem Weiß glänzen. Der Himmel war fast wolkenlos und leuchtete blau. Sie sahen im Vorbeifahren Tausende von Vögeln, die im flachen Schlamm des Mündungsdeltas nach Futter pickten. Les beobachtete, wie ein Schwarm langschnäbeliger Vögel in einer einzigen zeternden Wolke aufflog, dann hoch über ihre Köpfe hinweg rauschte und in einmal größeren dann wieder kleineren Bahnen über dem Mündungsdelta kreiste. Er fragte sich, was das wohl für Vögel sein mochten, hielt es aber für besser, die Frage für sich zu behalten. Seine beiden Gefährten sahen nicht so aus, als wären sie in der Stimmung, das örtliche Tierleben zu diskutieren.

Als sie zu einem kleinen Waldgebiet zu ihrer Linken kamen, zügelte Imelda das Pony zum Schritt und bog in einen Pfad ein, der sich zwischen den Bäumen hindurchschlängelte. Les glaubte, daß sie nicht weit vom Sumpfland waren. Es mußte direkt hinter dem Hügel liegen. Der Pfad war zugewachsen, an beiden Seiten standen buschige Bäume, und bald konnte man sie von der Straße aus nicht mehr sehen. Imelda hielt den Karren an und band das Pony an einem Baum fest. Als sie absprang, sah Les, daß ein paar Wagenspuren noch weiter in den Wald hineinführten. Er sah Imelda an, die ihn zum ersten Mal an diesem Morgen anlächelte.

»Da hinten ist ein altes Bergwerk«, sagte sie liebevoll. »Hierher kommt keiner mehr.«

Tommy blieb auf dem Karren sitzen, ein Bild des Jammers. Er deutete auf ein kleines Bündel neben sich. »Was ist das?« fragte er verdrießlich.

»Essen und Decken«, erwiderte Imelda. Les hatte keine Ahnung, was das alles sollte. Er suchte in Imeldas Augen nach einer Antwort, aber sie gab ihm mit einem Kopfnicken zu verstehen, daß er warten sollte, und wandte ihre Aufmerksamkeit statt dessen Tommy zu. Sie packte ihren Bruder am Arm und zwang ihn, ihr in die Augen zu schauen.

»Wir müssen es ihm sagen, Tommy. Wir schaffen das nicht alleine. Er wird uns helfen.«

Les konnte seine Fragen nicht länger zurückhalten. Er trat auf den Wagen zu und griff nach Imeldas Hand. Sie überließ sie ihm bereitwillig und gab ihm einen festen Händedruck.

»Was ist passiert, Imelda? Sag mir, was passiert ist. Ich werde alles mir Mögliche tun, um dir zu helfen, aber ich muß wissen, was los ist.«

»Warum solltest du uns helfen? Wir sind doch nur Fahrende«, kam es aus Tommy heraus. »Du gehörst nicht zur Familie. Du bist bloß ein Ami, der seinen Spaß haben will. Was weißt du denn schon?«

Imeldas Stimme war leise und zögernd, aber sie drehte sich um, wandte sich an Les und sah ihn direkt an.

»Wenn ich dich bräuchte, würdest du dann kommen und mir helfen?«

Les spürte einen Kloß im Hals, als er sie ansah. Er mußte husten und sich räuspern, ehe er sprechen konnte.

»Du weißt, daß ich das tun würde«, sagte er und nahm ihre beiden Hände in seine. »Lieber stürbe ich, als zuzulassen, daß dir etwas zustößt.«

»Was geht da vor bei euch beiden«, herrschte Tommy sie wütend an. »Warum solltest du dich um sie kümmern, Les Wagner?«

»Weil ich sie liebe.«

Tommy saß auf dem Karren, als hätte er eins übers Maul bekommen. Die ganze Luft schien aus ihm heraus zu sein, und er starrte unverhohlen Les und Imelda an, die Händchen hielten.

»Du mußt ihm vertrauen, Tommy. Ich tu's. Er hat die Welt gesehen. Er weiß, was zu tun ist. Vertrau ihm, Tommy. Erzähl ihm alles.«

Es dauerte über eine Stunde, bis sie ihm erzählt hatten, was in dieser schrecklichen Nacht passiert war, als Gerald getötet wurde. Les merkte, daß sich beim Zuhören seine Nägel in die Handflächen gruben. Als die beiden fertig waren, wußte er, was zu tun war. Es war so einfach, daß es ihm fast zu leicht vorkam. Aber Les sah keinen Grund, weshalb sie es nicht schaffen sollten. Doch es mußte ihr Geheimnis bleiben, wenn es funktionieren sollte.

Er streckte die Arme aus und legte sie um Tommy, den das Erzählen seiner Geschichte sichtlich mitgenommen hatte.

»Ich weiß nicht, wie ich dir danken soll, Tommy. Es hätte mich umgebracht, wenn jemand Imelda etwas angetan hätte. Ich hätte ihn selbst auch getötet. Du bist ein tapferer Mann.«

Imelda hielt seine Hand und blickte erwartungsvoll zu ihm hoch. Ihr Gesicht war so offen und vertrauensvoll wie das eines Kindes. Les sah die Liebe in ihren Augen. Sie zählte auf ihn, und er hatte nicht vor, sie zu enttäuschen. Er warf einen Blick auf das kleine Wäldchen.

»Hier also wirst du dich verstecken?« fragte er Tommy.

»Ich dachte, daß er im alten Bergwerk einen besseren Unterschlupf hat«, meinte Imelda. »Da ist er geschützt und hört die Leute schon lange, bevor sie kommen.«

»Dann wollen wir ihm jetzt helfen, sich dort einzurichten.

Wir haben noch viel zu planen, ehe du morgen nach Clare ziehst.« Es traf Les wie ein Schlag, als er dies sagte, und er legte seinen Arm um Imeldas Taille, um Halt zu finden. Dann führte er sie an der Hand die ehemalige Fahrspur entlang, gefolgt von Tommy, der sein kleines Bündel trug.

25 Das Mittagessen dauerte wesentlich länger, als Beau gerechnet hatte. Es war praktisch schon sieben Uhr, ehe er wieder auf dem Fahrrad saß und hinaus auf die Insel radelte. Schon ging die Sonne unter, und das Marschland lag im Schatten von Inchydoney.

Als er aufs offene Land kam, zog er sich den Mantel und die Kappe wieder über. Er wählte den zweiten Damm. Das bedeutete zwar eine längere Fahrt, aber er lag am weitesten von der Armeebewachung des Flugzeugs entfernt. Er zog sich die Kappe tief in die Stirn und senkte seinen Blick, als er zur Überquerung ansetzte. Falls jemand ihn bemerkt hatte, reagierte keiner. Beau überlegte, daß sie ihn wahrscheinlich am Morgen hatten hinüberradeln sehen und jetzt dachten, er sei ein Bauer auf dem Weg nach Hause.

Die Windhunde fingen zu bellen an, als Beau in die Straße einbog, die zu dem kleinen Hofplatz führte. Er lag im Halbschatten des Hauses, und die roten Strahlen des Sonnenuntergangs beleuchteten die Dächer der Ställe. Er rechnete halb damit, daß Mary nach draußen geeilt kam, aber alles war verlassen. Nur die Zwillingsrauchsäulen aus den beiden Kaminen deuteten auf Leben hin. Beau mußte lächeln, als er sich Mary beim Feuermachen vorstellte, ihre raschen Bewegungen und die überraschende Kraft dieser kleinen Frau. Es tat ihm leid, daß er ihr bei ihren häuslichen Aufgaben nicht hatte helfen können. Er hatte größte Lust gehabt, Teil von Marys Alltag zu sein.

Beau schaute durchs Fenster. Die Küche war blitzsauber und gemütlich, ein kleines Feuer flackerte im Herd, und die Tagesration Brot lag zum Abkühlen auf der Anrichte. Er klopfte zaghaft ans Fenster, bekam aber nur vom Hund Antwort, der an der Tür schnüffelte und mit dem Schwanz wedelte.

Beau öffnete die Tür und betrat die Diele. Die Tür zum Vorderzimmer stand offen und auch darin brannte ein Feuer.

Mary schlief wie beim ersten Mal, als er sie erblickt hatte, zusammengerollt im Sessel. Beau erinnerte sich daran, daß er geglaubt hatte zu träumen. Aber Mary war noch phantastischer als jeder Traum, den er sich vorstellen konnte. Seit sein Vater ihn mit fünfzehn zum ersten Mal mit ins französische Viertel genommen hatte, hatte er viele Frauen gehabt. Sex war seit damals eine der Hauptfreuden seines Lebens gewesen, und Beau hielt sich stolz für einen guten Liebhaber. Mehrmals hatte er gedacht, sich verliebt zu haben, zum ersten Mal in die Kokotte, die sein Vater für seine Unterweisung ausgesucht hatte. Doch obwohl er jedesmal einen köstlichen Schauder verspürte, war es doch immer nur von kurzer Dauer.

Mary war anders. Als er die Schlafende beobachtete, wurde er sich klar, daß die Damen, die er aufgesucht hatte, ihn immer ein wenig gelangweilt hatten. Bereits mit zweiundzwanzig hatte er die Liebe nur noch als erlesenes Gesellschaftsspiel empfunden. Ob es die Kokotten oder die Mädchen aus gutem Hause oder deren Mütter waren, es ging alles zu leicht.

Er wußte, daß er gut aussah. Die Frauen hatten ihn immer umschwärmt. Nie hatte er sich um sie bemühen müssen, er streckte einfach die Hand aus, und sie waren da. Ihre Annäherungsversuche waren Beau willkommen gewesen, aber zuletzt war es ihm nur noch so vorgekommen, als spielte er eine Rolle. Beauregard St. Soucis, der reiche Playboy, ein kleiner Schurke, aber immer charmant. Er fragte sich, ob er die Frauen nur deshalb verführte, weil es von ihm erwartet wurde.

Marys Haar fiel herab und umrahmte ihr Gesicht. Sie trug einen einfachen Baumwollrock und eine weiße Bluse. Um ihren Hals hing ein kleines Goldkreuz an einer Kette. Ihr Atem war kaum hörbar. Beau mußte daran denken, wie sie nackt über den Strand gelaufen war, und verspürte einen Aufruhr des Verlangens in seinem Körper.

Was hatte diese Frau an sich, das sie für ihn so begehrenswert machte? Zugegeben, sie war sehr schön, ihr Körper war eine Mischung aus Kraft und Weichheit, der er so noch nie begegnet war. Aber er wußte, daß es nicht die reifen Rundungen waren, die ihn dazu trieben, auf der Stelle mit ihr schlafen zu wollen. Es war etwas in ihren Augen. Er wollte sie nehmen, wie sie dort im Sessel lag, und das überraschte Aufblitzen ihrer Augen sehen.

Beau kniete sich neben sie und küßte sanft ihre Lippen. Mary erschrak und entzog sich ihm. Doch dann blickte sie auf und lächelte. Sie zog ihn an sich und erwiderte seinen Kuß. Beau legte seinen Kopf in ihren Schoß und vergrub seine Wange in ihren weichen Schenkeln.

»Du hast dir Zeit gelassen«, sagte Mary und streichelte ihm das Haar.

»Ich mußte an einem Mittagessen teilnehmen, das uns zu Ehren stattfand. Es waren gewiß ganz reizende Leute, aber ich konnte es kaum erwarten aufzubrechen. Ich habe dich jede Minute vermißt, die ich dort war.«

»Ich habe dich auch vermißt«, sagte Mary sanft.

Beau küßte ihre Knie durch die dünne Baumwolle. Er bedeckte ihr Bein mit einer Reihe von Küssen und spürte ihre Anspannung, als er seine Hand unter ihren Rock schob. Er ließ sie wie beiläufig auf ihrem Schenkel ruhen, bis er merkte, daß sie sich wieder entspannte. Er musterte ihr Gesicht. Sie war rot geworden, aber sie lächelte. Beau küßte sie wieder und knöpfte ihr geschickt die Bluse auf.

Es dämmerte. Beau streckte sich und zündete die kleine Lampe an, als Mary ihre Kleider auf den Boden fallen ließ. Er gebot ihr Einhalt, als sie die Hand ausstreckte, um ihm das Hemd auszuziehen.

»Bleib einfach so liegen, Liebste«, sagte er mit heiserer Stimme. »Laß mich einfach sehen, wie schön du bist.«

Marys Haut zitterte unter seiner Berührung. Der Lichtschein der Lampe warf kleine Schatten über ihren milchweißen Körper. Langsam begann er wieder ihre Beine zu küssen und wartete jedesmal ab, bis ihre Anspannung nachließ. Bald schon lehnte Mary sich mit geschlossenen Augen zurück, und ihr Atem ging tiefer und schneller.

Beau stellte sein eigenes Verlangen zurück und konzentrierte sich einzig und allein auf Marys Lust. Er ließ sie den Rhythmus bestimmen. Sein Mund, seine Zunge und die Hände bewegten sich von selbst, spürten der kleinsten Bewegung ihres Körpers, dem schwächsten Atemholen nach und paßten sich an. Der Rhythmus seiner Liebkosungen steigerte sich. Mary stöhnte. Sie schlug die Augen auf, streckte ihren Rücken durch und richtete sich im Sessel auf.

Jetzt konnte Beau nicht länger an sich halten. Als sie sich keuchend zurücklegte, riß er sich die Kleider vom Leib, küßte ihr Gesicht, ihre Augen, ihr Haar.

Ihre Arme legten sich um seinen Nacken, und er spürte ihre weichen Brüste an seinem nackten Oberkörper. Er umfaßte ihre Hüften und hob sie an den Rand des Sessels. Als er in sie eindrang, schlang sie ihre Beine um ihn. Ihre Körper verschmolzen miteinander, und sie liebten sich in einem Rhythmus, der so natürlich war wie das Wogen der Wellen in der Bucht. Als sie den Höhepunkt erreichten, klammerten sie sich aneinander wie Ertrinkende.

Sie verharrten in dieser innigen Umarmung, bis ihr Atem sich beruhigt hatte und sie sich schließlich voneinander lösten. Beaus Kopf lag auf ihrer Brust, und er hörte ihr Herz im selben Rhythmus schlagen wie sein eigenes.

»Du bist eine so wunderbare Geliebte«, sagte er und küßte sie zärtlich.

»Du bist auch nicht schlecht«, kicherte sie. »Wo hast du das denn gelernt? Du weißt schon? Was du mit mir gemacht hast?«

»Oh, man könnte sagen, daß ich ein Naturtalent bin. Das liegt in der Familie«, erwiderte Beau mit einem Grinsen. Er stand auf und streckte sich. »Außerdem zählt das daheim in Louisiana zu einer umfassenden Erziehung.«

»Sag bloß nicht, du hattest auch darin Unterricht?« zog sie ihn auf, als sie ihm zusah, wie er durchs Zimmer schritt.

»Nun, wenn ich ehrlich bin, könnte man das schon so nennen, aber darüber werde ich in deiner Gegenwart nicht sprechen. Ich sage nur soviel, daß ein Südstaatengentleman in der Kunst des Liebesspiels gut bewandert sein sollte.«

Mary warf ihre Beine über den Sessel und ließ sie seitlich baumeln. Sie warf ihren Kopf zurück und musterte Beau lachend von oben bis unten. Sie fühlte sich ganz außergewöhnlich. Als wäre es das Natürlichste von der Welt, bewegte Beau sich nackt durch den Salon, und Mary stellte überrascht fest, daß auch sie keinen Drang verspürte, sich zu bedecken.

»Mit dem wallenden Haar und im Widerschein des Feuers siehst du wirklich aus wie eine Kokotte aus dem französischen Viertel«, sagte Beau, als er sie ansah. »Warte. Nicht bewegen.«

Mary gehorchte Beau, der hinter ihr aus ihrem Blickfeld verschwand. Er kehrte mit dem kleinen Stück Spitze zurück, das sie von Imelda bekommen hatte. Er breitete es aus und band eine Schleife um ihren Hals, deren Enden ihr über den Körper fielen.

»Na also. *Vous êtes trop belle, madame*«, sagte er und hauchte ihr einen Kuß zu.

»Was heißt das?« fragte Mary und glühte unter seinen Blicken.

»Du bist zu schön.«

»Und was ist eine Kokotte?«

»Eine Schöne der Nacht«, antwortete Beau bedächtig.

Mary schüttelte verständnislos den Kopf.

»Eine Kurtisane. Eine Dame, die die Lust des Mannes zu ihrem Geschäft macht.«

»Du meinst eine Hure, oder?« Mary errötete heftig und zog an der Spitze.

»Aber nein, nein. Das ist ein viel zu billiger und vulgärer Begriff für die Kokotten von New Orleans.«

»Hat so eine dir beigebracht, wie man Liebe macht?« Sie blickte ihn fragend an. »Eine Kokotte?«

»Mach dir deswegen keine Sorgen«, sagte Beau und war zum ersten Mal verlegen.

»Ich bin nicht verärgert«, beruhigte Mary ihn, denn seine Verwirrung rührte sie. »Es interessiert mich einfach. Ich habe nie von Kokotten gehört. Eigentlich habe ich nie wirklich viel über Männer und Frauen und Liebe gewußt. Und was ich wußte, war zu hart und lieblos und nur entsetzlich.«

Beau setzte sich ihr gegenüber aufs Sofa und streckte seine langen Beine von sich.

»Sie hieß Fifi. Klingt nach Hund, ich weiß. Aber Fifi war sehr schön und eine wirkliche Expertin. Ihre Haut hatte die Farbe von Karamel. Und sie war nett. Sehr nett zu einem verängstigten, wenn auch völlig aufgeregten Fünfzehnjährigen.«

»Du warst fünfzehn und bist zu einer Hu … ich meine, zu einer Kokotte gegangen?« Mary bekam bei dieser Vorstellung große Augen.

»Nein, so war's nicht. Mein Vater hat mich hingebracht – es war mein Geburtstagsgeschenk.«

Mary schnappte nach Luft und schüttelte dann den Kopf. »Ich hätte nie gedacht, daß es so etwas gibt. Stell dir vor!«

»Nun, ich habe dir ja gesagt, daß wir eine umfassende Erziehung zu schätzen wissen.«

Marys Gesicht spiegelte die Konzentration, mit der sie diese Auskunft verarbeitete.

»Wenn du damals erst fünfzehn warst, bedeutet das, daß du seitdem noch mit mehr Frauen zusammengewesen sein mußt.«

»Ich hatte das Vergnügen, die Gesellschaft vieler hübscher Damen genießen zu dürfen«, sagte Beau.

Mary zog die Stirn in Falten, und Beau durchschritt den Raum und nahm sie in die Arme.

»Aber glaub mir, Mary, ich kann ganz ehrlich sagen, daß ich nie wirklich geliebt habe, ehe ich dich traf. Niemals.«

Er küßte sie. Mary fühlte sich schwach werden, als seine Lippen sich auf ihre drückten.

»Hast du das gespürt?« wollte er wissen und sah ihr dabei tief in die Augen.

Mary nickte.

»Also, ich habe noch nie vorher so empfunden. Glaub mir.«

»Ich auch nicht«, flüsterte Mary und ließ sich wieder küssen.

Sie umarmten einander schweigend, bis Beau aufsprang und sie hochzog.

»Komm mit«, sagte er und führte sie in die Diele. »Da gibt es etwas, das ich dir zeigen möchte.«

»Aber ich bin nackt!« protestierte Mary.

Beau versuchte, die Vordertür zu öffnen. Der Schlüssel ließ sich nur mit Mühe umdrehen, und die Angeln waren verrostet. Schließlich sprang die Tür heftig knarrend auf.

»Diese Tür wollte jedenfalls nicht geöffnet werden«, lachte Beau.

»Überrascht mich nicht«, sagte Mary. »Ich glaube nicht, daß sie in den letzten fünfzehn Jahren geöffnet worden ist.«

»Und warum nicht?«

»Vermutlich weil es die Besuchertür ist und nie einer zu Besuch kommt.«

»Nun, jetzt ist sie offen. Schließ deine Augen und gib mir deine Hand«, sagte Beau, als er sie zur Türschwelle zog.

»Aber es könnte uns jemand sehen«, warf Mary ein, doch sie schloß die Augen.

»Unsinn. Denk daran, wir sind Schiffbrüchige auf einer einsamen Insel.«

Mary ließ sich nach draußen führen. Sie spürte die kalte Seeluft auf ihrer nackten Haut und die sandige Erde zwischen ihren Zehen. Der Duft des Meeres vermischte sich mit dem des Gartens.

»In Ordnung. Jetzt kannst du stehenbleiben, Liebste.« Beau stand hinter ihr und schloß sie in seine Arme, um sie zu wärmen. Mary spürte seinen Körper, der sich an sie drückte. Beau stützte sein Kinn an ihren Hals.

»Und jetzt mach die Augen auf.«

Mary hielt die Luft an. Wie ein riesiger Ballon hing der Mond über dem Meer, ganz rund und weiß, und sein Licht legte einen Pfad übers Wasser und beschien den kleinen Garten.

»Ich habe ihn durchs Fenster gesehen«, sagte Beau und liebkoste ihren Hals. »Ich mußte hinausgehen und ihn dir zeigen. Es ist unser Mond.«

»Ein Papiermond?« seufzte Mary.

»Ja, aber wenn er das ist, dann ist er der größte, hellste, rundeste und beständigste Papiermond, den ich je gesehen habe.«

Irgendwo versetzte ihr der Gedanke, er werde sie verlassen, einen Schlag und verdarb ihr die Freude. Mary verbannte den Gedanken weit weg und lehnte sich mit ihrem ganzen

Gewicht an Beau. Die Wärme seines Körpers befreite ihren Kopf von allen Gedanken, bis sie nur noch ihn fühlte, ihn schmeckte und erfüllt war von der unglaublichen Leidenschaft, die er in ihr entzündet hatte. Wieder liebkoste er ihren Hals und flüsterte ihr ins Ohr. Das kitzelte köstlich, und Mary wand sich in seiner Umarmung. Er summte die Melodie mit seinen Lippen an ihrem Hals. Es vibrierte und kitzelte. Mary kicherte und versuchte, sich Beau zu entziehen, aber er ließ sie nicht los.

»Laß uns lieber wieder reingehen. Jemand könnte uns sehen«, sagte sie lachend.

»Der einzige, der uns beobachtet, ist der Mann im Mond«, meinte Beau und deutete darauf. »Und wie du deutlich erkennen kannst, hat er ein breites Lächeln aufgesetzt. Er sieht nicht so aus, als würden ihn zwei sich liebende Nackedeis auch nur im geringsten stören. Eigentlich denke ich, daß er von uns sogar höchst angetan ist.«

Als es zu kalt wurde, gingen sie schließlich zitternd und lachend wieder hinein und wärmten sich am Feuer. Beau beschloß, ihnen beiden etwas zu kochen, und verschwand in die Küche, während Mary sich anzog.

Er stand nur mit der Unterhose bekleidet über den Tisch gebeugt, eine Sammlung von Schüsseln und Eiern vor ihm. Mary lachte, als sie ihn so sah.

»Was ist daran so lustig? Hast du noch nie einen Mann in Unterhosen kochen sehen? Nenn mich doch einfach den nackten Koch!«

»Was kochst du denn?« fragte Mary noch immer kichernd.

»Ich wollte Eier für ein Bayou-Omelette verquirlen, aber ich finde keine Gewürze. Hast du irgendwo Pfeffer, Liebes? Salz habe ich gefunden, aber das scheint auch das einzige Würzmittel zu sein.«

Mary schüttelte den Kopf. Pfeffer war in diesen Tagen nur schwer zu bekommen, und sie hatte eigentlich nie mit Gewürzen gekocht.

Achselzuckend machte Beau sich daran, die Eier aufzuschlagen und Zwiebeln zu schneiden.

»Mein Vater reist immer mit einer kleinen Gewürzauswahl. Sein Kammerdiener hat immer ein Sortiment dabei, wenn wir verreisen. Und selbst wenn wir im feinsten Hotel absteigen, kippt mein Papa eine scharfe Sauce über alles, was ihm vorgesetzt wird.«

»Dein Vater reist mit einem Kammerdiener? Du mußt sehr reich sein.«

Beau sagte nichts. Er konzentrierte sich aufs Kochen und überlegte, wieviel er ihr anvertrauen wollte. Ihm wurde klar, daß ihm sehr wichtig war, daß sie so wenig über ihn wußte. Sie sah in ihm den, der er war, und nicht mehr. Er entdeckte, daß er Angst davor hatte, sie könnte ihn nicht ebenso lieben, wenn sie ihn besser kannte. Hätte er doch nur den Weitblick besessen, nie die Kokotten und Kammerdiener und Tanzstunden ins Gespräch zu bringen.

Mary setzte sich auf einen Stuhl am Herd und stocherte im Feuer, um es wieder in Gang zu bringen. Sie warf ein paar Torfblöcke darauf und beobachtete die auflodernden Flammen, die danach leckten.

Die ums Feuer bemühte Mary war von altersloser Schönheit. Sie war kein junges hübsches Ding mehr, das sich leicht vom Reichtum und Besitz einer Familie beeindrucken ließ. Im Gegenteil, sie würde ihn für verderbt halten, was er natürlich war. Mary schien seine Verwirrung erfaßt zu haben, denn sie ließ die Frage unbeantwortet zwischen ihnen stehen. Statt dessen kam sie zu ihm und gab ihm einen sanften Kuß auf den Nacken.

»Was war das nun für ein großartiges Mittagessen, auf dem du warst?« fragte sie. »War die ganze Mannschaft mit dabei?«

»Nein, nur die Offiziere und ich. Ich war eingeladen, weil ich bei den Verhandlungen geholfen habe.« Da war es wieder, bei jeder Drehung rannte er gegen die Wände seiner Herkunft an. Bedächtig und widerstrebend erzählte Beau weiter. »Mein Vater hat Freunde in sehr hohen Positionen sowohl hier als auch in der britischen Kommandozentrale. Und natürlich auch zu Hause. Das war sehr hilfreich, um die Startbahn von Belfast zu bekommen.«

»Das ist ja wunderbar«, sagte Mary mit leuchtenden Augen. »Ich bin sehr stolz auf dich, Beauregard.«

»In Wirklichkeit habe ich nicht viel getan. Doch ich muß dir sagen, daß das alles äußerst geheim ist.«

»Warum? Was ist dagegen einzuwenden, daß ihr versucht, die Maschine wieder in die Luft zu kriegen?«

»Wir befinden uns alle im Krieg, mein Schatz. Und Irland ist neutral. Deshalb wäre es nicht recht, wenn die Iren und die Briten sich zusammentun, um den Amerikanern dabei zu helfen, ein Flugzeug flottzumachen, das die Deutschen bekämpft. Verstehst du?«

»Ich sehe den Grund nicht ein«, meinte Mary achselzuckend.

»Nun, die Deutschen wären nicht allzu erfreut, wenn sie dahinterkämen.«

Beau machte eine Riesenschweinerei, und Mary rannte um ihn herum, um sauberzumachen. Sie mußte lachen, als er versuchte, das Omelette in der gußeisernen Pfanne auszubacken, aber er weigerte sich, Mary helfen zu lassen. Schließlich produzierte er zwei köstliche, wenn auch leicht verkohlte, lockere Zwiebelomelettes. Sie fielen hungrig darüber her und aßen dazu dicke Scheiben Brot mit Butter.

»Wann kommt nun die Startbahn?« wollte Mary wissen und sah ihn unter ihren dunklen Wimpern hindurch an, als sie mit dem Essen fertig war.

»Vielleicht heute abend. Spätestens morgen. Es dauert mindestens einen Tag, sie zusammenzubauen«, erklärte Beau. Er brachte es nicht über sich, auf das Offensichtliche einzugehen: daß *T'Ain't a Bird* nach England abfliegen würde, sobald die Startbahn aufgebaut war. Plötzlich wurde ihm klar, daß er es nicht ertragen konnte, diese Frau zu verlassen. Mary spürte seine Traurigkeit und streckte ihre Hand aus, um sie sanft auf seinen Arm zu legen.

»Das bedeutet, daß wir noch einen Tag und eine Nacht zusammen haben, vielleicht auch zwei«, sagte sie zärtlich.

»Ich weiß nicht.« Beau blieb die Stimme weg. Verwundert stellte er fest, daß seine Augen brannten und er sich räuspern mußte, um weiterreden zu können. »Heute abend gibt es keine Probleme. Wir können kommen und gehen, wie es uns paßt. Es weiß keiner, daß ich weg bin. Wenn ich zum Frühstücken wieder im Hotel bin, wird es keiner merken. Aber wenn die

Startbahn kommt, ändert sich das vielleicht. Ich weiß nicht, ob ich dann wieder zu dir kommen kann.«

»Laß das, Beauregard St. Soucis!« fiel Mary ihm schroff ins Wort. Sie drückte seinen Arm. »Wir haben noch die ganze Nacht. Hast nicht du gesagt, wir sollten nicht an die Startbahn denken? Warst nicht du es, der gesagt hat, wenn wir so tun, als gäbe es nur dich und mich, dann dauert das für immer?«

Beau kämpfte gegen seine Tränen an und nickte. Er mußte darüber lächeln, wie sie seinen Namen betonte. Ihr West-Cork-Akzent verschmolz alle Silben miteinander.

Wild entschlossen blickte sie ihn mit funkelnden Augen an.

»Wir haben noch heute nacht. Wir haben es in der Hand, diese Nacht eine Ewigkeit dauern zu lassen.«

Beau fand, daß sie nie so schön ausgesehen hatte. Er streckte die Hand nach ihr aus und nahm die ihre, als wollte er sie zum Tanz auffordern. Ihre Blicke ließen einander nicht los, als sie vom Tisch aufstanden und einander in die Arme fielen. Dann gingen sie Hand in Hand schweigend nach oben.

Sie liebten sich die ganze Nacht, und dabei schien der Mond durch das kleine Schlafzimmerfenster und hüllte ihre Körper in sein silbernes Leuchten. Diesmal hielt Mary Beau nicht einfach nur fest. Ihre Hände erforschten seinen Körper, begeisterten sich an jeder Rundung und Linie, während sie mit ihm eins wurde. Es war eine Entdeckungsreise, und Mary war bei jeder Wendung aufs neue ergriffen. Ihr Körper schien genau zu wissen, was zu tun war, und sie ließ es zu, folgte dem Pfad ihrer Leidenschaft und Zärtlichkeit und Lust mit einer wahnwitzigen Hingabe, die sie überraschte und über sich selbst hinaustrug.

Zufrieden und ruhig lagen sie sich in den Armen und unterhielten sich flüsternd. Dann meldete ihre Lust sich erneut und führte sie weg an einen Ort, der nur ihnen gehörte.

Erschöpft und glücklich streckte Mary sich aus, während Beau sich auf seinen Ellenbogen stützte und sie anlächelte. Er zeichnete jede Rundung ihrer Hüfte mit seiner Hand nach, und sie genoß es, seine Finger auf ihrer Haut zu spüren.

»Du weißt hoffentlich, daß ich mich in dich verliebt habe?«

sagte er zärtlich. Mary hielt seinem Blick stand und wartete darauf, daß er weiterredete. »Und du kannst leugnen, soviel du willst, aber ich weiß, daß auch du mich liebst.«

Mary nickte. »Ich wollte es gar nicht leugnen. Das ist so sicher wie die Nase in meinem Gesicht. Es ergibt keinen Sinn, aber es ist so.« Ihre Hand streckte sich seiner Wange entgegen und streichelte sie.

Er nahm sie und küßte ihr Handgelenk.

»Für mich macht das Sinn«, sagte er.

»Du bist mein wunderschöner Träumer«, sagte Mary verliebt.

»Nein, Mary. Das ist kein So-tun-als-ob. Das ist echt. Ich weiß, daß ich dir versprochen habe, nicht über morgen oder danach zu sprechen, aber mir ist der Gedanke, dich hier allein zurücklassen zu müssen, unerträglich.«

»Ich werde zurechtkommen, keine Sorge.«

»Was wirst du tun?«

»Darüber habe ich noch gar nicht richtig nachgedacht«, sagte sie und blickte zur Zimmerdecke. Der Putz war alt und rissig. Dieses Zimmer könnte einen neuen Anstrich vertragen, überlegte sie. Eigentlich das ganze Haus. Mary verlor sich in Träumen von der Zukunft. Es war ein neues Gefühl, und bei dem Gedanken, das Haus auf Vordermann zu bringen, träumte sie laut: »Zu Zeiten meiner Großmutter war dies hier ein richtiger Bauernhof. Vielleicht könnte ich ihn nach und nach wieder dazu machen. Ich habe ein bißchen Geld. Wenn ich damit haushalte, könnte ich Tiere kaufen, vielleicht sogar etwas von dem Land zurückkaufen, das Gerald verkauft hat – oder wenigstens pachten.«

Ihre Augen leuchteten. Sie sah im Südfeld schon die Gerste stehen und darunter, wo die Erde schwarz und torfig war, Kartoffeln blühen.

»Der Boden ist sehr gut hier draußen. Meine Familie hat ihn an die hundert Jahre lang mit Seetang gedüngt. Man kann darauf alles anbauen, was man möchte. Und man kann auch Vieh weiden lassen.«

»Oder du könntest es einfach verkaufen«, sagte Beau.

»Warum sollte ich das denn tun?« fragte Mary.

Beau nahm ihr Gesicht in seine Hände und küßte sie. Als er wieder sprach, hatte seine Stimme etwas Drängendes. »Du könntest den Hof verkaufen und nach Louisiana kommen.«

Mary ging das Herz über. Beaus Augen brannten sich wie zwei schwarze Löcher in sie. Sie sah sein starkes Kinn, die lange Nase und die vollen Lippen. Er wartete auf ihre Antwort, und Mary spürte ihre zu ihm überströmende Liebe, die ihr eingab einzuwilligen. »Was soll ich denn in Louisiana machen? Für eine Kokotte bin ich schon zu alt«, sagte sie, um einen heiteren Ton bemüht.

»Du könntest mich heiraten.«

»O mein Schatz«, rief sie und drückte ihn an sich. »Ich würde nie in deine Welt passen.«

»Doch, das würdest du«, widersprach er. »Ich könnte es dir beibringen. Wir könnten glücklich zusammen sein.«

»Ich würde nie hineinpassen. Genausowenig wie du hierher passen würdest.«

»Wen kümmert's! Sind wir nicht gemeinsam ein perfektes Paar? Ist das nicht vollkommen – hier und jetzt?«

»Ja, das ist es«, sagte sie und küßte ihn sanft auf die Augen, als wollte sie ein ungezogenes Kind beruhigen. »Aber wir können nicht für immer in diesem Zimmer leben. Nicht wirklich. Das war auch nie so gedacht. Es ist eine wunderbare Fügung des Schicksals, daß es so gekommen ist. Du gehörst in deine Welt und ich in meine.«

»Aber wir könnten weglaufen. Unsere eigene Welt erschaffen«, warf er ein.

Mary stand auf und ging ans Fenster. Sie blickte hinaus auf das Mündungsdelta. Der Mond war über die Hügel von Ardfield weitergezogen und sehr viel kleiner geworden. Morgen würde er aussehen, als hätte ihm jemand ein schmales Stück von der Seite weggeschnitten, und nächste Woche würde er ganz verschwunden sein.

»Nein, Liebster, das könnten wir nicht. Es würde damit enden, daß du mich haßt und ich es dir übelnähme. Und wenn ich, wie du meinst, versuchte, in deine Welt zu passen, würde ich mich verändern. Ich wäre nicht mehr die Frau, in die du dich einmal verliebt hast.«

»Ich werde dich immer lieben, egal was geschieht«, erklärte Beau.

»Natürlich wirst du das. Und ich werde dich lieben. Du hast mich zu einem Ganzen gemacht, obwohl ich gar nicht wußte, daß ein großer Teil von mir fehlte. Das kann mir keiner wegnehmen. Keiner kann das auslöschen, was wir hier hatten. Es wird auf ewig in unseren Herzen sein.«

»Bitte, Mary«, sagte er schlicht und streckte ihr die Hände entgegen. »Bitte komm mit mir nach Louisiana.«

Sie ließ sich in seine Arme fallen und atmete tief seinen Zitronenduft ein. Sie hatte das Gefühl, auf einem Steilhang hoch über dem Meer zu stehen, und Beau rief von weit unten nach ihr. Sie nahm alle Kraft zusammen und stellte sich vor, die Augen zu schließen und ins Leere zu springen. Aber sie wußte, daß sie es nicht konnte. Nicht wirklich. Sie gab ihm einen harten Kuß und schmeckte das Salz von Tränen. Sie wußte nicht, wer von ihnen weinte. Vielleicht sie beide.

»Ich könnte nie weggehen«, flüsterte sie zärtlich. »Hier ist zu viel von mir. Ich könnte den Hof nie verkaufen. Mein Baby ist oben auf dem Hügel begraben. Ich könnte ihn nicht Fremden überlassen.«

Noch einmal versuchte Beau sie zu überreden, aber sie beschwichtigte seine Proteste mit Küssen. Nach und nach spannte sein Körper sich an und drängte sich ihr entgegen. Als sie sich dieses Mal liebten, war die ganze bittere Süße der Liebe darin, die sie vereinte.

Beau schlief in ihren Armen ein, aber Mary fand keinen Schlaf. Er wußte es noch nicht, aber sie hatte die richtige Entscheidung getroffen. Vielleicht würde er es erst in Jahren wissen, wenn er zur Ruhe gekommen, geheiratet und selbst eine Familie gegründet hatte. Mary hoffte, daß er es ihr in den kommenden Jahren nicht zum Vorwurf machen würde und auch nicht zu sehr litt. Aber sie wußte, daß er eines Tages verstehen würde, daß sie nur aus übergroßer Liebe zu ihm nicht mit ihm gehen konnte.

Die Stunden vergingen, bis die Dämmerung durchs Fenster kroch. Mary streckte sich neben Beau aus und spürte die ganze Länge seines Körpers gegen den ihren gedrückt, lauschte dem sanften Atem seines Schlafs und dem kräftigen Schlagen seines Herzens, als sie ihre Wange auf seine Brust legte. Und immer wieder spürten ihre Hände den kräftigen Muskeln seiner Beine nach, den Locken und der Linie seines Kinns. Wie eine Blinde tastete sie mit ihren Händen über seinen Körper, als wollte sie mit den Fingern erfassen, was die Augen nicht sehen konnten.

Als die ersten Sonnenstrahlen auf das Bett fielen, hatte Mary Beau in allen Einzelheiten in sich aufgenommen und ihrer Erinnerung überantwortet, wo er ihr, wie sie wußte, für immer gehörte.

26 Imelda wurde wach, als das graue Dämmerlicht gerade den Himmel zu erhellen begann. Sie konnte ihren Atem als Nebel sehen und kuschelte sich wieder in ihre Decke, um vor dem Aufstehen noch ein wenig Wärme zu tanken.

Heute brachen sie auf.

Sie konnte nicht glauben, daß schon Dienstag war. Der gestrige Tag hatte so langsam begonnen, und dann war auf einmal schon heute gewesen.

In weniger als einer Stunde würden sie das Lager abbrechen und der Straße nach Cork folgen. Wenn sie gut vorankamen, würden sie die Nacht direkt vor der Stadt verbringen, ehe sie am nächsten Tag übers Land weiterzogen. Es konnte Tage, vielleicht auch Wochen dauern, ehe sie nach Ennis kamen, wo Onkel Paddy mit einem einheimischen Bauern Arbeit vereinbart hatte. Imelda war es egal, wie lang sie brauchten. Je länger, desto besser – denn damit wuchsen die Chancen, daß auf der Post ein Brief von Les auf sie wartete.

Imelda hatte tags zuvor alles gepackt. Das hatte nicht viel Zeit in Anspruch genommen, Fahrende waren immer auf eine schnelle Abreise vorbereitet. Sie hantierte noch mit diesem und jenem herum und schlug den Mädchen gegenüber einen scharfen Ton an. Sie waren vor Aufregung ganz aus dem Häuschen und kaum zu bändigen. Nellie war wieder auf den Beinen und brachte mehr durcheinander, als der Rest von ihnen zusammengenommen.

Keiner hatte Fragen gestellt, als sie verkündet hatte, daß man Tommy in der Stadt eine Gelegenheitsarbeit angeboten habe und er auf eigene Faust hierbliebe. Sie sagte, sie wisse nicht, wo, aber er würde in Ennis zu ihnen stoßen oder sie benachrichtigen, falls die Arbeit so gut war, daß er den Sommer über blieb.

Sie sah zu, daß sie immer zu tun hatte, aber alle paar Minuten schweiften ihre Gedanken ab zu Tommy, der sich im Bergwerk versteckt hielt, oder zu Les ins Hotel, und das Herz wurde ihr schwer. Dann fiel ihr wieder ein, was sie einander versprochen hatten, und sie versuchte sich einzureden, daß alles wieder gut würde.

Den ganzen Tag hörte sie das Rasseln und Klirren. Als die Armee die Startbahn zusammenbaute, trug das Echo die Rufe der Arbeiter und das Rumpeln der Lastwagen, die den Damm auf und ab fuhren, über das Sumpfland.

Sie hatte auch viel an Mary denken müssen. Sie wollte zu ihr, um sich zu verabschieden, aber Tommy und Les hielten es für das beste, wenn sie sich möglichst nur im Lager aufhielt. Imelda machte sich Sorgen, daß Mary durch ihr plötzliches Verschwinden verletzt sein könnte oder Schlimmeres. Dann kam sie auf die Idee, ihr einen Brief zu schreiben. Sie mußte lächeln. Daran war Les schuld, überlegte sie. Les war es gewesen, der ihr die Idee des Briefeschreibens in den Kopf gesetzt hatte. Briefeschreiben und vieles mehr.

Auf der Suche nach einem Bleistift und einem Blatt Papier mußte sie das Lager durchkämmen. Dann suchte sie sich ein stilles Plätzchen hinter dem Wohnwagen, von wo aus sie Inchydoney Island sehen konnte. Noch nie in ihrem Leben hatte Imelda einen Brief geschrieben, und sie wußte nicht recht, wie sie ihn beginnen sollte. Sie wollte Mary erzählen, wie traurig sie war, sie zu verlassen, und wie glücklich, daß es Les gab, und wieviel Angst ihr das alles machte. Sie überlegte, ob sie ihr den Geheimplan mitteilen sollte? Nein, das durfte sie nicht. Noch nicht. Vielleicht irgendwann einmal, wenn alles vorbei war. Wer weiß, welche Wege so ein Brief nahm? Wem er in die Hände fallen mochte?

Sie leckte am Bleistift und fing gemächlich zu schreiben an, aber nach zehn Minuten stand da erst »Liebe Mary«.

Imelda kratzte sich am Kopf und dachte angestrengt nach. »Mir geht es gut«, schrieb sie und fügte rasch hinzu: »Tommy auch«. Was konnte sie noch sagen? Die Worte purzelten in ihrem Kopf durcheinander, weigerten sich aber, auf dem Papier Gestalt anzunehmen. Es machte Imelda wütend, daß Schreiben so schwer war, und sie schwor sich, von jetzt an jeden Tag zu schreiben. Und zu lesen. Sie würde ein paar Bücher auftreiben und sie lesen. Wenn sie Les schreiben wollte, mußte sie die Schreiberei besser beherrschen. Und falls sie eines Tages die Frau von Les Wagner wurde und in Amerika lebte, mußte sie gebildet sein. Sie wollte ihn nicht blamieren.

»Ich fahre nach Clare«, schrieb sie und mühte sich mit der Rundung jedes einzelnen Buchstabens ab. Ihre Hand verkrampfte sich, und sie schüttelte sie, ehe sie fortfuhr. »Les fährt nach Amerika. Wir schreiben uns.« Ihr fiel nichts mehr ein. Außerdem war das Blatt zu Ende.

Imelda schrieb ihren Namen darunter. Die Worte waren alle groß und ungleichmäßig. Ihre Schrift war schon einmal sehr viel besser gewesen, vor fünf Jahren nämlich, als sie gefirmt worden war. Seitdem hatte sie eigentlich nichts mehr geschrieben. Auf jeden Fall mußte sie üben. Sie faltete das Stück Papier zusammen und zögerte dann, ehe sie es in ihre Tasche steckte. Sie strich es glatt und fügte noch eine Nachricht hinzu. »Schreib mir an das Postamt von Ennis«.

Mit der Entschuldigung, noch einiges in der Stadt erledigen zu müssen, schwang Imelda sich dann auf den Karren und fuhr zum Postamt. Angeblich war Clonakilty der einzige Ort auf der Welt, der das Postamt in einer Kirche hatte. Jedenfalls hatte Imelda so etwas noch in keiner anderen Stadt gesehen. Sie wußte, daß die Kirche früher protestantisch gewesen und vor Jahren säkularisiert worden war, aber seltsam war es trotzdem. Imelda war noch nie in einem Postamt gewesen, und sie blieb stehen und richtete den Blick auf die hohen Bögen über ihrem Kopf, bis die Frau hinter dem kleinen Schalter ihr durch Räuspern zu verstehen gab, daß sie sich beeilen sollte. Sie kaufte einen Umschlag und eine Briefmarke und adressierte ihn unter den Adleraugen der Schalterbeamtin. Imelda fragte sich, ob die alte Schachtel womöglich die Post anderer Leute las. Ausgeschlossen war es jedenfalls nicht.

Imelda führte das Pferd langsam durch die Stadt, wäre aber lieber losgaloppiert. Bei Sonnenuntergang traf sie sich mit Tommy und Les. Ihr tat das Herz weh bei dem Gedanken, die beiden wahrscheinlich für lange Zeit zum letzten Mal zu sehen. Sie wurde von Ruth aufgehalten, die mit ihr plaudern wollte. Imelda erklärte, daß sie bald aufbrechen würde, und Ruth nahm sie fest in die Arme, und Imelda mußte versprechen, sich zu melden, wenn sie wieder nach Clonakilty kam. Imelda verabschiedete sich rasch, damit die andere nicht die Tränen in ihren Augen sah. Ihr fiel ein, daß sie Ruth und Clonakilty wahrscheinlich nie wiedersehen würde.

Imelda band das Pony an denselben Baum wie am Abend zuvor. Alles sah verlassen aus. Langsam bewegte sie sich entlang der Fahrspur, die zum Bergwerk führte. Sie blieb stehen und schrie wie eine Eule, damit Tommy wußte, daß sie kam. Gerade als sie hineingehen wollte, trat eine Gestalt hinter einem Baum hervor. Imelda wollte schon losschreien, doch der Schrei blieb ihr im Hals stecken, als sie Les sah, der ihr die Arme entgegenstreckte.

Sie küßten sich sehr, sehr lange. Les war so groß, daß Imelda sich auf Zehenspitzen stellen mußte, um seine Lippen zu erreichen.

»Ich habe Angst, Les Wagner«, sagte sie, als sie sich ihm schließlich entzog. »Was ist, wenn jemand dahinterkommt? Wenn sie ihn entdecken?«

»Keiner wird ihn finden. Wir sind alles durchgegangen.«

»Wir? Wer ist wir?« fragte sie, erschrocken über den Gedanken, daß er es jemand anderem erzählt hatte.

»Nur Matt. Ich brauchte Rückendeckung. Es wird leichter sein, wenn wir zu zweit sind. Falls irgend etwas schiefgeht – was aber nicht der Fall sein wird –, kann einer von uns ein Ablenkungsmanöver machen.«

»Und er hat eingewilligt?«

Les nickte. »Er ist mein Freund. Du kannst ihm vertrauen.«

Imelda fing zu weinen an. Sie konnte nicht anders. Alles hatte so einfach ausgesehen, aber jetzt sah sie unzählige Dinge, die fürchterlich schiefgehen konnten. Les drückte sie an sich und hielt sie fest.

»Weine nicht, Imelda. Alles wird gut werden. Sobald ich in England bin, werde ich dir schreiben, und du schreibst mir dann zurück. Und ehe du dich versiehst, wird meine Militärzeit zu Ende sein, und wir sind alle zusammen in Wisconsin.«

»Aber was ist, wenn dir etwas zustößt?« jammerte Imelda. »Was machen wir dann?«

»Mir passiert schon nichts«, sagte Les mit einem zärtlichen Lächeln.

»Aber du könntest getötet werden. Der Krieg kann noch Jahre und Jahre dauern.«

»Ich werde nicht sterben.« Les hielt ihr Kinn fest und zwang sie, ihn anzuschauen. »Sieh mich an, Imelda. Ich werde nicht sterben. Ich weiß nicht, wie lange dieser Krieg noch dauern wird, aber ich habe fünfundzwanzig Einsätze zu fliegen und kehre dann nach Hause zurück. Und du auch.«

Dann gingen sie Hand in Hand dorthin, wo Tommy auf sie wartete.

Imelda konnte noch immer nicht glauben, was sie getan hatten. Oder was sie vorhatten zu tun. Ehe sie aufstand, schloß sie die Augen und sprach für sie alle ein Gebet.

In weniger als einer Stunde waren die Ponys vor die Wagen gespannt und alle mit Frühstück versorgt. Imelda setzte sich vorne auf den Wohnwagen und nahm die Zügel. Als der Wagen ihres Onkels in den Reitweg einbog, folgte sie ihm. Bridget fuhr den Karren und ließ die übrigen Pferde hinterherlaufen, die Familie aus Clare bildete das Schlußlicht.

Als sie hoch auf die Straße kamen, hielt Imelda an und lauschte. Ein tiefes Brummen war zu hören. Es schwoll an und erfüllte die Luft mit Gebrüll. Sämtliche Vögel im Mündungsgebiet hoben sich auf einmal in die Luft, und in den Bäumen entlang der Straße herrschte ein einziges Geschrei und Flügelschlagen.

Imeldas Herz machte einen Satz, und ihre Hände zitterten so sehr, daß sie die Zügel in den Schoß legen mußte, um sie wieder ruhig zu bekommen.

»Was ist das für ein Lärm?« fragte Nora hinten aus dem Wohnwagen. »Ist es das Flugzeug? Können wir da hingehen und das Flugzeug anschauen?«

»Ja, es ist das Flugzeug. Es fliegt heute ab. Aber wir können es nicht sehen«, erklärte Imelda mit einem Zittern in der Stimme, die sie nicht in der Gewalt hatte. Hemmungslos liefen ihr die Tränen übers Gesicht. Sie war froh, im Schatten des Wohnwagenvordachs zu sitzen, wo keiner sehen konnte, daß sie weinte.

»Ihr Mädchen bleibt da hinten und seid jetzt lieb«, rief sie mit so normaler Stimme wie möglich über ihre Schulter. »Wenn wir auf der Straße nach Cork sind, könnt ihr vorkommen und neben mir sitzen.«

Imelda schnalzte mit den Zügeln und trieb das Pony an. Ihr Gesicht war tränennaß und ihre Lippen bewegten sich lautlos zu den Worten des Rosenkranzes. Sie betete, wie sie noch nie gebetet hatte. Sie betete, alles möge so über die Bühne gehen, wie Les es vorhergesagt hatte. Aber am allermeisten betete sie für Tommy. Imelda flehte Gott und die heilige Jungfrau und alle Heiligen an, auf ihren Bruder aufzupassen, der jetzt vermutlich beim Dröhnen der Motoren irgendwo im Bauch dieses großen Flugzeugs in seinem Versteck kauerte und fürchterliche Angst angesichts des gänzlich neuen Lebens ausstand, das gerade seinen Anfang nahm.

27

Zwei Stunden früher war Martin Kelleher mühsam aus tiefem Schlaf erwacht, weil ihn jemand schüttelte.

»Wach auf, Martin! Wach auf, mein Junge!«

Er rieb sich die Augen und versuchte sie ans Dunkel zu gewöhnen.

Seine Mutter stand komplett angezogen neben ihm. Sie bedeutete ihm, ruhig zu bleiben. »Zieh dich an und komm runter«, flüsterte sie.

Martin streifte sich im Dunkeln seine Kleider über. Was war da los? Warum weckte seine Mutter ihn eigentlich mitten in der Nacht auf? Wäre die Stimme seiner Mutter nicht so hell, fast freundschaftlich gewesen, so als hätte sie eine besondere Freude für ihn in petto, hätte er es mit der Angst bekommen.

Als er die Treppe herunterkam, wartete sie schon in der Diele auf ihn und hielt eine kleine Lampe in der Hand, die sie hob, um ihm ein wenig zu leuchten. Ihre Augen lächelten, als sie ihn in die winzige Küche winkte.

Martin zitterte. Das Feuer war bis auf ein wenig Glut vom vorherigen Abend erloschen. Dennoch stellte er sich daneben und versuchte, sich zu wärmen. Er nahm die Schnitte Brot, die seine Mutter ihm reichte.

»Hier, damit du was im Bauch hast«, sagte sie. »Beeil dich jetzt. Wir müssen gleich los.«

»Wohin gehen wir denn? Was ist denn los?« Die Aufregung seiner Mutter färbte auf Martin ab. Sie konnte kaum ruhig sprechen, und ihre Augen hüpften vor Freude.

»Wir machen uns auf den Weg, um das Flugzeug abfliegen zu sehen, mein Schatz.«

Er glaubte, seine Mutter sei verrückt geworden. Was sollte das? Das Flugzeug flog nicht heute ab. Jeder wußte doch, daß es am Freitag startete!

Erst gestern hatte er die Lastwagen im Morgengrauen in die Stadt rollen hören. Aus dem Fenster seines winzigen Zimmers hatte er die Schlange in der Pearse Street verfolgt, ehe sie sich in Richtung Sumpfgebiet in Bewegung setzte. Er wußte, daß es die Startbahn sein mußte, auf die die Amis warteten. Er hatte versucht, hinterherzulaufen, war aber von der Armee zurückgeschickt worden, die alle fernhielt. Pat und Joe Barry und er selbst waren in der Stadt ausgeschwärmt, um Neuigkeiten zu erfahren. Den ganzen Tag hatten sie gebraucht, um dahinterzukommen, was vor sich ging.

»Das Flugzeug fliegt heute?« staunte Martin.

»So ist es«, erwiderte sie mit einem zufriedenen Lächeln.

»Aber es kann doch gar nicht heute abfliegen! Jeder weiß doch, daß es am Freitag vormittag um zehn Uhr losgeht. Selbst der Direktor hat es verkündet. Er hat gemeint, wir könnten vielleicht sogar beim Abflug dabeisein, wenn wir uns bis dahin von unserer besten Seite zeigen!«

»Genau das wollen sie den Leuten glauben machen. Aber ein kleines Vögelchen hat mir verraten, daß es heute im Morgengrauen abhebt. Das ist ein sehr großes Geheimnis!«

Martin blieb der Mund offenstehen.

»Mach den Mund zu, Martin«, befahl sie. »Du siehst aus wie ein Kabeljau. Ich habe dir doch schon tausendmal gesagt, daß man beim Kauen den Mund zumacht.«

Martins Kinn klappte hoch, und er versuchte, hastig runterzuschlucken. Er betrachtete seine Mutter mit neuem Respekt. Sie klopfte ungeduldig mit dem Fuß und lächelte noch immer wie eine Katze, die gerade Sahne stibitzt hatte. Martin fiel auf, daß er nie wirklich wahrgenommen hatte, wie hübsch sie mit ihren hochgesteckten Haaren aussah.

»Und wie kommt es, daß wir da hindürfen?« würgte er schließlich hervor.

»Wir haben eine Sondereinladung, den Abflug zu beobachten«, sagte seine Mutter und zog ihren Mantel an. »Mateo hat sich darum gekümmert und gefragt, ob du auch mitkommst.«

»Willst du damit sagen, daß wir die einzigen sein werden?« Martin strahlte vor Stolz.

»Ich nehme an, es werden auch ein paar andere dasein. Aber wir sind unter den Auserwählten. Alle anderen in der Stadt schlafen vermutlich tief und fest. Jetzt nimm deinen Mantel. Am Hotel wartet ein Lastwagen, und ich glaube nicht, daß der allzulange wartet.«

Das brauchte man Martin nicht zweimal sagen. Er packte seinen Mantel und war wie der Blitz aus der Tür. Er konnte es gar nicht erwarten, hinaus in den Sumpf zu kommen. Er konnte es nicht erwarten, den riesigen Bomber in den Himmel steigen zu sehen. Aber vor allem konnte er kaum erwarten, es Pat Barry zu erzählen und dabeizusein, wenn dem die Kinnlade runterfiel.

Ein dünner Nebelschleier hing einen halben Meter hoch über dem Marschland und verhüllte das Fahrgestell des Flugzeugs. Martin fand, es sah aus wie ein riesiges Meeresungeheuer, das mit seiner herausragenden Schwanzflosse durch brodelndes Gewässer schwamm, und dessen kleine Lichter an der Nase und im Cockpit an ein Geistergesicht erinnerten, das hämisch grinste. Das Ungeheuer grollte, als die Propeller sich langsam in Bewegung setzten. Immer wieder nahm die Geschwindigkeit um eine Umdrehung zu, so daß jedermann auf der Straße wie angewurzelt stehenblieb. Martin wußte, daß sie die Motoren vorwärmten. Er spürte ein aufgeregtes Kribbeln im Bauch, das mit steigender Drehzahl immer heftiger wurde.

Die Armee hatte das Lager aus kleinen weißen Zelten abgebaut und alles in den Lastwagen verstaut, die auf der Straße hintereinander aufgereiht standen. Soldaten eilten hin und her und wirkten sehr beschäftigt. Weiter unten auf der Straße waren Barry Kingston und Polizist Coughlan in ein Gespräch vertieft. Die einzigen, die alles locker zu nehmen schienen, waren die Amis, die sich entspannt an die Mauer lehnten und Zigaretten rauchten, deren Glut im blassen Morgenlicht hell glomm.

Martin entdeckte den plaudernden Matt und zog an der Hand seiner Mutter.

»Komm mit, Ma. Da ist Matt!« Martin zerrte an seiner Mutter, damit sie sich beeilte, aber sie verlangsamte ihren Schritt zu einem hoheitsvollen Schreiten, als betrete sie einen Ballsaal, und hob ganz ruhig ihren Arm und winkte. Martin riß sich von ihr los und rannte.

»Na, wie stehen die Chancen?« rief er strahlend.

»He! Da bin ich aber froh, daß du kommen konntest!« sagte Matt und tätschelte Martin den Rücken. Er wandte sich an Kitty, die herbeigeschlendert kam. Er streckte ihr die Hand entgegen.

»Was für eine Freude, Kitty, dich wiederzusehen«, sagte Matt und küßte ihr die Hand. »Es ist so früh, daß ich es durchaus hätte verstehen können, wenn ihr es nicht geschafft hättet.«

Kitty kicherte. Martin wunderte sich, was wohl in sie gefahren sein mochte. Seine Mutter kicherte nie. Und wenn er es sich recht überlegte, lächelte sie eigentlich auch nicht viel.

»Das hätte ich um alle Welt nicht verpassen wollen, Mateo. Eine solche Gelegenheit!« antwortete sie und zuckte mit den Wimpern. Was war bloß los mit den Erwachsenen? Warum konnten sie nicht wie normale Menschen sprechen?

Gerade da kam Les vorbei. Martin zog ihn am Ärmel, und Les blieb stehen, schien aber Martin überhaupt nicht zu erkennen. Er wirkte geistesabwesend und trübsinnig. Matt klopfte Les auf die Schulter.

»He, Junge!« sagte er lachend. »Wach auf. Steh auf und leuchte!«

Les lächelte matt. »'tschuldigung, bin wohl noch nicht richtig wach.«

»Alles in Ordnung mit dir?« fragte Matt und sah sich Les genau an.

»Ja, sicher. Ich bin ein bißchen nervös, aber was soll's!« Er lachte, doch Martin spürte, daß er ganz und gar nicht an etwas Lustiges dachte.

»Klappt doch alles. Kopf hoch!« sagte Matt grinsend.

Les nickte. Er wandte sich mit einem Lächeln an Martin.

»Dann bist du also extra gekommen, um uns zu verabschieden?« fragte er. Martin nickte glücklich.

Ihr Gespräch wurde unterbrochen, weil eine laute Hupe ertönte. Sie blickten sich um und sahen Dr. Moloney vorfahren. Der Wagen schien voller Menschen zu sein. Miss Aileen stieg an der Beifahrerseite aus und beklagte sich laut über ihren Ischiasschmerz, während aus dem Fond Con O'Leary, Ruth, Dennis und der Barmann Tony herausquollen. Martins Mutter grinste, als sie Ruth und Dennis händchenhaltend aus dem Wagen steigen sah.

»Ich frage mich bloß, ob ihre Mutter weiß, was sie so treibt?« flüsterte sie naserümpfend.

»Sei doch nicht so streng, Kitty«, sagte Matt mit sanfter Stimme, bei dem ihr Stirnrunzeln einem Lächeln Platz machte. »Sie sind jung und verliebt.« Martin verzog das Gesicht. Seine Mutter strahlte, Les wurde rot, und Matt saß der Schalk in den Augen. Martin beschloß, einen der Armeelaster einmal genauer unter die Lupe zu nehmen. Das war bei weitem interessanter.

»Da haben wir aber Glück mit dem Wetter«, sagte Con und vertrat sich die Beine. »Schön und trocken.«

»Der Himmel hängt aber tief«, fügte Miss Aileen besorgt hinzu. »Werden sie denn überhaupt abheben, wenn die Wolken so tief hängen? Ich dachte, im Nebel können sie nicht fliegen?«

»Das ist doch nur Dunst. Es wird aufklaren, wenn die Sonne erst mal durchkommt«, meinte Tony. Er blinzelte hoch in den Himmel und schützte seine Augen vor den langen Lichtstrahlen, die oben die Wolken durchbrachen.

»Die machen ja noch immer so einen fürchterlichen Lärm«, bemäkelte Miss Aileen mit Blick auf das Flugzeug. »Ich hätte in der Stadt bleiben sollen. Bei ihrem letzten Versuch hätte der Lärm mich beinahe wahnsinnig gemacht.«

»Aber, aber, Aileen, Sie wissen doch, daß Sie das keinesfalls verpassen dürfen«, beruhigte Dr. Moloney sie liebevoll.

Die kleine Gruppe hielt sich abseits des geschäftigen Treibens. Obwohl sie wußten, daß sie zu den privilegierten Gästen zählten, wollten sie doch niemandem im Weg sein, wenngleich sie die Ohren spitzten, um alles mitzubekommen. Ein paar von der Besatzung bemerkten sie und kamen zu ihnen.

Der erste, der bei ihnen eintraf, war der Häuptling. Die langen Nächte, die er trinkend an der Hotelbar verbracht hatte, waren scheinbar spurlos an ihm vorübergegangen. Der kräftige Kupferton seiner Haut strahlte, und in seiner frischen Uniform und dem keck schief aufgesetzten Käppi sah er schneidig und adrett aus. Er ging direkt auf Tony zu und umarmte ihn.

»Da bist du ja, du irischer Teufel! Schön, dich zu sehen! Bin froh, daß du es einrichten konntest.«

»Wie könnte ich es wagen, mich nicht von meinem besten Kunden zu verabschieden?« spottete Tony. Der Häuptling rempelte ihn scherzhaft an, und die beiden Männer knufften sich gegenseitig.

»Du hast doch meine Adresse, weißt du noch?« sagte Tony.

»Meistens, ja«, erwiderte der Häuptling.

»Und du hast gesagt, daß du schreibst.«

»Ich glaube, das habe ich feierlich gelobt«, sagte der Häuptling lachend. »Wenngleich ich zugeben muß, daß einige der letzten Nächte ein bißchen vernebelt sind!«

»Benebelt warst du jedenfalls, als wir dich die Treppe hochtrugen«, scherzte Matt, als er sich dazugesellte. »Was meinst du, Tony? Hat dieser Kerl zugenommen oder nicht? Muß an all dem großartigen Essen in eurem Hotel liegen.«

Miss O'Donovan kicherte vor Freude. »Nun, ich hoffe doch, daß Sie alle den Aufenthalt genossen haben«, sagte sie.

»Es war eine erfreuliche Unterbrechung der Plackerei unseres Armeedaseins, speziell unserer Armeerationen«, sagte der Häuptling. »Und die Gesellschaft war auch viel besser!«

»Wir hoffen natürlich alle, daß Sie uns wieder einmal besuchen kommen«, fügte Miss Aileen hinzu und schüttelte dem Häuptling herzhaft die Hand.

»Man weiß nie, Ma'am, könnte durchaus sein.«

Miss Aileen wandte ihre Aufmerksamkeit daraufhin Matt zu, der sich mit Dr. Moloney unterhielt. Sie nahm seine Hand in ihre beiden Hände und tätschelte sie lange Zeit. Ihre Augen wurden feucht, und der Rosaton ihres Gesichts vertiefte sich. Sie sprach in einem gedämpften Flüsterton und hielt den Kopf gesenkt wie in der Kirche.

»Ich bin noch immer traurig wegen Tojo«, sagte sie kopfschüttelnd. »Ich kann Ihnen versichern, daß ich um dieses liebe Tierchen nicht mehr hätte trauern können, wenn es meines gewesen wäre. Es tut mir so leid, daß Sie ihn in unserem Hause verloren haben.«

»Man kann wohl in aller Aufrichtigkeit sagen, Miss Aileen, daß er als ein sehr glücklicher Affe gestorben ist. Und ich hätte mir keinen besseren Ort zum Sterben für ihn vorstellen können«, versicherte Matt feierlich mit dem Anflug eines Lächelns. »Sie waren zauberhaft. Ich weiß nicht, wie ich Ihnen danken soll.«

»Das war doch nicht der Rede wert«, erwiderte Miss Aileen bescheiden, fühlte sich aber ganz offensichtlich sehr geschmeichelt.

»Diese Startbahn ist eine phantastische Konstruktion«, fand Dr. Moloney.

»Ein Wunder«, bestätigte Con O'Leary. »Aber sagt mal, Jungs, ist die auch lang genug?«

»Um ehrlich zu sein, könnten wir noch hundert Meter mehr brauchen«, sagte Matt. »Das ist gerade mal das erforderliche Minimum.«

»Aber keine Sorge«, mischte Les sich ein, der gerade dazutrat. »Unser Pilot Charlie Hansen ist wirklich ein As. Diesmal bringt er uns vom Boden hoch.«

»Ja, wir werden dieses Baby schon rausfliegen«, meinte Matt. »Sollten wir auch. Ich weiß nämlich nicht, ob ich noch mehr Partys verkrafte! Und außerdem habe ich meinen ganzen Rum verhökert. Stimmt's, Tony?«

»Das beste Tauschgeschäft, das ich je gemacht habe«, bestätigte Tony nickend.

Les nahm Dennis' Hand. »Vielen Dank für alles. Ihr wart großartig.«

»As-dei ann-kei an-mei on-vei eu-chei au-chei agen-sei!« erklärte Dennis stolz.

»Du hast echt Fortschritte gemacht.« Les lächelte. »Jetzt beherrschst du also Schweinelatein.«

»Das ist toll. Jetzt haben wir eine Geheimsprache!« sagte Ruth. Sie nahm Les' Arm und flüsterte ihm ins Ohr. »Ich habe gestern Imelda gesehen. Sie stand vor dem Aufbruch. Hattest du noch Gelegenheit, dich bei ihr zu verabschieden?«

Les nickte. »Wir haben uns gestern abend verabschiedet«, sagte er traurig. »Sie hat versprochen zu schreiben.«

»Mach dir keine Sorgen, auf die ist Verlaß. Ich weiß, daß sie dir schreiben wird«, sagte Ruth. Sie gab Les die Hand. Ihre Stimme war kräftig und klar: »Ich wünsche dir alles Gute, Les Wagner.«

Les schüttelte ihr die Hand und ging dann weiter zu der kleinen Schlange von Leuten, die sich alle verabschieden wollten.

»Ihren Gesang werden wir vermissen«, neckte ihn Con O'Leary, »aber so sehr auch wieder nicht.«

Dr. Moloney schüttelte Les freundlich die Hand.

»Passen Sie auf sich auf«, sagte er und dabei zitterte seine Stimme ein wenig. »Paßt alle gut auf euch auf da drüben.«

Er faßte sich wieder und winkte Beau zu, der abseits von allen auf der Mauer saß. Seit man sie hinaus ins Marschland gefahren hatte, war er nicht von seinem Platz dort gewichen, hatte eine Zigarette nach der anderen geraucht und unverwandt auf den bewaldeten Hügelkamm gegenüber gestarrt. Beau merkte, daß man in seine Richtung schaute, und er gesellte sich zu ihnen.

»Wie fühlt sich mein Patient denn?« erkundigte sich Dr. Moloney.

»Mir geht es gut«, sagte Beau und schüttelte dem Doktor die Hand. »Danke für die freundliche Fürsorge.«

Beau gab allen die Hand, wechselte mit jedem ein paar Worte und machte vor den anwesenden Damen eine formvollendete Verbeugung. Er entfernte sich, drehte sich dann aber um und nahm Dr. Moloney beiseite.

»Ob ich Sie wohl um einen Gefallen bitten dürfte?« sagte er höflich.

»Natürlich dürfen Sie das!« verkündete der Doktor.

»Ich dränge mich nicht gern auf, aber ich hatte nie Gelegenheit, mich von Mrs. Burke zu verabschieden. Ob Sie wohl so freundlich sein könnten, ihr meine Grüße zu übermitteln und für ihre Gastfreundschaft zu danken.«

Dr. Moloney sah Beau lange an, sagte aber nichts. Dann brummte er mit einem abrupten Kopfnicken: »Natürlich werde ich das tun. Selbstverständlich.«

Der Motorenlärm schraubte sich um eine Stufe höher. Das Flugzeug dröhnte. Der Dunst hatte sich fast aufgelöst, und ein fahles gelbliches Licht lag über dem Marschland. Wie in einem riesigen Zelt hingen große dicke Wolken vom Himmel. Martin drängte sich durch den Kreis von Leuten, die sich alle verabschiedeten und Hände schüttelten.

»Also, Jungs!« verkündete Barry Kingston und trat händereibend zu ihnen. »Zeit zum Aufbruch. Euer Pilot hat mich gebeten, euch zu holen.«

Der Lärmpegel stieg, und das Verabschieden begann von neuem. Martin sah, wie die irischen Soldaten sich auf der Straße in Reih und Glied aufstellten. Er war gespannt bis zum äußersten. Er hielt zwischen dem Wald aus Beinen Ausschau nach Matt und entdeckte ihn schließlich am Rand, wo er neben seiner Mutter stand.

»Dann also auf Wiedersehen«, sagte er und streckte ihm die Hand hin.

Matt ging in die Hocke, damit er ihm in die Augen schauen konnte.

»Du paßt gut auf deine Mama auf. Okay? Ich weiß, daß ich mich auf dich verlassen kann. Stimmt's?«

Martin sah zu seiner Mutter hinüber. Ihre Augen schimmerten, und er glaubte ein unterdrücktes Schluchzen zu hören. Er nickte Matt zu, hatte dabei aber einen dicken Kloß im Hals.

»Und du paßt gut auf dich auf«, sagte Matt, als er wieder aufrecht stand, und nahm Kittys Hand in seine. »Vergiß nicht zu schreiben. Das wird mir sehr wichtig sein, wenn ich da drüben bin.«

»Und mir bedeutet es auch sehr viel, Mateo«, erwiderte sie, und der feuchte Glanz in ihren Augen nahm noch zu.

Einige von der Mannschaft nahmen vor den irischen Soldaten Aufstellung und riefen den anderen zu, sich anzuschließen. Charlie Hansen reichte dem irischen Armeehauptmann die Hand. Sie traten in ihre jeweiligen Reihen zurück und salutierten forsch.

Miss Aileen schniefte laut und schneuzte sich dann in ihr übergroßes weißes Leinentaschentuch.

Der Kloß in Martins Hals wurde noch größer, als er zusah, wie die Crew von *T'Ain't a Bird* den Sumpf überquerte. Er zählte jeden einzelnen davon. Zehn Besatzungsmitglieder und ein Passagier, elf insgesamt. Jeder blieb stehen und winkte, bevor er sich unter dem Heck hindurch duckte.

Man hörte Schreie wie »Auf Wiedersehen!« und »Kommt gut nach Hause!«, und Martin schrie so laut mit, daß er sicher tagelang heiser sein würde.

Matt winkte am längsten und schickte einen Sondergruß an Martin und seine Mutter. Der letzte war der, den sie Beau nannten. Der Passagier. Er winkte ihnen allen zu und hielt dann inne, um einen kurzen Blick auf Inchydoney Island zu werfen, ehe er unter dem Heck hindurch verschwand.

Eine Ewigkeit schien das Flugzeug dort zu stehen. Keiner sagte ein Wort, aber Martin wußte, daß sich alle fragten, ob irgend etwas schiefgelaufen war. Ob dies ein weiterer Fehlstart war. Dann dröhnten die Motoren lauter denn je zuvor. Martin hielt sich die Ohren zu und sah, daß fast alle anderen auf der Straße dies ebenfalls taten.

»Sie bewegt sich!« schrie Martin. »Das Flugzeug bewegt sich Sieh nur!«

Seine Mutter legte ihren Arm um seine Schulter und hielt ihn ein wenig zu fest, aber Martin war zu vertieft, um darauf zu achten. Fasziniert beobachtete er, wie das riesige Flugzeug sich ganz langsam über die Startbahn bewegte. Nach ein paar Metern blieb es stehen.

Es war kaum zu glauben, aber dann heulten die Motoren sogar noch lauter auf, und das Flugzeug setzte sich in Bewegung. Dabei nahm es an Geschwindigkeit zu. Nicht einmal einen halben Kilometer von ihm entfernt erhob sich der zweite Damm. Martin machte sich entsetzt klar, daß sie in der

Luft sein mußten, ehe sie die Mauer des Damms erreichten.

Die Spannung war unerträglich. Das Flugzeug raste los und zielte direkt auf die Mauer. Alle schnappten nach Luft, als es den schmalen Metallzaun niederriß. Jemand betete »Gelobt seist du, Jungfrau voll der Gnaden«, und Martin ertappte sich dabei, daß seine Lippen sich mitbewegten.

Dann, fünfzig Meter davor, hob sich der grüne Riese in die Luft. Vielleicht hätte gerade einmal ein kleines Häuschen unter ihm Platz gehabt, als er die Mauer überflog.

Lautes Hurra war von den Leuten auf der Straße zu hören. Martins Mutter wedelte wie verrückt mit ihrem kleinen weißen Taschentuch. Martin blickte sich um und sah, daß fast alle weinten.

Er erklomm die Mauer. Und noch lange, nachdem das Flugzeug in den grauen Wolken über Ardfield verschwunden war, sprang er dort oben schreiend auf und ab und winkte.

28

John Joe O'Mahoney blieb vor der Türschwelle stehen und versuchte den Nachttopf noch einmal auszubalancieren, ehe er nach draußen ging. Der nächtlich gesammelte Inhalt plätscherte geheimnisvoll, und John Joe wollte ihn keinesfalls verschütten. Seine Ma wäre fast durchgedreht, als er eines Morgens ausgerutscht war und alles über den Küchenboden geschüttet hatte.

John Joe hielt sich die Nase zu, als er ihn ausleerte. Ihm war diese Aufgabe zuwider, und er fragte sich, wann er endlich alt genug sein würde, keinen Nachttopf mehr zu brauchen, wie sein Vater und seine älteren Brüder. Eine leichte Meeresbrise ließ ihn frösteln. Er hatte seine Hose über das Nachthemd gezogen, aber seine Füße waren naß und kalt vom Tau. Er sollte wirklich aufpassen, daß seine Mutter ihn nicht barfuß erwischte. Von wegen seiner »zarten Konstitution« und so.

Da die Natur erneut ihr Recht forderte, beschloß John Joe, sich an der Hecke Erleichterung zu verschaffen. Es war ein trüber Morgen mit tief hängenden Wolken, aber weit draußen über dem Meer zeigte sich ein Streifen blauen Himmels. John Joe freute sich auf das Frühstück, das gerade jetzt auf dem Herd brutzelte.

Entfernter Lärm ließ ihn innehalten und lauschen.

Er brauchte nicht lange, um zu erkennen, was es war. Es war das Flugzeug! Das Flugzeug flog!

John Joe blieb stehen, denn der Lärm wurde lauter.

Seit sie vor einer Woche gelandet war, hatte man in ganz Ardfield über nichts anderes mehr gesprochen. Er war bereits am ersten Tag mit seinem Vater in der Marsch gewesen, um den B-17 Bomber zu besichtigen, und er hatte die Nummer und das Hoheitszeichen auf dem Heck sorgfältig abgemalt. Beim Schein seiner Lampe war er im Bett gesessen und hatte es immer und immer wieder korrigiert, bis er damit zufrieden war.

John Joe hatte eine maßstabgetreue Zeichnung angefertigt, mit Gefechtsturm und Gefechtsständen der Rumpfoberseite sowie dem wunderbaren Gefechtsstand in der Nase. Beim Zeichnen hatte er sich oft vorzustellen versucht, wie es wohl wäre, darin zu sitzen und zehntausend Fuß über der Erde zu fliegen. Schließlich hatte er auf die Nase *T'Ain't a Bird* und unter ein kleines gelbes Dreieck am Heck 90-2340 geschrieben. Das Bild hatte er auf ein Stück Pappe geklebt und über sein Bett gehängt.

Der Lärm nahm zu. Er schien sich direkt hinter einer riesigen grauen Wolke zu befinden. John Joe machte sich ganz groß, um einen Blick darauf zu erhaschen. Seine Mutter rief aus der Küche nach ihm, aber er rührte sich nicht vom Fleck. Frühstück konnte warten.

Dann tauchte plötzlich wie durch ein Wunder die B-17 aus einer Wolke auf und flog direkt über seinen Kopf. Es war, als wäre das kleine Bild an seiner Wand direkt vor seinen Augen lebendig geworden. John Joe konnte es kaum fassen. Jetzt entdeckte er sogar eine kleine Gestalt hinter dem Cockpitfenster. Selbst am Bodenmaschinengewehr konnte er einen Umriß erkennen.

Als seine Mutter nach draußen kam, um nachzusehen, was los war, fand sie ihn mit bis zu den Knöcheln heruntergelassener Hose und noch immer wie ein Verrückter winkend – um seine nackten, nassen Füße lagen Teile des zerbrochenen Nachttopfs.

Mick O'Sullivan wartete am Meeresdeich und hoffte, das Dröhnen in seinem Kopf würde bald aufhören. Angestrengt versuchte er, nicht hinunter in das wirbelnde Wasser zu schauen. Die gegen das Fundament des Leuchtturms donnernden Wellen drehten ihm den Magen um. Doch dafür konnte er außer sich selbst keinen verantwortlich machen, wie ihm seine Frau wiederholt vorgehalten hatte, als er vergangene Nacht ins Bett getaumelt und heute morgen aus ihm herausgehumpelt war. Diese Frau kannte wirklich kein Mitleid.

Eigentlich war er ganz froh, Dienst auf dem Aussichtsposten von Galley Head zu haben. Das war nur recht so. Schließlich hatte er sie als erster entdeckt, als sie landete, und jetzt wäre er der letzte, der sie sah, ehe sie Irland verließ. Und wer weiß, vielleicht bekam er ja in der Seeluft auch wieder einen klaren Kopf.

Mick kicherte beim Gedanken an die tolle Sause, die sie in der Bar des O'Donovan's gefeiert hatten. Das Tanzen und die Musik. Und der Affe! Nie würde er vergessen, wie dieser Affe auf dem Bett gelegen oder wie Tony ihn auf dem Serviertablett durch die Stadt getragen hatte. An diese Nächte würde er sich erinnern, so lange er lebte. Die waren schon einen schweren Kopf und Magendrücken wert.

Mick sah auf seine Uhr, als er erstmals das Rumpeln über den Wolken hörte. Das Flugzeug hielt Kurs entlang der Küste. Er wußte, daß sie erst nach dem Leuchtturm Ausschau halten würden, ehe sie aufs Meer hinaus abdrehten.

Er brauchte kein Fernglas, um sie zu erkennen. Als die Maschine näher kam, erschrak er wegen der Größe des verdammten Vogels. Da brauchte er in seiner Geschichte wirklich nicht zu übertreiben. Dieses Flugzeug war so groß wie ein Wohnhaus.

Mick riß sich die Kappe vom Kopf und winkte, ohne auf das Hämmern in seinem Schädel zu achten. Er wünschte ihnen alles Gute und sprach ein stummes Gebet für sie.

Eine Minute lang schien das Flugzeug über ihm zu hängen, dann drehte es langsam nach links ab. Als es dem Horizont entgegen flog, sah Mick noch lange das schwache Flügelschwanken. Er starrte ihm nach, bis ihm die Augen brannten und er auch nicht mehr das geringste sehen konnte.

Mick holte sein kleines Notizbuch heraus, an dem an einem

Stück Bindfaden ein Bleistift hing. Aber er schrieb nichts nieder. Er blätterte statt dessen ein paar Seiten zurück, bis er den Eintrag fand, den er suchte:

12:37 Uhr. Großes Flugzeug auf dem Weg von Seven Heads nach Galley Head gesichtet, mit Richtung auf Mizen Head. Kam über Galley Head zurück und flog Richtung Osten, woher es auch gekommen war. Das Flugzeug scheint an Höhe zu verlieren und versucht vielleicht zu landen.

Vorsichtig riß Mick die Seite heraus und zerknüllte sie. Er sah ihr nach, als sie ins Meer hinabtrudelte und sofort in der schäumenden Gischt verschwand.

In irgendeiner Armeeakte in Dublin würde der getippte Eintrag mit dem Vermerk »Streng vertraulich« stehenbleiben. Aber Mick zweifelte nicht im geringsten daran, daß die Leute von Clonakilty noch in Jahren darüber redeten, wie die B-17 in Whites Sumpf gelandet und wieder gestartet war. Aber es wird in keiner Zeitung stehen und in keinem öffentlich zugänglichen Bericht.

Was die Regierungen von Irland, Großbritannien und den Vereinigten Staaten anging, hatte das Ganze einfach nicht stattgefunden.

Epilog

Fünf Jahre nachdem Mary auf dem Hügel gesessen und beim Dröhnen der Flugzeugmotoren aufs Meer hinausgeschaut hatte, bekam sie den letzten Brief.

Allein das erste Jahr nahm einen ganzen Schuhkarton ein. Sie bewahrte sie nach Jahren gebündelt auf, jedes Bündel von einem Band zusammengehalten, kein Brief davon beantwortet.

Anfangs waren die Briefe nur voller Liebe und Sehnsucht nach ihr. Mindestens einmal die Woche war einer gekommen, manchmal auch zwei oder drei gleichzeitig. Nach dem ersten Jahr trafen Beaus Briefe nicht mehr ganz so häufig ein, aber wenn doch, waren sie lang und witzig und voll amüsanter kleiner Geschichten.

Er schrieb über sein Leben in New Orleans, die Partys, die er besuchte, und die Reisen, die er mit seinem Vater unternahm. Manchmal kamen sie aus New York oder sogar von noch weiter her. Als der Krieg vorbei war, bekam sie eines Sommers eine Postkarte aus Paris, dann eine aus Rom und schließlich eine aus London. Ihr Herz hüpfte bei dem Gedanken, daß er nur eine kurze Überfahrt weit entfernt war.

Mary kannte jeden Brief auswendig. Wann immer sie sich ein wenig einsam fühlte oder sich etwas Gutes tun wollte, holte sie die Schachtel hervor und nahm einfach einen davon heraus. Sie schenkten ihr immer ein Gefühl der Liebe und des Wohlbefindens und den Duft von Zitronen.

Beau fragte sie nie mehr, ob sie zu ihm kommen wollte. Jeden seiner Briefe schloß er mit den Worten, er wisse, daß sie ihm nicht antworten werde, aber das könne seiner Liebe nichts anhaben. Er habe sich mit Marys Entscheidung abgefunden und respektiere sie. Wenn sie ihn je brauchen sollte, wisse sie ja, daß er für sie da sei.

Der letzte Brief kam, als sie schon ein Jahr lang geglaubt hatte, er hätte zu schreiben aufgehört.

Beaus elegante Handschrift mit all den lustigen Schnörkeln und Schlaufen bedeckte fast den ganzen Umschlag. Mary drückte den Brief an ihre Brust und dachte an Beaus Südstaatenakzent, seine sie liebkosenden Hände, seinen Duft, die Koseworte, die er ihr ins Ohr geflüstert hatte.

Gleichzeitig traf ein Brief von Imelda ein. Mary öffnete Imeldas Brief und legte den von Beau auf die Anrichte.

Imelda hatte lauter Neuigkeiten über das Baby zu berichten. Sie hatten es Mary genannt, und Les war entzückt von dem kleinen Mädchen, wenn auch Imelda fand, wie sie scherzhaft schrieb, daß dank ihrer Schwestern schon genug Mädchen den Haushalt bevölkerten.

Mary hatte eine eigene Schublade für sämtliche Briefe, die Imelda ihr geschickt hatte, angefangen mit der kleinen Notiz, die sie einen Tag nach Abflug der Maschine erhalten hatte. Mary waren die Tränen gekommen, als sie das kindliche Gekritzel auf dem Fetzen Papier las. Im Lauf der Jahre waren die Briefe sprunghaft besser geworden. Jetzt schrieb sie mit ihrer kleinen sauberen Handschrift ganze Erzählungen.

Jeden Tag hatte Mary sorgenvoll an Imelda gedacht und gehofft, alles werde gut werden, bis sie einen Brief erhielt, der besagte, daß Imelda für sich und die Mädchen eine Überfahrt nach Amerika gebucht hatte und wahrscheinlich schon nicht mehr da sein werde, wenn Mary den Brief las.

Erst damals hatte Imelda ihr geschrieben, was aus Tommy geworden war. Erstaunt las Mary, wie Matt und Les Tommy direkt vor den Augen der irischen Armee ins Flugzeug geschmuggelt hatten. Wie Tommy sich auf dem Stützpunkt in England zum Mechaniker hatte ausbilden lassen, während Les seine Angriffe über Deutschland flog.

Dann hatte sie die wunderbare Nachricht bekommen, daß alle in Wisconsin wieder vereint worden waren, und Les und Imelda mit Tommy als Brautvater und den Mädchen als Brautjungfern geheiratet hatten. Und jetzt hatten sie also ein kleines Mädchen. Mary lächelte, als sie die Briefbögen zurück in den Umschlag steckte.

Mary nahm den zweiten Brief in die Hand.

Sie wußte, was darin stand. Sie kannte Beau so gut, als wäre er ihr Geschöpf.

Er schrieb ihr bestimmt, daß er heiratete oder sich wenigstens verlobte. In seinem letzten Brief hatte er angedeutet, daß er mit jemandem befreundet war. Einem jungen Mädchen, das er auf einem Ball in New York kennengelernt hatte. Mary hoffte, daß sie die Auserwählte war. Sie schien hübsch und gescheit zu sein, und sie teilte Beaus Liebe zur Musik. Vor allem schien sie nett zu sein.

Mary öffnete den Brief. Es waren nur drei dünne Blätter Papier, die ein wenig raschelten und nach Veilchen rochen. Mary überflog ihn bis zur letzten Zeile. Sie wußte genau, wonach sie suchte.

... Wenn Du mich jemals brauchen solltest, mußt Du mir schreiben. Ich weiß, daß Du Deinen Kopf schütteln und mit den Augen blitzen wirst, aber wenn Du Geld brauchst, laß es mich einfach wissen, und Du bekommst es. Der Gedanke, daß Du ohne auskommen mußt oder sonst irgendwie Not leidest, wäre mir unerträglich.

Denk dran, mein Schatz, daß Du für immer in meinem Herzen bist. Denk an uns, wenn der Mond voll ist. Ich tu's.

Ich werde dich immer lieben. Mit meiner ganzen Liebe und Zuneigung,

Beau.

Den Rest las sie nicht.

Sie hatte alles gelesen, was sie wissen mußte.

Mary steckte den Brief zurück in den Umschlag und legte ihn oben auf die kleinen verschnürten Bündel. Die Liebe, die sie für Beau empfand, brannte hell in ihrem Herzen und erfüllte sie mit einem tiefen Gefühl der Ruhe. Mary küßte ihre Fingerspitzen und berührte damit den Umschlag, ehe sie die Schachtel schloß.

Mary beantwortete Imeldas Briefe immer sofort, und auch jetzt machte sie sich daran. Im Lauf der Jahre hatte sie Imelda alles über ihr Leben auf Inchydoney Island erzählt.

Sie hatte ihr vom Bauernhof berichtet und davon, wie gut er sich entwickelte. Sie schrieb über die neuen Kälber und über die Kartoffelblüte. Sie informierte Imelda über die Probleme, die sie mit den Knechten hatte, und über die Stürme, die die Ziegel von den Schuppendächern holten und die große Kiefer oben auf dem Hügel entwurzelt hatten. Sie ließ Imelda teilhaben am Wechsel der Jahreszeiten auf der Insel und den Veränderungen in der Stadt.

Traurig hatte Imelda auf die Nachricht von Dr. Moloneys Ableben reagiert, sich gefreut, daß Tony Geld sparte, um den Häuptling in Oklahoma besuchen zu können.

Mary hatte ihr sogar von Con O'Leary berichtet, der sehr oft zu ihr auf Besuch gekommen war und sich eines Tages verpflichtet fühlte, um Marys Hand anzuhalten. Sie beschrieb Imelda seine offenkundige Erleichterung, als sie ablehnte. Jetzt verband sie eine lockere Freundschaft, die keiner Romantik bedurfte.

Mary schrieb Imelda über dies und das, Wichtiges und Unwichtiges. Sie erzählte im Lauf der Jahre praktisch alles aus ihrem Leben.

Außer dem einen.

Nie erzählte sie von dem Jungen, der neun Monate nachdem sie alle weg waren zur Welt gekommen war. Dem wunderbaren Jungen, der schlafend in seinem Bett lag, wo seine dunklen Locken sich übers Kissen breiteten, und dessen verschmitztes Grinsen und rasche Auffassungsgabe ihr Stolz und ihre Freude waren, und der zusammen mit der Liebe seines Vaters ihr Leben runder und erfüllter gemacht hatte, als sie es sich je hätte erträumen können.

Fröhlich prasselte das Feuer unter dem Rost. Die Küche war erfüllt vom Duft frisch gebackenen Brotes und der salzigen

Seeluft, die vom Mündungsdelta heraufkam. Es würde ein herrlicher Tag werden.

Mary beeilte sich, den Brief zu beenden, ehe der Junge aufwachte. Wenn sie ihre häuslichen Aufgaben erledigt hatte, würde sie sich anziehen und mit ihm in die Stadt gehen, um den Brief einzuwerfen.

Anmerkung der Autorin

Am frühen Nachmittag des siebten April 1943 gegen dreizehn Uhr landete eine B-17, ein *Flying Fortress Bomber*, der auf den Namen *T'Ain't a Bird* getauft war, mit einem verbliebenen Treibstoffvorrat für drei Minuten in White's Marsh, Clonakilty. An Bord waren eine zehnköpfige Mannschaft, ein Passagier, ein Affe und sechsunddreißig Flaschen Rum. Sie waren am Morgen von Marrakesch aufgebrochen, um auf einem englischen Stützpunkt zur achten Airforce zu stoßen. Ein Sturm und ein irreführender Funkspruch hatten sie vom Kurs abgebracht. (Im Flugzeug gab es keinen Radar.)

Die Besatzung wohnte vier Tage im Hotel O'Donovan's, ehe sie von einem Lastwagen zur Grenze gebracht und dort an die Royal Airforce übergeben wurde. Über einen Monat später wurde eine mobile Startbahn nach Clonakilty gebracht, und das Flugzeug wurde ausgeflogen und in England mit seiner Besatzung vereint. Im Juni 1943 flog *T'Ain't a Bird* seinen ersten und gleichzeitig seinen letzten Einsatz, da es auf dem Rückflug nach England schwer beschädigt wurde.

Wundersamerweise überlebte die gesamte Besatzung einschließlich des Passagiers trotz zahlreicher Kampfeinsätze mit anderen Flugzeugen den Krieg. Der Affe jedoch hatte nicht so viel Glück. Tojo starb während des Aufenthalts der Besatzung in Clonakilty und bekam im Hinterhof von O'Donovan's Hotel ein Begräbnis mit allen militärischen Ehren.

Die meisten Leute, die Clonakilty kennen, haben von der

Landung gehört. Fotos von der B-17 hängen noch immer an den Wänden des Hotels. Jeder weiß, daß Eddie Collins der erste war, der die Crew begrüßte. Auch an den Affen Tojo erinnert man sich noch.

Es wimmelt nur so von Geschichten und Gerüchten, im Legendenschatz der Einheimischen sind aus den sechsunddreißig Flaschen Rum sechsunddreißig Kisten geworden. Ich habe sie mir alle angehört. Manche habe ich verwendet, andere nicht, das meiste habe ich einfach erfunden. Ich hoffe, man verzeiht mir, wenn ich die Tatsachen im Dienste der Fiktion etwas zurechtgebogen habe (ja, ich weiß, sie hätten die Startbahn nie und nimmer in nur einem Tag aufbauen können, also machen Sie sich gar nicht erst die Mühe, mir das zu schreiben!).

Drei Männer der *T'Ain't a Bird*-Besatzung leben noch: Jim Stapleton, der Kopilot; Arlie Arneson, der Bordschütze am Rumpfgewehr, und Guy Tice, der Schütze im Gefechtsturm, der für Les Wagner die Vorlage abgab.

Die Romanfiguren und ihre Handlungen in diesem Roman sind frei erfunden. Zu meinem eigenen Vergnügen habe ich mir eine Menge ortsüblicher Namen ausgeliehen. Ich danke all jenen, die mir dazu die Erlaubnis gegeben haben, und hoffe, daß diejenigen, die ich nicht gefragt habe, keinen Anstoß daran nehmen.

Guy Tice hat 1997, vierundfünfzig Jahre nach der Landung von *T'Ain't a Bird*, Clonakilty besucht. Er wohnte im Hotel O'Donovan's.

Danksagung

Während ich dieses Buch schrieb (für gewöhnlich immer dann, wenn kein Ende in Sicht war), lehnte ich mich manchmal zurück und überlegte mir, welche Danksagung ich schreiben würde, wenn es fertig war.

Es ist üblich, unendlich vielen Leuten zu danken, »ohne die dieses Buch nie das Licht der Welt erblickt hätte«. Ich spielte damit, wem ich danken wollte und in welcher Reihenfolge. Es waren so viele!

Am besten fange ich bei meiner Familie an. Meinen Eltern danke ich für ihre bedingungslose Liebe und Unterstützung in einem sehr schwierigen Jahr. Außerdem meiner Schwester, deren Sucht, Ferngespräche zu führen, sowohl mir als auch den Telefongesellschaften der Welt ein Quell der Freude ist. Dann meinen vier Töchtern, die sich mit einer Mutter abgefunden haben, die sich stundenlang einschließt und der schlimmste Muffel ist, der morgens je aus dem Bett gekrochen kam. Und natürlich Anne Crowley für ihre Hilfe.

Dann muß ich noch all den wunderbaren Menschen bei Poolbeg danken, allen voran Kate Cruise O'Brien, meiner Lektorin, die mich aus einem Kurzgeschichten-Workshop herausfischte und mich zwang, einen Roman zu schreiben.

Würdigen möchte ich auch all diejenigen, die mir bei der Recherche halfen, insbesondere die Irish Warplane Research Group, die Mitarbeiter des Air Force Museums in Dayton, Ohio, die B-17 Combat Crewmen and Wingmen Association und natürlich die Travelling Community von Clonakilty, vor allem Bridget Williamson.

Mein Dank gilt auch all den freundlichen Menschen, die mich an ihrer Erinnerung an die tatsächliche Landung von *T'Ain't a Bird* in Clonakilty 1943 haben teilhaben lassen, vor allem Guy Tice, dem Schützen im Gefechtsturm. Guy war gerade achtzehn, als er in Clonakilty landete. Als ich ihn über fünfzig Jahre später völlig unvorbereitet anrief und bat, mir beim Schreiben eines Romans zu helfen, zögerte er nicht. Es waren herrliche Tage, die wir zusammen in Wisconsin verbrachten. Guy Tice gehört zu den wirklichen Gentlemen dieser Welt, und ich bin stolz, ihn zum Freund gewonnen zu haben.

Auch andere Freunde verdienen natürlich, erwähnt zu werden. Martin Kelleher, weil er immer da war, Dave Edmund, weil er mich immer wieder daran erinnert hat, jeden Tag in mich hineinzuhorchen, und Jenny Mac für den Spaß, den wir miteinander hatten (ja, wir sprechen irgendwann mal darüber!). Elaine Walsh, weil sie die beste Freundin und Nachbarin ist, die sich eine Zugereiste in einem kleinen irischen Dorf nur wünschen kann.

Ich möchte all jenen danken, die mir wiederholt versicherten, ich würde es schaffen. Vor allem John Noonan, der mich davon überzeugt hat.

Wenn ich an die Danksagung dachte, schöpfte ich daraus immer wieder Hoffnung, eines Tages die Aufgabe zu vollenden, die Kate und ich uns vorgenommen hatten.

Am Ende eines langen Kampfes, den ich den Winter über führte, beendete ich dieses Buch am 26. März nach einer nächtlichen Schreibsitzung. Ich konnte es nicht erwarten, Kate anzurufen und es ihr zu sagen. Im Lauf der Monate war sie mir mehr als eine Lektorin geworden. Wie man in West Cork sagt, nahm ich mir alle Zeit der Welt für sie. Ich freute mich darauf, die Wochenenden mit ihr zu verbringen und »Unmengen Wein« zu konsumieren!

Kate starb an diesem Tag um die Mittagszeit. Ich versuche erst gar nicht zu beschreiben, was das für mich bedeutet. Die Wunde ist noch zu frisch, und ich maße mir nicht an, den

Schmerz für mich zu beanspruchen, den ihre Familie empfinden muß.

Der bloße Dank gibt nicht wider, welch tiefe Wirkung sie auf mein Leben gehabt hat. Eine Anerkennung ist sehr viel passender.

Kate Cruise O'Brien hat mich dazu gebracht, diesen Roman zu schreiben, ihr ist es zu verdanken, daß ich eine Schriftstellerin bin. Wäre sie ein paar Monate eher von uns gegangen, hätte es dieses Buch nicht gegeben.

Ohne sie hätte ich es nicht geschafft.

23. April 1998, West Cork